BILIS
NEGRA
SAMANTHA DEVIN

ARISTEIA PRESS

ISBN: 978-0-9933230-1-0

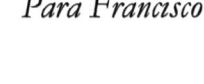

Para Francisco

I

Sobre la línea del horizonte anochecía despacio. Entre las montañas, un oscuro cúmulo de nubes rodeó un cirro púrpura y en pocos segundos el último punto de luz desapareció sin dejar rastro. A lo lejos se vieron astillados relámpagos y el aire tembló, atravesado por la vibración de los truenos. La carretera se había convertido en una estrecha franja de tierra sin asfaltar. A ambos lados se levantaban escarpadas paredes de árboles que asfixiaban la vía. Max pisó el acelerador. Se dio cuenta de que era mejor salir de allí antes de que la lluvia comenzara a arrastrar vegetación muerta, piedras y fango y todo se convirtiera en un barrizal.

Las carreteras habían ido empeorando a medida que se alejaba de los pueblos más concurridos. Casi imperceptiblemente habían pasado de calzadas descuidadas a caminos tortuosos, apenas transitables por dos vehículos excepto en los cortos tramos donde se había dinamitado la roca. Max pensó que la estrechez al menos le libraba del esfuerzo que suponía mantenerse en el carril izquierdo.

Miró el indicador de la gasolina y vio que se encontraba cerca de la posición de reserva. Recordó con pesar la destartalada gasolinera que había pasado de largo treinta millas atrás y el pequeño restaurante, apenas iluminado, que ofrecía en un improvisado letrero junto al porche una variada oferta de comidas caseras y bebidas calientes.

Eran las cinco de la tarde. Ya había anochecido y eso le tranquilizaba. La oscuridad ocultaba las montañas, su grandeza. Los paisajes que había atravesado eran hermosos pero su inmensidad le producía cierto ahogo. Había salido de Londres por la M40 dirección norte y hasta alcanzar los Borders se había sentido acompañado, seguro. Hasta ese punto, los pueblos se sucedían con mayor o menor frecuencia a ambos lados de la carretera. La autopista, los desvíos, las señalizaciones le recordaban que estaba dentro del mundo civilizado. Pero después de Stirling, donde sólo paró cinco minutos a un lado de la carretera para respirar aire fresco y observar de lejos el inquietante monumento a William Wallace, sintió que penetraba en una zona donde el mundo controlado por la modernidad se alejaba y la naturaleza se imponía sobre todas las cosas. Se fue adentrando en carreteras donde los árboles convertían algunos tramos en túneles umbrosos y a medida que avanzaba, comenzó a tener la sensación de que se estaba perdiendo, de que cada vez era más y más pequeño. Al torcer una montaña tapizada por una silenciosa multitud de árboles, se encontró con uno de los lagos que salpican el norte de Escocia, el Lago Ness. Conduciendo por su orilla tuvo una inesperada sensación de vértigo. Se vio a sí mismo desde arriba, como si volara por encima del coche y a vista de pájaro oteara aquella pequeña mancha roja que le conducía a través de un paisaje cuya grandeza le hacía perder el sentido. Desde entonces había recorrido más de setenta millas. La noche había camuflado formas y dimensiones. Ya no había espacios y eso le hacía sentirse protegido.

Había dejado atrás Inverness y Strathpeffer, atravesado el lago Shin y salido de la 838 para perderse definitivamente entre carreteras, alrededor de las cuales no podía distinguir otra cosa más que copas de árboles que se elevaban eternamente, un intenso olor a musgo y hojas pudriéndose en la sombra. Había llegado hasta las paredes rocosas donde se encontraba con la puntualidad que caracteriza a los hombres destinados al fracaso a personarse sin demora en el lugar y momento equivocados. Aunque, por supuesto Max, al igual que yo, y que casi todas las personas marcadas con ese estigma, era incapaz de reconocer el fatalismo.

Había comenzado a llover con fuerza y como había supuesto, los restos de vegetación muerta que arrastraba el agua iban a parar a la carretera. Sintió una ligera presión en el pecho y pensó que algo de música le ayudaría a tranquilizarse. Pero había preferido coger el seguro completo y el descuento que le hacían por un coche con la radio estropeada merecía la pena. No tener música le disgustaba. En esos momentos cualquier melodía habría actuado como un calmante, transformando la tormenta en algo secundario y observable. Algo sobre lo que no le hubiera sido difícil poetizar desde su cómodo asiento. Sin ella, nada le permitía distanciarse, convertirse en un simple espectador. Se sentía parte del caos, algo tan insignificante como las hojas que atravesaban la carretera. Tenía la impresión de que ponerse a tararear una canción e irrumpir con su voz en aquella «bravata» era un acto de insolencia imperdonable.

Si las indicaciones que le habían dado en la gasolinera eran correctas, faltaban casi quince millas para llegar a su destino. Llevaba el mapa extendido en el asiento de al lado pero apenas se apreciaban ya líneas claras. Los vistazos que echaba sobre él sólo ayudaban a confundir aún más la enrevesada confluencia de venas azules, rojas, negras y amarillas que se entremezclaban inertes sobre el papel. Hizo girar los hombros en círculos y se restregó la nuca con fuerza. El cuello de la camisa quedó desarreglado y los picos, blancos y bien planchados, le enmarcaron el rostro. Con el cuello levantado e iluminado por el débil reflejo de los faros del coche, debía parecer un viejo retrato al óleo, de esos que se encuentran en el fondo de un desván o en una pequeña tienda de antigüedades. Su aspecto, siempre indeciso, su pelo oscuro y ondulado y sus ojos negros y esquivos ayudaban a confirmar esa imagen. Sus dedos, largos y esbeltos, se aferraban con fuerza al volante, como un ave rapaz que se negara a soltar una presa. A veces, se mordía los labios y en aquella profunda oscuridad sus dientes brillaban blancos, blanquísimos, como una sonrisa fantasmal rodeada de la nada…

Así es como imagino el viaje que hizo Max la noche que le vi por primera vez. Y de forma muy parecida fue como transcurrió, porque tiempo después él mismo me contó eso y muchas otras cosas que todavía recuerdo con una claridad asombrosa. Ahora, mucho tiempo después, son esos recuerdos los que me ayudan a seguir adelante. Son lo único que me queda de él. Confiaba en poder establecer una explicación satisfactoria de lo que fue mi existencia por medio de esos recuerdos, pero empiezo a sospechar que una biografía es tan efímera como los pensamientos que la poseen, tan inasible como las obsesiones que la estimulan y tan inexplicable como los sueños que la atormentan. Hay algo que se nos escapa a la hora de comprendernos. Siempre existirán lagunas, zonas de sombras que, incluso viviendo en nuestra piel, son un enigma toda nuestra vida. Fueron esas sombras las que me ayudaron a convencerme de que la naturaleza humana no es homogénea; que es difícil abarcar todas sus manifestaciones y contradictorias formas de expresión sin confundirlas con la locura, o nominarlas así, cuando se reúnen en una sola persona.

Digamos que mi nombre es Simón. Sé que es un nombre maldito entre los ortodoxos, entre los cristianos ortodoxos, pero nada tengo que ver con ese oscuro gnóstico que un poder más blanco logró derrotar. Aunque los días cada vez son más largos, casi infinitos, espero cumplir sesenta y siete años el mes que viene.

De cualquier manera, no es sólo de mí de quien quiero hablar sino de Max; de su vida vista a través de mis viejos ojos. Lo que aquí está escrito es mi visión de lo acontecido desde el mismo momento en que mi conciencia comenzó a despertar. Créanme. No hay nada más doloroso que el despertar de una conciencia. Aun así, ironías de la vida, creo que moriré sin saber quién soy. Pero todos tenemos que aferrarnos a una verdad y ésta es la mía. Jamás pretendería hacer creer a nadie que es "La Verdad". Ya no. A los hombres como yo no nos está permitido hacer historia.

Como digo, hay cosas sobre las que jamás sabremos la verdad, aunque… Quizás a estas alturas también habría que cuestionar ese vocablo que pretende condenar con su significado todos los demás. Reconozco que tengo demasiado tiempo y que lo utilizo mal. Por eso me permito divagar. O tal vez distanciarme de lo ocurrido hace que me sienta más cómodo y seguro y mezclarlo con otros temas, hablar de ello mientras me permito juzgar actuaciones ajenas, hace que pierda la posición dominante que tiene en mi vida. Lo cierto es que todo lo indispensable causa temor, horroriza; trivializarlo o pretender, como yo hago, que es sólo una cosa más es, al fin y al cabo, humano.

Max se ha convertido en la obsesión que hace girar mi vida. En el misterio que le da sentido. El recuerdo de su rostro maldito es la imagen con la que me duermo cada noche y lo que me impulsa a volver a abrir los ojos cada mañana. No puedo contar mi historia sin contar la suya. Nuestros destinos están tan entrelazados, tan monstruosamente conectados, que me es imposible prescindir de él para dar sentido a mi vida.

Lo que sé acerca de Max me permite hablar sobre él sin miedo a equivocarme. Durante el corto espacio de tiempo que estuvimos en contacto acabé por conocerle muy bien. No me pregunten cómo, estas cosas son de las que ocurren una vez en la vida. Te pasas sesenta años sin conocer a nadie, ni siquiera a ti mismo y de pronto aparece alguien a quien casi puedes leer los pensamientos. Si pude penetrar en su cerrado mundo, sé que fue gracias a las insólitas circunstancias que nos rodearon y que acabaron por unirnos. De haberle conocido fuera de aquel atípico y extemporáneo contexto, sé que jamás se habría abierto a mí. Para entenderle necesité algo más que la simple observación de todos aquellos documentos a los que tuve acceso. Para entenderle me serví de una fuerte dosis de empatía y comprensión y me atrevería a decir que hasta la necesidad obsesiva que surgió en mí por saber quién era me fue imprescindible para poder llenar esos espacios invisibles relativos a su persona. Todo el material que llegó a mis manos sobre Max: las cintas de vídeo, los informes escritos, sus diarios y dibujos, no sé si fue de forma fortuita o predestinada. Ya no puedo estar seguro. Pero he procurado entrelazar todos los elementos de forma que el lector pueda penetrar en su enrevesado mundo del mismo modo que yo lo hice: sin intermediarios. Su voz suena directa, como si, extraña obsesión la mía, sus pensamientos fueran mis pensamientos. Las cintas de vídeo y las decenas de documentos a los que tuve acceso días después de conocernos los he intercalado en su justo lugar, según el orden cronológico en que ocurrieron. Aunque yo mismo no he encajado todas las piezas hasta ahora, pueden estar seguros de que no me he saltado ni el más mínimo detalle relevante de todo lo ocurrido.

Pero ¿quién?, se preguntarán, ¿puede tener la morbosa necesidad de grabar los momentos más íntimos de una vida? ¿Y para qué? Las obsesiones son a veces el motor de nuestros logros. Sin ellas, la vida pierde su sentido.

Ahora, cuando mi vida se desintegra, cuando mi identidad comienza a perder de nuevo los contornos que la definen, es cuando necesito aferrarme a mi realidad. Aunque por primera vez en mi vida empiezo a comprender que el hilo que separa la realidad y la ficción, la verdad y la apariencia, no sólo es fino sino invisible.

Podía haber olvidado todo cuanto ocurrió y, en realidad, ésa habría sido la decisión más acertada. La elección del olvido es a mi edad una de las mejores y menos censurables acciones que tenemos oportunidad de escoger. Sin embargo, hay veces que los recuerdos se convierten en nuestra única verdad, lo único que nos mantiene con vida. Hay veces que olvidar es morir. Porque incluso sabiendo lo que significa en mi caso no querer renunciar al pasado, he decidido apostar por mi realidad, recordar y recrear en mi mente algo que está comenzando a morir conmigo. He decidido hacerlo desde el principio. No desde el principio de mi vida, sino desde el momento en que comencé a ser consciente de ella. Ésta es mi realidad, mi vida. No la que los médicos quieren imponerme, sino la que yo recuerdo. Los acontecimientos siguen su dirección, la única posible y es de esta manera como he querido dejar constancia de ellos…

Todo comenzó al morir mi hermana. A causa de un descubrimiento fortuito entré en un mundo que hasta ese momento desconocía que existiera. Meses después de su muerte caí en un estado de angustia, provocado, no por la muerte en sí, sino por las circunstancias que la rodearon. Yo trabajaba en un despacho de abogados del centro de París y recuerdo aquellos años como un largo sueño, como un período de hibernación del que desperté no sólo demasiado tarde, sino también muy bruscamente. Debido a la depresión y a mi edad, me dieron una baja indefinida que se unió a la jubilación y de esta forma pude aprovechar los días, que se suponía debían ser ociosos y desocupados, para embarcarme en una frenética búsqueda.

Ya ha pasado mucho tiempo desde que vi a Max por primera vez pero yo continúo viviendo en el pasado. Estoy instalado allí porque el presente no tiene demasiado interés. Ya no ocurre nada, al menos fuera de mí. Mis certezas ya no me pertenecen.

Para hablar sobre Max, para hablar positivamente sobre él,

habría que preguntarle a su madre, pero ella ya no puede contar nada porque está muerta. Eso, o haberse acercado a él lo suficiente como para convencerse de que su forma de ser era, después de todo, la de un niño que jamás tuvo la oportunidad de elegir una madurez y una vida normal. Si yo soy un misterio, Max es la confirmación de que nuestra mente es el territorio más enigmático e impenetrable que podamos llegar a intuir.

Se podría decir que de su madre, aunque él jamás lo sospechó, había heredado un interés que casi rayaba la indiscreción por lo mágico. Como ella misma decía: «No hay nada más propio de las personas inteligentes que interesarse por lo desconocido, por lo invisible, por aquello que el resto del mundo no se atreve siquiera a nombrar». De ella había heredado el gusto de perderse en mundos imaginarios, mundos que solamente él conocía y que sólo con los ojos de la imaginación podía entrever. Esos fantasmas le acompañaban silenciosamente en cada paso que daba. A aquellos que no tengan tiempo o costumbre de pararse a pensar, a imaginar simplemente por el gusto de hacerlo, la actitud de Max les resultará infantil o quizás inútil. Yo me atrevería a decir que en realidad es peligrosa. La inutilidad o puerilidad no creo que podamos juzgarla los que estamos fuera. Cada cual es dueño de su tiempo.

En realidad todo comenzó para Max como un juego de la infancia y continuó de ese modo hasta nuestro encuentro. Como es sabido, los hábitos y rasgos más característicos de nuestra conducta, esos que no sabemos de dónde vienen, tienen su origen en los primeros años de nuestra vida. Y a Max, desde niño, su madre le instaba a dibujar sus sueños en un papel sobre la mesa de la cocina. Le invitaba, casi de forma ritual, a rememorar un pasado que en su eterno presente de niño desconocía, pero que latía escondido en su interior a la espera de la palabra secreta. Al principio, esos oscuros pensamientos eran borrones, trazos indescifrables, pero más tarde a los garabatos se sumaron aliados que hacían mucho más fácil la comprensión de los monigotes: las burbujas de letras. Esos aliados diminutos se entrelazaban torpemente y si quería sacar de su cabeza una idea o alguno de esos pensamientos luchaba por hacerse visible, bastaba mover el rotulador y de él salían decenas de pequeños símbolos, largos como cadenetas de Navidad, que dejaban impresa, ya para siempre, aquella sabia o incoherente reflexión. Negro, rojo, azul... ¿Eran los pensamientos de colores? ¿Eran los rotuladores instrumentos mágicos? Max guardaba esos rotuladores como su más preciado tesoro. ¿Pero tanto guardaban dentro aquellos finísimos autómatas? No, no tanto porque, después de un tiempo, un buen día dejaron de servirle de mensajeros y se apagaron; dejaron de escupir sueños. Así, sin más. Fue entonces, después de un pequeño drama y una explicación que tardó tiempo en asimilar, cuando tuvo consciencia por primera vez de que las cosas (también las personas) se gastaban y fuera lo que fuese lo que tenían dentro perdía fuerza, se apagaba. Después, tan sólo quedaba el recuerdo de lo que habían sido, ligado a un dolor imborrable e intenso. A partir de ahí estaba lo desconocido.

Le fue imposible deshacerse de aquellos rotuladores, sus primeros aliados, el primer contacto de su yo más oculto con el mundo exterior. Aún hoy los guardaba en un cajón de su escritorio, secos, desangrados como mártires que dieron su tinta por las ideas y los pensamientos de aquel en quien creían. Cuando rebuscaba en el desordenado cajón los encontraba esparcidos, incapaces ya de dibujar con sus redondas y momificadas cabezas siquiera una exclamación y siempre recordaba con viveza su primer contacto con la muerte, que desde entonces iría ligado a sus pensamientos.

No es de extrañar que después de un tiempo, cuando esos trazos se fueron perfeccionando y él tuvo edad suficiente para elegir, encontrara el trabajo perfecto. Un día pensó que aquellos pensamientos ya no iban a ser privados pero que compartirlos a cambio de dinero no era del todo injusto. Aun así, guardó algunos para él, para sus ratos de ocio o recogimiento. Los demás, incluso los más ridículos y extravagantes, los vendió a las revistas. Había averiguado que en todas partes existía gente dispuesta a comprar historias que sus mentes no eran capaces de recrear con la misma intensidad que él. Tal vez por miedo, aprensión, repugnancia o simplemente incapacidad. Él, sin embargo, tenía facilidad para concebir mundos turbadores y apasionantes, mundos caóticos e irracionales, identificables sólo con su propia alma, la cual desconocía completamente. Al mismo tiempo y casi con la misma facilidad era capaz de crear otros más amables y magníficos, sólidos y llenos de luz. Algunas de esas historias eran sólo producto de sus sueños, otras formaban parte de sus introspecciones. Desconocía de dónde surgían, pero todas eran suyas.

Su primer trabajo de adulto fue para una revista que incluía cómics futuristas en sus últimas páginas. Él se encargaba de amenizar esas hojas con historias cargadas de pesimismo hacia un futuro repleto de seres monstruosos y ciudades en las que los edificios se construían con un sabor gótico y decadente muy acorde con los demacrados rostros de sus habitantes. Después de dieciocho meses, la revista sacó a la calle su último número y Max tuvo que buscarse rápido otra pantalla para dar a luz a su universo mortificado y retorcido. Necesitaba parirlo, expulsarlo de sí. No le costó trabajo encontrarla, sus historias cargadas de seres hermosos pero sometidos al continuo desaliento de una existencia efímera, plagada de dobles perversos decididos a socavar la cordura y el entendimiento, atrapaban la atención de los editores. En pocas semanas encontró trabajo en una revista de gran tirada llamada *Sueños Góticos,* que circulaba por toda Francia.

Fue una tarde gris, tres semanas antes de que le viera por primera vez, cuando llegó la carta para su madre muerta. Al cogerla del buzón observó el destinatario con los ojos dilatados por la sorpresa, como si tuviera ante sí un fantasma. No se atrevió a leerla. La colocó junto a una planta sobre la chimenea del salón. Pero entre los candelabros y las flores tenía la sensación de velar un sudario. Con aprensión, llevó la carta junto con las facturas y demás papeles. La dejó sobre la mesa de la entrada durante dos días, rodeada de folletos de publicidad, hasta que comprendió que era inútil mezclarla con la trivialidad de la información comercial. La carta conservaba un aire de solemnidad que era incapaz de obviar.

Al final decidió abrirla y lo que leyó acabó por minar su desánimo y aumentar sus dudas. Nunca había oído hablar a su madre sobre aquel hombre. No tenía conocimiento de que ella tuviera relación con personas que a él le eran desconocidas. Le resultaba difícil aceptar que le hubiera ocultado algo así, que le hubiera ocultado algo, en definitiva. En su mente había madurado la idea de que entre ellos no había secretos y mucho menos personas, extraños que supieran de ellos más de lo que él podía llegar a entender. Quien firmaba la carta les conocía bien, sabía de su madre y de él tanto como él mismo, incluso algo más. La repulsiva idea de que fuera un amante le hizo estremecer y aunque lo desechó inmediatamente fue lo que en realidad le impulsó a averiguar qué había tras aquellas incomprensibles palabras.

Max quería saber sobre sí mismo. Ahora que ella no estaba, su punto de referencia había desaparecido. Se encontraba suspendido en un abismo indescifrable. Deseaba, necesitaba, conocer también lo que ella había dejado tras de sí, lo que permanecía en otras personas después de marcharse. Y, sobre todo, tenía que conocer a aquel desconocido, a ese intruso que con palabras insolentes y reproches se atrevía a dirigirse a alguien que ya era incapaz de defenderse. Porque su madre había muerto una tarde, dos semanas antes de que llegara esa carta. Max la encontró sin vida en el suelo del salón cuando volvía de entregar a la revista un par de historias truculentas que le habían encargado.

Max había crecido agarrado a las faldas de su madre, perdido entre ellas. El recuerdo de su padre no era siquiera un borrón en la memoria. Ella era su única referencia de lo que podía ser una familia porque por alguna razón, que él desconocía, eran personas non gratas para sus familiares. Max, en su desconocimiento de la realidad, creía que la soltería de su madre era un crimen menor que, por supuesto, no merecía el destierro, ni el ostracismo a que les sometían sus tías y abuelos. Ella nunca hablaba de sus familiares y mucho menos de su ignorado padre. Era como si ninguna de aquellas personas existiera realmente, como si la palabra pariente fuera sólo un término inventado para los otros chicos, para el resto del mundo. Aunque suponía que debía de tener primos de su edad en alguna parte, jamás se atrevió a preguntarle a su madre por ellos. Habían cambiado de residencia suficientes veces como para no poder establecer lazos duraderos ni amistades con muchachos de su edad, con nadie en realidad. Había crecido solo, jugado solo y celebrado sus cumpleaños casi siempre solo. Pocas veces puso ella objeciones para que algún amigo viniera a pasar un fin de semana a casa, pero jamás permitió que Max lo pasara fuera. Vivían solos, como dos náufragos en una isla desierta que, con el tiempo, acaban creyendo que son los demás quienes están en el sitio equivocado. A Max aquella situación de perenne aislamiento no le resultaba extraña en absoluto, por el contrario, estar con su madre era una de las pocas cosas que le agradaba. Ella era la única con quien se divertía de veras. Su vida era tan feliz como la de cualquier persona que comparte los días con el ser a quien ama. Por supuesto, no echaba de menos un padre. Aquella figura masculina y extraña le resultaba terrible y apenas comprendía cómo los otros muchachos podían tener deseos de marcharse a casa de la mano de aquel tipo, que seguro emponzoñaba con su presencia la relación con sus madres. Gracias a Dios, él estaba libre de aquel intruso. Era consciente de la suerte que tenía de poder disfrutar él solo de toda la atención de su madre.

El día que Max descubrió su cadáver, el hallazgo le dejó sumido en un estado tan doloroso como la idea de tener que vivir sin ella el resto de sus días. La aguja del tocadiscos rayaba el silencio aquella tarde.

-¡Ya he vuelto! -gritó sin escuchar respuesta.

Tiró las llaves en la mesa de la entrada y fue directo a la cocina para prepararse un té caliente. Hacía tiempo que se habían trasladado a Lyon. Desde hacía un año y medio y por primera vez en mucho tiempo, era posible que alargaran su estancia de forma indefinida. Habían pasado de una ciudad a otra: Ámsterdam, Lisboa, Bruselas, Génova, Madrid, Múnich, Salzburgo, Milán… Un sinfín de destinos de los que sólo quedaban álbumes de fotos ocupados por ellos dos y un fondo pintoresco o monumental; edificios y paisajes grandiosos, pero nunca otras personas.

Esa tarde había bajado del autobús antes de llegar a la parada que le correspondía y había tenido que caminar bajo la lluvia casi doscientos metros. El conductor había abierto las puertas para que quien quisiera pudiera apearse. Llevaban parados casi un cuarto de hora en el mismo sitio y el ruido de los cláxones, mezclado con el vaho irrespirable del autobús, hacía el viaje insoportable.

La cocina estaba iluminada por la difusa luz que venía de la calle. Una luz que teñía de un color gris uniforme todos los objetos, como si estuvieran cubiertos por una fina capa de polvo. Se quitó el abrigo y volvió a gritar que ya estaba en casa, pero no hubo respuesta. Y por segunda vez aguzó el oído para averiguar en qué habitación estaba hablando ella por teléfono. Había escuchado desde la cocina una exclamación. Como si a su madre la hubieran contado algo desagradable que no deseaba repetir si él preguntaba.

Entró a oscuras en el salón. La aguja del tocadiscos vacilaba una y otra vez fuera del espacio rallado del vinilo, como si tratara de saltar por sí misma sobre él sin conseguirlo. La apartó y una vez restablecido el silencio, escuchó un débil quejido que le hizo volverse. Había algo en el suelo, algo arrebujado frente a la chimenea. Fue hacia el interruptor y estiró la mano. La luz se encendió y el bermellón de la sangre saltó sobre él hasta hacerle perder la respiración. Su madre estaba tendida sobre un charco de sangre oscuro y tibio. Su piel brillaba blanca como una estatua de mármol. Corrió junto a ella, hundiendo las rodillas en la untuosidad de la sangre aún caliente y observó incrédulo el gesto aterrorizado de su rostro. La miró detenidamente, incapaz de comprender. Y por un segundo, recordó esos rotuladores secos que guardaba desde su niñez. La sangre trazaba un borrón de tinta sin significado. El charco formaba en el suelo un dibujo informe, incomprensible. Max susurró una pregunta, quizás esperaba una respuesta, pero sólo consiguió una última exhalación cuando movió su cuerpo hacia delante y sacó el poco aire que quedaba en ella. Vio sus muñecas desgarradas, teñidas de un rojo sórdido que aún goteaba vida. Los ojos en blanco, vueltos de dolor. Permaneció arrodillado hasta que la portera llamó con impertinencia para reclamar su bolsa diaria de basura.

-¡Que luego se llena de olores la escalera! -gritó la mujer mientras golpeaba la puerta.

Max le entregó la bolsa como de costumbre. Lo hizo como un autómata, sin expresión en el rostro, hasta que los gritos de ella le despertaron del trance. Se miró la sangre que ya comenzaba a acartonarle la camisa y la respiración perdió el compás. Un calor insano le subió desde el fondo del estómago haciéndole vomitar.

Eso había ocurrido hacía un mes y medio pero para él, ella aún estaba presente. Era duro convencerse de que no había sido un sueño. Muchas veces, en medio de la noche, en ese instante fugaz que precede a la vigilia había sentido la alegría del engañado, la liberación que produce saber que nuestras pesadillas son sólo una falacia. Pero al recobrar el sentido se reconocía dentro de esa realidad que extrañaba y no tenía más remedio que recurrir al fetichismo, a la usurpación de ese espacio que ella había dejado vacío. Aún podía oler su perfume, que flotaba en ráfagas inesperadas por toda la casa. Su cuarto, impregnado de un aroma dulce y cálido, le recordaba cientos de momentos pasados. Sus vestidos desprendían aún el aroma de lo vivo pero sólo se atrevía a erosionarlo, a aspirar el olor del armario donde colgaban sus ropas si su deseo era insoportable. Sabía que con el tiempo, aquel perfume, su esencia, también moriría y le resultaba doloroso pensar en esa segunda muerte.

El cuarto de su madre le gustaba. Era una habitación acogedora donde el sol parecía no ponerse nunca. Entraba oblicuamente e inundaba cada rincón con una luz blanca y aterciopelada. Junto al ventanal, hasta el que llegaban las copas de los árboles, estaba su tocador, ordenado y lleno de frascos de colores. Un cepillo plateado, una caja ovalada con bellos dibujos que utilizaba de polvera, un cofre de madera tallada donde guardaba sus joyas y el pequeño jarrón de barro que él la regaló cuando aún estaba en el colegio y que ella siempre tenía ocupado con flores. Después de su muerte, él continuaba cambiándolas. Los domingos le agradaba pasear por el mercado hasta encontrar un ramo a su gusto, al de ella, delicado y alegre. Lo colocaba sobre la esquina derecha del tocador, donde el sol iluminaba hasta bien entrada la tarde y en los días cálidos abría de par en par las puertas del balcón y dejaba que la fragancia de la habitación se mezclara con las flores y el fresco aroma del jardín, que de alguna forma también era parte de su esencia.

Para Max, emprender un viaje solo, alejarse del hogar materno, del útero aún cálido de su madre muerta era sumergirse en lo impensable, en el caos del mundo; cotidiano para todos pero infranqueable y anacrónico para alguien cuya existencia y cuyas experiencias se reducían al ámbito de una actuación controlada y supervisada por ella. Era un visitante del mundo, un turista de los avatares humanos. Como esos seres mitológicos mitad dioses, mitad hombres que jamás acaban de ubicarse, de descubrir cuál es su verdadero sitio y pasan su existencia entre la sabiduría del Olimpo, que nunca llegan a alcanzar y el brutal y cruento funcionamiento del mundo, que nunca lograrán eliminar.

Le resultaba demasiado irreal, demasiado ficticio que ese mundo, que tan bien conocía y que se reducía a su madre, se hubiera desmembrado de una manera tan grotesca, tan fuera de las reglas que entre ellos existían. Si la muerte era un misterio, el suicidio significaba tener que renunciar a los apoyos racionales. La enfermedad y los accidentes le parecían ahora algo tan natural y envidiable, tan simple como entender el movimiento del Sol y los cambios de las estaciones. Pero esa forma de morir, silenciosa y desesperada, que jamás habría relacionado con ella, le producía un ardor constante en el pecho, una picazón que no podía calmar.

Cuando llegó aquella carta, a la ignorancia se sumó la duda. Max sacó fuerzas de sí y salió en busca de una respuesta, una razón en definitiva que apagara ese fuego que le quemaba. Puso toda su vulnerabilidad al descubierto y se adentró solo en el mundo.

II

SÁBADO

El medidor de gasolina estaba llegando a la posición de
reserva y aún conducía por aquel estrecho embudo. Gracias a
un relámpago, vislumbró una modesta señal en el lado
derecho de la calzada que avisaba que se encontraba cerca de
algún sitio. Redujo la velocidad y aguzó la vista. La señal
apuntaba hacia la derecha, hacia un camino tortuoso con una
gran pendiente. En ella se leía:

Shimts. 3 millas.

Paró el coche a un lado y buscó en el mapa la señal que le
había hecho el hombre de la gasolinera. Pensaba que aún le
quedaban más de diez millas para llegar y se sorprendió de su
pésimo sentido de la orientación, que hasta ahora había tenido
por preciso. Volvió a mirar el mapa y se convenció de que ése
era el lugar al que se dirigía. Era difícil que hubiera dos
pueblos con el mismo nombre. Sin duda debía ser un lugar
pequeño e insignificante. La mitad de los lugares que había
atravesado no figuraban en la guía Michelin, pero gracias al
hombre de la gasolinera había podido hacerse una idea de

dónde se dirigía. Revolvió los dos mapas, asegurándose de que estaba en el lugar correcto. Era imposible manejarse con esos mapas, amplios y tiesos como sábanas recién almidonadas.

Giró a la derecha y condujo camino abajo. La senda era aún más estrecha que la anterior, sin asfaltar e igualmente sembrada de pedruscos. La pendiente era muy pronunciada. Aunque llovía con menos fuerza, le era imposible observar algún detalle a través de la niebla, excepto un pequeño trecho del propio camino. Sólo advertía que serpenteaba por una garganta de paredes rocosas parecidas a las que acababa de abandonar. Trató de divisar alguna luz o señal del pueblo, pero apenas distinguía un par de metros delante de los faros y de nuevo intentó imaginar una razón que justificara vivir en un lugar tan inhóspito, tan inaccesible y apartado por voluntad propia.

Después de varias millas, que fueron más de tres, la pendiente se suavizó y el camino se enderezó unos metros. Entonces vislumbró una construcción de madera de la que sobresalían varios troncos perpendiculares. Era un puente tosco, casi improvisado, que descendía en una abrupta pendiente hasta alcanzar tierra firme doce metros más allá. Su apariencia frágil y quebradiza no le dio muchas garantías. El río que corría bajo la maderas mohosas había crecido y se encontraba a punto de desbordarse. Por el lado de la pared rocosa, la altura del puente alcanzaba los diez metros. Una caída desde esa altura no dejaría el coche en muy buenas condiciones. Lo cruzó temiendo que cediera. Escuchaba cada chasquido con el corazón encogido y contraía los músculos como si con ello pudiera reorganizar aquellas tablas sueltas y medio podridas. Sólo después de atravesarlo suspiró con alivio. Delante, una señal azotada por el viento avisaba, Shimts. Pero todo continuaba a oscuras, sin rastro alguno del pueblo. El camino volvió a inclinarse, a retorcerse. El coche saltaba frenético con cada bache; el agua había formado espaciosos riachuelos en los que las ruedas tropezaban, quedaban encalladas y salían despedidas. Max comenzaba a impacientarse. Según la señal ya tenía que estar en el pueblo y, sin embargo, seguía metido en aquel barrizal.

-¡Tres millas! -murmuró incrédulo, con el frío metido en los huesos. Había tenido que bajar la ventanilla para deshacer el vaho en los cristales.

De pronto, una idea rozó su mente, pero le pareció tan innecesario hacer en esos momentos un hueco a su inoportuna capacidad de invención, atizar con ese tipo de pensamientos aquella situación, que borró rápidamente su rastro, temiendo, como siempre temía, que tomara forma si le dedicaba tan sólo un segundo más. La idea resultaba absurda. La señal agitada por la tormenta le pareció la evocación de un pasado lejano y fugazmente temió que aún estuviera allí clavada simplemente porque alguien descuidado había olvidado quitarla hacía muchos años. Pensó que tal vez estaba gastando la poca gasolina que le quedaba para ir a encontrarse con un conjunto de edificios abandonados y cargados de herrumbre.

El camino torció bruscamente a la derecha y por fin vislumbró un conjunto de luces. Entró en el pueblo dispuesto a hacer un pacto consigo mismo, dispuesto a disfrutar de lo que le deparara la noche. Pero al observar el lugar supo que no podría mantener su promesa. Todo estaba sumergido en una turbia neblina. Las escasas farolas alumbraban una calle ancha y recta y dejaban grandes espacios a oscuras. A ambos lados de la calle se levantaban viejos edificios de piedra. No había luz en las ventanas; nadie por la calle. En un lado de la calzada, en un pedestal de madera, se leía el nombre del pueblo y debajo cuatro palabras que Max no entendió y a las que tampoco prestó atención: Do What thou Wilt.

Pegó el pecho al volante y observó el lugar desconcertado. Conducía por lo que debía de ser la calle principal del pueblo que a través de las gotas de lluvia y el vaho de los cristales aparecía bastante deslucida. De ninguna vivienda se veía salir una columna de humo que indicara que allí reinaba el calor de un hogar, ni siquiera un letrero de neón verde o un cartel iluminado que señalara la entrada a un confortable Pub.

Continuó por la calle principal hasta que por fin divisó en la esquina de un edificio un letrero.

Cravensworth Castle.
200 m
Segunda calle a la izquierda.
Camas y comida. Visitas guiadas.

Sin pensarlo dos veces torció según las indicaciones del letrero y se internó en una calle estrecha y empinada a cuyos lados se levantaban caserones rodeados de pequeños jardines descuidados. En un pedrusco lleno de musgo había una inscripción:

Cravensworth Castle. 50 m

Detuvo el coche. Al final de un camino de tierra, cruzando una estrecha senda arbolada, se levantaba una enorme y desigual edificación. Apenas estaba iluminada, pero tenía algunas lamparillas fuera que ayudaban a no pasarla por alto. Los faros del coche iluminaron una destartalada puerta de hierro, abierta de par en par. La entrada estaba rodeada por un sólido muro donde descansaba otra inscripción en una placa de metal:

Bienvenidos.
Horario de visitas: De 8 A.m. a 2 P.m.
Excepto sábados.

El retorcido camino de tierra que subía hasta la entrada estaba señalado por una hilera de setos cortos y bien cuidados y finalizaba en un rellano de gravilla frente a la mansión. Rodeó una fuente y se situó lo más cerca que pudo de la entrada. Giró las llaves y el ruido del motor cesó. Se echó hacia atrás y respiró el aire limpio y húmedo de la noche, el mismo que le agujereaba los riñones. Las nueve horas sentado frente al volante, con la espalda tensa y los ojos forzados en la carretera, le habían dejado extenuado. Ya resultaba bastante difícil conducir por el carril contrario y tener que recordar cuál era su sitio y hacia dónde debía hacer los giros. Varias veces había experimentado una sensación extraña al ver vacío el asiento donde debía estar el volante, donde debía estar sentado él mismo. Los giros invertidos de las rotondas, carentes de espontaneidad, le resultaban agotadores. Lo mismo ocurría con los adelantamientos; una vez en el carril contrario siempre olvidaba meterse de nuevo en el que le correspondía. Ya cuando subió al autobús que le conducía al puesto de alquiler de coches, en la terminal del aeropuerto, había experimentado una sensación extraña, como si hubiera cruzado al otro lado de un espejo tan grande que su mente apenas podía abarcarlo.

Miró por la ventanilla. La mansión era una sólida construcción de piedra que desprendía decadencia por cada una de sus esquinas, chimeneas y ventanas. Hizo sonar el claxon un par de veces mientras a través de los empañados cristales observaba el balanceo de un farol que colgaba encima de la puerta. Esperó unos minutos, los suficientes para convencerse de que ningún dispuesto mozo iba a salir con un paraguas a recoger sus maletas.

-¡Con mi suerte estarán todos sordos! -pensó en voz alta mientras salía del coche.

Había olvidado el paraguas y llevaba la gabardina sobre la cabeza; con la otra mano sujetaba su bolsa de viaje y una maleta pequeña muy rozada donde guardaba sus inseparables libretas. Miró a su alrededor con desaliento y después sonrió pensando que aquel lúgubre escenario haría las delicias de Roger Corman. En pocos segundos estaba calado hasta los huesos. Sopló varias veces con fuerza para evitar las cosquillas que el agua le hacía al escurrirse por los labios. Un involuntario temblor le sacudió de arriba abajo. Llamó a la

21

puerta un par de veces, pero después de unos minutos terminó por convencerse de que nadie le oía. Aun así, pensó con fastidio, no podía marcharse. Apenas le quedaba gasolina y desconocía si había otro lugar donde pasar la noche. Se apoyó en la puerta agotado y por unos segundos se sintió estúpido y absurdo. Pensó que aquel viaje era una prueba más de su incapacidad para superar situaciones, de su falta de madurez. Se vio a sí mismo calado hasta los huesos, agotado después de un día entero de viaje. Todo por culpa de su obsesión por descubrir quién había escrito una carta sin sentido.

Fue entonces cuando le vi por primera vez. A través de una ventana en el segundo piso, casi de soslayo. Observé a aquel muchacho que resoplaba agua como una fuente renacentista y ya entonces me pareció un náufrago, un solitario que había alcanzado tierra firme después de una penosa travesía, repleta de achiques e incomodidades, a bordo de un barril desvencijado. Alguien giró la llave en la cerradura y la puerta se abrió pesadamente.

III

En el reino secreto del inconsciente, nada es del todo
lo que parece. Los muertos hablan y los vivos
enmudecen. El falo es un dios caníbal, ahíto de
sangre. El útero húmedo invita al violador. El
violador viola por un amor que no puede
experimentar. Jano, el guardián de dos caras de la
puerta, ve el pasado y el futuro pero es ciego para el
presente e inconsciente de la eternidad que a todos
los incluye.

MORRIS WEST,
El mundo es de cristal

-¡Lo siento! Seguro que lleva aquí un buen rato, pero con esta
tormenta no hay quien oiga nada -dijo la mujer en un inglés
cerrado, articulado por golpes de voz que parecían pequeños
indicios de tos.

Max se quedó mudo.

-¿No quiere pasar? Se va a quedar helado -señaló con
preocupación-. Traiga, le cogeré una maleta.

Max miraba a la mujer que tenía delante como si fuese una
aparición. No lo era, pero la forma en que iba vestida le había
dejado desconcertado. Ella sonrió con amabilidad y se apartó
de la puerta para que pudiera entrar. Tenía un cuerpo tenso y
bien formado. Su rostro despejado, de rasgos simétricos y
frágiles, brillaba bajo una fina capa de crema hidratante que
suavizaba sus ya inminentes arrugas. Llevaba puesto un
camisón color crema, casi transparente, que le llegaba hasta
los pies descalzos. Encima se había puesto a toda prisa, sin
tiempo para abotonarla, una vaporosa bata con bordados en

23

las mangas y bajos.

A través de aquel camisón, Max podía apreciar sin necesidad de imaginar nada todo el cuerpo de la mujer y eso fue lo que, sin duda, le había dejado sin aliento. Ella no parecía sentirse molesta. Cogió una maleta y Max la siguió sin mediar palabra, sin mirar el fastuoso decorado medieval que le rodeaba, sin poder quitarle ojo al trasero que se entreveía bajo la gasa y la braguita de encaje.

Observé la escena malhumorado desde la puerta de mi habitación, donde segundos antes de que sonara el timbre estaba adquiriendo valiosos conocimientos sobre las costumbres sexuales de los habitantes de las Highlands, disfrutando del incansable afán por culturizarme que tenía la mujer que regentaba el hotel. Al oír la puerta, tuvimos que interrumpir una lección interesantísima, llena de conceptos tan nuevos y fascinantes para mí que recuerdo haber lanzado una maldición al ver como Bezel (ése era el nombre de la mujer) interrumpía una lección magistral para correr a atender su negocio y hacer una importante llamada que resultó ser un escueto: «Ya está aquí». Cuando me di cuenta de que ella no regresaría en un buen rato, me encerré en mi cuarto y me enfrasqué en la lectura de uno de los libros que había traído conmigo. Ya más calmado, pensé que un descanso y un poco de trabajo no me vendrían mal del todo. Yo había llegado cuatro días antes y la razón de mi viaje no resultó muy distinta de la de Max. Aunque eso no lo descubriría hasta pasados unos días.

De alguna parte del castillo llegaban las notas quebradas de un viejo tocadiscos que arañaba una música enturbiada. Max se sintió incómodo, presintió que había interrumpido algo, pero no quiso hacer ningún comentario, temiendo que aquella mujer, a quien creía capaz de hacerlo, le explicara qué era lo que había interrumpido. La sensación no era desagradable pero tenía el estómago contraído y era incapaz de hablar. Pensó que debía parecer un estúpido pero por más que trataba de buscar alguna frase no encontraba ninguna que se ajustara a aquella situación. Sintió cierta náusea en la boca del estómago cuando la mujer se volvió para hablarle y sus pechos giraron con ella. Su voz sonaba despreocupada:

-Venga. Por aquí.

Entraron en la cocina, una amplia habitación iluminada por el rescoldo de la chimenea. Allí la mujer soltó la maleta y le invitó a acercarse al calor.

-¡Qué barbaridad! ¡Está empapado! Voy a traerle un albornoz. Quítese la ropa o cogerá una pulmonía -dijo con amabilidad.

Salió por la puerta y la perdió de vista. Max estaba desorientado. Se acercó al fuego, estiró los brazos y entró en calor junto con sus pensamientos. Se sacudió el pelo con energía mientras echaba un vistazo a su alrededor. La cocina era muy antigua, de techos altos y sólidos muros de piedra. Los muebles de madera eran viejos, aunque estaban muy cuidados y limpios. En el centro había una amplia mesa de nogal rodeada de seis sillas con cojines de cuadros azules. De las paredes colgaban pequeños cuadros de frutas y había cacharros de cobre colgados en pequeños apliques de hierro. En las ventanas, la misma tela de cuadros era utilizada para las cortinas. Dos lámparas que parecían pequeños candiles iluminaban la habitación. Todo estaba decorado con sencillez, con un gusto femenino y casero.

Escuchó los suaves pasos de la mujer que regresaba con el albornoz y se apresuró a quitarse la ropa.

-Pero ¿todavía está así? Déjelo todo junto al fuego y póngase esto. ¿Es usted mudo? No ha dicho una palabra desde que ha llegado.

Se sentó frente a él con las piernas juntas, aunque a través de sus braguitas se podía ver el pelo hirsuto de su pubis.

-Lo siento. Había pensado que estaban sordos -dijo Max, sin pensar en lo absurdo de su intervención. Era incapaz de encontrar otro sitio donde posar los ojos que no fuera su cuerpo.

-¿Cómo? -preguntó confundida la mujer, mirándole con

curiosidad.

-Discúlpeme. Me llamo Max Sinclair -contestó sin dejar de mirar sus muslos, en un inglés casi perfecto-. Me he tomado unos días de vacaciones para visitar a un viejo amigo y llevo conduciendo todo el día. He estado a punto de quedar atrapado en el desfiladero que hay antes del desvío. Me ha pillado la tormenta justo cuando lo atravesaba -dijo mientras se quitaba la ropa bajo la atenta mirada de la mujer.

No le hacía gracia tener que desnudarse delante de una desconocida pero se dio cuenta de que no tenía elección y trató de actuar con naturalidad. De todas formas, ella no parecía darle mucha importancia.

-Ha tenido suerte. Si llega a quedarse tirado en la carretera habría tenido que quedarse dentro del coche hasta que alguien pasara a recogerle -dijo tajante.

Max no entendió qué quería decir.

-Lobos -añadió ella.

-¿Lobos?

-Eso he dicho.

-No sabía que hubiera lobos por aquí -respondió Max con indiferencia.

-Pues ya lo sabe -dijo la mujer, levantándose-. ¿Tiene hambre? -preguntó mientras se adelantaba y dejaba a la vista un generoso escote.

-Sí, la verdad es que sí. Pero no se moleste...

-Le haré unos huevos con carne. ¿Le parece bien?

-Sí, está bien.

-De acuerdo, cámbiese mientras se lo preparo o cogerá una pulmonía -repitió.

Max esperó a que se volviera para quitarse los pantalones y se puso el albornoz con un movimiento rápido. Ella se dio cuenta de su gesto y sonrió mientras colocaba los cubiertos y un plato sobre la mesa. La música continuaba llegando desde la parte alta del hotel en notas lentas y delicadas, apenas perceptibles. Bezel le dio la espalda y entonces aprovechó para observarla detenidamente. Tenía la piel elástica y tersa.

Los hombros anchos y redondos y unas caderas carnosas y abultadas a las que, a su juicio, no les sobraba un gramo de carne. La parte poética de Max pensó que su piel brillaba bajo aquella tenue capa de caprichosa volatilidad como un cristal frágil y pulido, pero aquellos pensamientos pasaron rápidos por su cabeza y la observó sin tratar de hacer poesía. Sus piernas largas y torneadas se sostenían con firmeza y los pies desnudos descansaban con impasible reposo en el suelo frío y desgastado de la cocina. Ella se volvió de repente y sorprendió a Max con un gesto que no dejaba lugar a las dudas. Bezel pasó por alto aquel inevitable examen al que la sometía con una sonrisa. Se sentó y le puso delante el plato con un movimiento insinuante y entonces fue él quien tuvo que fingir no haberse dado cuenta de sus sugerencias. Comenzó a comer con un nudo en la garganta hasta que ella rompió el silencio con su cálida voz.

-¿Cuánto tiempo piensa quedarse? -preguntó mientras pellizcaba un trozo del pan que le había puesto junto al plato.

-Pues, en realidad, no lo sé. Recibí carta de un amigo… -contestó.

No tenía por qué contarle a aquella desconocida la verdadera razón de su viaje. Pensó que la lejanía de casa, de todo lo cotidiano y conocido, era un cómplice perfecto para la invención. Se encontraba en un lugar remoto, ante una desconocida y podía ser quien él deseara. Sin embargo, al tratar de poner en práctica la capacidad de invención que derrochaba en sus cómics, se dio cuenta de que la vida real requería más valor que imaginación y sólo se atrevió a decir:

-Me ha invitado a pasar unos días con él y he aprovechado, ahora que tenía un par de semanas libres.

-¿Cómo se llama su amigo? -dijo ella, cruzando los brazos sobre la mesa- A lo mejor le conozco.

-Vladimir Drake Emelianov -respondió con toda la naturalidad de la que fue capaz. Habría querido mantener en secreto el motivo de su visita pero no imaginó que el pueblo iba a ser tan pequeño. Estaba seguro de que todo el mundo se conocía y era absurdo dar un nombre falso, entre otras cosas porque no sabía dónde vivía exactamente aquel hombre ni cómo era y necesitaba ayuda.

-¿Drake es amigo suyo? -preguntó incrédula.

-Bueno, no exactamente -se retractó, sorprendido al ver que le conocía- Era amigo de mi madre.

-Entiendo.

-Dígame -preguntó Max-, supongo que no será difícil encontrar la casa, pero... No sabrá por casualidad... En realidad, sólo sé que vive en este pueblo pero no tengo la dirección.

-Ha llegado al sitio perfecto. No tendrá que ir muy lejos -dijo sonriendo-. Vive justo arriba, en la parte más alta del hotel.

-¿Aquí?

-En el último piso. Fue él quien rehabilitó el castillo hace ya más de veinte años.

-¿Veinte? ¿Pero cuántos años tiene?

-¡Pfff...! -exageró-. Es un misterio -añadió en voz baja.

-Creía que esto era un hotel.

-Es un hotel. Pero cuando el señor Drake decidió restaurarlo, puso como condición poder disponer de la última planta. Aquí nadie objetó nada, teniendo en cuenta que es dueño de casi todo el pueblo, a ver quién iba a negarse...

-¿Qué quiere decir con que es el dueño? -preguntó Max-. ¿A qué se dedica?

-Bueno, ya le digo que es dueño del pueblo -vaciló ella-. Tiene la tienda de ultramarinos, el banco, el bar, la mayoría del terreno cuarenta millas a la redonda y todo el ganado... Sin hablar de sus negocios en la costa Este de Estados Unidos. ¿Es que le parece poco?

-No claro, no -contestó Max.

Desde que él tenía uso de razón no recordaba que su madre le hubiera hablado de nadie en concreto. Ella jamás había llevado ningún hombre a casa. Los diferentes muchachos que traían la compra del supermercado habían sido los únicos en traspasar el umbral. Trataba de hallar una relación entre ellos pero le resultaba imposible. ¿Cuándo se verían? ¿Quizás mientras él estaba en el colegio? Se enderezó en la silla y dejó el tenedor con desgana sobre el plato. Bezel observó aquel gesto y continuó como si no hubiera reparado en su malestar:

-Es extraño que no le haya dicho nada.

-¿Nada sobre qué?

-Bueno, él no se encuentra en el pueblo. Ha salido de viaje y no volverá hasta el miércoles. Me resulta raro que no le dijera nada sabiendo que venía a visitarle de tan lejos.

-En realidad, no sabía que iba a venir -tuvo que admitir-. Quería que fuera una sorpresa.

-De todas formas, regresará dentro de pocos días. Puede aprovecharlos para hacer turismo.

Max guardó silencio, un silencio incómodo que la contrariedad de aquel descubrimiento no le ayudó a disipar. Fue Bezel la que habló por fin.

-¿A que es usted francés? ¿Verdad que sí?

-De Lyon -mintió.

-¡Ah! Adoro Francia -dijo y miró al techo con los ojos puestos en un recuerdo agradable. Luego se volvió hacia Max y preguntó:

-Seguro que conoce París -dijo en tono acaramelado.

-Todo el mundo conoce París -contestó Max mientras tragaba un trozo de pan-Sólo he estado un par de veces.

-Aun así es francés -declaró, como si eso fuera más que suficiente para tener su total aprobación.

Se arregló el pelo detrás de la nuca y dejó a la vista unas axilas blancas y suaves. Max se dio cuenta mientras rebañaba el plato de que su historia resultaba un tanto absurda. Si su amigo le había invitado, resultaba extraño que buscara un hotel en vez de ir directamente a su casa, que no supiera dónde vivía, que no hubiera llamado… Pero lo cierto es que ya había mentido y resultaba aún más violento reconocer ahora la falta. ¿Cómo iba a imaginar que ese hombre vivía en el piso de arriba? ¿que el único hotel del pueblo era suyo? ¿que era el hombre más popular del pueblo? ¿cómo iba a saber nada? La mujer le ponía nervioso. No sabía dónde dirigir los ojos. Si la miraba, era imposible obviar aquel cuerpo rotundo que se ofrecía vivaz; y si no lo hacía, ella podía darse cuenta de que estaba tenso y no quería parecer un colegial. En realidad, era difícil que pareciera otra cosa porque aparte de su madre ésa era la única mujer a la que Max había visto desnuda.

Charlaron durante un rato sobre temas cotidianos, sobre París, sobre las agitadas noches que había pasado Bezel en esa ciudad que adoraba. Ella hablaba y hablaba en un tono que fue tornándose cada vez más pausado y vago y cuanto más pasaba el tiempo, más se preguntaba él si quizás ella alargaba la conversación esperando que actuara ante sus insinuaciones, se quitara el albornoz y, con una violencia que su edad disculparía, rompiera la fina tela que cubría aquel cuerpo. Pero de repente, ella se levantó. Le quitó el plato, recogió la mesa y le pidió de forma escueta que la siguiera a su habitación. Max creyó que la mujer se había cansado de esperar y se sintió tremendamente ridículo. ¿Debía haber actuado tal y como ella esperaba? En realidad, no sabía qué es lo que ella esperaba de un desconocido, quizás veinte años más joven…

Bezel, en efecto, se había cansado de esperar que el muchacho se decidiera a hacerle una simple insinuación para saltar sobre él como una leona hambrienta y al recordar que yo, aunque viejo y ya poco ágil, la esperaba en mi habitación recuperó la ilusión y despachó a Max sin remilgos. Para ella suponía un alivio poder disponer de un hombre que apenas salía y que siempre estaba dispuesto.

-Acompáñeme -dijo en tono suave pero no insinuante-. Lleve una maleta, yo le cojo la bolsa.

-He dejado el coche cerca de la puerta. Quizás debería moverlo.

-No se preocupe, no estorba. Sólo hay otro huésped y nunca sale de su habitación -contestó rápidamente.

Segundos después se encontraban escaleras arriba camino de la habitación, Max, sin poder desviar la mirada de aquel apretado trasero que se balanceaba ante él. No deseaba tocarlo, se habría desmayado con sólo sentir el tacto suave y orondo de aquel bombón.

La escalera, una larga sucesión de relucientes peldaños de madera, finalizaba en el primer piso con una recargada balaustrada que recorría parte de un ancho pasillo sembrado de alfombras. Bezel avanzó despacio y se paró ante la tercera puerta de la izquierda.

-Aquí es -dijo la mujer abriendo una gruesa puerta, tras la que apareció un cuarto amplió, decorado al más puro estilo escocés de hacía quinientos años.

A través de unos grandes y descoloridos ventanales, Max vio que continuaba lloviendo.

-¿Cuándo parará de caer agua?

Lanzó la pregunta al aire mientras dejaba su maleta junto a la cama y echaba un vistazo a la habitación, que le pareció demasiado lujosa para su bolsillo.

-Puede que dentro de tres meses pare por completo pero entonces comenzará a nevar y será mucho peor, se lo aseguro.

-Bueno, dentro de tres meses no estaré aquí -sonrió.

-¿Eso cree? -preguntó la mujer no sólo con la voz, sino con una forzada e irónica mirada.

Cerró la puerta tras de sí y se marchó. A Max no le dio tiempo a replicar el comentario, pero pensó que a fin de cuentas eran palabras venidas de boca de una mujer rechazada. No sabía muy bien qué es lo que eso podía significar pero lo olvidó en seguida. Estaba entumecido y agotado. Le dolían las rodillas y el cuello. Como una bofetada inesperada llegó a su mente la imagen del terso cuello de Bezel y tuvo una erección. Durante todo el tiempo que había estado con ella había logrado controlarse o quizás había estado tan preocupado en defenderse que sus instintos habían quedado relegados. Nervioso, como si temiera que alguien pudiera adivinar sus pensamientos, trató de pensar en otra cosa y con desorden buscó en su maleta el pijama. Nunca se ponía pijama, si acaso alguna camiseta gastada que no le molestara. Pero para el viaje había traído consigo uno que su madre le había regalado y se lo puso cerca del fuego.

La habitación estaba fría. Aunque la chimenea ardía con vigor y era tan grande que uno podía meterse dentro, el ambiente no era del todo confortable. Permaneció de espaldas al fuego un buen rato, agradeciendo el calor que de nuevo penetraba en sus riñones. Oyó ruidos tras la puerta y se acercó sin mucho interés mientras se abrochaba los botones. Varias personas bajaban las escaleras con sigilo, con paso lento y disimulado. No se atrevió a abrir. Pensó que en realidad no era asunto suyo si aquella mujer tenía líos nocturnos con otros huéspedes o con alguien del pueblo. Fue al pasar por delante de la ventana para meterse en la cama cuando algo llamó su atención. A lo lejos, entre las calles del pueblo, divisó decenas de lamparillas que se balanceaban con lentitud. Todas las luces seguían una misma dirección: una vez llegaban a la calle principal, se unían al grupo mayor formado en el centro de la calle y se dirigían a la salida del pueblo. Siguió la procesión con los ojos atentos. Las gotas de lluvia escurrían tras los cristales los resplandores, los alargaban y los hacían parecer fuegos fatuos. Un rato después, las lamparillas se hicieron borrosas, puntos imperceptibles y por fin desaparecieron. Max se metió en la cama sin comprender qué podía hacer tanta gente en la calle a aquellas horas y bajo aquella tormenta. Pero estaba demasiado cansado para que la curiosidad le entretuviera por mucho tiempo. En pocos minutos estaba medio dormido y a su mente regresó de forma involuntaria la voluptuosa imagen de Bezel mientras le preparaba unos huevos con carne.

IV

DOMINGO

Es un joven y la vida
Llena de sueños de oro,
Pasó ya, cuando aún el lloro
De la niñez no enjugó:
El recuerdo es de la infancia,
¡Y su madre que le llora,
Para morir así ahora
Con tanto amor le crió!

JOSÉ DE ESPRONCEDA,
El reo de muerte

Despertó bien entrada la mañana con los nudillos de Bezel golpeando su puerta:

-Señor Sinclair. Soy yo, Bezel. Le traigo el desayuno -anunció con voz suave.

-Un momento -dijo mientras se cubría con las mantas casi hasta el pecho con pudor-. ¡Entre! -ordenó sin mucha convicción.

Bezel apareció con una bandeja cargada de delicias que no llamaron tanto la atención de Max como su nuevo atuendo. Sobre la piel llevaba una estrecha camisa de seda de un suave gris perla que le marcaba los pezones. A Max le recordaron a las gomas de borrar que tienen los lápices en un extremo. La falda, larga y ajustada, era del mismo color.

-Buenos días, señorita Bezel -dijo con voz indiferente mientras se incorporaba en su cama-. No tenía por qué haberse molestado.

-Buenos días, señor Sinclair. ¿Durmió bien?

-Bien, muy bien. Gracias -contestó en tono cumplido.

Recordó que sus sueños habían estado cargados de imágenes en las que Bezel había despertado algo más que su curiosidad. Pero una cosa eran los sueños y otra muy distinta la realidad.

Ella le sonrió y se acercó a su cama con paso lento y sinuoso, tratando de ponerle tan nervioso como había descubierto la noche anterior que era capaz.

-¡Sólo Dios sabe lo que ha llovido esta noche!

Se sentó con descaro en el borde de la cama.

-Siento tener que decirle esto -continuó la mujer-pero anoche, poco después de llegar usted, el río volvió a desbordarse y destrozó la parte baja del puente. Era de suponer, estaba podrido -observó la cara de Max-. El caso es que estamos incomunicados.

-¿De veras? -preguntó Max, molesto pero más preocupado por las libertades que se tomaba la mujer que por la noticia.

-Según creo, el puente ha quedado destrozado. El camino que llega hasta Shimts está cortado. Nadie puede entrar ni salir hasta que baje el agua -dijo acariciándose entre las piernas con dejadez.

Max contempló en silencio a la mujer, sin estar seguro de cómo reaccionar ante aquel comportamiento. No quería complicaciones, tan sólo deseaba conocer al remitente de aquella carta, saber qué tenía que ver con él y después continuar su camino con una respuesta que esperaba tuviera una explicación clara y sencilla. Las insinuaciones de Bezel le confundían. Le forzaban a tener pensamientos que jamás se había permitido. Lo molesto no era sólo que aquella mujer fuera mucho mayor que él. Lo que resultaba impensable era tener relaciones con una desconocida de quien sólo podía captar un apetito casi enfermizo por el sexo. Eso le disgustaba tanto como siempre le habían disgustado a su madre las mujeres que se acercaban a él más de la cuenta. El sexo para

Max se limitaba a un inconstante y poco regular movimiento de muñeca. Era algo como un dolor de cabeza: incómodo pero fácil de quitar. Aunque una parte de él la deseaba, la otra aborrecía aquel carácter frívolo y descarado, le daban ganas de...

-Me temo que su amigo Drake no podrá entrar en el pueblo, ni usted salir -dijo ella con irónico fastidio.

-Dígame, Bezel -dijo Max-. ¿Está casado el señor Drake?

-¿Drake? No. El señor Drake es el soltero más rico y solicitado del norte de Escocia. Tiene hospitales y negocios en la costa este de Estados Unidos, en Nueva York y Boston. Es uno de los psiquiatras más famosos del mundo. Una eminencia. ¿No le ha contado eso su madre?

Max negó con la cabeza. No tenía demasiada prisa. Nadie le esperaba en casa pero tampoco entraba en sus planes permanecer en aquel pueblo más tiempo del necesario y menos en un hotel tan caro. Cuanta más información consiguiera mejor.

-¿Y qué van a hacer ahora? Quiero decir que cuánto tardarán en arreglar el puente -preguntó.

-Bueno, no lo sé, pero no hay de qué preocuparse. Tenemos todo lo necesario: médicos, tiendas, restaurantes, farmacia, sala de fiesta.

-Aun así... -insistió Max.

-No es tan horrible -explicó ella-. Yo ya no me imagino en una de esas enormes ciudades, donde todo el mundo va corriendo de un lado para otro sin conocerse, es un manicomio. Aquí vivimos tranquilos y felices. Tenemos todo lo que podemos desear. Aunque puede que para usted, un muchacho de ciudad...

Max cambió de cara al ver que ella se acercaba y le lanzó una mirada fría. Bezel se puso seria, pero trató de ignorar aquella mirada y el rechazo que causaba en él.

-Tómese el desayuno. Me quedaría con usted pero tengo cosas que hacer -dijo, fingiendo indiferencia mientras se dirigía hacia la puerta-. Puede ir a dar una vuelta por el pueblo, le gustará.

Salió de la habitación y Max escuchó sus pasos subiendo la escalera. Segundos después se puso en marcha el viejo tocadiscos y una música quebrada, acompañada de una voz lánguida, inundó cada rincón. La música ablandaba las paredes, restaba a aquella fría construcción dureza y, por alguna razón, la hacía parecer cercana. Hasta los oídos de Max se abrió paso aquella melodía desconocida pero familiar y algo en su interior también se reblandeció. Algo se sacudió dentro, se agitó como un reptil aletargado que vuelve a notar la sangre correr por sus venas. Sus ojos quedaron clavados en el suelo y durante unos minutos trató de reconocer aquella melodía sin lograrlo. Después, como si saliera de un sueño, se descubrió parado frente a la chimenea con los puños apretados a ambos lados del cuerpo. Se tocó la cara con la mano y recogió una lágrima que le resbalaba por la mejilla. La miró incrédulo, hipnotizado, sin saber cómo aquello había ido a parar a sus dedos. Estaba llorando y, sin embargo, no podía hallar dentro de sí ningún sentimiento que le hubiera impulsado a ello. Se secó la cara con ambas manos y las restregó con fuerza, como si quisiera borrar una huella congelada sobre el hielo. Paseó un momento por la habitación, sin rumbo, sin encontrar un sentido. No podía hallar un sentimiento triste, alegre o doloroso que le indicara un sendero llano hacia esa reacción. Nada.

Recogió alguna ropa y se metió en la ducha convencido de que no lograría satisfacer su curiosidad. Después desayunó junto a la ventana y mientras lo hacía se dio cuenta de que desde el castillo, desde aquella ventana, se dominaba todo el pueblo. No era demasiado grande y cuanto abarcaba aquel conjunto de casas y edificios podía observarse desde allí. Terminó de vestirse y bajó las escaleras.

De la cocina salía un olor agradable y dulzón. Era un lugar acogedor y confortable. Max pensaba que mantener un hotel de esa categoría en un pueblo tan pequeño e insignificante costaría una fortuna que, seguro, no recaudaban con las visitas guiadas y mucho menos con las habitaciones. Pensó que de todas maneras no había otro lugar donde hospedarse y, llegado el caso, podría hablar con Bezel o con el mismo Drake y llegar a un acuerdo.

El fuego calentaba los rostros de Bezel y la mujer con la que charlaba alrededor de la mesa mientras tomaban café. Max entró y saludó con educación.

-Ésta es la señora Hoffman -dijo Bezel con su peculiar tono.

-Señora Hoffman -saludó Max.

-¿Es usted el forastero que llegó ayer? -preguntó la mujer, de unos sesenta años, con piel y cabello claros.

-Sí -contestó Max-. He venido a visitar a un amigo. Había oído que Escocia era verde pero no sabía que tuvieran que pagar ese verdor con días como éste -dijo, haciendo un esfuerzo por parecer sociable-. No he visto llover así desde hace muchos años.

-¿Sabe ya dónde va a instalarse? -preguntó la señora Hoffman interesada.

-¿Instalarme?

-Sí. ¿Dónde va a vivir? En la calle Neung hay casas vacías. Son preciosas para un joven soltero, porque es usted soltero, ¿verdad? -preguntó con sonrisa pícara.

-Sí, soy soltero pero me marcho dentro de unos días -respondió-. En cuanto arreglen el puente y pueda ver a un amigo.

-¿Se marcha? -preguntó la señora Hoffman sorprendida, volviéndose hacia Bezel con ojos interrogantes.

Max también la miró. Ella respondió con una mirada risueña y sugerente que pareció dejar satisfecha a la señora Hoffman pero que Max no pudo descifrar. Pensó que a la señora Hoffman le faltaba un tornillo y se despidió diciendo que tenía interés en dar una vuelta por el pueblo.

La lluvia caía fatigosamente. Max decidió dejar aparcado el coche donde estaba. Era absurdo cogerlo para moverse por aquel hormiguero. Estaba impaciente por encontrarse cara a cara con ese desconocido que, por alguna razón, se había dirigido a su madre con un tono tan familiar; tan cercano que resultaba insolente. Se subió el cuello del abrigo y comenzó a bajar la pendiente. Pronto dejó de ver el pueblo desde arriba y se encontró dentro de él. Las calles tenían viejos adoquines y edificios más viejos aún. Hacia la calle principal se levantaban pequeñas casas unifamiliares de dos pisos con un aspecto lúgubre y destartalado. A su alrededor se retorcían y perdían otras tantas cuestas estrechas, la mayoría de ellas vertiginosamente empinadas, que salían de la calle principal y se perdían entre contoneos hacia la colina. Había construcciones más anchas y horizontales, rodeadas de frondosos árboles, y también viejas mansiones escondidas tras una maraña de vegetación. Respiró el aire frío y sintió, bajo el aroma a tierra mojada, bajo el olor de la montaña, un manso perfume que le aceleró el pulso. Lo aspiró y notó que algo se removía en su interior. De pronto se encontró perdido en el recuerdo de un verano. En un día concreto dieciocho años atrás; en unas vacaciones que pasaron él y su madre en Biarritz.

Ese día hizo calor, un calor pegajoso y estancado. Era el primer día de vacaciones y a las nueve y media de la mañana ya estaban en la playa. Aunque era pronto no eran los únicos madrugadores. Había familias dispersas por la arena junto con sus sombrillas y hamacas. En un par de días serían pocos los que llegarían tan pronto, pero hoy era el primer día de vacaciones para muchos y todos querían aprovecharlo al máximo.

Densas nubes se esparcían en orden por el cielo, como si también ellas tomaran posiciones para el resto de día. Se deslizaban sobre sus cabezas con un movimiento apenas perceptible. El mar reflejaba suaves brillos dorados. Su superficie era lisa, como una gigantesca bandeja de plata. Cuando Max llegó hasta la orilla (hacía tiempo que había aprendido a nadar y su madre le dejaba meterse solo en el agua), observó aquel espejo con admiración. Ese verano llegaba con una idea nueva en la cabeza: estaba convencido de que podría andar sobre el agua sin hundirse. Sus ojos se perdieron en la inmensidad, que despedía un intenso olor a verano, a tardes de paseo y helados de fresa. La calma con que había amanecido el día aún no se había dispersado del todo y lejos de la costa, el mar se veía como a través de un fino velo de linón. Max introdujo un pie en el agua y éste se hundió. No le extrañó en absoluto porque cerca de la playa el agua sí se movía, no tenía esa apariencia de espejo pulido. Pero estaba seguro de que cuando llegara lejos podría deslizarse sin problema sobre la brillante superficie.

Miró hacia la playa. La arena estaba blanda y fría. Su madre permanecía tumbada en la hamaca y escribía en su diario. La miró y volvió la cabeza de nuevo. Se encontró con aquella pista de patinaje dorada y cálida que era el mar y avanzó despacio, sin apartar la vista del horizonte. Seguro de que cuando llegara allí podría deslizarse felizmente con la única ayuda de sus pies. No recordaba exactamente la historia, pero había escuchado que alguien era capaz de hacerlo, que era posible caminar sobre las aguas.

Avanzó lleno de esperanza hasta que el agua templada le llegó por debajo del pecho. Al dar otro paso sintió que a la altura de los tobillos el agua se arremolinaba en frías espirales. Continuó de puntillas y cuando ya le alcanzaba la barbilla, se volvió hacia su madre para ver si aún continuaba allí. Estaba tumbada plácidamente pero ya la veía muy lejos.

Dio un paso más y el denso fondo desapareció bajo sus pies. Entonces, de sus ojos se borró la pista de patinaje, el sol y el calor del verano. Todo se puso negro y el agua fría le entró por la nariz. El estómago le dio un vuelco y se le subió a la garganta. Se estaba hundiendo hacia un lugar negro y frío, donde el sol del verano no llegaba y lo único visible era una hilera de burbujas plateadas. Algo tiraba de su pie, ahora se daba cuenta. Al principio, la brusca impresión no le había dejado pensar, pero ahora sentía que algo tiraba de él. Se dio cuenta de que no podía respirar. Elevó los ojos y vio que sobre su cabeza el agua se movía tranquilamente y aún tenía un suave color dorado. Miró hacia abajo y sólo pudo ver una gran mano con un anillo brillante y redondo en el dedo índice y un rastro de burbujas, que no eran suyas, subiendo muy rápido... Después, todo se volvió negro, incluso dentro de su mente, donde la pista de patinaje desapareció sin dejar rastro.

Lo siguiente que recordaba era los labios de su madre sobre los suyos, sus suaves manos sobre el pecho y un dolor en el corazón o cerca que no le dejaba respirar. Por fin escupió un borbotón de agua y tosió violentamente varias veces hasta que pudo darse cuenta de cuánto le escocían los ojos. A su alrededor había mucha gente arrodillada o de pie. Todos le miraban con los ojos muy abiertos y cuando se incorporó tambaleándose, su madre le cogió con delicadeza y le estrechó entre sus brazos. Pudo oler la mezcla de loción bronceadora y sol sobre su piel, y aunque ella lloraba él no supo por qué.

Después de un rato se encontraba estupendamente. Le habían llevado al puesto de socorro pero no le habían hecho daño. Luego, su madre le compró un helado de fresa y le sentó cómodamente en la tumbona. Ella se acercó y le presentó a aquel hombre.

-Éste es el señor que te ha salvado la vida -dijo ella con su cara bronceada y el pelo color trigo que sobresalía de la pamela.

Max se cambió el cucurucho de mano y se limpió los dedos en el albornoz. Había estirado el brazo para saludar como hacían los hombres a aquel desconocido que extendía su brazo hacia él. Entonces fue cuando se asustó de veras. Aquel hombre llevaba en su dedo un anillo grande muy parecido al que había visto hacía poco en el mar. Max soltó el helado y se abrazó asustado al cuello de su madre, que le reprendió por aquel descortés comportamiento. El hombre disculpó a Max con una sonrisa que el niño no pudo entender, pero que le hizo temblar. Sin poder evitarlo rompió a llorar...

40

Max salió del recuerdo tan bruscamente como había entrado. Ya no quedaba rastro de él pero todavía podía sentir, bajo el olor a tierra mojada, la fragancia que desprendía la piel de su madre aquel día. Por alguna razón había olvidado aquel incidente ocurrido hacía dieciocho años. Hasta ese momento, aquel recuerdo había permanecido escondido en lo más profundo de su mente y ahora, que por alguna extraña asociación lo había revivido, no podía entender cómo había sido capaz de olvidar algo así. Lo verdaderamente increíble no era saber que había estado a punto de morir ahogado, o quizás asesinado, eso no le interesaba en absoluto. Lo más significativo era cómo aquel día se había representado en su mente. Los detalles. Recordaba el olor a conchas vacías en la playa, la luz difusa y húmeda de la mañana, el aroma de la piel de su madre cuando lo había abrazado y, por supuesto, el ilustre anillo de aquel hombre que le salvó la vida después de querer quitársela.

Sonrió con melancolía. No podía saber qué era real y qué había añadido a lo vivido, ni por qué lo había relegado a un rincón de su cerebro hasta ahora. Tal vez el incidente del agua le había afectado más de lo que creía.

La lluvia le empapaba la cara pero apenas lo notaba. Cuando volvió en sí, se descubrió parado frente a una casa de paredes grises y techos abuhardillados. Continuó hacia el centro del pueblo como un sonámbulo, enredado en el aroma del recuerdo, que flotaba suspendido sobre su cabeza. Llegó a la calle principal. Los edificios se alzaban apretados unos junto a otros. Ninguno sobrepasaba los tres pisos. Las fachadas intercalaban balconadas y ventanales rematados por coquetos tejados abuhardillados, de los que sobresalían delgadas chimeneas. Algunas de las entradas estaban flanqueadas por columnatas de piedras oscuras y erosionados ornamentos.

El aire húmedo levantaba exclamaciones vaporosas alrededor de las cabezas de los transeúntes. Aunque la temperatura había subido algunos grados, la mañana continuaba desapacible. Paseó un rato sin ninguna dirección concreta, simplemente curioseando cuanto tenía a su alrededor, sin verlo realmente porque seguía sumergido en aquel vivido recuerdo. Sin embargo, se dio cuenta de que la fuerza de la experiencia estaba perdiendo intensidad. Las imágenes continuaban claras pero algo se desvanecía con cada paso que daba, con cada nuevo pensamiento que cruzaba su mente. Entonces experimentó una sensación que ya conocía. Era un miedo como el que había sentido después de la muerte de su madre. Tenía que ver con la esencia de las cosas, con aquello que las mantenía vivas. Estaba en su mano evitar una pérdida importante. Tenía que guardar aquel recuerdo, impedir que se diluyera y describir, ahora que aún lo tenía fresco, todos los detalles que pudiera. Decidió buscar un sitio tranquilo donde tomar un té y trasladarlo a su inseparable libreta.

Max siempre llevaba sus libretas consigo. Para él eran la prueba fehaciente de que existía. Su soledad era menor cuando podía releer y observar las viñetas que representaban su propia vida. Él, su madre, sus casas, sus viajes, el destierro que compartían… Todo estaba prodigiosamente trazado: las palabras, los gestos, sus expresiones y actitudes. Incluso los pensamientos, aquello que no se decía, era visible en las pequeñas nubes que salían de sus cabezas. Aquella obsesión por conservar los momentos, por transformarlos en algo observable, era una inteligente táctica de su madre. Uno de los métodos que utilizaba para controlarle, para saber en todo momento qué era lo que su querido Max estaba pensando.

Max caminaba rápido, lanzando miradas furtivas a los edificios, sin fijarse realmente en las caras de las personas que paseaban tranquilamente de un lado a otro. Esa gente no le importaba en absoluto, eran sólo objetos, como las mansiones o los árboles. Lo verdaderamente importante estaba en aquel recuerdo porque nada le era más necesario que encontrar respuestas y lo que acababa de ocurrirle quizás significaba algo. Max se detuvo bruscamente. La calle por la que caminaba se había acabado y con ella, el pueblo. A ambos lados, dos solemnes edificios exactamente iguales fijaban los límites. Luego tan sólo estaba el camino por el que había llegado la noche pasada. Miró el tupido bosque que se extendía delante de él y se estremeció ante la radical frontera que separaba el pueblo del resto del paisaje. Se volvió con desconcierto y por primera vez desde que había llegado salió de sí mismo, de sus pensamientos, y analizó aquel pintoresco lugar en el que todo se le hacía cotidiano y extraño a la vez. Era un pequeño reducto de vida, aislado y perdido donde todo se movía de forma lenta y silenciosa. La gente andaba por el centro de la calle, sin prisa, sin ningún ruido más que el de sus voces, sus pasos, la lluvia y el viento. Todo parecía perfectamente normal, como en cualquier otro sitio. Permaneció en el límite del pueblo un rato, ajeno al frío y al agua que empapaba su gabardina y le chorreaba por la cara. Levantó la vista y a su izquierda, en lo alto de la ladera, vio el hotel. Era una desordenada y astillosa masa negruzca, un enorme y desigual edificio del que sobresalían torres puntiagudas, tejados estrechos y balcones prominentes. El oscuro color de sus piedras, casi negro, recortaba su silueta en un cielo plúmbeo y ensombrecido por las nubes. Desde allí, la edificación le causó una impresión disonante. Como si formara parte de otro decorado y hubiera sido puesta desde arriba por una mano torpe y sin gusto, simplemente porque era una pieza que sobraba de otra maqueta. El frío le hizo reaccionar. Reanudó la marcha sin apartar la mirada del castillo y cuando los edificios lo taparon se apresuró a buscar un café. Recorrió la calle con paso rápido hasta que se cruzó con dos hombres mayores que conversaban animadamente. Los dos hombres dejaron de hablar y le miraron con interés.

-Francés, ¿verdad? -dijo con voz amable el que parecía mayor.

Llevaba una enorme bufanda verde oscura que casi le tapaba la cara. El pelo canoso le caía a ambos lados de las orejas como dos madejas de lana.

-De Lyon -volvió a mentir.

-Si desea algo caliente, vaya hacia arriba, por esa calle estrecha, y en la tercera casa encontrará el café -apuntó el hombre que parecía más joven.

-Es mejor que vaya al de Hausen. Ése es muy oscuro, apenas le ven a uno -discutió el otro.

-Sí, pero Hausen se levanta tarde y quizás no esté abierto. Ya sabes que no se puede contar con él.

-Hausen está más cerca, siempre lo ha estado. Si no está abierto, puede ir al de Freyser -discutió el más viejo.

Max esperaba en silencio a que se decidieran.

-Bueno, acérquese a esa puerta -dijo señalando una amplia entrada a un edificio-. Si no está abierta, siempre puede ir al otro -dijo señalando la calle estrecha.

Cruzó la calle y se metió en un portal mustio con olor a humedades perpetuas. A su derecha había una puerta de dos hojas. Su mitad inferior mostraba un carcomido dibujo en la madera. La superior la formaban dos grandes cristales cubiertos por unos visillos color crema. Empujó la puerta y ésta cedió pesadamente. El local era amplio y algo rancio; con un suelo desvencijado que se disimulaba bajo unas mesas cubiertas por manteles azules y diminutos floreros. Al fondo estaba la barra y tras ella unas estanterías de madera abarrotadas de bebidas y copas de todos los tamaños y colores.

-Parece que Hausen ha madrugado -murmuró Max para sí.

El lugar tenía una temperatura agradable, casi acogedora. Los techos eran altos y dejaban a la vista unas gruesas vigas de madera que perforaban la pared. Se acercó a la barra, se frotó las manos entumecidas y esperó. Al momento un hombre de unos cincuenta años con el pelo blanco y las cejas oscuras salió de detrás de una cortinilla.

-Buenos días, señor Hausen -dijo Max en tono amigable.

El hombre sonrió pero no le preguntó por qué conocía su nombre.

-¿Qué desea? -preguntó. Tenía una voz agradable aunque

padecía un cierto ceceo.

-Un té bien caliente.

-Siéntese junto a la chimenea. Ahora se lo llevo.

El hombre se esforzaba por pronunciar correctamente pero sus palabras sonaban como si tuviera un caramelo pegado en el paladar.

Max se sentó junto al calor. Minutos después se acercó Hausen con una bandeja. Colocó con exagerada lentitud una tetera y una taza, un azucarero y un platillo con dos rodajas de limón, una jarrita de leche y luego una cesta con varios pasteles. El hombre se movía con dificultad como si cada paso fuera un logro imposible que siempre acababa por superar. Tenía una pierna retorcida que arrastraba pesadamente y un pie inútil, ladeado hacia dentro, que parecía haber muerto hace tiempo, pero que continuaba pegado a aquel cuerpo por compasión. El hombre se retiró y mientras limpiaba la barra, Max se tomó el té en silencio sin probar los dulces. Sacó su libreta del bolsillo derecho de la chaqueta y comenzó a garabatear todo cuanto recordaba de aquel olvidado día de verano. Se sumergió en sus recuerdos junto al confortable calor de las llamas y escenificó, entre personajes compuestos por líneas precisas y burbujas que brotaban de sus bocas, la ristra de recuerdos recién revividos.

Cuando terminó, respiró hondo. No tenía idea de cuánto tiempo había pasado pero tampoco le importaba demasiado. No tenía nada que hacer hasta que arreglaran el puente, hasta que el señor Drake regresara y por fin pudiera descubrir qué había entre él y su madre. No quería pensar en ello pero a veces, si no tenía la mente ocupada, el estómago se le revolvía como si dentro durmiera un enorme gusano que sólo despertaba cuando el rojo escarlata de la sangre le azotaba con su recuerdo. Y eran los recuerdos, esos que hacen revivir sensaciones que creíamos muertas o aparecer fantasmas en la vida cotidiana, los que habían despertado a Max del letargo en el que había vivido durante casi veinte años.

-¿Cuánto le debo? -dijo, metiéndose la mano en el bolsillo.

-Setenta peniques. ¿Está de vacaciones?

-Sí. Tienen ustedes un país muy bonito pero un tiempo terrible -sentenció, echando un vistazo fuera. Todavía llovía. Hausen sonrió avergonzado como si fuera culpa suya aquella lluvia persistente.

-La lluvia es buena, hace crecer las plantas y las vacas comen esas plantas -se justificó.

Max asintió como si hablara con un niño pequeño al que le había costado un gran esfuerzo llegar a ese simple pero cierto razonamiento.

-Tiene razón, pero yo no soy una vaca -dijo, sonriendo.

Miró a su alrededor con la despreocupación que caracteriza a los que no tienen prisa y apoyándose en la barra preguntó:

-¿Dónde está la gasolinera?

-Pero si aquí no hay gasolinera -afirmó Hausen con su torpe vocalización-. ¿Le habían dicho que sí había?

-No, pero supuse que...

-¡Ah! -interrumpió el hombre-, lo supuso.

-¿Dónde está la más cercana?

-En el pueblo de al lado, a doce millas.

-¿De al lado? -dijo, sonriendo-. Tienen ustedes una extraña noción de lo que es «al lado».

El hombre le miró de una forma que Max no supo descifrar y dijo con preocupación:

-Me gustaría ayudarle pero no puedo, lo siento.

El comentario y la gravedad con que Hausen pronunció aquellas palabras dejaron a Max confundido. Por un momento dudó de que estuvieran hablando de lo mismo.

-¿Pero sabrá quién me podría vender un poco de gasolina? No creo que tenga suficiente ni para llegar a la gasolinera. ¿Lo sabe?

-Sí -contestó secamente, con los ojos fijos en Max.

Max esperó a que hablara.

-Bueno, si se ha perdido, quizás no sepa volver -dijo por fin Hausen, mirando la cara de Max con ojos recelosos.

-No, si no me he perdido -contestó Max-. Estoy de

vacaciones, ya se lo he dicho. Sé dónde estoy y sé por dónde seguir cuando me marche. Sólo necesito gasolina.

-¡Ah! -dijo-. En ese caso… No, no puedo ayudarle.

-Pero acaba de decir que sí podía.

-Eso era porque creí que se había perdido pero si sabe dónde está… es diferente -contestó mientras se arrastraba con dificultad.

-¿Qué es diferente? -preguntó Max, siguiéndole.

Hausen no contestó. Max entonces pensó que hablar con aquel hombre no era una buena idea. Sin embargo, necesitaba saber quién podía venderle gasolina y se armó de paciencia.

-Vamos a ver, señor Hausen. ¿Quién me puede vender unos litros de gasolina?

-Es que en realidad yo no sabría decirle… -contestó mientras limpiaba el borde de un vaso con un trapo seco.

-Pero usted me iba a decir un nombre hace un momento. ¿Qué nombre era?

Hausen le miró con reserva y contestó.

-Vaya a la tienda de Vahlenkamp. La señora Vahlenkamp vende de todo.

-Gracias, señor Hausen -dijo Max algo más tranquilo y se dispuso a salir.

-Es usted demasiado joven para perderse.

Max volvió a sentirse desorientado y tuvo ganas de que Hausen le aclarara aquello, pero se lo pensó mejor y, levantando la mano en el aire, hizo un gesto a Hausen y se marchó.

Respiró hondo el aire frío de la calle y luego miró el cielo taponado de nubes. Al otro lado de la calle divisó la tienda. Sobre una puerta de madera abierta de par en par había un viejo letrero rectangular:

Bazar Vahlenkamp.

Entró en un local amplio y silencioso. Un barniz oscuro brillaba sobre las paredes. En contraste, los tablones del suelo se veían desgastados y mates. Max observó con interés aquel revoltijo. A pesar del desorden, todo parecía colocado con una intención ornamental. Se vendían todo tipo de cosas: vestidos, pantalones, sillas, rulos, bufandas, sartenes, plantas, figuritas de porcelana, guantes, lamparillas, velas, manteles, cortinas, cojines, platos, zapatos, mesas, cepillos de dientes, toallas, mecedoras, botellas, cuadros, libros, alfombras, espejos y un sinfín de objetos, todos con cierto aire rústico, casi artesanal. Al fondo, detrás de un mostrador, había una mujer con un pañuelo en la cabeza anudado detrás del cuello y un vestido de corte sencillo de color marrón oscuro. Tendría unos cincuenta años y le observaba con interés.

Max se acercó a ella.

-Buenos días. Me han dicho que aquí podían ayudarme.

-Ella no contestó. Miraba a Max con atención-: Dígame. ¿Podría venderme un poco de gasolina?

La mujer se apoyó en el mostrador y sonrió con un lado de la boca.

-¿Cómo se llama? -preguntó tranquila mientras le analizaba con detenimiento.

-Max Sinclair. -Suspiró. Se dio cuenta de que tendría que echar mano de su paciencia de nuevo.

-Max. Bien… Max -dijo la mujer-¿cuántos litros necesita?

-Pues no sé… un bidón de cinco litros sería suficiente.

-Suficiente para qué.

-Para llegar a la gasolinera -contestó.

-¿No querrá marcharse tan pronto? ¿No le gusta nuestro pueblo? ¿Ha visto ya el castillo, Max?

-Sí -contestó.

-¿Dónde se dirige?

-¿Por qué tantas preguntas? -protestó.

-¿Quiere que le ayude? Pues ayúdeme usted contestando mis preguntas -dijo ella muy seria.

-Es que no entiendo qué puede interesarle hacia dónde voy o quién soy. Sólo quiero gasolina -explicó molesto.

-Y yo sólo quiero saber quién es. ¿O es que cree usted que

48

yo vendo gasolina a cualquiera?

Max estuvo a punto de echarse a reír pero la situación no tenía nada de gracioso. Se había imaginado en una gasolinera de Londres o de Marsella presentándose formalmente al señor que le atendía, mostrándole fotos de la familia, su currículo profesional y esperando ansioso a que el hombre diera su aprobación y consintiera venderle unos litros.

-No soy nadie, se lo estoy diciendo. Sólo estoy de paso -protestó Max-. ¿Es tan difícil de entender?

-No, supongo que no. ¿Qué pretende hacer con la gasolina?

-Llenar el depósito de mi coche. ¿Qué si no?

-No puedo prohibirle que queme una casa pero si lo hace, todos sabrán que yo le vendí la gasolina. Me retirarán la licencia y no quiero pensar lo que ello supondría.

-¡Por Dios! -exclamó Max-. No tengo intención de quemar absolutamente nada. ¿De dónde saca esas ideas?

-Son las reglas.

La mujer salió de detrás del mostrador y dijo: -Ande, vaya a dar una vuelta. Más tarde le llevaré la gasolina al hotel. Porque supongo que se hospeda allí.

-¿Por qué no me la puede vender ahora? -preguntó confundido.

-Pues porque ahora no la tengo aquí.

-¿Y luego sí? -inquirió Max.

-Sí, luego sí. Hágame caso, Max. No le aseguro nada pero le tendré informado -precisó la mujer en tono conciliador-. De todas formas, no podrá irse. Ya sabe que el río se ha desbordado y no hay forma de salir. Es uno de los inconvenientes de vivir en el campo -dijo disculpándose-pero veremos qué se puede hacer para que tenga su gasolina esta misma tarde.

-Supongo que nadie tiene la culpa de que el río se haya desbordado...

-Vaya a dar un paseo. Me enteraré de cómo están las cosas y más tarde hablaremos -dijo con cierta importancia, como si estuviera tratando un tema delicado.

-¿Cuánto tiempo pueden tardar en arreglar el puente?

-No lo sé, Max, pero yo no tendría tanta prisa…

Max se sintió molestó por el comentario y la forma seca con que lo había sentenciado, pero decidió no volver a excitarse. Había comprobado que no servía de nada. No sabía dónde se había metido pero estaba claro que allí todo el mundo tenía una forma peculiar de ver las cosas. Debía de ser una epidemia o el resultado de aquel aislamiento lo que hacía a aquella gente incomprensible. Las tres personas con las que había mantenido una conversación habían logrado irritarle y eso era difícil porque él jamás se irritaba. Era una persona reservada pero jamás maleducada. Hoy ya se había impacientado tres veces y estaba seguro, algo le decía, de que si hablaba con alguien más volvería a ocurrir. Abandonó la tienda desleído en un sentimiento confuso y se dirigió al castillo.

Al llegar a su habitación vio que la puerta estaba abierta. Bezel se encontraba dentro. La vio de espaldas, rebuscando en su maleta. Se acercó rápidamente:

-¿Qué hace, señorita Bezel?

Ella no se volvió, continuó mirando entre sus cosas como si no le hubiera oído. Se puso delante y entonces la mujer levantó despacio la mirada y sonrió.

-Miraba si tenía ropa sucia. Voy a hacer una colada -dijo sin el menor atisbo de sorpresa.

-No necesito que me lave la ropa -contestó Max mientras le quitaba de las manos un par de calcetines y los colocaba de nuevo en la maleta.

-No se enfade -dijo.

Bezel se acercó hasta casi rozar su cuerpo con el de él. Max se quedó parado sin saber qué hacer o decir. De nuevo sintió esa mezcla entre deseo y repulsión y cierto miedo al que tampoco halló explicación.

-Debo irme, señorita Bezel -dijo muy serio-. Sólo venía a coger un jersey.

-Váyase entonces. ¿Quién se lo impide? -dijo sonriendo con malicia.

-No tiene ningún derecho a rebuscar entre mis cosas -dijo elevando la voz-. Usted no debería...

-Ya, no debería, pero es que soy curiosa por naturaleza -dijo, interrumpiéndole-. Cada uno tiene que ser consciente de sus propios defectos, yo lo soy de los míos... -dijo mientras se rozaba los pechos con la palma de la mano.

-Es usted tan...

Las palabras que le habría gustado emplear eran vulgar, buscona, pero dejó inacabada la frase.

-Si no le importa, me gustaría que me dijera cuánto le debo por la habitación. Me marcho -dijo muy digno.

Ella se apartó de él, al tiempo que dejaba escapar una pequeña carcajada.

-Todavía nada -dijo Bezel.

-Déjese de tonterías -precisó Max, tratando de controlar su mal humor-. Me voy. Si no me cobra ahora, no tendrá oportunidad de hacerlo más tarde.

-Bueno, entonces puede irse -dijo despreocupada-. Pero no encontrará otro lugar donde dormir.

-Está bien. Si no quiere cobrarme, gracias.

Recogió sus pocas cosas y bajó las escaleras.

-Hasta pronto, señor Sinclair -dijo Bezel desde arriba con voz burlona.

Max no contestó. Salió con la sangre hirviéndole en las venas. Metió todo atropelladamente en el asiento trasero del coche y arrancó. Una vez en la calle principal, tuvo que aminorar la marcha. La gente andaba lenta por el centro de la calle, sin prestarle atención. Cuando tocó el claxon, los paseantes le miraron con sorpresa. Se apartaron de muy mala gana mientras murmuraban palabras que no pudo ni tuvo interés en escuchar.

Pronto salió del pueblo y comenzó a subir el camino que llevaba a la carretera. Pasados unos minutos, se encontraba más tranquilo. Miró por el retrovisor y vio el pueblo entero concentrado en aquel pequeño espejo, incluido el deforme castillo. Respiró hondo. Deseaba alejarse de allí cuanto antes. No le gustaba ni el lugar, ni su gente, eran irritantes. Pensó que con un poco de suerte podría llegar a la carretera o al menos cerca de ella y esperar a que alguien le llevara a la gasolinera. Cuando hubiera arreglado el problema de la gasolina regresaría para hablar con Drake, prefería hacer doce millas todos los días antes que pasar una noche más en compañía de esa descarada. El camino se había convertido con la lluvia en un terreno fangoso y arriesgado. Las ruedas patinaban y se hundían en un lodo espeso y oscuro.

Cuando llegó arriba se dio cuenta de que el esfuerzo había sido inútil. El trecho que descendía hasta el tramo del río había desaparecido. Detuvo el coche y observó. El puente estaba hecho añicos. De él sólo quedaban dos náufragos mástiles en la orilla y un trozo de barandilla que sobresalía bajo las aguas. Frente a él tenía una pared de diez metros desde la que colgaba exhausto un trozo de madera. Bajó del coche y se acercó todo lo que pudo al desastre. El río se había desbordado y un gran trecho del camino había desaparecido bajo la corriente. El agua cruzaba rápida, de forma violenta y atropellada. Miró a su alrededor y calibró las posibilidades. A ambos lados, el terreno era rocoso y afilado. El cauce del río rodeaba el valle. Al fondo estaba el pueblo, cercado por montañas imposibles. Su único contacto con el mundo exterior estaba hecho trizas. La anchura del río se había duplicado y el agua oscura salpicaba con fuerza las orillas. Se alejó, buscando desde su lado de la montaña algún lugar por donde salir, pero comprendió que aquella pared casi vertical era imposible de traspasar.

Cuando Bezel le había dicho que estaban incomunicados, su reacción había sido de indiferencia (estaba más preocupado de quitársela de encima), pero ahora empezaba a comprender lo que eso significaba. Si no podía salir del pueblo, tendría que regresar y soportar de nuevo sus ironías e insinuaciones y eso le repugnaba. Ella no había exagerado al utilizar la palabra «incomunicado», pero Max había pensado que tal vez sería posible encontrar un camino adyacente por donde alcanzar la carretera. No imaginaba que el paisaje fuera tan abrupto. La noche anterior apenas podía ver más de dos metros delante de los faros.

Sus zapatos se hundieron en el lodo. Arrebujado en su gabardina, se alejó unos metros en dirección contraria, tratando de vislumbrar un paso estrecho o al menos transitable, pero cuanto más se alejaba del puente destrozado, más se daba cuenta de que aquél era el paso más estrecho y que si había sido construido allí, era sin duda por eso. La lluvia seguía cayendo sin pausa y el viento frío le obligó a apretar sus blancos dientes. No había salida. Suspiró sin fuerza, dispuesto a regresar al coche, cuando sus ojos se fijaron en algo. Sin mirar dónde ponía los pies se acercó al borde del agua. El mástil derecho del puente sobresalía por encima de la corriente. Aguzó la vista y se adelantó algunos pasos. El poste tenía un corte limpio. Era imposible que la fuerza del agua lo hubiera sesgado con tanta precisión.

Mudo de asombro, sin saber qué pensar (porque ninguna explicación de las que se daba le convencía), se metió en el coche. Resultaba absurdo pensar que alguien lo había cortado a propósito, pero había visto el tronco y aquel corte en la madera sólo podía haber sido hecho con un objeto afilado, un hacha o una sierra, pero no por la fuerza del agua. Tal vez el corte lo habían dado después de romperse el puente. Era posible que un trozo hubiera quedado atravesado, entorpeciendo la corriente y antes de que se formara una presa y fuera peor lo habían arreglado. Ésa parecía ser la única razón posible. Al menos la única que le dejaba tranquilo. En realidad, no tenía motivos para pensar otra cosa. Era obvio que nadie deseaba quedar atrapado en un lugar como ése. Pero aun así, las personas con las que había hablado no parecían preocupadas, ni siquiera molestas de estar aisladas. Probablemente ya estuvieran acostumbradas. Tal vez era él quien hacía montañas de pequeños granos de arena pero…

Una sensación de claustrofobia le atenazó el cuello. Pensó que ahora tendría que volver al pueblo, al hotel. Tendría que escuchar los irónicos comentarios de Bezel y aguardar con una paciencia que no le sobraba a que las aguas se abrieran y le dejaran pasar a él y a su coche. Había tenido mala suerte, pero no podía culpar a nadie. ¿Quién podía ser culpable del temporal? ¿O de que el río se hubiera desbordado? ¿Tal vez debería bajar al pueblo y abofetear a la señorita Bezel? ¿O sacudir a la mujer de la tienda por los hombros mientras le gritaba: haga que deje de llover, hágalo o lo lamentará?

Se recostó sobre el volante con apatía. No tenía dónde ir. Con desgana, comenzó a contar las gotas de lluvia que se escurrían por el cristal, apostando consigo mismo si la que bajaba por la derecha acabaría uniéndose al gordo reguero que ondulaba a la izquierda. Al final todas se unían. Entonces, como ya le había ocurrido aquella mañana al aspirar el olor que yacía bajo la atmósfera húmeda, su mente se transportó con la misma diligencia a un día lluvioso del mismo verano, días después del incidente en el mar.

Aquel día también llovía y él se sentía triste porque no habían podido ir a la playa. Estaba de rodillas en el sofá del cuarto de estar, apoyado en el respaldo junto al ventanal, haciendo carreras de gotas de agua. Estaba aburrido y constipado. El percance se había convertido en el único tema de conversación y su madre no le dejaba salir solo a ninguna parte. Y aunque sabía nadar desde los cinco años, cuando quería bañarse le hacía ponerse una incómoda burbuja de corcho alrededor de la cintura. Max no entendía cómo podía estar resfriado en verano. Él siempre había pensado que eso sólo pasaba en invierno, cuando uno iba al colegio y hacía frío. Pero por alguna razón tenía fiebre y de vez en cuando estornudaba con ganas. Tenía amigos pero hasta que no se recuperara no podría ir a jugar con ellos o, de lo contrario, los contagiaría. Y eso sólo era divertido, le había dicho su madre, si había colegio y podías librarte por algunos días de las clases y leer tebeos en la cama. En verano, estaba seguro de que nadie se lo agradecería.

La luz tenía ese día un color triste y apagado. La gente no andaba por las calles con las toallas al hombro y las colchonetas infladas. Desde la ventana de salón se podía ver un poquito de mar a través de los huecos que dejaban las otras casas y también parecía triste. Tenía un color turbio, apagado, parecido al agua del cubo de fregar. A veces veía rizarse sobre la superficie espumarajos verdosos que rompían casi inmediatamente y que volvían a erizarse cuando ya los creía extinguidos. Después de un rato se cansó de observar el mar y se puso a mirar el jardín con la cara reclinada sobre sus brazos. Miraba cómo el pequeño estanque que tenían delante de la casa se había oscurecido también y el agua, limpia y reposada, era ahora una superficie de hojas podridas que temblaba nerviosa bajo el bombardeo de las intermitentes gotas de agua. Entonces escuchó un chirrido. Era la cancela del jardín. Alguien entraba. Quizás algún amigo caritativo que venía a jugar un rato. Se arrastró con las rodillas a la izquierda para ver quién era. Un paraguas tapaba completamente el cuerpo de un hombre. Sólo podía verle las piernas. Llevaba unos zapatos brillantes y unos pantalones claros con dobladillo. Entró en el jardín. Cerró con cuidado la cancela, como si no quisiera hacer ruido, y dio unos pasos hacia la casa. Pero de pronto se paró. Se quedó unos segundos inmóvil, como si se esforzara por escuchar un sonido infinitamente bajo y tratara de localizar su procedencia. Cerró el paraguas y con un movimiento lento y calibrado miró directamente hacia la ventana donde se encontraba Max. Entonces le reconoció. Era el hombre que le había sacado del agua. El hombre, con una sonrisa en los labios, como si hubiera podido leer sus pensamientos, sacó la mano del bolsillo y alzando el brazo le mostró a Max una mano. Luego se cambió el paraguas de lado e hizo lo mismo con la otra. No llevaba ningún anillo. A Max no le convenció demasiado aquella demostración y continuó mirándolo con recelo. Por fin, el hombre avanzó unos pasos y el timbre de la casa sonó, rompiendo el silencio de aquella mañana lluviosa.

«No vayas, mamita, no vayas a abrir», le dijo a su madre mientras le agarraba la falda con desesperación. Ella se había vuelto sorprendida y le había cogido en sus brazos con una sonrisa dulce. Max se agarró a su cuello con fuerza y pegó su cara a la tersa mejilla de ella. Abrieron la puerta y aquel hombre apareció sonriente con un ramo de flores en las manos. ¿Dónde tenía escondido ese ramo?, se preguntó Max desconfiado. ¿Y dónde está el paraguas? Su madre se alegró de verle y después de soltar a Max cogió el ramo de flores y le invitó a pasar a tomar una taza de té. Max miraba desde abajo sin soltar el vestido de su madre, sin dejar de tirar de él para que volviera a tomarlo en sus brazos.

«Ya eres muy mayor para que te coja en brazos, cariño, pesas mucho -explicó ella mientras le acariciaba la mejilla-, ¿por qué no acompañas al señor Drake al salón mientras voy a calentar agua». Max dudó pero por fin se agarró con más fuerza al vestido y respondió: «No, yo voy contigo».

«Está bien, iremos todos a la cocina», había dicho el señor Drake en tono simpático y él también se había agarrado a la falda de su madre. Ella rió cubriéndose la boca con la mano. Y aunque el señor Drake había soltado inmediatamente el vestido, a él no le gustó en absoluto que alguien más tuviera derecho a cogerlo. Fue algo más que miedo lo que en aquellos momentos sintió por aquel intruso. Aún no conocía el significado de la palabra celos pero de haberlo sabido, es seguro que ésa habría sido la palabra justa.

El señor Drake vestía de forma peculiar, casi extravagante. Utilizaba camisas y pañuelos de seda y chaquetas de colores vistosos y petulantes, tal y como era su forma de ser. Hablaba con una voz ronca que asustaba y sobre todo le tocaba mucho. A Max no le gustaba que lo tocasen y cuando el señor Drake le estrujaba la cara, él la retiraba ásperamente y le miraba enfurecido. Pero eso no parecía molestarle porque no dejaba de sonreír y al rato volvía a tratar de estrujarle. Además, le molestaba su forma de hablar. Casi siempre que comenzaba una frase cincelaba un «querida» muy articulado, que en sus labios adquiría un tono seductor y cumplido.

Tomaron el té en el cuarto de estar bajo la atenta mirada de Max, que no quitaba ojo a la boca del señor Drake. Max la miraba tratando de saber de dónde vendría un sonido tan grave. A su madre, aquella voz no parecía molestarla y sonreía de vez en cuando con los comentarios que el señor Drake hacía y que, a decir verdad, a él no le resultaban graciosos en absoluto. Hablaba despacio, como si pensara cada palabra y cada sílaba con premeditación. Cuando las pronunciaba, las frases tomaban un sentido imposible de ignorar. Max no entendía muchas de las cosas, pero por cómo las decía suponía que debían de ser terriblemente importantes. Drake sorbía el té con delicadeza, como si dentro de la taza hubiera un enorme bicho que no se quería tragar. Max se inclinó varias veces sobre la taza pero dentro sólo había té.

Durante la conversación, Drake hizo un inciso y les invitó a una fiesta que iba a dar el sábado próximo en su casa.

-Tenéis que venir, será maravilloso -dijo rotundo.

-Lo siento pero no creo que nos sea posible. No puedo dejar a Max -había respondido su madre.

-Eso no es problema, Irene -contestó él-. Puedes traerlo contigo, desde luego. Si se hace tarde, puedes acostarlo en alguna habitación.

A Max se le heló la sangre. No podía imaginar siquiera tener que ir a casa de aquel hombre que, estaba seguro, sería tan horrible como él. Donde voces tan horripilantes como la suya se oirían por todos los oscuros y largos pasillos. No estaba dispuesto a dormir en ninguna habitación plagada de sombras mientras todo el mundo se divertía abajo. El señor Drake besó la mano de su madre, luego miró a Max y con aquella voz gruesa le dijo: «Nos vemos el sábado, jovencito». Max se había escondido tras la falda y ellos habían reído. Cuando Drake se marchó le besó la mano a su madre igual que había hecho el otro. Él era el hombre de la casa y no estaba dispuesto a ceder su sitio a nadie. Ella le revolvió el pelo con cariño. Llevaba un vestido azul y el pelo suelto le caía por los hombros. Apoyada en la puerta de la calle, con las manos tras la espalda, sonreía mientras Drake se alejaba.

Estaba tan hermosa.

Max regresó del recuerdo sin poder salir de su asombro. Estaba apoyado sobre el volante con los ojos agrandados por la sorpresa, fijos en las gotas de lluvia. «¡Drake!», susurró. Entornó la mirada interior hasta donde le permitía su vista. Tratando de reflexionar sobre ese recuerdo. Fue inútil. Jamás hasta ahora, y por lo que podía saber, había tenido contacto con ese hombre. Enderezó la espalda, como si la postura exterior, simétrica y ordenada, fuera un determinante para descubrir el origen de esas campanas cruzadas que había escuchado dentro. Debía tratarse de un delirio, de un sueño o algo parecido, porque era imposible que lo que estaba recordando lo hubiera vivido en realidad. En su vida, eso no existía, como no existía un padre o un domingo en casa de un compañero de escuela. No comprendía cómo su cabeza era capaz de generar semejantes recuerdos, ni por qué había elegido ese preciso momento para hacerlo.

Se arregló el cuello de la camisa y pasó despacio las manos por sus cejas. Tal vez era este lugar, pensó mirando a alrededor. No podía estar seguro de que fuera una coincidencia. Si hubiera ocurrido en días diferentes o en lugares diferentes, no le habría dado importancia, pero hasta hoy nunca antes había experimentado nada parecido. A veces, como todo el mundo, recordaba días sueltos, días felices de su niñez, pero lo hacía de forma consciente, sabiendo de antemano qué era lo que iba a recordar. Ahora era como si su mente se hubiera puesto en marcha sola y por su cuenta hiciera inventario de todos los recuerdos almacenados en un enorme y desorganizado desván. Necesitaba encontrar una respuesta racional o al menos comprensible que le explicara por qué aquello había dormido en su interior durante tanto tiempo y ahora, sin motivo aparente, subía a la superficie, como un corcho liberado de la roca que lo retenía. No entendía el funcionamiento del cerebro, ni siquiera del suyo, pero sabía que los mecanismos que lo hacían marchar eran tan incógnitos como las mecánicas celestes.

En todo caso, era capaz de reconocer que siempre le había sido más fácil inventar nuevos mundos que recordar el propio. Hasta la muerte de su madre no había necesitado recordar porque sus días eran igualmente felices. No echaba de menos el pasado, el presente con ella le satisfacía plenamente. Quizás su memoria, atrofiada por falta de uso, había sido reemplazada por una imaginación desbordante, como si ese raquitismo de evocación se estuviera nutriendo ahora con recuerdos arqueológicos, desconocidos, excluidos del reino de su pensar. ¿No era cierto que el cerebro clausuraba emociones y pasados lesionados igual que se van cerrando archivos cuando ya han completado su espacio? Pero no era tan viejo como para haber olvidado, para que su propia vida, corta y sencilla a simple vista, le diera ese tipo de sorpresas. ¿Por qué sentía miedo? Tal vez era porque sospechaba que lo olvidado no era siempre agradable. Porque a veces presentía que había ciertas cosas olvidadas que no debía recordar... Se quedó petrificado frente a aquel pensamiento involuntario. ¿Las había? ¿Existían hechos en su vida que se escondían de él? Se incorporó un momento aguzando sus sentidos internos. ¿Qué demonios le había hecho plantearse una pregunta así? ¿Tan sólo porque había recordado un par de detalles olvidados en su niñez era ya un desconocido para sí mismo? La pregunta había surgido en su mente de forma brusca, como impuesta por esa parte recóndita que todos tenemos y que a Max, sin saber por qué, sin reconocerlo siquiera, no le agradaba en absoluto.

Sacó la libreta y comenzó a escribir y dibujar, tal y como yo lo leí después, todo lo que acababa de recordar sobre aquel día lluvioso, sobre el señor Drake y su voz grave y sobre todas las reflexiones que siguieron al descubrimiento. Y, de nuevo, los garabatos, las figuras filamentosas y las burbujas saliendo de sus bocas ocuparon las páginas de esa libreta que más tarde acabaría en mis manos. Lo hizo con prisa, casi histéricamente, temiendo que el olvido se lo llevara y aquellos recuerdos volvieran a perderse.

Empezó en el coche, con las gotas de agua uniéndose a gordos regueros...

Finalizaba con un párrafo que, al igual que muchas de sus historias y dibujos, parecía brotar de un doble fondo, de un enrevesado paraje que emanaba tristeza, casi desesperación. Cuando después de dibujar una página entera despertaba de ese «trance» quedaba admirado de ser el artífice de aquello. Al final de aquellas páginas se leía este párrafo:

La naturaleza odia el vacío, pero el vacío no existe, por tanto, odia en vano. Un falso paso y la deuda con el espíritu fuerte queda saldada. Es tan triste vivir escondido, ahogado en la oscuridad de una naturaleza pusilánime, encadenado al abismo, tan triste. Grito, pero nadie escucha. No hay nadie fuera. Las cadenas comienzan a rasparme los huesos. Veo el rosáceo color de mis músculos bajo la piel. Detrás se esconde la salida, la vuelta. No a la condena. Todos deberíamos poder vivir, aunque sólo fuera para morir...

Del recuerdo sólo le fue posible apuntar lo ocurrido en aquel momento. Nada antes de aquel día y nada después. Anotó con precisión todos sus sentimientos, la luz que entraba por las ventanas, el olor del té, el color azul del vestido que llevaba su madre, las palabras pronunciadas... Disfrutó de ello como si sus sentidos hubieran abierto una espiral en el tiempo, colocándole en aquel instante con una conciencia tan sublime de todo lo perceptible que hasta podía sentir la nariz taponada por el catarro. Cuando levantó la cabeza tenía el cuello dolorido y la mano entumecida. La noche había caído sigilosamente. Mirando la oscuridad al otro lado de la ventanilla, se preguntó cuánto tiempo habría transcurrido mientras él se encontraba sumergido en ese espacio delicado y etéreo donde se manejaba como un malabarista experto. Sabía que en aquel lugar a las cuatro de la tarde ya comenzaba a anochecer y a las cinco era noche cerrada, pero no creía llevar allí más que un par de horas, tres a lo sumo. El reloj del salpicadero estaba estropeado. Hacía tiempo que había encendido instintivamente la luz que había en el techo pero siquiera lo recordaba. Retiró el coche a un lado del camino, guardó su libreta y sacó las maletas. Era mejor dejar allí el coche. No molestaría a nadie y cuando todo estuviera arreglado al menos le quedaría algo de gasolina para llegar a la carretera.

Sus ojos brillaban estáticos en la oscuridad. Hasta ahora, su vida había sido un caldo templado cuyo sabor conocía de sobra, los nuevos ingredientes que había añadido le daban un regusto amargo al que no acababa de acostumbrarse. Con su madre viva no necesitaba preocuparse de nada. Era un príncipe en una torre de cristal, a salvo del mundo y de sí mismo. Toda su vida había estado controlada por el amor de su madre, por esa cadena invisible pero igualmente cruel con que las madres tratan de atar a sus vástagos, insinuándoles que si el cordón umbilical se rompe, perecerán. Él, al igual que muchos otros, lo había creído y jamás se había atrevido a rasgarlo, ni siquiera a tirar demasiado. Era ingenuo como sólo lo son aquellos que han vivido demasiado tiempo agarrados a las faldas de una madre posesiva (que casi siempre lleva disfraz de protectora) y débil como lo puede ser un león que ha nacido en cautividad. Pero en poco tiempo había pasado de ser un niño mimado a un hombre solitario. Ante el sacrificio incruento que se desarrollaba a sus espaldas no podía hacer nada más que esperar. Sospechaba que el descubrimiento que acababa de tener lugar (que Drake no era un desconocido, después de todo) no era fortuito. La curiosidad, en combustión permanente desde que llegó aquella carta, desde que su madre se quitó la vida de forma inesperada y sin motivo aparente, acababa de ser alimentada con este nuevo descubrimiento.

Descendió el camino de vuelta cargado con las maletas. Detrás de sí escuchó el sonido del río. Lo oyó, porque ya estaba demasiado oscuro para verlo. Se agitaba con prisa, con un chapoteo constante y desordenado, como voces que murmuraran a sus espaldas. Avanzó rápido. Era difícil no tropezar en la oscuridad, no resbalar por aquel camino fangoso que le tocaba recorrer. Las gotas de agua le nublaban los ojos y el frío volvía a estar cómodamente asentado en sus huesos. Max guardaba un incómodo silencio consigo mismo que no se atrevía a romper. ¿Qué podía pensar después de todo? Su visita se estaba convirtiendo en una pesadilla. Acabaría cogiendo una pulmonía si no abandonaba aquel lugar en el que la lluvia parecía un lamento eterno. O, lo que es peor, acabaría volviéndose loco con tanto misterio.

V

Veo el porvenir. Está allí en la calle, apenas más pálido que el presente. ¿Qué necesidad tiene de realizarse? ¿Qué ganará con ello?

JEAN PAUL SARTRE,
La náusea

Llegó al pueblo con la respiración entrecortada y tiritando, con los pies envueltos en una pastosa capa de barro compacto. Las maletas parecían contener piedras. Las asas se le escurrían de las manos y la gabardina ya no le servía como paraguas; estaba tan empapada que lo único que hacía era añadir más peso a su espalda. La calle principal estaba desierta. En una esquina observó el letrero con aquella extraña inscripción y sintió que esas palabras no le eran del todo desconocidas: Do *What Thou Wilt*. Se quedó inmóvil ante la frase y sin saber por qué la repitió en voz alta: «*Do What Thou Wilt, Do What Thou Wilt*». Su voz sonó insegura, temblorosa. La luz macilenta de una farola dibujaba la silueta de Max bajo la lluvia, coloreándola con un brillo mortecino. La calle principal se extendía desierta delante de él. No había luz tras las ventanas, ni en los comercios. Reparó en la terrible soledad que desprendía el pueblo, en la falta de aliento. Todo parecía desmantelado, como si el pueblo entero hubiera salido corriendo ante la inminencia de un desastre nuclear. No pudo ver a nadie tras los visillos del bar de Hausen. Se dirigió sin dudarlo al bazar. Necesitaba hablar con la mujer. Le había prometido una respuesta esa misma mañana.

Recorrió las oscuras calles a toda prisa y esta vez no pasó por alto lo que había ignorado la noche anterior: el pueblo estaba desierto. Los edificios viejos y desvencijados tenían un aspecto diferente al que había visto a la luz del día. Parecían abandonados. Mientras caminaba vio que incluso algunas ventanas estaban rotas y su interior desatendido. No se detuvo, continuó caminando hacia la tienda. Se acercó a la puerta y empujó con fuerza. No se abrió. Se pegó a los cristales y trató de ver algo tras las cortinillas. Cerrado. Golpeó con los nudillos el cristal, pero nadie respondió. Avanzó hacia el centro de la calle y allí, mientras las gotas de agua nublaban su vista buscó una luz, algún rastro de movimiento. No lo halló. Alzó su vista hacia el castillo y vio brillar sus débiles lamparillas. De pronto recordó algo y con pasos lentos, con los brazos tensos por el peso de las maletas y chorreando agua como una fuente en el centro de un parque, se adelantó para buscar el letrero que la noche anterior le había indicado la dirección del hotel. Había desaparecido. Lo habían quitado.

Obstinado, lo buscó a lo largo de toda la calle principal, pero no estaba. No comprendía por qué razón ya no estaba allí. O tal vez no era ese simple hecho lo que le desconcertaba. Tal vez era el sentimiento de irrealidad que aquella situación le producía. ¿Qué hacía parado en medio de la noche, en un pueblo perdido en los mapas, bajo una tormenta infinita, buscando el letrero de un hotel que ya sabía dónde se encontraba? La sensación de que algo no andaba bien era lo que de verdad le preocupaba. Si recordaba cómo había llegado hasta ahí, el porqué y de dónde venía con las maletas, no resultaba tan extraño. Era al aislar el momento, al separarlo del resto de su conciencia temporal, de esa continuidad sin roturas, cuando resultaba increíble. Se dijo a sí mismo que de esa forma, hasta el acto más elemental dejaría de tener sentido. Cualquier vida, capturada en diapositivas, mezcladas y aisladas de un contexto, se convertiría en un indescifrable jeroglífico. Lo que de veras le inquietaba era la luz que parpadeaba en su interior y que como un faro le alertaba del peligro. Un peligro que sólo lograba oler débilmente, porque no estaba acostumbrado a su aroma.

Echó a andar sin dejar de escudriñar las sombras… ¿Dónde estaba todo el mundo? ¿Toda la gente que esa mañana andaba tranquilamente por la calle? Los puestos de frutas, las tiendas de moda, la farmacia, la joyería, el banco… Avanzó despacio hasta el centro de la calle. La visión que ofrecía era desalentadora. Incluso la luna, velada por las nubes, parecía alejarse irremediablemente hacia algún punto remoto. Sin saber por qué se sintió observado por cientos de ojos silenciosos que se escondían en la oscuridad. No se equivocaba.

Sonrió nervioso ante lo absurdo de aquel pensamiento y su afectación le hizo avergonzarse de sus miedos. Nadie le estaba observando. Allí no había nadie. Y si no había nadie en la calle, pensó, es porque está lloviendo, es tarde y hace frío. Y quizás estos edificios son tan sólo viejas reliquias, oficinas o almacenes de las tiendas que ya nadie utiliza como vivienda. Era como lo del puente, nada le hacía pensar que alguien lo habían destrozado a propósito. Cargado con las maletas se dirigió al castillo con paso decidido, como quien regresa a casa después de un duro día de trabajo. El pelo le goteaba hasta los ojos y le obligaba a pestañear con rapidez. Las maletas se le escurrían de las manos mientras subía la empinada cuesta. Ya no sorteaba los charcos de agua.

Al llegar a la puerta tuvo cierto sentimiento de seguridad que no pudo relacionar con la monstruosa edificación y mucho menos con la extravagante señorita Bezel. «Vamos allá», dijo mientras llamaba, preparándose para los comentarios e insinuaciones que tanto le irritaban. Sabía que se reiría de él, con ese aire irónico y acusador que la distinguía, pero ella tenía razón: había tenido que regresar. A pesar de todo, llamó a la puerta con esperanza y deseo de que fuera Bezel quien le abriera, que al menos ella siguiera siendo ella. Y deseó ser sorprendido por un nuevo y provocativo atuendo de su anfitriona. La llave se giró y no quedó decepcionado. Tras la puerta estaba Bezel, con un camisón corto y caprichoso que no le produjo más que una sonrisa de alivio al ver que al menos aquello continuaba igual. Sus formas sinuosas y despejadas borraron de repente todas las aristas que raspaban su mente. El calor que emanaba su cuerpo, que suponía siempre dispuesto a la entrega, acarició sus sentidos, los relajó.

-Le dije que volvería -dijo ella con su tono condescendiente. Pero él ya esperaba ese comentario y no se molestó-. Está usted empeñado en coger una pulmonía, ¿verdad? ¿Dónde se ha metido todo el día? Han venido preguntando por usted -dijo, cambiándose de mano una lima de uñas y apartándose de la puerta para dejarle entrar-. ¡Qué horror! ¡Qué pinta!

Una música suave como la flauta de un encantador de serpientes y parecida a la que sonaba la noche anterior llegaba de algún lugar del castillo y rebotaba con suavidad en las frías paredes.

-He estado paseando -contestó con dignidad mientras se quitaba la gabardina, que ya no era más que un trapo despintado por el agua, y los zapatos, dos gruesos mazacotes de barro. Bezel le miró extrañada, pero no dijo nada.

-Debe de estar helado. Venga a la cocina y colóquese junto a la chimenea. Es de locos pasarse el día bajo la lluvia. Seguro que ha pillado un buen resfriado. Es usted de lo más raro.

Max se quedó perplejo ante aquellas palabras. ¿Él, de lo más raro? ¿Él, que llevaba todo el día tratando de acoplarse a la extraña «normalidad» que emanaba de aquel lugar y sus habitantes? Fueron a la cocina y de nuevo se quitó la ropa y ella le ofreció un albornoz seco. Desnudarse delante de Bezel se estaba convirtiendo en una costumbre.

-Bueno, ¿ha comido algo en todo el día? -preguntó ella, dispuesta a prepararle algo.

-No -contestó.

Sonrió y se dio cuenta de que todo cuanto se había llevado

a la boca era el desayuno que ella le había dejado en la habitación y el té que había tomado a media mañana en el café de Hausen.

-Si no es mucha molestia…

-No lo es -le interrumpió ella-. ¿Le gusta la sopa de pollo?

-Sí.

-Pues le voy a calentar un caldo y luego se toma un poco de pollo -dijo ella en tono agradable y dispuesto.

-Gracias -contestó Max, verdaderamente agradecido.

Miró a Bezel con aprensión, con los ojos de un niño que tiene miedo, pero que no sabe exactamente de qué. No sabía si podía confiar en ella. Había veces que le parecía tan normal como ahora mismo, preguntándole si le gustaba el pollo. Tan corriente como una mujer cualquiera. Pero presentía que detrás de aquel comportamiento podía surgir en cualquier momento esa otra Bezel irónica, extraña y viciosa. Aun así, probó suerte. Estaba inquieto, necesitaba hablar con alguien y ella era su única opción.

-Señorita Bezel -dijo, carraspeando, mientras ella preparaba la comida-, ¿sabe que el río está desbordado y que no hay forma de salir de aquí?

-Sí. Se lo dije pero no quiso escucharme -contestó mientras seguía haciendo sus cosas.

-¿Y…? -dijo-, ¿sabe que el pueblo está desierto? No hay ni un alma por la calle y todo está cerrado. Abandonado -dijo tratando de darle un aire despreocupado a su comentario.

Max miró detenidamente a la mujer que continuaba calentando la cena. Y, por alguna razón, a decir verdad sin fundamento, tuvo la escalofriante sensación de que ella actuaba, de que aquella manera desenvuelta con que se movía y hablaba era tan sólo una fachada. Apoyó los codos sobre la mesa y cruzó los brazos. Allí sentado la observó minuciosamente. Tratando de encontrar un indicio que le confirmara sus vagas sospechas. No podía hacerle preguntas como: Dígame, señorita Bezel, ¿es cierto que el puente fue destrozado a propósito? o ¿por qué narices estoy teniendo visiones de un pasado que desconozco desde esta mañana?, o quizás, ¿por qué tengo la sensación de que es usted una maldita embustera, al igual que la mujer de la tienda y Hausen? ¿Es sólo mi imaginación, esa con la que me gano la vida o hay algo más? o ¿sabe que, después de todo, sí conozco a ese tal Drake?

No, estaba seguro de que ella no contestaría a sus preguntas, porque en realidad él tampoco estaba seguro de nada. Aun así, probó suerte.

-Dígame… ¿Dónde está todo el mundo?

-¿Quién es todo el mundo? -contestó Bezel fingiendo desinterés.

-Ya sabe a qué me refiero. ¿Dónde está la gente del pueblo?

-Pues… qué sé yo, en sus casas. No me dedico a espiar a los demás, como usted comprenderá. ¡Qué pregunta! -dijo negando con la cabeza.

-Sé que no lo hace, pero… -preguntó-, ¿dónde viven?

-¿Dónde vive quién?

-Nadie en particular, la gente -contestó impaciente.

-¿Quiere que le haga una lista de dónde vive cada persona? -dijo ella riendo-. ¿Qué más le da si no conoce a nadie?

-No -dijo Max.

Se levantó despacio y se colocó delante de ella.

-¿Por qué el pueblo parece abandonado? ¿por qué no hay nadie en la calle?

-Quizás porque son las dos de la madrugada. Aquí la gente se va a dormir temprano. No estamos en París -respondió Bezel con tono conciliador.

-¿Las dos de la madrugada?

Max se sentó de nuevo en la silla.

-Sí, y si todo está apagado, a lo mejor es porque cuando la gente se va a dormir no deja las luces encendidas. ¿O quizás de donde viene usted duermen con la luz encendida? No me venga con que nosotros somos los raros. ¿Quiere hacerme creer que alguien en su sano juicio andaría bajo la lluvia un día como éste hasta las dos de la madrugada?

-No sabía que fuera tan tarde. El día ha pasado sin darme cuenta… -dijo, adivinando los pensamientos de Bezel.

En realidad, tampoco él podía entender cómo había perdido la noción del tiempo de aquella manera.

-Ya -dijo Bezel con media sonrisa.

-¿Y el letrero del castillo? -insistió sin poder olvidar la sensación que había tenido en medio de la calle-. ¿Por qué lo han quitado?

-¿Pero qué es lo que le pasa? -dijo sonriendo-. Aquí todo el mundo sabe dónde están las cosas. Cuando hace tanto viento lo descuelgan para que no golpee contra las ventanas. Una vez salió uno volando y rompió dos escaparates. Luego golpeó al señor Doran y le partió la clavícula. Desde entonces en invierno o cuando hace mal tiempo se descuelgan y se guardan. Sólo el del hotel está colgado a veces, pero hoy hace bastante viento y lo habrán quitado. Yo que sé. Además, no puede venir nadie, estamos incomunicados. ¿Recuerda?

Bezel miró a Max con satisfacción, orgullosa de haber resuelto con destreza sus preguntas. Él tuvo de nuevo la sensación de que ella lo inventaba todo sobre la marcha, que le ocultaba algo. Pero por otro lado sus explicaciones eran tan posibles, tan creíbles que pensó que tal vez era su mente torturada la que teñía todo de irrealidad, de pesadilla. Decidió quedarse con aquella respuesta. A decir verdad, tampoco era tan extraño que hubieran descolgado un cartel, teniendo en cuenta que nadie podía visitar el pueblo. Lo raro, ella tenía razón, era que se había pasado más de doce horas fuera y apenas le habían parecido… ¿Tres? ¿Quizás cuatro? Se quedó pensativo, intentando recordar lo que había hecho en todo el día.

-¿Le he dicho que han venido a verle esta tarde? -preguntó ella rompiendo el silencio.

-Sí, pero no me ha dicho quién era -contestó Max sin mucha atención, con los ojos fijos en el fuego.

-Vahlenkamp.

-¿Quién?

-La mujer del bazar -contestó ella.

-¿Y qué le ha dicho?

-Que quería hablar con usted y que la gasolina tardará un par de días, hasta que arreglen el puente.

-¿Y de qué más quería hablar?

-Qué sé yo, sólo me dijo que se lo dijera -dijo ella indiferente.

-¿Usted conoce a la señora Vahlenkamp? -preguntó Max.

-Todo el mundo la conoce.

-Quiero decir íntimamente.

-¿Cómo de íntimamente? -preguntó con ambigüedad.

-¡Vamos, señorita Bezel! Ya sabe a qué me refiero. Quiero saber quién es ella.

-Pues, la dueña de la tienda. ¿Acaso no fue a verla esta mañana?

-Sí -afirmó con paciencia-. Pero ¿por qué es tan extraña? Cuando entré en la tienda comenzó a hacer unas preguntas que, francamente, no venían a cuento. Tuve la sensación de que quería interrogarme.

-Le habrá caído usted bien -dijo sin intención de aclararle a Max cosa alguna.

-Veo que es imposible hablar en serio con usted -le reprendió Max, convencido de que no sacaría nada.

-Es que usted habla mucho. Debería dejar de pensar y relajarse -dijo. Se abrió el camisón y dejó a la vista un amplio escote y unos pechos apretados que desprendían un halo de tibieza y suavidad impensables para Max.

-En otro momento, señorita Bezel -dijo Max apartando la mirada-, quizás podría relajarme pero entiéndalo, tengo que ver al señor Drake. No entraba en mis planes quedar atrapado en el pueblo, ni gastar mi dinero en un hotel de esta categoría. Ni siquiera sé si podré pagarle dos noches…

-Se me olvidaba decírselo. Esta tarde telefoneó Drake desde Nueva York y le comenté que usted estaba aquí. Me dijo que sentía mucho no haber estado para recibirle, que no se preocupara por la cuenta del hotel y que si tenía que comprar algo, lo hiciera con toda libertad.

-¿Qué?

-El se hará cargo de todos sus gastos -prosiguió Bezel-. A fin de cuentas, es culpa nuestra que no pueda marcharse. De no ser por el puente y porque Drake no se encuentra aquí usted ya se habría ido. ¿No es cierto? Además, si es amigo de Drake, es suficiente.

-¿Drake ha dicho eso?

-Sí. Ya le dije que es él quien manda aquí. Supongo que le hizo ilusión saber que había venido desde tan lejos para verle. Dice que es lo menos que podemos hacer por usted. De este modo no se sentirá tan incómodo. Pueden pasar días hasta que los hombres de Polster arreglen el puente. Primero tiene que bajar el agua.

-Y dígame, ¿Drake se acordaba de mí?

-Sí, desde luego. Cuando le dije que estaba aquí pareció muy contento.

Max se restregó la cara con ambas manos. Parecía que, después de todo, los recuerdos no eran una invención suya. Realmente se conocían.

-Bueno… Se lo agradezco -aclaró-. Pero ¿por qué no piden ayuda a las autoridades de otro pueblo? ¿No les importa quedarse aislados?

-Ya estamos acostumbrados y preparados para ello. Suele pasar con frecuencia y… esta vez le ha pillado a usted por medio -añadió sonriendo divertida.

-Yo no le veo la gracia -contestó-. Pero de todas formas se lo agradezco. Ya estaba preocupado por cómo iba a pagarle… -dijo, arrepintiéndose de sus palabras demasiado tarde.

-Ya habríamos encontrado el modo -apuntó ella sugerente.

Max terminó su cena con el estómago hecho un nudo. Sabía que no tenía por qué preocuparse, que ganaría su cabeza, su sentido común. Pero le molestaba aquella sensación de continuo acoso. «Debe haberse aburrido de todo el pueblo y ahora yo soy su nueva presa y me temo que la única que le queda por probar.» Y como siempre ocurría en los dibujos animados y en los cómics, más tarde se dibujó a sí mismo convertido en un sabroso pollo asado que se doraba en un horno, mientras un lobo de abultados senos vestido en camisón se relamía de hambre.

La curiosidad se hizo de nuevo un hueco y rompiendo el incómodo silencio, preguntó:

-¿Lleva el hotel usted sola?

-¡Oh no! Yo soy sólo quien organiza las cosas. Tengo total libertad para llevarlo como mejor me parezca, eso sí.

-No parece que venga mucha gente a este pueblo. Quiero decir que no hay mucho que hacer, ni siquiera figura en los mapas... -comentó tratando de ser amable.

No se iba a acostar con ella, pero pensó que después de aquella cortesía, verdaderamente sorprendente, sería una grosería negarse a charlar un rato.

-Y, francamente, este hotel... no pensé encontrar algo así en un pueblo tan pequeño.

-En Escocia los castillos son como los hongos. En cualquier pueblo se pueden encontrar huellas de un insigne pasado. Y gracias a gente como Drake estas reliquias se mantienen en pie. No, la verdad es que no viene mucha gente y menos en este tiempo. En verano quizás algún turista perdido. Sé que es un hotel demasiado lujoso para el pueblo, pero de otra forma este castillo estaría hecho una ruina. Así, aunque no se gane mucho dinero se mantiene cuidado. La verdad es que es más un museo que un hotel -aclaró-. Yo me encargo de que todo esté perfecto y de atender a los despistados que no saben dónde se meten -añadió riendo.

-Si hubiese pinchado, puede que ahora estuviera devorado por los lobos junto a la cuneta... -dijo, recordando lo que le comentó cuando llegó.

-¿No me creyó cuando le dije que había lobos?, ¿verdad?

Max la miró vacilante.

-Esos animales están por toda la montaña. No sería la primera vez que aparece algún excursionista despedazado. Yo los he visto, son como perros, pero más fieros y más grandes.

-Va a acabar por asustarme, señorita Bezel.

-¿Está tratando de reírse de mí?

-Ni mucho menos. La creo… de veras -aclaró, dándola a entender con su mirada que no era así.

-¿No le apetecería beber algo? -dijo ella, aprovechando que estaba más hablador que de costumbre.

Max vaciló, pero después pensó que no ocurriría nada que él no quisiera y aceptó tomar un coñac ante la sorprendida mirada de la mujer.

-En seguida vuelvo -apuntó con diligencia.

Salió de la cocina y sus pasos se perdieron por el suelo de piedra.

Max se quedó mirando el fuego. Eso era lo malo de estar invitado, ahora debía ser amable y socializar. Le incomodaba la sensación de deuda que de pronto había adquirido con Bezel. Ella podía confundirlo con otro sentimiento y eso no le gustaba. Sabía que si le daba demasiadas confianzas, ella se las tomaría. ¡Vaya si se las tomaría! Comenzó a sudar. No era ella la que había decidido invitarle, así es que no tenía por qué ser excesivamente amable. A decir verdad, no le apetecía charlar con Bezel. ¿Por qué entonces habría aceptado tan ligeramente? Un sentimiento contradictorio lo invadió y de pronto se dio cuenta de que no era una buena idea. No se encontraba cómodo con ella y si bebían, podía ser aún más violento. No tenía costumbre de beber. Se levantó y salió al recibidor para decirle que se lo había pensado mejor y que…

-No debemos decírselo -oyó replicar a una voz de un hombre-. ¿Cómo crees que reaccionaría si se lo decimos? No está preparado.

-Antes o después tendrá que saberlo -opinó una voz de mujer-. ¿Y si tan sólo dejamos que se adapte? Lo importante es que recuerde.

Max giró lentamente la cabeza hacia la izquierda. En una

habitación junto a las escaleras, alguien discutía en voz alta. Esa parte que sospechaba de todo y de todos y que a veces le hablaba claramente al oído le dijo que estaban hablando de él. El rostro se le encendió de ira porque en ese instante tuvo la certeza de que el puente había sido destrozado a propósito. Avanzó rápido por el recibidor y abrió la puerta de golpe. Cuando ésta quedó abierta de par en par, una polvareda oscura le nubló la vista durante unos segundos. La sala estaba vacía. Permaneció aturdido ante la puerta, incapaz de dar un paso. Un salón amplio, de techos altos y grandes ventanales, se entreveía a través del color blanquecino del polvo que flotaba en el ambiente y sobre las sábanas que cubrían los escasos muebles esparcidos sin orden. Dentro se respiraba un espeso olor a cerrado. Por un momento, Max pensó que aquello no era más que una broma. Avanzó entre los muebles. Todas las ventanas estaban cerradas. No había otras entradas ni salidas. Se retiró andando torpemente hacia atrás, sin dar la espalda al salón, y al llegar a la puerta agarró los pomos de las dos hojas y las cerró despacio. Se quedó un rato con la frente apoyada en la puerta, con los ojos cerrados, aguzando el oído por si de nuevo volvían aquellas voces, pero no oyó nada más. Los pasos de Bezel detrás de él le sacaron de su ensimismamiento.

-¿Qué hace ahora? -preguntó ella con tono paciente, como si hablara con un loco que nos tiene cansados de sus extravagancias.

En una bandeja plateada llevaba una botella de cristal tallado y un par de vasos cortos y anchos. Max no respondió. Se volvió lentamente y sin soltar los picaportes sonrió, mostrando sus hermosos y perfectos dientes. Ella le devolvió una sonrisa de complicidad, como si supiera lo que acababa de ocurrir pero tratara de hacerle creer que lo desconocía.

-¿Por qué siempre va en camisón, señorita Bezel?

-Se ha fijado -dijo ella tratando de parecer halagada-. Creí que ni siquiera se había dado cuenta.

-¿No tiene frío?

-No. Al contrario. Mucho calor -dijo con voz suave-. ¿Usted no?

-No. Yo estoy helado, señorita Bezel. Estoy... helado. Me voy a dormir -dijo Max con voz cansada-. Discúlpeme.

Subió las escaleras con lentitud mientras Bezel le observaba sonriente desde abajo. Max entró en la habitación y sin quitarse la ropa se echó sobre la cama. Cerró los ojos tratando de no pensar, pero no ocurrió. Esa parte que sólo salía como un fantasma cuando la otra dormía, había despertado. Esa parte cuya función prioritaria era escupir lo que se revolvía dentro de él no pudo resistirse y mecánicamente cogió la libreta de notas y comenzó a escribir con desesperación lo que acababa de experimentar. El último párrafo era dramático:

¿Ha ocurrido de veras? ¿O es solamente un sueño, un juego de mi mente? Tan sólo la soledad de mi alma sabe cuán frágil es la cordura en mi interior y lo sublime de mantenerse erguida. ¿Acaso puedo pedir lo que ya tengo? Esas voces. Esas voces suenan todavía en mi cabeza como ecos de un pasado, de un recuerdo amargo. ¿Es que mi cuerpo se ha revelado en su función y busca al caos del que mi alma trata de huir? ¿Quién juega? ¿Quién observa? ¿Quién ríe después de todo? Ahuyenta los fantasmas que devoran el tiempo, que rozan parajes inmersos en escarlata. Torpe es mi fuerza ante sus embestidas, vencido, derrotado antes de salir al centro de la arena.

¡Lucha, por amor de Dios, no te rindas ahora!

La mano se aflojó y el sueño disolvió sus pensamientos. Cerró los ojos y el pelo se extendió sobre la almohada como un negro presagio. Se quedó dormido y por un rato que no pudo calcular, el tiempo dejó de pertenecerle. Hasta que, súbitamente, un ruido seco le hizo despertar. Parpadeó varias veces y después de reconocer el cuarto se volvió a tumbar decepcionado de seguir allí, soñando, despierto o como estuviera. Volvió a quedarse dormido pronto, pero sus sueños fueron intranquilos.

VI

Uno no puede hacerse a la idea de que las demás
personas son conciencias que se sienten por dentro
como se siente uno mismo -dijo Francisca-. Cuando
uno entrevé eso, me parece que es aterrorizador: uno
tiene la impresión de no ser más que una imagen en
la cabeza de algún otro. Pero no ocurre casi nunca, y
nunca por completo.

SIMONE DE BEAUVOIR,
La invitada

Bezel acabó de beberse a solas su copa de coñac. Un
escalofrío le subió por la espalda. Él tenía razón, hacía frío y
ella también lo notaba. ¡Claro que estaría más cómoda con
unos pantalones y ropa interior de algodón! Pero debía
pasearse desnuda ante él y aunque pasara frío no era lo peor
que había tenido que hacer. Se cruzó la fina bata de gasa
alrededor del cuerpo y recogió los platos mientras tarareaba
una canción con desgana. Apagó las luces y salió de la cocina.
Antes de subir las escaleras se acercó hasta el salón donde
Max había oído las voces. Abrió las puertas y observó sin
encender la luz la quietud que reinaba en el lugar. El silencio.
Desconocía qué era lo que había escuchado pero cuando él se
volvió estaba pálido y asustado. Ella había fingido no saber lo
que ocurría y le había mirado con compasión, tal y como
debía hacer. Se le daba bien fingir, era la reina de las mentiras.
Subió hasta el primer piso, donde Max dormía, y se quedó
parada en el pasillo tratando de oír algo. Todo estaba

tranquilo.

Continuó subiendo hasta llegar al tercer y último piso. Al fondo de un largo pasillo, recorrido por una larga hilera de puertas cerradas, había una pared lisa en la que colgaba el cuadro de algún paisajista romántico. Bezel atravesó con ligereza el pasillo y al llegar junto al cuadro, se quedó tras la puerta durante unos segundos. Después llamó delicadamente con los nudillos. Apartó un poco el cuadro y metió en la cerradura, disimulada en los dibujos de la madera, una llave que llevaba en su bolsillo. Abrió despacio. El interior permanecía envuelto en la penumbra, tal y como siempre estaba. Sin abrir mucho la puerta metió la cabeza, tratando de identificar alguna forma, pero no pudo ver nada. Desde el fondo de la habitación, una voz grave le indicó:

-Está bien, Bezel, puedes irte a dormir.

-Gracias, buenas noches.

No hubo respuesta. Volvió a cerrar con llave y colocó el cuadro en su sitio. Recorrió el pasillo que la separaba de las escaleras y bajó sin hacer ruido un piso. Una planta por encima de donde dormía Max estaba su cuarto. Lo primero que hizo fue quitarse el insignificante camisón. Lo tiró al suelo y se puso uno de algodón y unas braguitas también suaves y confortables. Encendió un cigarro y, cómoda por primera vez en todo el día, paseó por la habitación respirando hondo. Miró el reloj. Eran casi las tres pero no tenía sueño. Se metió en la cama y apagó la luz. Ya no tenía nada que hacer y a las seis y media debía estar en pie. Mañana sería un día duro. Puede que Max tratara de escapar o tal vez se pusiera nervioso por los recuerdos que le iban a llegar y que, estaba segura, no le gustarían, y ella debería calmarle. Sí, ella tendría que portarse bien con él y tranquilizarle, hacerle creer que podía confiar en ella tal y como lo haría con su propia madre. Igual que si fuera su madre.

VII

LUNES

> Y hay que corroer. Y hay que confundir. Confundir
> sobre todo, confundirlo todo. Confundir el sueño
> con la vela, la ficción con la realidad, lo verdadero
> con lo falso; confundirlo todo en una sola niebla.

MIGUEL DE UNAMUNO,
Niebla

A la mañana siguiente fue a llevar el desayuno a Max a las ocho y media. Entró en la habitación con sigilo y vio que aún dormía. Se acercó a su cama y recogió del suelo la libreta de notas.

-¡Pobre Max! -murmuró, sonriendo después de leer lo que había escrito antes de quedarse dormido.

Se abrió un botón de la camisa y se arregló el pelo.

-¡Max! -dijo en voz alta-. Despierte. Le he traído el desayuno.

Max levantó la cabeza sin saber quién le hablaba, dio varias vueltas en la cama y cuando por fin abrió los ojos y la reconoció pareció recordar lo de la noche anterior. Buscó desmañado su libreta. La encontró en el suelo, justo donde Bezel la había vuelto a dejar.

-Despierte, perezoso -dijo sonriendo.

Max esbozó una sonrisa cumplida y aún medio dormido guardó con pudor la libreta en el bolsillo de su arrugada chaqueta, que aún llevaba puesta.

-Buenos días, señorita Bezel. ¿Sigue lloviendo? -preguntó antes que nada.

-Me temo que sí, señor Sinclair.

-¿Señor Sinclair? -repitió, desperezándose.

-Max -rectificó Bezel.

-¿Qué hora es?

-Las ocho y media, hora del desayuno.

-Hora de nada -apuntó con hastío-. Me pregunto qué es lo que voy a hacer aquí durante otro día entero. Porque estoy seguro de que el puente sigue hecho pedazos, ¿no es cierto?

Bezel asintió.

-Bien. Un día más en el pueblo Misterio, donde todo puede ocurrir -dijo, sonriéndola pero con un brillo extraño en los ojos.

-No sea melodramático. No es para tanto. Puede hacer muchas cosas. Seguro que encuentra algo divertido a que dedicar el día.

A Max no le molestaba aquella mañana que Bezel entrara en la habitación. Parecía haber asumido que, como huésped de honor, no tenía más remedio que ser el centro de todas sus atenciones. Servicio personalizado, pensó, y gratis. ¿Qué más se puede pedir?

-Le dejo para que se arregle y desayune tranquilo -sugirió ella viendo que había dormido vestido.

-Usted, ¿ha desayunado ya? -preguntó Max, temiendo de pronto que se fuera.

-No, voy a hacerlo abajo -respondió Bezel, aunque en realidad había tomado su café hacía casi dos horas.

-Bueno, tal vez podríamos desayunar los dos abajo -dijo él.

A decir verdad, tenía miedo de quedarse solo y oír aquellas voces de nuevo. Lo de la noche pasada había sido prueba suficiente de que algo no andaba bien. Tal vez fuera una prueba inmaterial y confusa, casi inexistente, porque ni siquiera él podía entenderlo, pero allí había algo. No sabría decir si en él, en la casa o en todo el pueblo, pero tenía la sensación de estar al borde de un precipicio. Los recuerdos, la sensación de pérdida de control y sobre todo aquellas voces... No quería volver a pasar por una experiencia como ésa. Era miedoso. Prefería la comprometida compañía de Bezel.

-Debe resultarle aburrido tener que permanecer en un lugar como éste -comentó Bezel, sentada frente a él ya en la cocina-. Sobre todo viniendo de una gran ciudad.

Aquella mañana no iba a acosarle con sus encantos. No iba a tratar de ponerle nervioso, ni hablarle con ironía o descaro. Aquella mañana iba a ser una buena chica e iba a sacarle toda la información que pudiera sobre su vida y sobre sus padres, sobre lo que hiciera falta para hacerle recordar. Sí, hoy iba a ser buena chica...

-Bueno, en realidad, no tengo prisa -dijo Max, sosteniendo un tazón de té en las manos-. No voy a decirle que me encanta estar aquí pero tampoco me voy a desesperar por tener que pasar un par de días. Ahora que no tengo que preocuparme por el dinero del hotel, me siento más tranquilo -dijo, mintiendo con cada palabra.

-¿Pero por qué preocuparse por el dinero? -dijo Bezel, directa-. Si Drake no le hubiera invitado, podría haberme mandado el dinero más tarde o incluso cuando volviera a visitarnos -añadió, tanteándole.

Max dudó.

-No me conoce de nada. ¿Quién le dice que le mandaría el dinero o que volvería alguna vez?

-¡Ah! Ahí se equivoca. Es usted honrado, se le ve en la cara.

Max pensó que la que se equivocaba era ella. En cuanto hablara con Drake se marcharía y no volvería en su vida. No regresaría a este lugar por nada, y menos después de lo de anoche.

-Así es que no está casado -afirmó Bezel sin salirse del guión.

-No, me gusta vivir solo -respondió sin interés.

-¡Ah! ¿Vive solo?

-Sí -contestó-, completamente.

-¿Y tiene familiares?

Max examinó la cara de Bezel. Ella le observaba con una sonrisa de curiosa ingenuidad, esperando su respuesta como si hubiera hecho la pregunta simplemente por hablar de algo, pero Bezel sabía que se estaba jugando mucho curioseando de esa manera. Si él decidía que todo aquello no era de su interés, su plan se vería más que perjudicado en el futuro. Tal vez no debería haber empezado a hacer preguntas de forma tan directa pero… Ya había empezado. Max la observó y decidió, mientras mordía un trozo de pastel, que sus reservas no tenían mucho sentido en ese lugar. Dentro de unos días se habría marchado y no volvería a ver a aquella mujer en su vida. ¿Qué más le daba conversar un rato sobre temas triviales? Si le apetecía, podría mentir de nuevo. Mentiras, mentiras, mentiras.

-Mi madre murió hace poco y mi padre…

Su padre. ¿Dónde estaba su padre?

-¿Sí? -le animó Bezel. Observó que su rostro cambiaba.

-La verdad es que no sé dónde está -concluyó Max, levantándose y zanjando la conversación-. No llegué a conocerle.

-¿Se marcha?

-Sí, voy a dar una vuelta, a ejercer mi papel de turista.

-Como quiera. Me ha gustado charlar con usted -señaló sonriente.

Max no respondió. Se limitó a ponerse la chaqueta en silencio y lanzarle una mirada fría. Tenía los pantalones arrugados y la camisa arrebujada bajo el jersey. Había dormido vestido pero ese día no le importaba demasiado tener un aspecto desaliñado. Ni siquiera se había duchado. Se estiró la ropa y salió con dirección a la tienda.

No había podido mentir. Habría sido fácil pero no había podido inventar una historia sobre su padre. No quería hablar de ello, ni mintiendo ni sin mentir, punto. Y menos con una fresca como esa Bezel. ¿Qué le importaba a ella dónde estaba su padre?, ¿qué le importaba si ni siquiera le importaba a él? Max había atravesado la verja del castillo y descendía el camino con prisa. Andaba con los ojos fijos en el suelo, pateándolo de rabia, pero sin ver más allá de sus pensamientos. Dio un traspié y perdió el equilibrio. Tropezó y cayó en la calle de rodillas. Sintió un dolor agudo en las rótulas.

Fue incapaz de levantarse de nuevo porque ante sus ojos estaba su casa de Biarritz, tal y como estaba el verano del setenta y ocho. Con su enredadera trepando por la fachada de piedra, su tapia mitad piedra mitad hierro y sus ventanas pintadas de verde esmeralda.

Max tenía nueve años y de nuevo era verano. Llevaba unos pantalones azules y una camiseta amarilla. Una de las zapatillas tenía desatado el cordón y los calcetines (llenos de espigas y pajillas doradas) revelaban sus juegos campestres y su nueva libertad, recién recuperada después del catarro. Se acercó despacio a la casa y vio a alguien dentro. Era Drake, el hombre tenebroso, pensó con miedo. ¿Por qué le asustaba tanto? Cruzó la puerta del jardín con sigilo, tal y como hacía cuando jugaba a policías y ladrones. Subió las escaleras hasta la ventana donde se encontraban hablando Drake y su madre. Se agachó para que no le vieran y escuchó con atención.

-¿Cómo has podido saber eso? -preguntaba su madre con voz temblorosa.

-¿Con quién crees que estás hablando? Sé todo sobre vosotros -respondía Drake con condescendencia.

-Me has engañado -articulaba su madre mientras caminaba de un lado a otro de la sala de estar-. Yo confié en ti y ahora resulta que aún eres uno de ellos.

-Ya no. Te lo aseguro, Irene. Estoy dispuesto a no contar nada si colaboras conmigo. Pero entiéndelo, Max significa mucho para mí.

-Necesito tiempo para pensar, para asimilarlo. Aún me despierto por la noche con pesadillas. Aún le temo, me da miedo. Aldo es un demente. Ya creía haberme librado de él, de todo, y ahora…

-Pero si ya no tienes que preocuparte por él. Tomate el tiempo que desees -decía Drake con amabilidad-. Max es muy importante. ¿No te parece increíble que la vida nos haya vuelto a unir? No creo que haya sido casualidad. Necesito a Max y debes ser consciente de que no podrás ocultarlo durante mucho tiempo.

-Olvídate de eso. Todo fue un montaje. Yo lo hice por dinero.

-Sabes que eso no es cierto. Lo hiciste porque creías en ello. Max es diferente, querida, no puedes llevar sola esta carga.

-Esta carga es mi hijo -dijo, golpeándose el pecho-. Y haré lo que sea para que crezca como un muchacho normal.

-Será inútil y lo sabes. Olvídate del pasado y piensa en nosotros, en ti, en mí y en Max. Aldo ya no puede hacerte daño, te lo aseguro.

-Ya veremos.

-Querida, sabes que me he encariñado de ti y de Max. Yo podría daros todo lo que necesitáis.

-No -dijo ella tajante-. Max no lo soportaría. No quiero ni pensar en lo que ocurriría.

-¿Ves? También tienes miedo.

-Pero… si es tan sólo un niño…

-Sabes que eso no es del todo cierto. No puedes seguir así por más tiempo. No tenéis que pasaros la vida yendo de un lado a otro. Aldo está cada vez peor, ya ni siquiera me reconoce. No tienes de qué preocuparte. Si me permitieras examinar a Max durante unos días… Te garantizo que él no sufrirá. Estará bien.

-No tiene a nadie más, ni yo tampoco.

-También yo os necesito, y vosotros a mí. Pídeselo. Tú puedes conseguir lo que quieras de Max. Sólo tú. Él te adora y hará lo que le digas. Hazme caso. Yo no te mentiría.

-No sé. Parece tan sucio engañar a tu propio hijo…

-No es un engaño. ¿Quién está hablando de engañar? Es,

simplemente, que es demasiado pequeño para entenderlo.

-Tengo que pensármelo, ya veremos.

-Sí, desde luego, piénsatelo. Quiero que sepas que estoy a tu disposición -apuntó Drake besando su mano-. Debo irme, Max estará al llegar.

No había podido oír lo suficiente para enterarse de cuál era el problema, pero sí lo necesario para saber que era algo relevante. ¿Qué era tan importante? ¿Por qué su madre parecía estar preocupada y en su voz había ese matiz de aflicción, de duda? Drake desapareció de la ventana y Max bajó con rapidez los escalones de la entrada para ocultarse en el garaje. Estuvo a punto de tropezar con la regadera de lata pero en el último momento la había esquivado y se había arrodillado detrás del coche. Drake salió de la casa y se dirigió con paso lento, casi meditativo, hacia la cancela. Cuando llegó a la puerta se detuvo y permaneció quieto unos segundos, sin volverse. Era como si estuviera atento a algo invisible. Max lo observaba inmóvil desde el interior del garaje, sin atreverse a respirar. Después de un momento, Drake giró el tirador de hierro oxidado y con tono seguro, algo grandilocuente, dijo:

-Buenos días, Max.

Reanudó la marcha calle abajo, dejando a Max encogido detrás del coche como un conejo asustado, con una sensación de estupidez que pronto se convirtió en rabia. Estaba harto de ese Drake. Siempre con aquellas frases importantes y esos juegos de mago barato. Ese hombre le ponía nervioso, pensó mientras se sacudía las manos llenas de tierra. Pero sobre todo le producía una curiosidad insuperable. «Es como una mosca que nadie se atreve a despachurrar, ese Drake», había oído decir una vez a un hombre, en una de las fiestas que celebraba en su casa. Las piedrecillas de grava del garaje se le habían hincado en las rodillas y le habían dejado unos hoyos blancos y un picor agradable. Subió las escaleras de la entrada con paso decidido, simulando que venía de la calle.

-¡Mamá! Estoy en casa -gritó con voz despreocupada.

Su madre no se levantó. Estaba sentada en una silla frente

a la chimenea. Se limitó a mirar a Max con preocupación. De la calle llegaba el salado olor del verano.

-¿Qué pasa? -preguntó.

-Max -dijo, tendiéndole la mano-. Ven, ven un momento.

Max se acercó y ella le abrazó. Le agarró por los hombros y miró fijamente sus ojos profundos. Los ojos de Irene estaban brillantes, casi llorosos. A Max se le hizo un nudo en la tripa. Nunca antes había visto a su madre con aquel semblante, ni siquiera con la mitad de aquel semblante.

-Max -dijo, dudando-. Tú... tú sabes que te quiero, ¿verdad, hijo?

-Sí, mamita -había contestado Max sin poder tragar el nudo que tenía en la garganta.

No imaginaba qué quería decirle pero estaba preparado para lo peor. Habían estado jugando en la pradera blanca, un lugar donde la hierba crecía por encima de la cabeza y donde a veces, si no ibas con cuidado, podías meterte en un lodazal profundo y pringoso que los niños llamaban las arenas movedizas. No tenía miedo de su madre. Nunca le había dado motivos. Lo que le daba miedo era el miedo que sentía ella. Lo podía notar. Era como una nube que la envolvía y que decía con letras de humo: *Miedo*.

-Tú... -dijo indecisa-. Tú quieres mucho a mamá, ¿verdad?

Max asintió con la cabeza.

-...Y mamá nunca te ha hecho nada... nada malo. Max negó con la cabeza.

-Tú sabes que todo lo que yo te pido es por tu bien -había preguntado con cautela y Max había vuelto a asentir con la cabeza. No tenía ni idea de a qué se estaba refiriendo su madre. Últimamente estaba muy rara. Desde hacía unos días, ella le hablaba bajito cuando estaba lejos y no podía oírla y, a veces, cuando dormía, también le hablaba. Una vez se despertó y allí estaba ella, sentada junto a su cama, mirándole fijamente, pronunciando palabras sin sentido.

-Si mamá te pidiera algo, ¿lo harías? -formuló ella.

-¡Claro! -había contestado, ofendido por la pregunta. Él

haría cualquier cosa por ella, cualquier cosa.

-El señor Drake… -comenzó a explicar con cautela.

Ella sabía que Max le tenía miedo. Él era sólo un niño y Drake un hombre de traza imponente, con una voz grave y una presencia capaz de intimidar incluso a un adulto. A Max le cambió la cara y ella lo apretó aún más fuerte.

-El señor Drake -continuó-es un hombre muy importante y muy listo. ¿Sabes?

Max negó con la cabeza, cerrado ya a cualquier sugerencia.

-Escúchame, Max. Tú sabes que nunca haría nada que pudiera dañarte. Quiero que entiendas una cosa y es que eres un chico listo y el señor Drake cree que podrías aprender un montón de cosas interesantes.

Max seguía negando con la cabeza, tenía el cuello cada vez más hundido. Los hombros le llegaban casi a las orejas, estaba tenso y a punto de echarse a llorar.

-Está bien, no te preocupes, ya hablaremos de eso otro día pero a mamá le gustaría mucho que pasaras un tiempo con el señor Drake.

Max rompió a llorar.

-¡Vamos, vamos! -susurró, abrazándole-. El señor Drake es muy rico, seguro que podría comprarte una bici nueva, esa que llevas pidiéndome desde hace tanto.

Max lloraba en sus brazos, desconsoladamente, pero ella parecía no darse cuenta de su sufrimiento, del terror que aquellas palabras producían en él y continuaba obstinada con aquella cuestión.

-¡Por favor, mamita, por favor! -suplicó Max-. No me lleves con él, por favor, yo te quiero mucho…

Vio a su hijo temblando en los brazos y por un momento dudó de que aquello estuviera ocurriendo en realidad. Le miró mientras él se agarraba con sus delgadas manos al vestido. Tenía la nariz colorada y los ojos suplicantes. Lo agarró con fuerza y lo estrechó entre sus brazos.

-No, no llores. No pasa nada. No iremos a ninguna parte. Olvídate de eso. Ya está olvidado, ¿ves?

Le mecía en sus brazos, de atrás adelante. Él estaba sudando, con la camiseta llena de mocos y lágrimas. Irene suspiró angustiada. Max no entendía cómo había podido ser tan insensible. Ella sabía que Drake le daba miedo y, sin embargo, le había insistido hasta agotar su frágil negativa. ¿Qué demonios querían de él?

Max continuaba clavado de rodillas en el suelo del pueblo. Se cubría el rostro con las manos mientras lloraba, acosado por el miedo de aquel día lejano. Sintió una presión en el pecho y el sabor salado de las lágrimas en la boca. La respiración no se normalizó hasta que tomó dos o tres bocanadas de aire. Se restregó la cara y miró con desconfianza alrededor.

Había ocurrido otra vez. De nuevo, aquellos recuerdos le habían dejado hipnotizado y lo habían transportado al pasado cuando menos lo esperaba. No le disgustaba pero esa pérdida de consciencia, esa falta de control… Los recuerdos eran cada vez más nítidos, más reales y, sin embargo… Aquello había ocurrido hacía más de dieciocho años, si es que había ocurrido. ¿Cómo podía saber si era cierto? Recordaba sin problemas la casa de la playa, su bicicleta Queen, sus recientes amigos de verano André, Louis y Claire; las tardes que pasaban buscando tesoros en las casas abandonadas y un sinfín de detalles de su niñez. Eso sí era cierto. Era su pasado, su vida. ¿Dónde se habían escondido hasta ahora esos otros recuerdos?

Se restregó de nuevo la cara con las manos y se puso en pie. Tenía los pantalones llenos de barro, la camisa fuera del pantalón y el pelo revuelto. Sus ojos estaban enrojecidos y su nariz hinchada. Dio dos pasos torpes mientras trataba de recordar dónde se dirigía. Vaciló. Recordó y cambió de dirección. Miró tímidamente a su alrededor para asegurarse de que nadie se había dado cuenta de su caída. Con gesto torpe se arregló el pelo. Tenía las manos sucias. Siguió su camino vacilante, con la cabeza llena de pegotes de barro. Entró en la calle principal. Vio la tienda de Vahlenkamp en la acera opuesta y a su derecha, unos portales mas allá, el Café de Hausen. Tardó unos segundos en decidirse y por fin torció hacia el café mientras echaba mano de su libreta.

Necesitaba entrar a escribir y necesitaba hacerlo ahora. Empujó la puerta pero no se abrió. A través de los cristales, todo estaba oscuro. Golpeó la puerta con violencia y al momento alguien salió de detrás de la cortina que había junto a la barra. Una sombra se acercó arrastrándose y giró la llave.

-Duerme demasiado, Hausen -observó Max mientras empujaba la puerta ante la sorprendida mirada del tullido.

-No… no está abierto -señaló Hausen.

-Sólo necesito un rato. No molestaré -argumentó Max, ya sentado en la mesa del día anterior.

-Bueno -masculló-. ¿Quiere tomar algo?

-Por favor -pidió Max.

Hausen lo miró de arriba abajo. Max tenía los zapatos cubiertos de barro. Los puños de la que había sido una camisa blanquísima estaban renegridos y sobresalían desarreglados bajo el jersey. Max se había olvidado del hombre y ya estaba enfrascado en su escritura.

-¿Supongo que querrá un té? -sugirió Hausen. Max no respondió.

Avanzó hasta la barra sin dejar de mirarle y cuando estuvo listo se lo llevó a la mesa. Max levantó los ojos y le dio las gracias.

-¿Se ha caído? -preguntó Hausen.

-No. Bueno, sólo de rodillas -dijo, tocándolas. Se dio cuenta de que le escocían.

-Esos pantalones necesitan una buena friega -dijo, señalándolos con el dedo.

Max se miró y sonrió sin hacer mucho caso del comentario.

-¿No tiene más ropa?

-¿Qué? -masculló Max, molesto.

-La ropa -señaló Hausen, haciendo esfuerzos por pronunciar correctamente-. Es la misma de ayer.

-Sí. Es la misma de ayer pero ahora necesito escribir. ¿Por qué no va dentro con Beth mientras yo acabo?

-¡Beth! -exclamó.

-Sí, su mujer se llama Beth, ¿no?

-Sí. Así es -contestó Hausen mientras se dirigía a la barra, sombrío.

De pronto, Max tuvo la impresión de que no sabía exactamente quién era esa tal Beth. A decir verdad, no sabía siquiera si Hausen estaba casado o soltero. No sabía por qué había dicho eso pero al parecer había acertado. Tomó la taza y observó a Hausen detrás de la barra apilando unas botellas de Coca-cola sobre la estantería de madera. Se pasó nervioso los dedos por el pelo y sobre la libreta cayeron pegotes de tierra seca. Los miró como si hubiera visto un fantasma. Los apartó, cogió la pluma y continuó dibujando sus recuerdos en la libreta, tratando de apartar de su mente a Beth, quienquiera que fuese.

VIII

Se ve también que las percepciones de nuestros sentidos, incluso cuando son claras, tienen que contener necesariamente algún sentimiento confuso, pues como todos los cuerpos del universo simpatizan, el nuestro recibe la impresión de todos los demás, y aunque nuestros sentidos se refieran a todo, no es posible que nuestra alma pueda atender a todo en particular; por esto nuestros sentimientos confusos son el resultado de una variedad de percepciones, que es completamente infinita.

GOTTFRIED WILHELM LEIBNIZ,
Discurso de metafísica

Los espejos se están doblando y ya no reflejan sino monstruosidades, seres deformes que aborrecen lo que son, que se escudan en la realidad para parecer puros. Detrás, en el fondo, espera la bestia para devorar los cristales que queden. Se puede morir sin traspasar el umbral, ese que nos separa de la farsa, ese que nos aterra con sus luces cambiantes, con sueños que ya fueron o que simplemente serán. Si no tienes sueños, mata por ellos...

Cuando terminó de escribir sorbió el té, que ya estaba helado, y apartó la taza con gesto amargo. Oyó ruido de botellas en la trastienda. Se acercó y llamó a Hausen.

-Estaba colocando unas cosas -dijo Hausen-. ¿Ya ha terminado?

-Sí -contestó Max con tono de disculpa en la voz-. Perdone la forma como he entrado pero necesitaba apuntar algo antes de que se me olvidara.

-No hay problema. Ya estaba a punto de abrir -contestó amablemente.

-Dígame -precisó Max, cohibido por lo que iba a preguntar o, más exactamente, por la respuesta que él le diera-. Dígame, ¿es cierto que su mujer se llama Beth?

Hausen le miró con una expresión apagada y respondió:

-Sí. Se llamaba Beth. Murió hace treinta y dos años.

Max sintió cómo un calor insano le subía desde el cuello a las orejas. Se apoyó en la barra sin poder decir una palabra.

-¿Se encuentra bien? -preguntó Hausen preocupado.

-Sí -dijo Max-. Sí, creo que sí.

-Tal vez debiera sentarse -dijo Hausen al verle palidecer. Salió de detrás de la barra y le cogió por el brazo-. No tiene muy buen aspecto. Oiga, lleva la ropa húmeda, puede coger frío.

Max se tocó el jersey. Era cierto. Estaba empapado y no sólo lo estaba ahora, llevaba mojado casi dos días. Había dormido con esa ropa y esa mañana se había vuelto a empapar. Sonrió sin ganas, algo avergonzado por la impresión que debía estar causando a Hausen.

-Debe pensar que soy un guarro.

-Pienso que debería volver al hotel y cambiarse. Le sentaría bien una ducha caliente.

-Tiene razón, Hausen -dijo Max en voz baja-. Creo que tiene razón. No tengo muy buen aspecto. ¿Verdad? -dijo, poniéndose en pie.

Rebuscó unas monedas en el bolsillo pero Hausen le paró con un gesto de la mano.

-No, no... -objetó.

-Gracias. Le haré caso y me iré a dar una ducha.

Max no se atrevió a disculparse por el inoportuno comentario. No podía saber que ella había muerto. ¿Cómo iba a saber que había muerto si ni siquiera sabía que había estado casado? ¡Y, sin embargo, él la había llamado Beth! No Elizabeth o señora Hausen, sino Beth, como estaba seguro que la llamaba él, su marido. Se llevó las manos a la cara y la restregó con fuerza. Se dio cuenta de que la barba estaba crecida, le picaba. Sonrió con preocupación.

Max se puso camino al hotel con pasos rápidos y convulsivos, como un drogadicto con necesidad de su dosis diaria. No quería pensar en lo que le estaba ocurriendo porque no tenía respuestas que acallaran la curiosidad, la angustia. ¿Cómo sabía el nombre de aquella mujer? Se mordió los labios con brutalidad, hasta hacerse daño. Desde la muerte de su madre se sentía extraño. Todo había ocurrido tan rápido, tan horriblemente rápido… Paró súbitamente y apretó las manos con fuerza, resistiéndose a llorar. No sabía si las cosas funcionaban así: la madre de uno se suicidaba sin razón aparente. Abandonaba a su único hijo. Le dejaba solo y ese hijo acababa por enloquecer de tristeza y desesperación al cabo de un tiempo. Quizás eso podía suceder. Y tal vez oír voces y adivinar el nombre de los muertos era parte de esa locura. Lo más terrible era que no tenía a nadie para desahogarse. Estaba solo en el mundo y, por si fuera poco, se encontraba perdido, atrapado en un pueblo donde poder confiar en alguien resultaba un chiste. ¿A quién iba a acudir?, ¿sería capaz de acercarse a Bezel, de olvidar la repulsión que le causaba y contarle todo lo que le estaba ocurriendo? Ella se reiría, le tomaría por un crío y trataría de solucionarlo con un buen revolcón en la cocina. Miró alrededor y sintió que le fallaban las fuerzas. Todo era tan hostil en aquel lugar. Aunque era mejor no engañarse, el mundo en general lo era. Nunca se había sentido cómodo en él. La noción de su propia insignificancia le horrorizaba, no podía enfrentarse a eso.

Alcanzó la entrada del castillo acosado por oscuros pensamientos. Tenía la sensación de que lo vigilaban, de que le acechaban detrás de los árboles, de las montañas, de su cerebro. Empujó la puerta y entró en el recibidor. Estaba desierto. Nunca había sido un muchacho temerario, ni siquiera valiente, pero era porque desde niño había sabido presentir las situaciones de peligro, las que le producían miedo, y las había evitado. Era como si un sentido que caminaba por delante de él le avisara de que aquello podía convertirse en una rodilla raspada o un buen corte en la mano. Ahora tenía miedo. Sentía que algo descomunal acechaba escondido. Y lo peor de todo es que ni siquiera sabía qué forma tendría. Si era algo contra lo que uno podía luchar o si, tal como presentía, estaba dentro de él.

Una música suave llegó rebotando sobre las paredes altas y macizas del recibidor. Max avanzó con paso lento, con el corazón latiéndole en la garganta. Temía que aquellas voces volvieran a dejarlo sin aliento. La música sonaba lejana. Era imposible saber de dónde llegaba. Impregnaba el aire del hotel de una blandura hiriente. Se filtraba por entre las piedras. Casi respiraba. Max miraba con ojos expectantes cómo la luz del sol, que había aparecido por primera vez desde que llegó, entraba por los coloridos arcos ojivales y pintaba dibujos multicolores sobre el suelo de piedra. Los rayos oblicuos revelaban una tenue nube de polvo que flotaba en el aire del recibidor. Por unos segundos sintió un suave y agradable calor en sus mejillas. El recibidor había adquirido un color dorado y confortable que parecía cambiar incluso la decoración, antes apagada y lúgubre. Un ruido lo arrebató de aquella grata sensación. Levantó los ojos y al final de la barandilla, en el rellano del primer piso, observó algo que no logró ubicar en su mente. Pestañeó un par de veces incrédulo pero aquello, fuera lo que fuese, continuaba allí.

Avanzó hacia la escalera con los ojos muy abiertos y la boca redondeada bajo la mano. Subió un peldaño y otro… Las nubes volvieron a cubrir el sol y la alegre y coloreada luz se evaporó, dejando de nuevo el recibidor con aquella atmósfera grisácea y triste con que siempre lo había visto. Al llegar arriba avanzó por el pasillo con el cuello estirado. El corazón le latía compulsivamente. Llegó al borde del pasillo y giró la cabeza con resistencia, muy despacio. El corredor estaba vacío. Las alfombras, extendidas como naipes de tarot a lo largo del pasillo, presagiaban un futuro que Max, ciego ante su propio destino, no supo leer. Una luz pálida entraba desde la ventana que había al fondo. «Yo a contra luz», pensó sin saber qué podía significar aquello. La puerta de su cuarto estaba abierta. Iba pegado a la pared como una salamandra. La sangre le bombeaba en los oídos mientras avanzaba. Tenía que descubrir qué era lo que había visto. Porque, en realidad, no podía explicar qué había pasado por el pasillo a toda prisa. Tenía que comprobar si era una alucinación o si estaba perdiendo el juicio. Lo que le ocurría era demasiado ininteligible, incluso si estaba volviéndose loco. Todo tenía que tener una explicación razonable o al menos medio razonable. Tal vez lo estaban envenenando. No podía ser su mente. Él no era capaz de inventar cosas tan descabelladas. No era cierto. Todos sus trabajos, todos sus cómics, trataban sobre temas sombríos. Por eso tenía fama de dibujante oscuro. En todos aparecían seres extraños y demoníacos, seres de ultratumba, extraterrestres hambrientos, amas de casa esquizofrénicas, asesinos en serie imbatibles y sanguinarios. Él había creado cientos de situaciones como la que acababa de experimentar y, sin embargo, no acertaba a encontrar una palabra, siquiera un dibujo para expresar aquella sensación. Era como si algo sin forma, sin voz y sin rostro, hubiera cruzado el pasillo llamándolo desde la distancia con palabras mudas pero penetrantes. Desde dentro de la habitación salió un suspiro apagado.

Max retrocedió unos pasos y respiró hondo antes de mirar dentro. Si no estaba loco y aquello era real… Si aquello, fuera lo que fuese, no era un delirio, puede que tuviera problemas. Una depresión pasajera, pensaba agazapado junto a la puerta, se cura pero la inexpresable presencia que había notado podía ser peor que cualquier depresión, que cualquier pesadilla. La música risueña sonaba ahora mucho más alta.

Lo que no sabía ni podía imaginar era el porqué. La razón de aquella sinrazón. Tomó aliento y se dispuso a mirar dentro de la habitación, no podía alargarlo por más tiempo. Con la espalda apoyada contra la pared, asomó la cabeza con decisión y una nueva exclamación se ahogó en su garganta. Se quedó inmóvil frente a la puerta. Rígido como un tablón de madera.

-Max, cariño -dijo una voz sedosa desde el interior-. ¿Te encuentras bien?

Frente a él se encontraba, joven y bonita, su madre. Llevaba un vestido azul, su preferido, y tenía el pelo cogido con una cinta amarilla.

-¡Mamá! -musitó Max. No sabía si lleno de terror o de admiración-. ¡Mamá!

-No tienes buen aspecto, cariño. ¿Qué te ocurre?

Max tuvo deseos de contarle todo lo que le estaba pasando. Deseaba hablar con alguien y nadie mejor que ella, nadie mejor. Pero quizás quien estaba delante de él no era su madre. Ella estaba muerta. Tal vez era otra alucinación o tal vez...

-Cuéntale a mamá qué te ocurre. Ven, ven con mamá -dijo ella con una sonrisa franca mientras le tendía los brazos.

-¿Mamá? -repitió incrédulo.

Dio un paso inseguro adelante pero se paró de repente.

-¿Quién eres? -preguntó con la boca reseca.

-¿Qué quieres decir? Soy yo, tesoro. ¿Es que no me reconoces?

Entonces tuvo la sensación de que aquello ya había ocurrido. Miró a su alrededor y vio que el dormitorio en el que se encontraba no era el del hotel de Shimts, sino el de su madre en la casa de Biarritz. Y él no era mayor. Era de nuevo un niño de nueve años con el rostro acalorado y la respiración entrecortada. Su madre estaba frente a él con aire apagado. En su rostro, que acababa de ver luminoso y bello, había marcas de cansancio y en sus ojos siempre brillantes latía un enfermizo color amarillento.

-¡Mamá! ¿Te encuentras bien? -preguntó preocupado.

-No, cariño. La verdad es que no. Me siento muy débil. ¿Quieres ayudarme? -dijo ella haciendo un gesto para que le desabrochara el vestido.

-Claro -había respondido Max, diligente.

Ella se sentó en la cama mientras él desabrochaba los tres botones de detrás del cuello; luego le bajó la cremallera, que estaba atascada en un costado, y tiró del vestido hacia arriba. Ella cayó sin fuerzas sobre la cama y Max la ayudó a arroparse. Tenía un bonito color dorado y su piel era suave y tersa. Los hombros sobresalían bajo las sábanas, redondos y brillantes.

Max la observó en silencio mientras ella suspiraba con dificultad. Su cara estaba tan pálida que parecía pertenecer a otro cuerpo.

-¿Qué quieres que haga, mamita? -preguntó en voz baja Max.

-Ya lo sabes cariño. Ya lo sabes.

Él lo sabía. Sabía qué es lo que quería. Pero no podía aceptar que aquello fuera lo que ella deseaba. Era demasiado terrible para él, le daba tanto miedo que no quería siquiera pensar en ello.

-¿Por qué no ayudas a mamá y haces lo que te pido? -decía ella con voz suave pero con cierto matiz de reproche. Él no podía soportar aquel tono en su voz. Ese tono le estaba diciendo de alguna manera que la culpa de que ella estuviera enferma la tenía él. Y en cierta manera que no podía explicar, él sabía que así era. Él se negaba a ir con Drake unos días y eso, pensó, eso la está matando, y si no hago lo que me dice también me matará a mí. Si ella muere, yo también moriré. No podía ver sufrir a su madre. Sólo pensar que aquello le estaba ocurriendo por su culpa, le hacía sentir como un monstruo. No podía salir y dejarla allí sufriendo, ni siquiera para ir a jugar con sus amigos. No le apetecía si ella estaba allí sola, en ese estado.

-Max, ¿lo harás por mí? -preguntó-. El señor Drake es un amigo. Él te quiere mucho.

-Sí -dijo con resignación-. Lo haré por ti, mamita.

-Eres un buen chico. Te quiero -dijo ella con una sonrisa de satisfacción.

-Yo también te quiero -contestó él con el estómago hecho

un nudo.

Quiso decirle que aceptaba porque tenía miedo, porque sospechaba que si no lo hacía, algo terrible les sucedería a los dos. En realidad, no estaba seguro de que ella lo supiera. Ella era tan buena que le costaba creer que aquella horrible idea hubiera salido de su cabeza. No, aquella idea no era suya, era Drake quien estaba detrás de todo. Siempre lo había sabido. Desde que le alargó la mano con ese anillo ostentoso, sabía que algo iba a cambiar en su vida. También sabía que estaba dominando a su madre, que de alguna forma él estaba atrayéndola hacía su mundo y que su madre era el hilo inconsciente que tiraba de él.

Max despertó en el suelo de la habitación del hotel. En su nuca tenía la mano de Bezel y yo sostenía un vaso de agua que había arrojado a su cara. Bezel le sonreía con ternura. Él se incorporó despacio y carraspeó la garganta un par de veces.

-¿Se encuentra bien? -le pregunté.

-Sí. ¿Qué me ha pasado? -preguntó aturdido.

-Oímos un ruido y cuando llegamos estaba tirado en el suelo. Debe de haber cogido frío, tiene la ropa empapada -dijo Bezel, sin especificar desde dónde habíamos oído ese ruido y en qué posición.

Max trató de recordar. A eso venía al hotel, a ducharse. Venía a quitarse aquella ropa sucia. Hausen le había dejado entrar a escribir y él había adivinado el nombre de su mujer… y luego había visto, sentido, aquello arrastrándose hasta aquí. Miró a su alrededor con desconfianza.

-¿No había nadie? -preguntó intranquilo.

-¿Aquí? -preguntó Bezel-. Aquí no hay nadie, Max. Venga, le ayudaré a desvestirse. No tiene buena cara. Le prepararé un baño caliente.

-Sí, de acuerdo -asintió Max, agarrándose a nuestros cuellos.

Le tumbamos en la cama. Bezel se metió en el baño y abrió los grifos. Hasta la habitación llegó el chirrido de la llave del agua caliente y el chorro llenando la bañera.

-Vamos. Déjeme que le quite esta ropa. Huele a pescado. ¿Dónde se ha metido, amigo? -pregunté interesado.

Max no se resistió. Mi presencia pareció calmarle. Bezel parecía preocupada y dispuesta a ayudarle y se dejó hacer. Le llevamos al baño, nublado por una nube de vapor y lo ayudamos a meterse en la bañera.

-¿Se encuentra mejor? -preguntó Bezel. -Sí, creo que sí.

-No quiero alarmarle pero debería verle un médico. Puede haber cogido una pulmonía, tenía la ropa mojada y ese desmayo… No es buena señal.

Max no contestó.

-Voy a prepararle leche caliente -dijo ella, servicial.

-¡Señorita Bezel! -exclamó viendo que se iba. Quería que se quedara pero le pareció imposible explicar aquel infantil comportamiento. Si ella le preguntaba, qué podría decir: «Tengo miedo de quedarme solo porque últimamente escucho voces y algo que ni siquiera se ve anda paseándose por la casa…».

Sólo dijo:

-¿Podría traerme la libreta y el bolígrafo que hay en el bolsillo de mi pantalón?

-Desde luego.

Cuando Bezel salió del baño, Max me miró como si por primera vez reparara en mi presencia.

-¿Quién es usted? -preguntó sorprendido.

-Soy Simón Bughin -dije extendiendo la mano.

Max acercó la suya, que estaba mojada, y sentí el calor húmedo que desprendía su palma.

-Soy otro huésped -expliqué-. No nos hemos visto antes porque no salgo demasiado. Parece ser que no estamos de suerte con el tiempo y, para serle franco, detesto la lluvia.

El vapor del baño envolvía nuestros cuerpos, como si el misterio que encerraba aquel encuentro se hubiera materializado delante de nosotros. Noté que Max miraba nervioso alrededor. Entonces me pregunté qué hacía un muchacho como él, solo, en un lugar tan remoto y sobre todo qué le sucedía. ¿Por qué estaba tan asustado?

-¿Cuándo llegó? -pregunté, aunque conocía la respuesta.

-Hace dos días, creo.

-¿No lo recuerda? -pregunté con una sonrisa.

-Sí, sí lo recuerdo. Hace dos días -contestó más seguro.

-¿Ha venido a visitar a algún pariente? -insistí.

Yo ya sabía que había venido a ver a Drake. Bezel me lo había contado en medio de una de nuestras lecciones de anatomía, que yo aprovechaba para sonsacarle toda la información posible sobre ese hombre; porque yo también había venido hasta Shimts para verle.

-No. He venido a ver a un amigo de mi madre -contestó sin ganas.

-¿Su madre es amiga de ese hombre?

-Era. Mi madre está muerta -dijo, mirándome fijamente a los ojos.

Fue entonces cuando noté que algo terrible le ocurría. Su mirada estaba velada, como lo está la de los posesos y los que se creen iluminados, también la de los locos.

-Lo siento -dije sinceramente-. ¿Hace mucho?

-Un mes y medio -contestó. Se restregó la cara con una esponja.

-Es terrible. Yo también perdí a mi madre. Aunque en mi caso ocurrió cuando yo era demasiado pequeño para sufrir de forma consciente.

Entonces noté que Max se interesaba por mis palabras, como si por primera vez desde hacía mucho tiempo, tuviera delante a alguien que entendía su idioma. Noté que se relajaba y aproveché para seguir indagando en el motivo de su visita.

-¿Es muy atrevido preguntarle cómo ocurrió?

En realidad, era como si ya lo supiera. Desde el instante en que le vi, escupiendo agua por la boca en la entrada del hotel, presentí que su presencia no era fortuita. Max dudó por unos segundos pero finalmente carraspeó y contestó con la voz ronca:

-Se suicidó. -Y volvió a estrujarse la esponja sobre su

cabeza.

Ahora, conociendo a Max, habiendo leído sus libretas, habiendo seguido sus pasos en las cintas de vídeo, habiendo observado su punto de vista y estudiado los documentos, sé que haber reconocido aquello en voz alta fue para él como un desahogo. Me miró con necesidad, como si hubiera descubierto por fin alguien a quien contar sus pesadillas. Su mirada, aún recelosa, se apaciguaba a medida que el agua relajaba su moreno cuerpo. Yo no percibí la importancia de la respuesta inmediatamente (estaba más preocupado en observar sus reacciones) y cuando su voz llegó por fin a mí y la reconocí, la curiosidad me despertó a una realidad que me resultó demasiado obstinada y premeditada para ser verdad.

-¿Dice que su madre se suicidó? -pregunté, sin el menor tacto.

-Sí.

En su respuesta había más interés que indignación.

-¿Por qué le interesa tanto?

-Por nada en realidad, simple curiosidad -contesté.

Creo que Max, al igual que me había pasado a mí dos días atrás cuando le vi bajo la lluvia, sospechó que algo subterráneo había impulsado mi curiosidad y como, al igual que yo, había llegado hasta aquí en busca de respuestas, no quiso dejar el tema y fue él quien atacó con preguntas.

-¿Y usted? ¿Qué ha venido a hacer aquí?

-Ya se lo he dicho, estoy de paso. -Ahora era yo el que debía satisfacer su curiosidad-. Estoy haciendo ciertas investigaciones y necesitaba unos días de reposo.

-¿Ha venido solo?

Asentí.

-¿Conoce a Drake? -preguntó sin rodeos.

-No. ¿Quién es? -traté de parecer indiferente.

-Es el dueño del castillo, de casi todo el pueblo en realidad. A él es a quien he venido a ver -dijo como una confesión-. Le conocí cuando era pequeño... -añadió con inseguridad.

-¡Ah! ¿Entonces es un reencuentro? -dije estúpidamente.

-Sí, eso es precisamente. Un reencuentro con el pasado -dijo muy serio.

Escuchamos los pasos de Bezel que se acercaban y Max se apresuró a cubrirse de espuma.

-¿Se encuentra mejor? -dijo ella.

Arrimó una pequeña banqueta a la bañera mientras ponía la bandeja con la leche.

-Sí, mucho mejor -contestó.

Se sumergió en el agua hasta el pecho y me hizo gracia aquel gesto de pudor exagerado en alguien de su edad. Pensé que si yo mismo, con su edad, hubiera tenido ante mí a una mujer como Bezel, el motivo de cubrirme con espuma habría sido totalmente diferente.

-Me ha dado un buen susto -dijo ella mientras se apoyaba en el marco de la puerta-. Es usted tan extraño, Max -dijo como si hablara con un niño-. Sé que no nos conocemos pero parece usted preocupado. Si hay algo que pueda hacer por usted.

Max rechazó su «ayuda» de la forma más cordial. Me di cuenta de que Bezel estaba molesta por el poco interés que despertaba en él. En el rostro de Max había dibujada una expresión de incertidumbre. No estaba seguro de nada. Tal vez ella era sincera y era él quien veía todo de forma distorsionada y la gente del pueblo era tan sólo eso, gente amable y sincera. Si había alguien que se había comportado de forma anormal, sin duda había sido él. Puede que sólo fuera la casualidad la que había hecho que comenzara a tomar consciencia del suicidio de su madre en este lugar. Todos los cambios se producían en su interior. El pueblo era así antes de que él llegara y seguiría siendo así cuando se hubiera marchado. Miró de nuevo a la mujer. Tal vez era tan sólo su imaginación pero por si acaso era mejor esperar.

-¿Tiene algún síntoma de catarro? -dijo Bezel arrodillada junto a él.

-Tengo dolor de cabeza pero se me pasará con el vaso de leche y una aspirina -contestó saliendo de sus pensamientos.

-Max, creo que será mejor que llame al doctor -afirmó ella con preocupación.

-No, no, me encuentro bien, perfectamente -aseguró con una sonrisa-. Sólo estoy algo atontado, distraído. De veras, no me duele nada, esperemos a ver y si tengo síntomas de gripe... -añadió.

-Bezel, es mayorcito para saber si está enfermo, no le atosigues -dije, metiéndome en lo que no me importaba.

Bezel me lanzó una mirada severa que no interpreté de ninguna manera. En realidad, era la advertencia de que meterme con ella repercutiría en nuestras lecciones particulares. Pero la conocía y sabía que sería ella la que rebuscaría en mis pantalones en el momento que estuviésemos a solas, y continué hablando:

-¿Por qué no le dejamos para que tome su baño a gusto? No creo que esté muy cómodo con nosotros aquí delante.

Noté que Max agradecía mi comentario y Bezel, por el contrario, arrugaba aún más el ceño. Estaba seguro de que le habría encantado frotarle la espalda y el resto de ese cuerpo tenso y moreno y mis comentarios forzaron en ella una sonrisa de venganza.

-De acuerdo, Max. Como dice Simón, es usted mayorcito pero si puedo ayudarle en algo, ya sabe dónde estoy -dijo sonriendo con aparente sinceridad.

-Muchas gracias -respondió él con la misma fingida amabilidad.

-Por cierto, se me olvidaba decirle que ha dejado de llover. Ha salido el sol y se ha quedado un día estupendo. Si mañana hace bueno, iremos de excursión. Nos gustaría que viniera... si se encuentra bien, por supuesto.

-Bueno, supongo que el puente continuará roto...

-Estupendo. No vaya a quedarse frío -dijo acercándole la toalla a la bañera-. La comida estará lista dentro de poco...

-Entonces bajaré en seguida -dijo Max, que no deseaba comer sólo en su cuarto. Ella sonrió satisfecha y salimos dejándole solo.

102

Fue entonces cuando Max abrió la libreta y comenzó a escribir lo que acababa de ocurrir desde que adivinó el nombre de Beth en el bar de Hausen, pasando por su encuentro con su madre y su posterior desmayo. Apoyado en el borde de la bañera, ilustró sus «viejos» recuerdos con todo lujo de detalles. Aquel día, su madre estaba enferma y él creía saber por qué. Ahora recordaba que incluso entonces él conocía la razón de aquel malestar: ella tenía miedo, estaba aterrorizada y él era la causa. También sabía que Drake la estaba forzando a hacer algo. Aunque era un niño, sospechaba que todo ocurría por su causa y que Drake quería algo de él. Aquel comportamiento extraño, aquellas frases sin sentido, aquella terrible petición, no salían de ella.

Lo que no entendía era por qué su madre no se libraba de él, por qué seguía su juego y se consumía en silencio. Estaban indefensos. Ella era una mujer joven e ingenua, él solamente un niño de nueve años y Drake... ¿Quién era Drake?, ¿qué tenía que ver con ellos?, ¿por qué su madre no le despedía como había hecho con los otros hombres que se le acercaban? ¿qué les unía?

Max levantó la vista y vio que el vapor del baño empezaba a disolverse. No podía recordar nada más. Su mente sólo le permitía acceder a la información de forma calculada y medida, como si llevara un orden lógico que era imposible quebrantar. Tuvo la certeza de que le quedaba mucho por averiguar, que los recuerdos le estaban dirigiendo a un lugar concreto, que aquella dosificación no era cuestión del azar. Había recordado que Drake quería llevárselo y que él había dado su consentimiento. Había sucumbido a la presión de su madre. Era imposible no hacerlo y Drake debía saberlo muy bien. Drake lo había conseguido...

IX

¿Te gustaría vivir en la casa del espejo, gatito? Me pregunto si te darían leche allí; pero a lo mejor la leche del espejo no es buena para beber... [...]
¡Ay gatito, qué bonito sería si pudiéramos penetrar en la casa del espejo! ¡Estoy segura que ha de tener la mar de cosas bellas! Juguemos a que existe alguna manera de atravesar el espejo; juguemos a que el cristal se hace blando como si fuera una gasa de forma que pudiéramos pasar a través.

LEWIS CARROLL,
Alicia a través del espejo

Max se vistió intranquilo, mirando a su alrededor cuando alguna madera crujía o el viento hacía temblar los cristales. Mil preguntas revoloteaban en su cabeza, como pájaros enloquecidos. Permanecía en tensión, esperando otro nuevo desmayo que lo arrastrara al pasado. Esperando una respuesta a aquella decisión que había tomado. Aquel verano había hecho una promesa a su madre y estaba seguro de que la había cumplido. Ahora no lo recordaba, pero en el momento más inesperado, las imágenes volverían y descubriría qué pasó después de aquella decisión. Se arregló la camisa frente al espejo y sonrió sin ganas al ver su reflejo, como cuando alguien que no deseamos ver nos saluda con la mano desde una esquina y mecánicamente esbozamos una sonrisa cumplida.

Pero allí sólo estaba él, y él no era ningún extraño. Sin embargo, se dio cuenta de que evitaba mirarse a los ojos. Al pasar de largo la vista había notado un brillo inusual en el fondo, algo desconocido. Carraspeó la garganta un par de veces y estuvo a punto de ponerse a silbar. Pero jamás silbaba y pensó que si lo hacía, aquella sensación que trataba de encubrir y que tanto le asustaba tomaría importancia. Lo que hizo fue algo inusual. Se conocía muy bien y enfrentarse a las situaciones que le causaban temor no era lo que más le entusiasmaba. Sin embargo, movido por un impulso irracional, por un valor que no era típico en él, se acercó al espejo. Parado frente a su reflejo, escudriñó con interés lo que creía haber visto hacía unos segundos en sus ojos. Los entornó, como un miope, mientras movía la cabeza despacio, buscando ese brillo que tanto le había sorprendido. Pero ante él sólo estaban sus ojos grandes y oscuros, y sus pestañas espesas y negras. Se acercó más, apoyándose en el borde, atisbando como un demente su propia imagen. El aire caliente que salía por su nariz empañó el espejo y su imagen se difuminó tras la niebla. La manchita traslúcida se agrandaba y encogía con su respiración, extendiéndose desde su nariz y nublando su cara. Estiró la mano para aclarar la imagen y retrocedió con un grito corto hasta tropezar con la cama. Se llevó las manos a la boca para no gritar. Había visto algo al desempañar el cristal. Algo que no era él. Y había creído ver (porque aquello no podía ser cierto) unos ojos salvajes detrás de unos párpados gruesos, casi inflados por una capa de grasa oscura y viscosa. Y dentro de aquellos ojos había visto, o sentido, una fuerza terrible que lo había hecho estremecer. Lo que había frente al espejo no era él. Era un ser deforme y abominable que se le enfrentaba con una mueca de seguridad y confianza amenazadora. Nunca había visto algo así, tan terrible. Sí, sí que lo había visto, pensó tiritando. Acababa de «verlo» hacía un rato. Se arrastraba por aquí mismo y lo había seguido pero, aun así, no sabía qué era. Era sólo una sensación, algo tan inmaterial como un mal pensamiento. No tuvo valor para volver a mirarse en el espejo. Se sentó en la cama y se dejó caer sin fuerza, temblando. ¿Cómo podía estar pasando esto? ¿Sería su mente la que desvariaba? No lo creía.

Pese a las visiones, pese a las voces, era capaz de discernir entre lo que era normal y lo que no. Podía razonar con claridad. Cerró los ojos con fuerza y contuvo el aliento. Algo dentro de él estaba a punto de explotar. No sabía si era mejor dejarlo salir o resistirse hasta agotar las fuerzas, hasta que creciera y le reventara. ¿Cómo podía cambiar tanto la vida? ¿Era posible que lo de ahora fuera también parte de una misma existencia? Si recordaba los días felices cuando su madre vivía, los días llenos de ilusiones y diversión, le parecía que eran parte de otra vida. Una vida lejana. Se secó los ojos y se arrebujó en la cama, tratando de recordar, como siempre había hecho, aquellos momentos felices. Pero se dio cuenta de que no podía captarlos con todos sus detalles. Estaban borrosos, apenas lograba sentirlos en su interior.

Nervioso, trató de recordar algo hermoso: el día en que ganó aquel premio de dibujo en el colegio. Trató de sentir de nuevo ese orgullo sano que se expandía por su cara de niño, cuando frente a todos los alumnos y, lo más importante, frente a los padres, entre los que estaba su madre, había recibido un trofeo con forma de pluma de manos del director. Todos le habían aplaudido y más que nadie, su madre. Ella le había ayudado y le había asegurado que ganaría. Así había ocurrido y sus besos y la alegría de su rostro habían sido el mejor premio. Nunca lo olvidaría… O al menos eso pensaba hasta ahora porque cuando quiso recordar qué había dibujado, no pudo recordarlo. Tampoco tenía a mano la libreta donde lo tenía apuntado. Y cuando quiso rememorar la fiesta que su madre le había preparado, las imágenes y los rostros de los invitados flotaban borrosos, como fantasmas en un banquete anulado. Sus recuerdos se perdían y eso sí era terrible. Si perdía el recuerdo de su madre, de su niñez, de su juventud, ¿qué le quedaría? Sólo un montón de líneas y burbujas de frases, un sinfín de trazos sin vida. Ya había perdido a su madre y su propia vida empezaba a escapársele entre los dedos. Estaba solo en el mundo, solo con sus visiones, con su miedo. Sin nada sólido que le sostuviera en el suelo. Tenía la sensación de elevarse, de volar a una velocidad tan alta que apenas podía respirar.

Pero ¿qué clase de enfermedad era esa que hacía olvidar los recuerdos y obligaba a revivir lo olvidado?, ¿cuántos recuerdos le asaltarían y cuántos otros dejarían de pertenecerle? Se acurrucó en la cama, descompuesto, con miedo a mirarse al espejo, con miedo de oír aquellas voces, de ver seres deformes y de volver a un pasado que le era desconocido. Tal vez lo mejor era esperar, ver qué sorpresas había preparadas. Miró a su alrededor y no se atrevió a moverse. Estaba paralizado. Escuchó la voz de Bezel llamándole desde abajo pero no podía moverse. Oyó unos pasos que se acercaban.

-Ya está lista la comida -anunció Bezel mientras aparecía por la puerta. Al verle tumbado se acercó.

-¡Max! ¿Qué le ocurre? -preguntó con preocupación-. Conteste. ¡Simón, suba rápido! -gritó desde la puerta.

Se sentó en la cama y le cogió por los hombros. Él estaba laxo.

-¡Max! Vamos, no me asuste -trató de sonreír mientras le golpeaba en la cara con el dorso de la mano.

-Señorita Bezel, no se marche, por favor, no me deje -suplicó cuando se dio cuenta de que ella le zarandeaba-. Quédese aquí, por favor.

-No me voy a ningún sitio, Max. No se preocupe -dijo ella, cogiéndole la cabeza y abrazándola contra sus pechos-. Ahora tranquilícese.

-Por favor. No me deje -susurró aliviado de tener a alguien cerca.

-No, Max, tranquilícese. Métase en la cama. Vamos, deje que le quite la ropa. Será mejor que se acueste. Le traeré algo de comer, puede que sólo tenga debilidad.

-¡No!, no se marche -pidió y se agarró con fuerza a su brazo.

Bezel le miró con compasión y apartó, tal vez con ternura, el pelo de la frente sudorosa. Aquel muchacho la necesitaba.

Por fin lo había logrado. Él quería que se quedara. Su triunfo parecía total pero si lo era, no lo sentía así. Cuando él la había abrazado, algo se había sacudido en su interior. No un impulso libidinoso, ni sensual. Era más un cariño maternal y compasivo. Aun así, sabía que debía interpretar su papel. No iba a perderlo todo por un estúpido sentimiento, no a estas alturas. Trató de hacer un esfuerzo.

-Vamos, Max, relájese. Respire. Ahora voy a llamar al doctor y usted se quedará aquí tranquilo -apuntó, soltándole despacio.

Pero en vez de marcharse, se acercó despacio hasta su oreja y en voz baja le susurró:

-¿Duele mucho ver cómo se resquebraja el alma, verdad?

Max pareció no escuchar las palabras de Bezel sino sólo intuir su significado. Cuando ella se apartó y su mirada retorcida mudó en otra más dulce, él ya no supo si aquellas palabras habían salido de sus labios o si se trataba de su imaginación.

-¿Qué sucede? -pregunté desde la puerta.

-Está muy pálido y frío -explicó Bezel-. Quédate con él mientras llamo al doctor.

Le tumbé. No se resistió. Se quitó sin fuerzas la ropa y se metió en la cama con los ojos cerrados. No tenía valor para abrirlos.

-Ahora mismo vuelvo, quédese tranquilo -dijo Bezel.

Me senté junto a él y le observé con lástima.

-Sólo será un minuto -repitió Bezel desde la puerta.

Max estaba tumbado de espaldas, encogido con los brazos cruzados delante de su estómago. Quería pensar con claridad pero la maraña de pensamientos seguía enredándose, haciendo que cualquier atisbo de orden tropezara y cayera de bruces. Había guardado demasiada tensión en las últimas semanas, demasiada tristeza, odio, incomprensión, miedo. Max pensaba que lo que le ocurría tal vez era una descarga de todo aquello y cuando hubiera asimilado la realidad, volvería a ser igual que siempre.

Me acerqué al ver que temblaba y le arropé. Se volvió sobresaltado pero al verme pareció relajarse.

-Tranquilo -le sonreí-. Han ido a avisar al médico.

-No necesito un médico -dijo muy bajo-. Necesito a mi madre.

Se me hizo un nudo en la garganta.

-Max -dije, cautelosamente-. La vida no es lógica. Se nos escapa. Apenas comprendas eso, te darás cuenta de que no merece la pena devanarse los sesos tratando de entenderla. Nunca la entenderemos.

Se incorporó en la cama con un movimiento derrotado y buscó mis ojos por toda la habitación, como si pudiera encontrarlos tanto en el techo como encima de la chimenea. Me necesitaba, necesitaba mis palabras más que cualquier cosa. Estaba solo y su mundo, hasta hacía algo más de tres meses perfecto y cerrado en sí mismo, se había esfumado. Tiempo después supe que aquel instante fue clave. Fue entonces cuando me permitió el paso a su peculiar existencia, cuando sus oídos, los de su interior, se abrieron a mis palabras. Yo no tenía experiencia en este tipo de cosas, ni siquiera tenía hijos. Era un tipo solitario que no quería complicaciones, ni tenía necesidad de ellas. Sólo me movía una obsesión, el afán de resolver un asesinato ocurrido hacía ocho años y que la policía había cerrado, calificándolo de suicidio.

-Simón-dijo en voz baja, sonriendo sin ganas-. Estoy volviéndome loco.

Me acerqué para escucharle. Creo que le resultaba imposible guardar durante más tiempo aquellos secretos.

-Tengo visiones. Pierdo el sentido y aparezco en lugares que conocía de niño. Es como si abandonara la consciencia del presente y la recuperara en el pasado. Y -dijo, acercándose casi hasta mi oído. Parecía tremendamente lúcido pero lleno de ese terror que nos produce la amenaza de la locura, -en todos esos recuerdos aparece Drake. El hombre del que te hablé. Creo que la muerte de mi madre me ha afectado más de lo que yo creía, porque jamás hasta ayer había tenido noticias de ese hombre. Ya no sé si me lo estoy inventando todo.

Trató de contarme en pocas palabras lo que le ocurría y para ello me comparó su vida con su madre, con lo que le estaba ocurriendo. Lo hizo queriendo demostrar que no existía nada raro en ella, queriendo convencerse a sí mismo y a mí de que todo lo que le ocurría en esos momentos era algo extraño y terrible. Sin embargo, con los pocos detalles que me contó entonces, me di cuenta de que su vida había sido casi tan insólita como lo eran sus recientes experiencias. Estaba sumido en su propia realidad, al igual que yo lo estaba en la mía. En la convivencia diaria con sus propios fantasmas, éstos habían dejado de parecerle extraños. Pero si de algo pecaba su vida, era de insólita.

Max no sabía, ni mucho menos, a quién había venido a buscar. No tenía ni idea de con quién estaba dispuesto a tratar. Sin embargo, yo llevaba demasiado tiempo investigando a Drake y lo que había descubierto sobre él me impedía creer que lo de Max fuera simple locura. Yo sabía cosas que Max ignoraba, no sólo porque fuera joven e inexperto, sino porque las cosas que yo sabía sobre Drake eran inimaginables para la mayoría de la gente; y aquello que no podemos imaginar, simplemente no existe. Es terrible pensar que los secretos mejor guardados, los más peligrosos, son los que no forman parte del inconsciente colectivo. Hay seres que no tienen en común con sus semejantes más que la apariencia física. Sus obsesiones se convierten en una forma de vida. Convencerse de la existencia de tipos como Drake, que conviven con la sociedad y fingen respirar el mismo aire, es un trabajo muy duro y requiere una adaptación de los sentidos. Porque muchas veces, los actos que responden a esos oscuros pensamientos no difieren demasiado de aquellos que son realizados con un fin mucho más abierto. Es en el fondo donde, si se escarba, se acaba por descubrir su naturaleza y es entonces cuando hay que estar preparado para aceptar lo que yo llamo: una aberración de principios.

No sabía cómo explicarle a Max lo que sabía, ni por dónde empezar. Para alguien que vive ajeno a la realidad de esos pensamientos puede resultar increíble, incluso desconcertante, tomar consciencia de ellos. Al menos, eso fue lo que me ocurrió a mí. Pasé de la fascinación al desconcierto y después a la repugnancia. Tenía que contarle que no estaba enloqueciendo ni mucho menos, que era Drake quien estaba manipulando su mente. No sabía si iba a creer mis palabras pero tenía pruebas. Ocho años enteros de pruebas para demostrarle que estaba en lo cierto. Para dejar de temer por su cordura, debía conocer. Aunque el conocimiento supusiera adentrarse en un espacio que le causaría otra clase de dolor. Dolor por dolor.

-Max, escúchame atentamente -dije, sentándome en la cama-. No te estás volviendo loco.

Me miró con recelo, preguntándose cómo podía estar tan seguro.

-No es tu cabeza la que está mal. Creo que la están manipulando -dije.

-¿Quién?

-Drake.

-¿Entonces sí le conoces? -preguntó excitado.

-Sí, le conozco. No te lo dije porque no pensé que tuvieras nada que ver con todo esto.

-¿Qué es todo esto?

-Yo también estoy aquí a causa de una muerte. Pero no pensé que iba a encontrar a nadie en la misma situación. No sé por dónde empezar, hace tanto tiempo. Verás, mi hermana murió hace ocho años y según todos los indicios, se suicidó pero... bueno, yo sé que la asesinaron.

-¿Asesinada? -dijo, pensando en su madre.

-Comencé a pensar en ello por casualidad, haciendo la mudanza en su casa, semanas después de su muerte. Decidí quedarme con algunas de sus cosas, entre ellas sus libros...

Max me miró inquieto. Por un momento me arrepentí de

haber comenzado a contárselo. Lo más probable era que no me creyera o mucho peor, que me creyera y se diera cuenta de que el peligro que corría era mucho peor que volverse loco. Pero ya no podía contentarle con una historia a medias, con algo suavizado por el tacto y la consideración. No era algo fácil de contar y mucho menos de escuchar. Tal vez fue egoísmo lo que me animó a continuar. Yo también necesitaba ayuda y él podía tener información que completara mis suposiciones.

-Entre los libros había una docena que me llamó la atención. Eran libros viejos muy manoseados, con las cubiertas forradas con un papel de estraza que ocultaba los títulos. Arranqué los papeles y descubrí que todos trataban sobre magia. Muchos estaban señalados, subrayados o tenían anotaciones en los márgenes. Hasta ese momento no supe que mi hermana tenía interés por ese tipo de temas. Cuanto más ojeaba aquellos libros, más me daba cuenta de que había tenido un mundo secreto, una doble vida, que nadie, ni siquiera yo, había llegado a sospechar. Fue en las últimas páginas de uno de ellos donde descubrí un manojo de papeles con la escritura muy apretada, casi enrevesada, y junto a ellos un fajo de cartas escritas con una letra vetusta y alargada. Ninguna tenía remite. Ordené las cartas por fechas y comencé a leerlas. Al parecer, mi hermana, aún desconozco cómo y por medio de quién, había entrado hacía varios años en contacto con una secta que practicaba la magia negra. En las primeras cartas se dirigían a ella de forma escueta pero correcta, con cierto tono de condescendencia y secretismo. Después, el tono cambiaba, al parecer mi hermana ya había tenido contacto con aquellas personas, y su lenguaje se suavizaba, se hacía más directo pero también más oscuro y difícil de entender para los profanos. La correspondencia recorría un período de siete años, entre los que supongo mi hermana acabó por meterse de lleno en aquel mundo oscuro, más fuerte que ella. Después de releer a conciencia el críptico lenguaje de las cartas y de los libros, creí entender que, a cambio de dinero (una cantidad muy elevada), mi hermana debía concebir un hijo (no especificaba de quién) que tenía que entregar a la sociedad Rosacruz de la Antigua Iglesia del Carmelo. Fue entonces cuando recordé que el médico que le hizo la autopsia nos anunció que estaba embarazada de apenas dos meses. Ninguno pudimos creerlo. No sabíamos quién podía ser el padre. Ni siquiera ahora me atrevo a imaginarlo. La última carta, aunque muy ambigua y hermética, revelaba la existencia de un pacto. Se le recordaban sus deberes para con la comunidad de agregados y la imposibilidad de volverse atrás en sus juramentos. Era evidente que se había metido en un lugar donde los errores y las debilidades se pagaban muy caro. Las amenazas, aunque veladas, no dejaban lugar a dudas. En sus notas, apretadas y casi ininteligibles, se podía advertir que tenía miedo. Un miedo que no podía compartir porque imagino que la magnitud de sus errores y la misma barbaridad de los actos que habría cometido (o la habían obligado a cometer) eran demasiado terribles para confiarlo a nadie. Lo que aquellas notas me aclararon fue que ella quería salir de allí. Sus últimas letras habían sido escritas con verdadero pavor. Sus últimos días tuvieron que ser tristísimos. Ella misma debía conocer cuál era el destino de su decisión.

Todas las cartas ordenaban al final que la correspondencia fuera destruida en el mismo momento de haberse leído. Desconozco por qué mi hermana guardó aquellas cartas, de la primera a la última, pero sospecho que desde el comienzo temió no ser capaz de seguir el juego. Creo que siempre estuvo a un paso del arrepentimiento y quiso guardar aquella prueba de su caída en los infiernos como una forma de castigo futuro, cuando alguien como yo descubriera a qué dedicaba su tiempo libre. Yo no la juzgué. Al contrario. Acabé sabiendo que habían sido la soledad y la inseguridad las que la habían lanzado a buscar ser aceptada dentro de un grupo. La actuación de mi hermana me pareció inducida. Estaba claro que alguien, alguien que probablemente la atraía (un hombre seguramente), la había iniciado en los misterios y que, una vez introducida en el juego, ella se había dado cuenta de la trampa.

A partir de ahí han sido años de búsqueda, de intentos frustrados por entrar en contacto con la nombrada sociedad o con alguien que pudiera informarme sobre ella.

-¿Hicieron que su muerte pareciera un suicidio? -repitió Max como si estuviera considerando esa posibilidad.

-No tengo ninguna duda. Mira, Max, esas sociedades secretas existen en todas las ciudades del mundo. Aunque sean imposibles de localizar, están ahí. Ellos saben escoger a sus adeptos de entre los más débiles y necesitados, incluso entre los más estúpidos e influenciables. Si alguien quiere ponerse en contacto con ellos, es inútil, pero si ellos le echan el ojo a algún pobre diablo y deciden «atraparlo», el infeliz está perdido. Llevo años leyendo e investigando sobre sociedades secretas y sectas. Incluso durante algún tiempo traté de hacer creer a todo aquel con quien me cruzaba que estaba dispuesto a vender mi alma al diablo. Pero supongo que desconfiaban de alguien que armaba tanto ruido. Jamás se pusieron en contacto conmigo. No encontré ninguna pista que me dirigiera hacia un sentido u otro y fue la casualidad la que me hizo afinar la búsqueda. Yo había trabajado durante años en un bufete de abogados de París que llevaba asuntos de poca monta; divorcios, asesinatos por celos, por herencias, por descuidos y recordé que cierta vez, hacía casi diez años, había llegado a nuestro despacho una mujer muy elegante, de esas que cuando quieren cometer una fechoría o esconder un secreto de familia recurren a las clases bajas. Esa mujer tenía un hijo que había desaparecido sin dejar rastro y había recurrido a nosotros para que uno de nuestros detectives se encargara de buscarlo. Al parecer, la mujer, aún recuerdo su nombre, Sophie, sabía que su hijo había tenido relaciones con personas que, según ella, tenían contactos oscuros y nada recomendables, a no ser que quisieras adquirir la costumbre de mojar hostias en sangre caliente antes de acostarte.

Sophie sostenía que su hijo había sido introducido en una sociedad secreta que le obligaba a vivir fuera de casa, a tomar drogas y practicar el rito de Kundalini, que es algo así como dejar que te la metan por el culo con la excusa de un respetuoso ritual de iniciación, en el que todo aparenta ser muy casto y simbólico (nunca logré imaginar a qué simbolismo se referían porque todo parecía bastante explícito). Cuando recordé aquel incidente fui a hacer una visita a mis antiguos amigos de despacho y conseguí sin problemas la dirección de Sophie (tuve que alegar motivos carnales para justificar mi interés por ella). Fui a visitarla y me enteré de que su hijo, al que nuestro detective jamás logró encontrar, había muerto hacía dos años. La mujer, muy desmejorada desde la última vez que nos vimos, me recibió en su casa en la Rué de * * * y me contó todo lo que recordaba sobre las amistades de su hijo y sus últimas conversaciones con él. Con los nombres que conseguí tracé una pista que me llevó a la más alta sociedad de París, donde por fin comprendí que nunca obtendría la información que buscaba, porque todos esos ricachones estaban chiflados y entre ellos existía un pacto de silencio inquebrantable. Nadie se atrevía a hablar del otro porque, si descubrían su juego común, sabían que todos acabarían hundiéndose en el escándalo.

-Pero, no entiendo. ¿Qué tiene que ver este sitio con todo esto?

-Mucho. Si hay algo bueno en el hecho de ser pobre es que los que también son pobres te ayudan, sabiendo que no obtendrán a cambio más que una amistad llana y agradecida. Fue la doncella de una familia, que no nombraré, la que me dio un par de apellidos que había oído de refilón, entre paso de plumero y plumero, y que después de mucho tiempo me ayudaron a llegar hasta aquí.

-¿Y qué tiene que ver Drake? -preguntó impaciente.

-Uno de los nombres que conseguí resultó ser el de un hombre que había pertenecido a la misma secta que mi hermana. Descubrí que había tenido problemas con algunos miembros. Al parecer tenía gustos excéntricos y no ponía cuidado en pasar inadvertido. Le expulsaron. Imagina qué tuvo que hacer para que esa gente, que está acostumbrada a roer el cráneo de sus víctimas y bañarse en el esperma que ha producido durante una sesión de magia ritual, pensara que era un peligro. La expulsión no sólo significaba tener que abandonar la secta sino la ciudad y se mudó a Nueva York. Tuvo que elegir entre eso o permanecer en esa ciudad bajo tierra. Pero el tipo tenía contactos. Debía caerle bien a alguien en la sociedad y le ayudaron a continuar en la misma secta. Entró a trabajar en una sociedad de valores con sede en Nueva York, y ahora es cuando viene lo interesante, cuyo principal accionista es precisamente nuestro amigo Drake. Por desgracia, ese hombre ya está muerto. ¿Puedes imaginar cómo murió? -Max negó, absorto-. Durante un ritual en el que iba cargado de mescalina se amputó el pene y se desangró. ¿Puedes imaginar una forma más ridícula de palmarla? Pero no perdí el tiempo. Después de todo resultó que era Drake quien verdaderamente podía ayudarme. Él es quien dirige la secta de Nueva York y a ella pertenecen la mayoría de sus clientes y pacientes. Tiene contactos con las altas esferas de las sociedades secretas de todo el mundo. Es una autoridad entre toda esa gente, conoce quién es quién en cada movimiento religioso, en cada culto y en cada sociedad secreta. De todas formas, esto viene de muy atrás… No sé cómo contártelo, son tantas cosas -vacilé.

-¿Qué quieres decir?

-Pues que lo que a simple vista parece la chaladura de unos ricos aburridos y excéntricos tiene un pasado mucho más oscuro y siniestro…

Mientras hablábamos, Bezel avanzó rápido hasta el borde de las escaleras. Bajó un par de escalones e hizo sonar sus zapatos, después se los quitó, cambió de dirección y subió con cuidado, tratando de no hacer ruido.

Alcanzó el último piso y corrió de puntillas hasta el final del oscuro pasillo. Llamó suavemente. Abrió la puerta y se introdujo en la oscuridad. Durante unos segundos respiró hondo, recuperó el aliento y luego buscó a su alrededor entrecerrando los ojos. Allí hacía mucho frío. Cuando los ojos se acostumbraron a la penumbra, pudo ver el vapor espeso que surgía de su boca y la luz débil y morada que despedían varios monitores de televisión en un rincón, donde mi conversación y la de Max era registrada con todo detalle. Cruzó los brazos y esperó inquieta. Durante unos minutos tan sólo su respiración y la de Drake se confundían en el silencio. La suya era agitada y descompasada; la de él sonaba lenta y pausada. Por un instante pensó que tal vez dormía y sólo se atrevió a hablar bajito:

-¿Señor? -dijo.

-Aquí estoy. No duermo -dijo una voz grave desde un lugar indefinido.

-Señor... -continuó Bezel-. Está muy mal. Creo que no podrá resistirlo.

-¡Tonterías! -gruñó, elevando la voz-. ¿No serás tú la que tiene problemas?

Bezel sabía que era imposible ocultarle nada y pensó que incluso hablar resultaba absurdo. Él la conocía bien. Era demasiado inteligente, siempre se adelantaba a sus palabras, como si pudiera averiguar lo que pensaba. Resultaba difícil mentir, desde esa habitación él podía verlo todo. Pero a veces pensaba que eso no era lo peor. Lo peor era que estaba en sus manos. Aun así, ella seguía siendo una persona con criterio propio, con sentimientos y no podía seguir con aquello sin que algo se retorciera en su interior. Eso tenía que comprenderlo.

-No avanzamos, Bezel. Nunca te curarás, nunca. Pongo todos mis esfuerzos en ti pero me defraudas una y otra vez. Eres lista pero no puedes negar que estás muy enferma -apuntó Drake sin tono en su voz.

Bezel tuvo otro escalofrío. Allí hacía mucho frío, un frío que traspasaba los huesos, que se metía por los poros. Lo notaba en las cuencas de sus ojos y cuando parpadeaba sentía el calor de su sangre sobre las corneas. Sabía que le necesitaba, que había dado su palabra, más que eso, y no podía echarse atrás.

-Señor, creo que está pasándolo verdaderamente mal -dijo-. Temo que pueda enfermar antes de conseguir su propósito. Es muy sensible. No creo que esté preparado para esto.

-¿No crees? -apuntó el hombre con desprecio en la voz-. ¿Desde cuándo sabes algo de psiquiatría?

-Bueno, lo ha pasado muy mal y está luchando mucho pero… cree que está loco.

-Es que está loco -pronunció con benevolencia-, Bezel, querida -dijo cambiando la forma de dirigirse a ella, lo que denotaba que estaba verdaderamente enfadado-. Usted no tiene la más remota idea de quién es ese muchacho, así que no me fastidie con numeritos sentimentales.

Al final de la sala hubo movimientos, ruido de ropas rozándose. Bezel aguzó la vista pero sólo distinguió sombras.

-Baje y llame al médico -continuó con inflexión en la voz-. Y no se olvide de que la estoy observando. Les observo a todos.

-¿Médico? ¿A qué médico?

-¿A qué médico? ¡A Graham, por supuesto!

-Pero ese hombre apesta, es un…

-Es doctor. Al menos lo era hasta hace unos años, y muy eficiente, se lo aseguro.

-Pero ahora… No puede ejercer y Max necesita…

-¿Me está diciendo lo que tengo que hacer?

-No.

-Haga lo que le digo -ordenó-. Llame al doctor o tendrá que acostumbrarse a vivir como los demás.

-Sí -dijo ella, retirándose despacio-. Sólo quería que lo sup…

-¡Bezel! -amenazó, elevando la voz. Ella dio un respingo-. No quiero que nunca más vuelva a hacer lo que ha hecho. No vuelva a hablarle al oído, no vuelva a tratar de asustarle. ¡Jamás! -apuntó con fiereza-. No se convierta en un problema,

Bezel, sabe que no me costaría nada acabar con usted. Si no fuera por mí, estaría tirada en algún callejón maloliente, en un apestoso psiquiátrico del Estado o muerta. No lo olvide. No olvide que aún me necesita. Sólo yo puedo ayudarla pero… -dijo, dando a su voz un tono paternal-necesito que crea en usted, en lo que ahora es. No es tan difícil, se lo aseguro. Ahora váyase.

Bezel salió tiritando. Cerró la puerta. Respiró el aire cálido y vivo del pasillo y se sintió mejor. Bajó sin hacer ruido. Ya en el recibidor, se dirigió a la izquierda y abrió la puerta que daba al salón. Entró a oscuras. Las ventanas estaban cerradas y sólo unos finos hilos de luz se colaban por los desiguales cierres de las viejas ventanas. Cruzó el salón con paso rápido. Sobre los sólidos muros de piedra había antiquísimos cuadros y tapices deshilachados. En el centro se extendía una mesa de casi siete metros rodeada por sillas con respaldo severo. De un bargueño colocado al final del salón sacó una agenda y el teléfono. Buscó en la lista y marcó con el dedo tembloroso. El doctor le producía escalofríos. Era un ser repulsivo con un pasado aún más despreciable.

-¿Doctor? Soy Bezel. Venga inmediatamente. -Hubo un silencio-. Sí, lo ha dicho él, si no, no le habría llamado. -De nuevo hubo una pausa-. Pues ya sabe lo que sucederá… Yo no puedo obligarle pero… Está bien.

Volvió a dejar el teléfono y la agenda en el pequeño armario del bargueño y salió. El doctor no tardaría más de diez minutos. Vivía en una casa a la salida del castillo y nunca tenía pacientes. A veces llegaba alguien con un dedo cortado, algún brazo partido o la herida de alguna pelea, pero eso era todo. Allí la gente no enfermaba como todo el mundo, al menos que él supiera. Apenas tenían catarros, úlceras de estómago, ataques cardíacos, cáncer o cualquier otra enfermedad. La gente no solía morir de enfermedades sino de accidentes. Un corte en la garganta mientras se afeitaban, un tajo en la muñeca mientras cortaban verduras para hacer la comida, una caída desafortunada desde un piso alto…

El doctor tenía los ojos de un azul mate, como un día nublado; y una gorda nariz llena de protuberancias rojizas. Olía a pis de gato y sudaba whisky por todos los poros de su desfondado cuerpo. Cuando llegó al castillo jadeando, Bezel le hizo pasar.

-Está arriba -dijo nerviosa.

-¿Qué le pasa? -preguntó sin mirar a la mujer, dirigiéndose a las escaleras.

-Está pasando una crisis y está muy nervioso -dijo ella, siguiéndole.

Al entrar, el doctor esbozó una sonrisa burlona. Max continuaba tumbado en la cama. En su interior, como si le estuvieran haciendo una transfusión de pensamientos, las ideas más dispares le volaban de un lado a otro sin orden, a toda velocidad. Mis palabras le habían sacado de su anterior estado y estaba más tranquilo, pero la imagen del espejo le había aterrorizado hasta tal punto, que me dijo que jamás podría volver a mirarse en uno mientras viviera. El doctor entró arrastrando los pies y tuvimos que postergar nuestra conversación. En sus zapatos había restos de excremento de gato y sus ropas despedían el agrio olor del sudor del borracho. Se acercó a la cama y dejó el maletín sobre la mesilla.

-Vamos a ver qué tienes, muchacho -dijo.

El hombre hablaba como si tuviera la boca llena de caramelos o la lengua no le llegara al paladar. Max se enderezó y miró a Bezel con una interrogación. Olía a demonios.

-Es el doctor -dijo ella para tranquilizarle.

-Veamos. ¿Le duele algo? -dijo y se preparó para poner aquellas manazas sobre él. Max no pudo disimular el asco y pareció olvidarse por unos segundos de la visión del espejo.

-No, no se moleste. Estoy perfectamente. Sólo necesito descansar un rato.

-Bueno, no es eso lo que me han dicho -apuntó el doctor mirando a Bezel.

Se dio cuenta de que Max prefería enloquecer antes de que

aquellas manos grasientas le tocaran. Observó la reacción de extremo rechazo, su cara casi aterrorizada cuando el doctor se acercaba. Para echarle una mano aclaró:

-Está bien. Quizás algo nervioso. Si le da algún calmante, será suficiente.

El doctor dudó y por fin decidió que no era asunto suyo. Si quería un calmante, se lo daría, tenía de todo. Abrió el maletín y sacó una caja de Valium.

-Si llego a saber que es para esto, podrían haberse ahorrado llamarme -refunfuñó-. Esto le calmará por un buen rato. No abuse o se pasara el invierno como los osos. ¿Lo ha tomado alguna vez?

Max movió la cabeza negativamente.

-Entonces, con uno tendrá suficiente. Si se encuentra verdaderamente excitado, puede tomar dos.

-Gracias -respondió Max deseando que se marchara.

Miró a Bezel y ésta le hizo un gesto de afirmación. El doctor cerró el maletín y salió de la habitación, ahora impregnada de un olor insoportable. Bezel le acompañó a la puerta y regresó de inmediato. Al entrar en la habitación lanzó a Max una mirada de disculpa.

-A veces es muy eficiente -dijo con media sonrisa.

-Estoy seguro de ello. Ese olor haría revivir a un muerto -apunté.

-Aquí no tiene mucho trabajo. Bebe para pasar el rato -le disculpó Bezel.

Le acercó a Max un vaso de agua y un comprimido.

-Creo que es mejor que se tome esto. Le hará bien.

Max miró la pastilla con reticencia. La tragó y su cara volvió a ensombrecerse al recordar lo que le estaba pasando.

-¿Qué le ha ocurrido? -preguntó entonces Bezel.

-No sabría cómo explicarlo -confesó inquieto.

-Puede que sea tensión acumulada.

-Sí, tal vez -dijo Max muy bajo-. La tensión… Últimamente -dijo-he tenido algunos problemas.

-¿Desde la muerte de su madre quiere decir? -se apresuró a

preguntar Bezel.

-Sí. Estoy muy tenso. Discúlpeme.

-No se torture -trató de animarle-. Estas cosas igual que vienen se van. -Max la miró con desaprobación y ella se apresuró a cambiar el sentido de la frase-. Quiero decir que con descanso y tranquilidad en pocos días estará como nuevo. Creo que, después de todo, ha venido al sitio adecuado. Si hay algo que hacer aquí es descansar. Aproveche hasta que el puente esté arreglado, luego no tendrá tiempo de estar tumbado -le animó.

-Sí, quizás soy un tipo con suerte después de todo.

-Y su novia también lo es -apuntó Bezel incansable.

Yo la miré con reprobación. Aunque nuestros encuentros eran generosos y yo siempre estaba dispuesto a satisfacer sus incansables embestidas, para ella no era suficiente. Su apetito parecía no tener clemencia con las leyes físicas o con las estadísticas. Sabía que me utilizaba pero jamás ser utilizado me había producido tanto placer, y me dejaba hacer. No me molestaba que deseara a Max. Él era un muchacho hermoso y bien formado, con energía suficiente como para hacer frente a sus exigencias. Pero ya entonces sospeché que la misantropía de Max y su insociabilidad se extendían hasta el celibato más estricto e inquebrantable y sonreí ante las estériles insinuaciones de Bezel.

-No -contestó hastiado Max-. No tengo novia.

-No lo creo -añadió tratando de exagerar su sorpresa-. Un hombre como usted debe tener al menos cien muchachas detrás.

-¿Y si le dejamos descansar? -propuse, echándole una mano.

Bezel volvió a lanzarme una mirada afilada en la que brillaba cierto matiz de deseo. Creo que pensó que estaba celoso y eso la excitó hasta el punto de olvidarse de Max por completo. Me lanzó otra mirada sugerente que me invitaba a salir con ella de la habitación, pero en ese momento Max intervino, tal y como esperaba que lo hiciese.

-Simón -dijo-. ¿Le importaría quedarse un rato?

-No, desde luego -dije, rechazando la invitación de Bezel con una sonrisa irónica.

Noté que su rostro se encendía. En esos momentos habría deseado estrangularme pero yo fingí no darme por aludido y me senté de nuevo junto a la cama.

-Bueno, yo me voy -dijo Bezel-. Que lo paséis bien juntos.

Cerró la puerta con violencia contenida y escuchamos sus pasos taconeando escaleras abajo.

-Nos pondrá veneno en la comida -añadí con sorna.

-No me gusta.

-Si sales intacto de este hotel, estoy seguro de que te colgarán una medalla. Debes ser el único hombre que se le ha resistido desde hace mucho tiempo.

-No es que no me gusten las mujeres -se disculpó-, pero... no podría... supongo que estoy chapado a la antigua. Mi madre me dio una educación demasiado estricta, no puedo evitarlo.

-Puede que tengas razón pero a mi edad no se pueden rechazar ciertos platos. Nunca se sabe cuándo se podrá gozar de nuevo de esta glotonería sin restricciones. Pero una cosa son los asuntos de cama y otra muy distinta la confianza. No hago más que preguntarle pero siempre me da largas y estoy seguro de que sabe mucho más de lo que quiere aparentar.

-Tal vez sólo sea una empleada.

-No seas ingenuo, Max. No me extrañaría que fuera una de las concubinas de Drake.

-¿Concubina?

-Drake sigue las ideas de una orden fundada por Crowley.

-¿Aleister Crowley?

-¿Le conoces?

-Vagamente. He leído algo sobre él.

-Ahí estábamos antes de que nos interrumpiera. Cuando Drake estuvo seguro de tener suficientes contactos, abandonó definitivamente las sociedades de las que era miembro y se centró en dirigir una fundada por él mismo hacía tiempo. Esa sociedad se basa en las mismas máximas que el Astrum Argertinum, la sociedad que fundó Crowley. De la sociedad que dirige ahora Drake no sé demasiado, pero he tratado de enterarme de cómo funcionaba la orden original y, por lo que sé, a Drake le gusta practicar todo tipo de rituales sexuales, incluida la magia sexual tántrica.

-¿La qué? -dijo mostrando los dientes.

-Según creen, es una forma de llegar a la máxima potencia psíquica. Piensan que mediante el orgasmo pueden alcanzar un estado elevado de consciencia que les permitirá ver a Dios. Para ellos es un acto místico.

-No puedo creerlo.

-Pues es cierto. No me extrañaría que Bezel fuera una de sus adeptas, que la utilizara para sus rituales. Ella me ha dicho que hace años fue paciente de Drake, que le conoció mientras hacía una cura de desintoxicación.

-¿Era drogadicta?

-Más que eso. Pero mejor que no nos desviemos de lo importante. Tenemos que saber qué tiene que ver Drake con tu madre. Tal vez me ayude a encontrar alguna pista más sobre lo que le ocurrió a mi hermana. Los dos hemos enterrado un ser querido y los dos estamos aquí directa o indirectamente por Drake. Puede que él no sea el culpable de la muerte de tu madre pero es mucha casualidad. ¿No te parece?

-Si tuvo algo que ver, le mataré -dijo arrebatado de rabia.

-Cálmate. No creo que sea tan sencillo. Es un hombre muy poderoso y mucho me temo que te tenga guardada una sorpresa. Vamos, piensa un poco, Max. ¿Crees que es casualidad que tengas esos recuerdos justo ahora, cuando estás en su casa? Yo ni siquiera creo que esa carta que envió a tu madre fuera un error. Él debía saber que ella estaba muerta y lo que quería era traerte hasta aquí.

-¿Pero para qué puedo interesarle?

-Bueno -traté de explicarle-, estoy seguro de que tu presencia aquí y la muerte de tu madre esconden algo más que un simple rito a lo Kundalini. Podrías empezar por contarme todo lo que recuerdas de Drake y, sobre todo, la relación que teníais con él tú y tu madre. Puede que juntando piezas logremos saber qué tienen en común las dos muertes.

-Todo lo que recuerdo lo voy apuntando en este cuaderno -dijo mostrándome una libreta-. Sé que puede sonar extraño pero...

-Te equivocas, a estas alturas ya nada me resulta extraño -le interrumpí.

-No estoy seguro de que todo lo que he recordado sea cierto pero es tan real. No entiendo muchas de las cosas, todo es muy confuso.

-¿Puedo? -dije, mirando a la libreta.

Max me la entregó con reticencia. No estaba acostumbrado a mostrarse a los demás pero debió intuir que unirse a mí era la única forma de llegar a encontrar respuestas. Su libreta, como ya he dicho, era una mezcla de cómic y texto. Un *magazín* enrevesado pero lleno de sentimiento que enganchaba por la belleza de trazos, luces y sombras. Así era el mundo de Max, un mundo irreal y desolado donde las palabras surgían de burbujas sobre las cabezas y el hermetismo se compensaba con la expresividad de los gestos y movimientos de los personajes.

-Esto es muy hermoso -le dije sinceramente.

Asintió.

-Dime, Max. ¿Dónde está tu padre?

-No le conocí.

-¿No tienes idea de quién puede ser?

Negó en silencio.

-Cuándo conociste a Drake, ¿te dio la sensación de que tu madre ya le conocía?

-Creo que sí, ¿pero qué quieres decir? -dijo molesto.

-Es bastante improbable pero quizás Drake tuvo algo que ver...

Max se incorporó en la cama. En sus ojos había un rastro de indignación.

-¿Crees que es mi padre?

-No, no, pero -dije pausadamente- cabe la posibilidad... quizás...

-¿Qué?

-Bueno, no sé qué clase de amistades tenía tu madre pero... -insinué, esperando una respuesta.

-No tenía amantes si es a eso a lo que te refieres. Yo era su... -dijo impulsivamente.

-¿Su?

-Su nada. No tenía amantes -recalcó obstinado.

No me atreví a preguntar qué clase de relación tenía con su madre. Me pareció demasiado obvio y cruel indagar en un terreno tan personal y decidí seguir por otro lado.

-Lo que quiero decir es que quizás tu madre, al igual que mi hermana, tenía alguna cuenta pendiente que no quiso pagar.

-¿Mi madre? -dijo divertido-. No. Es imposible. No la conocías. Era una buena mujer.

-No pretendo decir que tu madre fuera malvada. Mi hermana tampoco lo era pero ambas eran, o iban a ser, madres solteras. Tal vez las amistades de tu madre eran tan secretas como las de mi hermana.

-Yo lo hubiera sabido -aclaró molesto.

-¿Cómo sabías que conocía a Drake? -pregunté.

Max guardó silencio y caviló que quizás mis suposiciones no estaban del todo erradas.

-¿Crees que la mataron porque no cumplió un trato?

-Me has contado que nunca recibíais visitas, que vivíais solos, que os cambiabais de casa con frecuencia. Perdona, Max, pero es un hecho que tu madre huía de algo o de alguien. Puede que tratara de esconderse, de esconderte.

-Pero ¿por qué crees que tiene que ser así? Que le haya ocurrido a tu hermana no quiere decir que mi madre haya estado metida en ese tipo de...

-Hazme caso, si tu madre tenía relación con Drake, puedes esperar cualquier cosa. Esos tipos no suelen ser de los que perdonan si les debes algo. Mira, yo antes no tenía ni idea de todo esto pero durante ocho años he visto tantas cosas que no puedo más que dudar de todo. Si he llegado hasta aquí no es por casualidad. Me ha costado mucho tiempo y esfuerzo acabar relacionando a Drake con la muerte de mi hermana. Me la he jugado muchas veces por meter la nariz donde no me llamaban, por hacer preguntas indiscretas. Sé que fue él quien indirectamente ordenó su muerte, aunque ahora mismo me resultaría casi imposible demostrarlo. Y es eso lo que más me mortifica. Esta gente son como topos, se mueven por el mundo cubiertos con una capa de impunidad que les hace intocables. Son como lombrices, van agujereando la sociedad desde dentro, despacio, sin impacientarse. Pueden parecer normales pero -dije, recordando a mi propia hermana-detrás esconden un mundo invisible que ni siquiera los suyos conocen. Lo que trato de decirte -continué, sin encontrar palabras que no le hirieran-es que tal vez tu madre tuvo algún tipo de relación con Drake y su gente, y después se arrepintió.

No podía decirle a Max lo que pensaba claramente, al menos sin hacerle daño. Tal vez su madre había accedido a engendrarle durante uno de esos ritos satánicos, a cambio de prestigio en esa sociedad secreta y una muy, muy elevada cantidad de dinero. Toda la gente que participaba en esa sociedad resultaba pertenecer a la élite económica del mundo; gente poderosa, inmensamente rica e inmensamente loca.

Era cierto que después de años no había logrado averiguar demasiado sobre la sociedad Rosacruz de la Antigua Iglesia del Carmelo (con la que tuvo relación mi hermana) pero penetré en sociedades que, aunque más accesibles e inofensivas, me sirvieron para conocer todo tipo de gente y averiguar hasta dónde podía llegar el hombre para alcanzar un poder que a mi juicio no le pertenecía. Esa élite de la que hablo es intocable, pero ocho años dan para mucha investigación y de forma lenta pero incansable había conseguido reunir suficientes datos como para comprometer a más de una familia de prestigio internacional. Que muchas familias de la alta aristocracia francesa y europea, e incluso altos cargos de la Iglesia, habían tenido contacto con estas sociedades en el pasado es algo que casi todo el mundo conoce. Lo que quizás muy poca gente sepa es el tipo de rituales que se celebraban en el siglo pasado de la mano de un sacerdote excomulgado y sacrílego de nombre Boullan (tampoco este nombre es ya un secreto). Esa sociedad, a la que había pertenecido Drake desde hacía más de cuarenta años, era un sucedáneo, una escalofriante reminiscencia de la Antigua Iglesia del Carmelo, que tenía sus orígenes en la Obra de Misericordia, una organización fundada en 1840 por un visionario llamado Vintras. Un homosexual histérico y pervertido que se dedicaba, entre otras cosas, a enseñar a sus discípulos misteriosas oraciones, compuestas especialmente para acompañar sus masturbaciones en grupo. Drake había ingresado de joven en lo que quedaba de esa sociedad, pero hacía ya años que se había separado y había montado su propio espectáculo: una sociedad que tenía como modelo las enseñanzas del mago luciferino Aleister Crowley. Era probable que Drake hubiera conocido en su juventud sus ideas y quedara deslumbrado por la impactante personalidad del mago. No era de extrañar. Crowley había sido un niño rico y excéntrico, con un fuerte atractivo y don de gentes, que no temía internarse más allá del límite donde otros, que también se hacían llamar magos, llegaban. Cuando se separó de la Golden Down fundó el Astrum Argentinum. Su lema principal era: *Do What Thou Wilt* y lo que pretendía era revivir la magia ritual, esa que fue abolida con la llegada del cristianismo, la que erigía altares a Príapo y a Isis.

Drake era uno de los tantos seguidores de Crowley que todavía quedaban en el mundo, un fanático que creía en la magia y en el poder del orgasmo para alcanzar la máxima potencia psíquica. Pero también era un psiquiatra de fama mundial que había renunciado públicamente a la psiquiatría convencional y compartía con Laing (aunque de forma más radical) sus ideas sobre la locura. Para Drake, la locura era un fenómeno social, algo similar a lo que creía Foucault, que la comparó con la lepra. Drake pensaba que el loco era un ser que no compartía la misma realidad que el resto pero que no merecía ser encerrado por ello. Se había convertido en un experto en casos perdidos, en visionarios e iluminados. Como Freud, consideraba que el inconsciente se regía por una serie de procesos que no estaban gobernados por las mismas leyes que dirigen la experiencia consciente, y sus principales estudios e investigaciones se centraban en demostrar que detrás de un Charles Manson habitaba una fuerza desconocida, diabólica tal vez, que empujaba al sujeto a actuar según un código propio, que él trataba de descifrar.

Trataba casos extremos. En sus clínicas, que yo había visitado años atrás, había un sinfín de personajes que creían tener el secreto de la piedra filosofal, el sentido del universo, que aseguraban hablar con ángeles y demonios e incluso tener línea directa con Dios. Drake y su equipo los estudiaban a todos personalmente. Creía que en esos locos se escondía la verdad. Esa verdad que durante siglos los filósofos y místicos habían tratado de descubrir. Pensaba que las percepciones de los que eran llamados locos, y que él llamaba leprosos por referencia a Foucault, eran más amplias que las del hombre cuerdo y que sólo investigando y comprendiendo su interior se lograrían conocer los secretos más oscuros, pero también más profundos del ser humano. Vindicaba la fuerza de la mente, el poder de la voluntad y la capacidad de influir en las acciones humanas por medio de la hipnosis. Trataba de convencer al mundo de que la magia, como fuerza interior dirigida, permanecía dormida en lo más profundo de la naturaleza humana y que si despertábamos a esa otra realidad, las leyes lógicas de la física, que comparaba con el yo consciente, acabarían por ceder a las del inconsciente, en las que se escondía el verdadero poder.

Fueran ciertas o no sus teorías, estaba claro que desde su llegada, Max estaba teniendo visiones que no podía dominar y sospechaba que Drake estaba empleando sus conocimientos y esa fuerza mental de la que presumía para utilizarle. Era sólo mi opinión pero todo el asunto rezumaba un tinte oscuro, demasiado siniestro para pensar que él había venido por su propia voluntad hasta aquí. Max no sabía que las teorías de Drake versaban sobre la mente y el poder de una fuerza desconocida del inconsciente; sobre la existencia de ciertas «influencias dirigidas», que ya se apuntaban en las doctrinas fundamentales de la magia moderna; y que utilizaba todo ello en sus sesiones con pacientes. Hasta entonces no había visto con mis propios ojos cómo esas teorías tomaban forma en un sujeto concreto. Siempre me habían resultado demasiado abstractas, poco creíbles, para ser exactos. Pero al parecer, nuestro amigo Drake estaba experimentando con Max una teoría que tenía que ver con la doctrina que ya había formulado Eliphas Levi, un ocultista de principios del siglo XIX. Éste decía que la voluntad humana poseía una fuerza capaz de conseguir cualquier cosa que se propusiese siempre que estuviera correctamente desarrollada y encauzada, y la comparaba con la fuerza del vapor o la corriente galvánica, para convencernos de su origen natural y nada oscurantista. En un relato mesmérico de Edgar Alan Poe, titulado *El extraño caso del señor Valdemar,* en el que también se hablaba de ello desde el punto de vista de Mesmer, pionero de la hipnosis, se narraba magistralmente la subyugación por medio del poder de la voluntad humana. Estuviera de acuerdo con Drake o no, lo que ahora le ocurría a Max tenía todos los tintes de una subyugación, de un estado de hipnotismo. Esas pérdidas de conciencia, esas visiones y recuerdos dejaban claro que si no era Drake, alguien con una voluntad fuerte estaba manipulando su mente.

No sabía cómo contarle todo esto a Max sin que enloqueciera de terror con sólo escucharlo. Me parecía un muchacho demasiado sensible y vulnerable que, además, atravesaba un momento difícil y decidí que era mejor no contarle lo que pensaba sobre su madre y su actual estado. Max volvería a tener esas visiones del pasado y confiaba en que con ellas pudiéramos desvelar, antes de que fuera demasiado tarde, quién o quiénes estaban detrás de la muerte de mi hermana y tal vez de su madre.

Mientras hablábamos, Max se fue quedando dormido. El efecto del Valium había sido fulminante y ahora descansaba plácidamente. A salvo de sus miedos. Me quedé con él hasta que estuve seguro de que dormía y luego bajé para disculparme con Bezel. Después de todo, el hambre regresaría antes o después y los platos que ella me preparaba, por qué negarlo, me gustaban.

X

Antaño no experimentaba nada de esto. Volvía a casa tranquilamente. Iba y venía por mi hogar sin que nada turbase la serenidad de mi alma. Si me hubieran dicho qué enfermedad de miedo inverosímil, estúpido y terrible, iba a asaltarme un día, me habría reído con ganas.

GUY DE MAUPASSANT,
¿Él?

Alguien entró en la habitación de Max mientras dormía. Se colocó a los pies de su cama y le observó en silencio. Era Bezel. Llevaba un atuendo tosco y amplio, que nada tenía que ver con su habitual forma de vestir. Era de color blanco, de traza gruesa. Sólo dejaba a la vista su cara, que aparecía pálida, con una expresión dura, de notable insensibilidad. Le miraba atenta, sin apenas pestañear, y Max se sintió vigilado, acosado por una grave y pesada mirada que le hizo estremecer. Casi imperceptiblemente, la habitación se llenó de gente. Vestían las mismas espartanas ropas. De forma silenciosa, se fueron colocando alrededor de su cama mientras le observaban; unos con desprecio, otros con compasión burlona, otros con íntimo respeto. La luz de la chimenea dejó de calentarle y sintió un escalofrío. Esas miradas emitían un aire gélido que le atravesaba la piel y los huesos. Esos ojos vidriosos, helados, le congelaban los sentimientos, los pensamientos y todo lo cálido que tenía dentro de sí. Sentía todos sus miembros duros, a punto de romperse en mil pedazos si hacía algún movimiento. Permaneció quieto, incapaz de revelarse. No podía sentir nada con suficiente fuerza como para reaccionar. Notó que el aire comenzaba a faltarle y cuando sus ojos no podían soportar por más tiempo la presión, despertó empapado de un sudor frío.

Era de noche y la habitación se encontraba vacía y a oscuras, pero la sensación de falta de aire continuaba oprimiéndole. Respiró hondo y se quedó con los ojos fijos en el rescoldo de la chimenea. Hacía tiempo que no tenía pesadillas que le sobresaltaran a media noche y ésta le había dejado inmerso en una sensación de derrota. Significaba que su mente se encontraba atrapada por una obsesión, por un miedo profundo. Años atrás había creído enloquecer cuando aquellas terroríficas visiones se le presentaban en sueños y, al despertar, algo le susurraba que aquellas pesadillas eran parte de una realidad que estaba por venir. No se equivocaba. Si ella estuviera viva, pensó Max, quizás sus noches no serían tan oscuras ni sus sueños tan tristes. La vida no le parecería una sucesión de hechos incomprensibles y podría esforzarse y comprender por fin.

Tuvo miedo y se arrebujó bajo las sábanas. Cerró los ojos y trató de dormir. Sentía cómo un colosal agujero iba abriéndose en su pecho, un inmenso y oscuro boquete que lo arrastraba sin remedio hacia algún lugar lejano y profundo. Estaba solo, completamente solo. Nada era tan terrible como aquella sensación de no pertenecer a nadie, de no ser parte de nada. Podía morir ahora mismo y a nadie le importaría. Nadie recogería sus restos. Trató de pensar en cómo había llegado hasta esa situación, cómo familiares y amigos se habían ido convirtiendo en algo inusual y la gente había dejado de ser importante. Sólo eran objetos que paseaban por la calle, que vivían alrededor de uno. Estaban ahí pero ¿quiénes eran realmente? Él ya no lo sabía. Todos se habían olvidado de ellos; de su madre y de él, y no logró entender por qué.

Después de dejar a Max pasé un par de horas con Bezel y regresé rendido a mi cuarto. Sabía que no era mi *sex-appeal* lo que provocaba que aquella mujer enloqueciera conmigo. Ella simplemente enloquecía. Trataba de no imaginar a qué clase de juegos se habría entregado en las sesiones que Drake preparaba con sus «discípulos». Sus gustos y apetencias eran demasiado rebuscados para tratarse de una mujer de campo. Era como si con aquellas proposiciones y sugerencias, tan poco comunes, pretendiera demostrar su falta total de prejuicios e inhibiciones. Como si alguien, bajo el disfraz de una adulación, le hubiera dicho que portarse como una fulana era lo que mejor sabía hacer y que debía sentirse orgullosa de ello y utilizarlo como su mejor arma. Tal vez por eso enfermaba cuando se daba cuenta de que no podía utilizar su poderosa artillería contra Max. Que ante él era una cualquiera, alguien borroso y sin forma.

Cuando decidí regresar a mi cuarto era bastante tarde. Bezel se había quedado dormida pero yo no tenía sueño. Al bajar las escaleras para ir a mi cuarto tuve una sensación extraña. Todo estaba envuelto en esa quietud que acompaña las horas de la madrugada pero por un instante, el tranquilo aislamiento que aparentaba el hotel me resultó falso. Sentí un movimiento subterráneo. Presentí que tras los muros y bajo el suelo alguien observaba. Allí sólo estábamos Bezel, Max y yo, cada uno enredado en su propia vida, en sus obsesiones y deseos. Sin embargo, tenía la sensación de que algo respiraba detrás de nosotros, a nuestras espaldas. Pensé divertido que tal vez era cierto eso de que todos los castillos escoceses guardan fantasmas, pero creo que incluso entonces esa explicación me resultó demasiado simple y romántica, demasiado sencilla para una mente como la mía, que ya se había internado en el mundo del pensamiento de Drake y la gente que le rodeaba. En esos momentos, la idea de que alguien observaba y escuchaba realmente todo lo que hacíamos no se me pasó por la cabeza.

Ya en mi cuarto, comencé a desvestirme sin dejar de pensar en lo que había leído en la libreta de Max. En su madre. Podía imaginarlos viviendo bajo un mismo techo. Él, sumiso y entregado; ella, dulcemente posesiva, controlando con las caricias y el amor hasta el mínimo pensamiento de Max. Apoyándose uno a otro en la soledad de sus vidas. Imaginaba trenes y aviones, coches y hoteles de poca categoría; maletas y equipaje de mano; recuerdos que se perderían porque nada importaba en sus vidas, en su círculo cerrado. Me pregunté de quién huirían, el porqué de ese incansable trasiego, de ese desarraigo.

Mientras me abotonaba el pijama creí ver algo tras los cristales. Me acerqué a la ventana y vi cómo casi una veintena de lamparillas se arrastraban por la calle principal del pueblo. Se dirigían hacia el bosque. La curiosidad fue más fuerte que el sueño, incluso que mi fobia a la lluvia. Me puse encima el abrigo y abandoné mi cuarto sin hacer ruido.

Salí del castillo y corrí camino abajo hasta llegar al pueblo. Hacía varios días que no salía y el aire frío me despertó la piel, adormecida por el calor de la chimenea. Allí fuera olía a campo, a tierra húmeda, a humo y montaña. Llegué a la calle principal, donde la mortecina luz de las farolas iluminaba con desgana las fachadas de los edificios. La procesión ya se estaba perdiendo entre los árboles a la salida del pueblo y se internaba en el bosque. Corrí destemplado hasta el final de la calle sin apartar los ojos de la última lamparilla. Al entrar en el bosque tuve que aminorar la carrera. Apenas podía distinguir mis pies pero sabía que si me detenía, perdería el rastro de las luces y avancé a trompicones, sin apartar la vista del pequeño resplandor que tenía delante. No podía imaginar qué hacía toda esa gente bajo la lluvia, dónde irían a esas horas de la madrugada. Me resultaba imposible imaginar algo normal. Vacilé un momento, tuve la sensación de que una lamparilla aminoraba su marcha con respecto al grupo y temí que me descubrieran. El resplandor del grupo llegaba débil. Al pasar cerca de una roca vi que dejaba atrás una pequeña sombra. Escuché un chasquido detrás de mí y el corazón me dio un vuelco. Había alguien escondido tras la roca. El débil resplandor de su lamparilla lo delataba. Me aparté hacia atrás, asustado. Tropecé con una raíz y caí al suelo de espaldas. En los segundos de confusión, mientras trataba de asirme a alguna rama, vi que la sombra salía de detrás de la roca. Sentí un sudor frío en la frente y traté de ponerme de pie mientras me arrastraba de espaldas. La sombra avivó la llama de la lamparilla, se acercó con paso lento y cuando estuvo cerca, estiró un brazo hacia mí. Sujeté la manga de su traje blanco y grueso con tensión. El hombre se volvió a mirar la procesión de velas con tranquilidad y entonces comprendí que no quería atacarme. Solté la manga. Se llevó un dedo a los labios para que guardara silencio y sin casi mover la boca susurró:

-No pueden vernos juntos pero mañana por la tarde nos veremos en la biblioteca. Vaya a la biblioteca. Lo que tengo que decirle es muy importante.

-¿El qué es importante? ¿Quién es usted?

-¿No me recuerda?

Una lámpara del grupo pareció brillar más cerca y el hombre echó a andar.

-Ahora no... Hágame caso. Lo sé todo sobre ustedes, todo.

-¿Qué quiere decir con ustedes? ¿A quién se refiere?

-Hágame caso, mañana a media tarde en la biblioteca. Ahora márchese.

El desconocido era un sujeto de unos cuarenta años, de aspecto frágil, casi enfermizo. Su voz sonaba quebrada y su mirada era apagada. Tenía cercos morados alrededor de los ojos. Cuando se alejó no me atreví a seguirlo. El corazón aún me latía a toda prisa después del susto. Tras unos segundos, cuando recuperé la calma, me sentí indeciso pero me di cuenta de que sería imposible seguir a oscuras sin acabar en algún agujero con la cabeza descalabrada. Me arrebujé bajo el abrigo y regresé sobre mis pasos. Salí a un claro y en seguida divisé las mortecinas luces del pueblo. Un leve resplandor asomaba tras las escarpadas montañas. Era como estar en el fondo de un embudo, atrapado en un pozo gigantesco. No imaginaba qué era eso tan importante que tenía que decirme aquel hombre, ni tampoco por qué razón me había esperado.

No me apetecía meterme en la cama. Eran casi las tres y en esos momentos un montón de gente se encontraba en medio del bosque haciendo quién sabe qué. Tenía la sensación de estar perdiéndome algo importante. Sin saber por qué, sentí un escalofrío al recordar cómo vi a mi hermana la última vez. Su cuerpo estaba blanco, casi azul. En sus muñecas había dos anchos coágulos negros y sus labios y párpados relucían como si hubieran sido pintados para un carnaval. Estaba fría, tensa. Pero sobre todo, me dio la sensación de que se encontraba muy sola.

XI

Necesariamente permanecemos extraños a nosotros mismos, no nos entendemos, tenemos que confundirnos con otros, en nosotros se cumple por siempre la frase que dice «cada uno es para sí mismo el más lejano», en lo que a nosotros se refiere no somos «los que conocemos»...

FRIEDRICH NIETZSCHE,
La genealogía de la moral

En su cuarto, Max dormía profundamente bajo el efecto del Valium. Pero por unos segundos, dentro de sus sueños, no supo si dormía o estaba despierto. Todo era demasiado real.

Permaneció quieto bajo las sábanas, mirando el techo, hasta que se dio cuenta de que alguien susurraba en un extremo de la habitación. Se incorporó despacio. La chimenea había desaparecido y en su lugar había un mueble y un armario grande y pesado. El armario estaba separado de la pared y dejaba al descubierto un hueco de un metro y medio por un metro. Detrás se distinguían unos escalones de piedra mohosos. Del hueco subía un fuerte olor a humedad, a sal de mar. Max se restregó los ojos y sintió una mano pequeña y regordeta. De nuevo era niño y estaba en un cuarto desconocido, a oscuras y solo, completamente solo. Tal y como lo estaba en Shimts. Se había despertado de un pesado sueño que le había dejado acorchado. Miró a su alrededor con recelo. En un extremo de la habitación vio un bulto negro que se mecía con un movimiento oscilante, hacia delante, hacia atrás, hacia delante, hacia atrás... De aquella sombra surgían palabras incomprensibles, sin sentido. Eran pronunciadas sin cadencia, como una vieja rezando el rosario. En el extremo opuesto, otro bulto repetía el mismo discurso solemne. Max se sentó en la cama y sintió mucho frío. Su nariz estaba tirante y fresca y los dedos de los pies tenían una rigidez incómoda. No reconocía aquel cuarto.

Las formas se fueron dibujando ante sus ojos. Las figuras acurrucadas en los dos extremos estaban cubiertas con una túnica negra de urdimbre gruesa. Sólo una abertura negra delante de lo que se suponía era la cabeza dejaba vislumbrar de dónde procedía aquel rosario ininteligible, aquella retahíla incoherente. Max se enderezó y trató de distinguir qué o quién estaba debajo de aquel bulto. La habitación estaba iluminada por un par de velas colocadas sobre las cabezas de aquellas sombras oscuras. El murmullo le aturdía.

Detrás del mueble los peldaños descendían circularmente. Desde el fondo del pasadizo subía un olor salado. La brisa estaba mezclada con un penetrante tufo a algas y crustáceos resecos. Con las puntas de los pies, buscó instintivamente sus zapatillas, las que siempre le colocaba su madre junto a la cama, pero no estaban allí. Llevaba un atuendo áspero. Era una especie de hábito blanco que le llegaba hasta los pies. Las mangas colgaban anchas, difíciles de manejar. Le costaba encontrarse las manos. Una luz débil y azulada se encendió al final de aquel pasadizo. Max quería gritar, llamar a su madre. Si tan sólo pudiera pronunciar su nombre. Estaba temblando de miedo pero sobre todo tenía mucho frío. El aire era pesado y húmedo. Lo único que podía hacer era salir de allí sin que aquellos bultos le vieran. Entonces fue cuando recordó. Había hecho una promesa a su madre y ahora estaba en casa de Drake. No sabía cómo había llegado hasta esa habitación, ni cuándo lo habían cambiado de ropa pero estaba seguro: esto era lo que llevaba temiendo durante tanto tiempo. Las figuras continuaban aturdiéndole con su: «Munnnmammm Saunnnommmm Daunnnmummm».

Sobre un mueble a su izquierda, vislumbró algo que no

supo reconocer, una especie de urna con tapa de color metálico.

Quería volver a casa pero no sabía por dónde salir. La puerta estaba lejos, demasiado cerca de uno de los bultos, la otra salida, el pasadizo, le parecía la entrada del infierno. Le producía tanto miedo que por un momento pensó volver a la cama y arrebujarse bajo las sábanas. Sintió que los mocos le resbalaban por la nariz. No iba a llorar pero lo sabía, sabía que si cedía a la petición de su madre, de Drake en definitiva, algo así ocurriría. Esperó un rato pero las figuras no cambiaban su repertorio. Pensó que tal vez no se darían cuenta si se movía despacio. Se deslizó a cuatro patas hasta la abertura de detrás del armario y miró abajo. Del fondo subía una música despreocupada y agradable, y la luz parecía tener el suave tono de un día nublado. La brisa traía olores de mar; unos suaves y perfumados, otros fuertes, excesivamente salados. A su lado, aquellas figuras cubiertas continuaban con su movimiento, inmutables, ciegas a su presencia. Se sentó en el suelo, con un pie encima de otro descansando en el primer escalón y las manos entre las piernas, vigilando de reojo a esos guardianes sin rostro, preguntándose qué habría bajo aquellos capuchones. Imaginaba rostros deformes y demoníacos, quizás con ojos rojos y centelleantes. De pronto, el miedo se convirtió en algo sólido, zumbante, hasta el punto de que tuvo que hacer esfuerzos para no mojar el tosco atuendo que le causaba picores por todo el cuerpo. Se recogió la túnica y bajó un escalón. Nadie le seguía. Continuó bajando sin mirar atrás, sin dejar de imaginar qué habría bajo aquellos bultos negros. El ruido del mar se escuchaba cada vez más cercano. También la música, alegre y distorsionada, que parecía venir de un viejo tocadiscos sonaba más clara.

I found a million dollar baby...

Max sintió el tacto de la tierra húmeda en sus pies. Era arena de playa, compacta y virgen. Avanzó con el hábito recogido.

The rain continues for an hour...

Una luna oronda e inmóvil apareció en el cielo despejado. La brisa húmeda le azotaba la cara y le revolvía el pelo. A pocos pasos estaba el mar, adormecido e interminable. Era una noche de verano clara y pacífica. En la orilla alguien descansaba en una tumbona con la cara vuelta al cielo, como si tomara baños de sol a destiempo. Junto a la tumbona había un tocadiscos viejo, viejísimo, que arañaba la misma canción una y otra vez. En un lado se levantaba una pared alta, impenetrable; por otro, el mar se extendía hasta perderse en destellos de plata infinitos.

Love comes alone, like a popular song, any time or...

Algunas nubes lejanas se deslizaban con prisa, como si fueran a algún sitio. La música cesó y una mano se estiró hasta colocar la aguja en el principio del disco. De la puerta que conducía a la casa emanaba un frío invernal, pero ahí fuera el verano estaba en su máximo apogeo.

El miedo había dado paso a la curiosidad y avanzaba sumido en la confusión de los contrastes. ¿Quién podía ser tan estúpido para tomar la luna? ¿Estaría moreno? Se acercó sigiloso. Los pies se hundían en la arena, cada vez más blanda y mojada.

-Siéntate a mi lado, Max -oyó decir delante de él-. Mira qué bien se está.

Max se acercó y vio a Drake tumbado en la hamaca, disfrutando de la noche. Su cara era amable y su expresión sosegada.

-En la casa hace frío -se atrevió a decir Max-. Y la luna no pone moreno.

Drake se volvió hacia él y le sonrió. Max le devolvió la sonrisa.

-En verano no puede hacer frío y en la casa hace mucho, mucho frío -insistió Max.

Drake se incorporó en la tumbona y dio otra calada a su puro.

-Pues lo hace -sentenció.

Max no respondió. Se sentó a su lado, sobre una toalla extendida y miró hacia el fondo del mar.

-¿Dónde está mi madre? -preguntó sin miedo, mirando el horizonte.

-Está bien, ya está bien.

-Me alegro.

-¿Y tú? -preguntó Drake.

-Tengo frío en los pies -dijo y se los envolvió en la toalla.

-Pues es verano, no puede ser.

Max sonrió como si le hubieran cazado en una mentira.

-Es de antes -puntualizó.

It was a lucky April shower...

-¿Otra vez? -protestó Max.

-¿No te gusta Bing Crosby? -preguntó Drake sin mirarle.

-Pssa, ni mucho ni poco.

-A mí me gusta mucho -dijo Drake dócilmente.

Se puso a tararearla mientras movía la cabeza ligeramente.

-Suena vieja.

-Es vieja. Por eso me gusta.

-Yo me sé otra mejor -apuntó Max.

-Tal vez deberías olvidarla -dijo Drake, sonriendo.

-Sí...

-Ésta es mejor. -Subió el volumen-. Escucha, escúchala bien.

La música se elevó en la noche y a Max le pareció que las estrellas podían oírla. Sonaba alta, inundaba las olas, empapaba la arena, se colaba por los agujeros de las rocas y por sus oídos, como una lombriz escurridiza.

Dijo algo pero no se oyó, sólo podía oír la música, la olía, la sentía en cada bocanada de aire. Drake movía la mano de un lado a otro con suavidad, al son de la melodía. Estaban solos, resguardados en una cala minúscula. Volvió la cabeza y vio la puerta y los escalones que subían a la habitación. Un poco más arriba, subiendo por la pared de piedra, se veía una balaustrada y detrás, inmensa, erguida hasta el cielo, la mansión donde vivía Drake. Max la reconoció en seguida. Siempre le había causado pavor aquel viejo edificio. Se le hacía un nudo en la tripa si tenía que pasar por allí. Prefería cruzar con la bici al otro lado de la calle, lo más lejos posible. Ahora la contemplaba absorto, sin miedo, y eso le hizo sentir muy bien. El cielo estaba claro y la luna bañaba los tejados desiguales y resbalaba como una fina gasa sobre su fría superficie. No le daba miedo, la miraba una y otra vez y no le daba miedo.

De pronto se sintió feliz y la música le pareció hermosa, como si fuera una melodía olvidada que nos viene de pronto a la memoria y nos trae recuerdos dulces y reconfortantes.

-Esa casa -dijo Max sin dejar de mirarla, sin entender por qué ya no le causaba terror-. Esa casa la quiero para mí.

Drake soltó una carcajada, se dio una palmada en el muslo y puso de nuevo la aguja al principio del disco.

-Será tuya, querido -añadió sin dejar de reír.

-Pero... -reconoció Max-. Esos bultos... quiero que se vayan -ordenó.

-No te harán daño.

-Ya, pero es que... -dijo, sin saber qué argumentar.

-Mañana podrás marcharte. Quiero que cuando llegues a casa le des un beso muy fuerte a tu madre. Te ha echado de menos.

-¿Por qué?

-Porque hace siete días que no te ve y te quiere mucho.

-Yo también la quiero. ¿A que es muy guapa?

-Mucho.

-Antes yo no quería venir -confesó tímidamente.

-Lo sé. Pero ya has visto que no te ha pasado nada malo.

-No, pero no recuerdo nada.

-No necesitas recordar nada. Ya lo harás si llega el momento.

-Ahora vendré siempre que quieras. Ya no me das miedo.

-¿Quieres cantar conmigo?

-Aún no me la sé.

-Sí, canta.

Ambos cantaron a voces, acompañando la melódica voz de Bing Crosby con notas desafinadas pero sentidas. Y Max descubrió sorprendido que sí se sabía la letra. La música cesó de nuevo y se hizo un silencio austero. La aguja rayaba el disco sin lograr más que un repetitivo siseo.

-¿Sabes que las cosas más insignificantes muchas veces son las que deciden nuestro futuro? -dijo Drake.

-¿Qué?

-Cuando era niño, casi tenía tu edad, me ocurrió algo asombroso. Un día de invierno, mi madre salió de casa muy temprano. En donde yo vivía hace frío, mucho frío en invierno.

-¿Dónde vivías? -interrumpió.

-En Yaroslav, una ciudad al norte de Moscú. En mi casa nunca faltaba leña pero aquel día había ocurrido algo importante y no se habían encendido las chimeneas. En la casa había un revuelo inusual. Nadie parecía acordarse de mí. Después de un rato, el alboroto cesó y la casa quedó en silencio. Permanecí en la cama esperando a que la criada viniera a encender la chimenea de mi cuarto pero mi espera fue inútil. Por alguna razón, aquella mañana las cosas no sucedían como siempre. Hice un esfuerzo y me levanté. La casa estaba vacía. En el salón apenas habían abierto las ventanas y la luz entraba oblicua, sin fuerza. Al principio no me di cuenta pero cuando miré hacia la mesa del comedor vi a mi abuelo sentado en un extremo. Tenía la cara sobre la parte exterior de las manos y los codos firmemente apoyados sobre la mesa. Su rostro estaba despejado, casi iluminado. Me acerqué despacio y le pregunté dónde estaba todo el mundo.

Me miró sonriente y contestó:

-Preparando mi funeral.

Yo no sabía qué era eso. Me senté junto a él, a la espera de que me contara alguna de sus maravillosas historias. Mi abuelo era un tipo genial. Era, sin duda, con quien más me divertía. Siempre tenía algo nuevo que contar o hacer. Jamás descansaba. En la casa hacía mucho frío pero al acercarme me di cuenta de que él estaba aún más frío que yo.

-Escucha -me dijo-. Creo que he descubierto algo importante y he decidido que tú debías saberlo.

Me senté en sus rodillas y sólo dijo una frase:

-Haz lo que quieras. No lo olvides -me dijo-. Si alguien te pregunta, no les cuentes que he estado aquí. Creerían que te has vuelto loco como tu abuelo.

-Tu no estás loco, abuelito -le dije.

-Sí, sí lo estoy pero escucha -dijo susurrándome en el oído-. Es maravilloso.

Me besó en la frente y se marchó. No volví a verle. Varias horas después, la casa volvió a llenarse de gente. Al parecer, el abuelo había muerto esa misma mañana. Había salido casi desnudo a correr por la nieve y había muerto congelado. Todo el mundo lloraba y aunque tuve deseos de contarles que en verdad no estaba muerto, le había hecho una promesa. Él no quería que me encerraran, que me tuvieran bajo llave como le habían tenido a él. Por eso guardé silencio. Es muy peligroso saber más que los demás. Y los locos son los que más saben de todos.

-¿Tu abuelo estaba loco?

-Sí y no. Sí para los médicos y para mi familia. Pero para mí era alguien divertido y diferente, alguien que hacía cosas que nadie se atrevía a hacer. No entendí el significado de aquella frase hasta muchos años después, pero gracias a él hoy soy quien soy y por eso tú estás aquí. Ahora eres pequeño y no lo entiendes pero cuando seas mayor sabrás el porqué de muchas cosas secretas. Entenderás que dentro de las personas hay algo más que tinta de colores, querido Max.

145

Max arrugó la frente. Sintió que Drake había descubierto algo que él creía secreto.

-¿Pero cuándo? Yo quiero saberlo todo -preguntó impaciente.

-Nunca sabemos todo y mucho menos sobre nosotros mismos. Pero quizás, cuando ya no te acuerdes de mí, ni de ti. Cuando todo parezca el fin.

-¿Qué? -preguntó sin entender nada.

Drake sonrió y le revolvió el pelo.

-¿Tú eres rico? -preguntó Max.

-Mucho.

-¿Puedes comprar todo?

-No, no todo.

-¿El qué no?

-La luna -dijo Drake, mirándola como si fuera la foto de una mujer amada.

-¿Y el sol?

-Tampoco.

-¿Y mil piruletas?

-Mmmm, sí, creo que eso sí -contestó, sonriendo.

-¿Y yo podré comprar lo que quiera?

-Más que eso.

-¿Qué más?

-Te convertirás en un ser libre de las presiones, de las decepciones que agobian al resto de los hombres. Conseguirás lo que no lograste cuando fuiste otro. Esta vez lo lograrás. Sé quién eres y te ayudaré a descubrirte.

-No sé -dijo aburrido de pronto. Todo sonaba demasiado intangible.

-Ya no lo recuerdas pero tú mismo nos contaste que volverías -dijo Drake con intensidad, francamente emocionado-. Ya no lo recuerdas pero es así. Y te ayudamos a volver. Ahora podrás comenzar de nuevo, si en verdad estás ahí, lo descubriré. Serás el primero de los hombres -dijo satisfecho.

-¿Qué hombres?

-Todos.

-¿Para qué?

Drake calló y volvió a poner en marcha el tocadiscos.

-Para alcanzar la plenitud que mereces -contestó-. A partir de ahora, serás Perdurabo, no lo olvides, pequeño.

-¿Perdu… qué?

-El que perdura más allá del tiempo.

-¿Qué es eso?

-Magia. Max, magia.

-¿Y las piruletas? -insistió Max.

-Sí, también las piruletas.

-¿Y…? -dijo pensando algo delicioso-. ¿Tartas y pasteles, y bicis y canicas?

Drake hizo como si calibrara, asintiendo con cada palabra suya. Max juntó las manos, emocionado.

-¿Y a mi amiga Claire? -dijo caprichoso-. Creo que le gusta Louis -puntualizó con tristeza.

-También la tendrás. Toda.

-¿Cuándo?, ¿cuándo?

-Ya te lo dije, cuando llegue su momento, ni antes, ni después.

-¿Tú tienes todo?

-Sí, todo -contestó Drake pensativo.

-¿Qué?

-Un pueblo entero.

-¿Con gente de verdad?

Drake asintió.

-Son los leprosos del mundo, mis leprosos, lo que nadie quiere. Pero son los verdaderos magos, los verdaderos sabios. Ni siquiera ellos lo sospechan pero yo les ayudo a interpretar sus vidas y sus sueños. Son maravillosos, de veras.

-¿Sueñan?

-Ya lo creo que sueñan y yo les ayudo a entenderse. Ellos no desean el mundo tal y como es, lo odian y el mundo los odia a ellos, porque son excepcionales e infinitos. Guardan secretos increíbles. Tienen respuestas, preguntas que nadie se atreve a formular, sueños que nadie se atrevería a tener. Pueden volar, Max, son cometas que dejan su estela por donde pasan.

-Ya sé lo que quieres decir -dijo de pronto Max con una mirada seria, casi adulta.

Drake percibió un cambio en su conducta y le observó más atento.

-Son locos, tu pueblo es un pueblo de locos ¿A que sí?

-¿Pero qué es estar loco, Max? ¿Quién decide que alguien está loco?

-Los médicos, los loqueros.

-Yo soy médico, soy loquero. Y puedo decirte que prefiero mil veces la compañía de mis pacientes que la de un millón de hombres cuerdos.

-Son más aburridos.

-Son más, eso es todo. ¿Crees que las mayorías tienen razón? Respuestas, Max, sólo importan las respuestas. ¿Qué más da que no las entendamos? No estamos preparados, eso es todo. ¿Entendimos a Jesucristo? ¡No! Le crucificamos. Ése sí era un buen loco, ¿eh? El mejor de los que han existido.

-Mamá dice que era Dios.

-Lo era. Y tú también lo serás.

-Yo no sé quién soy.

-Lo sabrás, pequeño. Sólo tienes que dejarte llevar. Tendrás que acostumbrarte a recordar.

-A veces se me olvidan cosas, por eso las apunto en mis libretas. Pero yo sé que mamá las sabe.

-Lo sé. Es mejor así. Hay veces que las herencias son la carga más pesada con la que debemos convivir.

-Lo malo es que siempre nos vamos de todas partes y pierdo a mis amigos.

-No te preocupes, ya los tendrás.

-A veces pienso que si haces que te necesiten, te quieren más -dijo Max serio, con los ojos fijos en el mar-y si no te quieren... los matas.

Drake cambió la expresión y adquirió un semblante

recatado. Dejó de reír y miró a Max con vehemencia.

-¿Qué sabes de eso?

-¿Por qué?

-¿No lo sabes? -dijo probándole-. Si matas, es pecado. Todo el mundo lo sabe.

-Yo no lo sé -rió Max.

-Sí que lo sabes, te lo acabo de decir.

-Ya no me acuerdo -respondió con picardía.

-Eso es trampa -contestó Drake.

-Puede, pero nadie me castigará por ello. ¿A que no?

-A veces me recuerdas tanto a tu padre.

-¿Le conociste?

-Sí.

-¿Cómo era?

-Murió.

-Sí, pero ¿cómo era?

-Vete a dormir -dijo Drake muy serio-. Mañana te llevaré a casa.

XII

MARTES

As for the liberation of the insane at Bicétre, the story is famous: the decision to remove the chains from the prisioners in the dungeons. [...]
He asked to interrogate all the patients. From most, he received only insults and obscene apostrophes. It was useless to prolong the interview. Turning to Pinel: «Now, citizen, are you mad yourself to seek to unchain such beasts?». Pinel replied calmy:
«Citizen, I am convinced that these madmen are so intractable only because they have been deprived of air and liberty»[1].

SCIPION PINEL,
Tratado completo del régimen sanitario de los alienados

Una luz clara y directa atravesaba el ventanal del cuarto de Max. Era un rayo de sol triunfante entre las muchas nubes que todavía se paseaban perezosas por el cielo. Max pestañeó, arrugó la nariz y se dio media vuelta en la cama. Se revolvió contra la vigilia. Trató de ahuyentarla con los ojos cerrados y el cuerpo inmóvil pero la luz era demasiado intensa. Se sentó

---

[1]La historia de la liberación de los enfermos mentales en Bicétre es famosa: fue la decisión de quitar las cadenas a aquellos que vivían prisioneros en las mazmorras.
[...]Pidió interrogar a los pacientes. De la mayoría, sólo recibió insultos y palabras obscenas. Era inútil prolongar la entrevista. Se dirigió a Pinel: «Pero, ciudadano, ¿está usted loco al querer liberar a semejantes bestias?».
Pinel respondió calmado: «Ciudadano, estoy convencido de que estos locos son tan intratables sólo porque han sido privados de aire y libertad».

en la cama. Se sentía pesado, abotargado. Sudaba y tenía el pelo pegado a las sienes. Escuchó voces en el piso de abajo. Gente que hablaba alto, animadamente. Sólo reconoció la voz de Bezel. Se restregó la cara con las manos y suspiró profundamente. Todo parecía más alegre bañado por esa luz. Vio el espejo a su izquierda. Reflejaba colores, brillos que cegaban, que danzaban inquietos, y sintió un escalofrío. El recuerdo reciente, ese soñado o revivido, le sobrevino de golpe. Se llevó la mano a la boca y en seguida la apartó, inseguro de su propio miembro. Sin dejar de mirarse las manos, cogió su libreta y apuntó, como venía haciendo desde hacía dos días, su último recuerdo con Drake, tan cargado de irrealidad como todos los demás, tan imposible de olvidar como había sido antes recordarlo voluntariamente.

En su infancia, siete días y siete noches habían dormido a sus espaldas, se habían borrado. Había permanecido perdido, suspendido en el tiempo sin saber qué habían hecho con él. Siete noches en las que algo se había introducido bajo su piel. En su interior, incluso la fisonomía más esencial había sido observada. Max dudó. Aquella angustia, aquel miedo sentido ante el espejo lo recordó ya como otro sueño sumado a su libreta de notas, como una anécdota más. Todo parecía estar relacionado y, sin embargo, no lograba establecer un vínculo entre el horror de los recuerdos y aquellas visiones. Ahora no le producían más que confusión. Se dio cuenta de que ese terror que había sentido hacía apenas unas horas se estaba evaporando. Recordaba todo: los viajes al pasado, las voces del salón, el reflejo en el espejo… pero parecían algo lejano, como si todo hubiera ocurrido hacía mucho tiempo y la violencia del sentimiento se hubiera amansado, dejando sólo un amargo sabor de boca. Estaba seguro de que detrás de los recuerdos había un hilo invisible, un fondo común desde donde surgía la incertidumbre. Pero hasta allí Max no podía llegar, porque hacía tiempo que le habían cerrado el paso. La entrada estaba sellada y camuflada de manera que no recordara que allí había una puerta.

Acabó de guardar en su libreta todos sus nuevos recuerdos, incluida su críptica conversación con Drake. En esos momentos le había parecido un amigo, un colega con el que compartimos nuestros más recriminables secretos sin temor a que jamás los difunda o se burle de ellos. Le había parecido divertido y poderoso, con una fuerza serena y envidiable. Estaba rodeado de un halo de distinción que le separaba del resto del mundo, de todo lo que él conocía. De nuevo se sintió confundido, como si los recuerdos le hubieran descubierto una faceta de él mismo que sólo durante unos segundos había podido apreciar. Sus propias palabras todavía le sonaban inabarcables, temibles. Había hablado de cosas terribles con ligereza, en un tono despreocupado e infantil. No podía creer que él hubiera dicho todo aquello.

Drake había mencionado un pueblo en el que todos o casi todos estaban bajo sus órdenes y, sin duda, éste era el lugar. Éste era su reducto de poder, el lugar donde cada alma le pertenecía porque ninguno creía en el mundo o en sí mismo. Y entonces supo que no sólo era el propietario de los negocios, sus vidas enteras le pertenecían. Ellos eran los leprosos de los que hablaba. ¡Ellos eran los locos! ¿Estaba loca Bezel o Hausen o Vahlenkamp? ¿Y su padre?, apuntó Max en la libreta, Drake había conocido a su padre. Ese ser borroso y fantasmal. Drake tendría muchas cosas que contarle cuando por fin se encontraran. Se vistió rápidamente y bajó a la cocina, donde había un movimiento inusual de gente.

-¡Ah, Max! -dijo Bezel contenta-. Ya se ha despertado. Tiene un aspecto estupendo.

Estaba envolviendo comida en papel de aluminio. En una cesta de mimbre había botellas de vino, fruta y fiambreras.

-Simón -dijo Max, cogiéndome del brazo.

-¿Cómo te encuentras?

-Bien… -dudó-pero…

-¿Vienes con nosotros? -le corté.

Quería decirme algo pero no era el momento adecuado. Desde que había llegado estaba tratando de ganarme la confianza de Bezel. Le había dado a entender que tal vez y debido a que no tenía familia ni trabajo que me reclamaran fuera de allí, pensaba quedarme una larga temporada en Shimts. Ella se había entusiasmado tratando de explicarme, como si vendiera un crucero, lo tranquilos que vivían, lo unidos que estaban todos y lo feliz que me sentiría si por casualidad decidiera quedarme. Me había prometido presentarme a Drake cuando llegara y había dejado entrever que ellos no eran todo lo aburridos que parecían y que si tenía paciencia, podría comprobarlo. Yo había supuesto que ese carácter reservado no era otra cosa que un secreto de familia que aún no me podían descubrir. Pero me había dejado claro que utilizaría toda su influencia para que, en el caso de que decidiera quedarme, fuera aceptado como un miembro más de su selecta comunidad. Por eso trataba de parecer franco y entregado a la organización del populoso *picnic* que estaban preparando.

-Sí, voy con vosotros. No tengo nada que hacer -añadió Max con desgana.

-Está bien -dijo Bezel dispuesta-. Max, coja esta cesta y tú -dijo lanzándome una mirada cómplice-coge la otra.

En la cocina tres mujeres que acababan de presentarme, cuya constitución teutona hizo enmudecer a Max, terminaban de preparar los paquetes. Su aspecto macizo y sano se dejaba adivinar a través de unas camisas de algodón ceñidas, de las que sobresalían unos pechos rebosantes, como de matronas, y unos pantalones suaves y ajustados que mostraban unas piernas firmes y moldeadas. Sonreían mirando a Max, que no sabía dónde colocarse ni cómo responder a sus cumplidos.

-¿Todos listos? -dijo Bezel, cogiéndome del brazo.

-Listos -contesté.

-Pues vamos. A disfrutar del sol y del campo.

Salimos del hotel, cargados de bultos como una feliz familia de domingueros. Max nos seguía en silencio, como un alma en pena condenada a perseguir a los vivos hasta el aburrimiento. Sabía que deseaba hablar conmigo y que su juventud e inexperiencia le hacían impacientarse. No tenía el aplomo necesario para contenerse. Estaba perdido y yo era su único asidero al mundo. Caminaba sin apartar la mirada de mí. Esperaba que sus nuevos descubrimientos nos ayudaran a averiguar algo más, y sin duda lo harían, pero yo en esos momentos estaba más preocupado por lo que creía un triunfo de mi irresistible encanto sobre Bezel y desconocía que todo cuanto ocurría estaba controlado por Drake, que yo era tan sólo otra pieza, que era manejado como lo era Max, sólo que de una forma más sutil y mucho más placentera.

Salimos del pueblo por la calle principal y seguimos el mismo camino que la noche anterior había atravesado cuando perseguí la hilera de faroles. Al salir, Max se había parado junto al pedestal en el que se leía *Do What Thou Wilt* y observaba la frase como si tratara de encontrar un significado oculto, como si aquellas letras tuvieran el poder de responder por sí solas las preguntas que le agobiaban.

-¡Max! -grité.

Despertó de su trance y nos siguió sin mediar palabra. Nos adentramos en el bosque, cargados con cestas, mantas y manteles, hasta que la profundidad de los árboles nos hizo creer que el sol se había ocultado de nuevo. Las teutonas, cuyos culos redondos como bizcochos se movían delante de nosotros con un efecto de flautista de Hamelín, reían cogidas del brazo mientras sorteaban los peñascos y ramas que se entrelazaban en el suelo. Bezel paseaba cogida de mi brazo, como si fuera una novia atravesando el camino que lleva al altar, precedida de las damas de honor y seguida por Max, que bien podía sujetar ese velo invisible que arrastraba por el bosque aún húmedo. Pero lo cierto es que Max nos seguía ensimismado en sus pensamientos, sin ánimo nupcial. Sujetaba con fuerza la libreta que llevaba en el bolsillo, deseando enseñarme sus recuerdos, como trofeos intangibles de una cacería imaginaria. El bosque crecía, se desbordaba. En algunos trechos, los árboles crecían tan juntos que las teutonas tuvieron que romper su cadena y Bezel y yo tuvimos que separarnos para poder atravesar las estrecheces. En el aire flotaba un aroma intenso a tierra húmeda y virgen que se estremecía con nuestra intrusión, con los cantos de las teutonas, que como colegialas impúberes elevaban sus risueñas voces en el aire.

-Vamos a pasarlo de rechupete -dijo Bezel mirando a Max, que nos seguía a dos pasos.

-Vamos, Max -le dije-. Anímate, no me dirás que esto no es bonito.

Max asintió sin mucho interés, tratando de despertar con su silencio mi curiosidad, sin darse cuenta de que ya había captado la señal. Llegamos a un trecho donde la vegetación se abría y dejaba paso a un pequeño claro. Unos metros más allá había una puerta que parecía haber crecido de forma natural entre los árboles, como si sus caprichosos ornamentos se hubieran generado espontáneamente, junto con el resto de la vegetación. No había ninguna verja o valla alrededor. La puerta se sostenía anclada en el suelo, elevándose entre los árboles. Atravesamos su estructura de hierro, que pintaba sobre nuestras cabezas dibujos de herrumbre gótica, y al pasar me fijé en que en una de sus hojas colgaba un cartel oxidado donde se leía: Prohibido el paso. Propiedad privada.

Junto a la puerta, en una banqueta ablandada por la humedad estaba sentado un viejo que comía uvas sin prestarnos atención.

-Va a coger frío -dijo Bezel casi a gritos.

Supuse que el hombre estaba sordo. El viejo levantó la vista y pellizcó el culo de Bezel con lujuria, mostrando unos dientes tan podridos como la madera de la banqueta.

-¡Qué buena estás, coño! -balbuceó el viejo con su boca desdentada.

Bezel y las teutonas sonrieron ruborizadas y apretaron el paso para evitar que el viejo, que ya estiraba el brazo de nuevo, volviera a pellizcarles el culo.

-¡Vaya con el abuelo! -comenté.

-Es el más viejo del pueblo pero te aseguro que tiene más

marcha que muchos que podrían ser sus nietos -dijo Bezel, sin mirar a Max pero refiriéndose a él.

Noté que Max comenzaba a azorarse. Y también que al parecer todas habían tenido oportunidad de comprobar las artes amatorias del anciano.

Me solté del brazo de Bezel y fui a unirme a Max, que aminoraba su paso.

-Vamos -le dije empujándole-. Tienes que aprender a divertirte. Eres demasiado serio -añadí, guiñándole un ojo para que supiera que había captado su nerviosismo. Le di un golpe en la espalda y volví junto a Bezel.

-¿Qué hacía esa puerta ahí? -dijo Max por fin rompiendo su silencio.

-Es una entrada -contestó Bezel sin dejar de andar.

-¿Adónde? -indagué yo.

-Ya lo veréis, no seáis curiosos.

Aguardamos en silencio hasta llegar a un claro en el bosque que parecía sacado de un cuadro de Ruisdael. Era una explanada circular con una pequeña fuente en un extremo y un cenador de brezo en el otro. Sobre la hierba estaban tendidos varios grupos de personas, entre mantas y manteles, pasteles de carne y salmón ahumado, salmón cocido y en aliño, ensaladas de verduras, frutas y postres caseros que despedían un olor delicioso. Eché una mirada de aprobación a Max y éste sonrió algo más animado ante la magnífica visión.

Las botellas de vino circulaban ya con generosa abundancia y la comida pasaba de unas manos a otras a modo de trueque. Bezel y las teutonas escogieron un sitio cerca del centro, donde se erguía una piedra circular con un pedestal también de piedra.

-Aquí estaremos bien -dijo una teutona extendiendo una manta sobre el tupido césped.

En seguida sacaron las fiambreras, la fruta, el pan, los postres de leche, la carne ahumada y el vino, y nos invitaron a sentarnos. Bezel fue a intercambiar un pedazo de pastel de carne por otro de venado.

-La señora Van Geyn hace el mejor pastel de venado del mundo -dijo, ofreciéndonos un trozo.

Una teutona con el pelo rubio, atado en una coleta, se sentó junto a mí y me tendió una copa, que después llenó de vino.

-Venga, Max, siéntate -le dije tirándole del brazo.

Se sentó junto a mí, mirando alrededor con ojos susceptibles y recelosos. La teutona le ofreció una copa y Max aceptó sin mirarla. Esas mujeres, cuyos pómulos brillaban tensos y algo enrojecidos por el paseo, debían rondar la cuarentena y, sin embargo, emanaban un aire fresco y alegre como jovencitas en plena pubertad. Sus cuellos eran recios y tersos, coloreados por un tono dorado que supuse debido a su interminable trabajo en el campo. Extendieron otra manta y se sentaron junto a nosotros mientras repartían platos de papel llenos de deliciosos sabores. Incluso Max se relajó y disfrutó del vino fresco y la comida. La gente parecía tranquila y despreocupada. Como en las fotos de los folletos de las agencias de turismo, parecían disfrutar de un eterno y gozoso instante que no se velaba ni ensombrecía. Cantaban canciones que todos conocían, que dejaban inacabadas para comenzar otras con más fuerza, entre risas y gesticulaciones. Bezel se sentó a mi lado con una sonrisa de triunfo.

-Ya veo que os divertís -dije.

A decir verdad, no iba preparado para algo así. Me imaginaba que íbamos a participar en un ritual macabro, como los que había leído en todos esos libros de magia, y esta sencilla fiesta campestre me había dejado sorprendido.

-Te dije que sabíamos divertirnos -me susurró en la oreja mientras rozaba sus pechos contra mi hombro.

-Nunca lo puse en duda -añadí.

-Sí que lo hiciste. Pero vas a tener la oportunidad de comprobar que sabemos disfrutar de forma natural y placentera de todo lo que tenemos -dijo orgullosa.

-¿De qué estás hablando?

-De placer, Simón. De la fuente inagotable de placer que

todos tenemos dentro. Nuestros cuerpos son máquinas perfectas, autosuficientes.

-¿Autosuficientes?

-Come y relájate -dijo, sonriendo como si estuviera guardando un precioso regalo en su espalda.

Bebimos y comimos, y dejamos que llenaran nuestros sentidos con olores almibarados y frescos, con sabores que conjuraban placeres más carnales y explícitos, que arrollaban cualquier atisbo de inapetencia. Con alimentos que tenían en sí mismos propiedades eupépticas. Hasta que, poco a poco, la pradera se transformó en un espacio cerrado donde sólo se escuchaban risas y canciones, mezcladas de salutaciones y vivas a las cocineras. Muchos se habían levantado de las mantas y danzaban alegres. Sostenían las botellas ya vacías en sus manos, otros estaban en corro mientras aplaudían con gritos de ánimo una danza que se representaba dentro del círculo. Dos de las teutonas se habían acomodado en mis rodillas y yo acariciaba con una lujuria contenida sus pechos de matronas rebosantes de frescura. Max rehuía tímidamente las insinuaciones de la otra mujer, que se había sentado junto a él en la manta. El sonido de una gaita se sumó al estrépito de las voces y los gritos. El aire se llenó entonces de una pureza que hacía refulgir las montañas. Era un sonido que se adentraba en los huesos y nos traspasaba como si fuésemos espectros translúcidos, seres sin materia donde esas notas pudieran encallar. Los labios de una teutona rozaron los míos y noté en su aliento el aroma cálido y ácido del vino. Su camisa estaba abierta y sus pechos, inabordables, quedaron suspendidos ante mí. Rocé con la mano el costado de uno de ellos y sentí la tibieza de su tacto rebosante. Cuando estaba dispuesto a rozarlo con la lengua, Max me tiró con brusquedad de la manga, haciéndome despertar del ensueño. Le miré con reprobación.

-¡Simón! -dijo con el rostro descompuesto-. Sé lo que quería decir Drake con lo de «Haz lo que quieras» y también por qué me llamó Perdurabo.

Solté el pecho de la teutona y me volví hacia Max.

-¿Cuándo te ha dicho eso?

-Anoche. Lo soñé o lo recordé, ya no lo sé. Lo tengo apuntado.

-¿Te llamó Perdurabo?

Max asintió y me extendió su libreta. Estiré la mano y torpemente golpeé el borde del cuadernillo, que cayó sobre la manta. Me di cuenta de que el vino burbujeaba en mi cabeza desordenadamente y sonreí disculpándome. Después miré alrededor para averiguar si alguien se había dado cuenta de mi borrachera y entonces observé atónito el paisaje. Había cambiado. La fisonomía, el relieve de ese aire festivo se había corrompido. Incluso su olor estaba agriado y la imagen que ofrecía la explanada rezumaba decadencia. El aire se había espesado, como si sobre nuestras cabezas el cielo hubiera descendido hasta condensar el estrecho espacio del círculo; o como si las oquedades, esas que supuraban jugos y secreciones, lo hubieran enturbiado... Los vecinos, esa gente amable y bonachona que a mi parecer cantaba despreocupadamente hacía sólo unos minutos, se entregaban ahora a una degeneración concupiscente que dañaba los ojos. En grupos o en parejas, los juegos habían alcanzado el tono que separaba la fiesta de la orgía y entre risotadas y gemidos, arropados o quizás motivados por el sonido de la gaita, se dedicaban a masturbarse bajo las mantas o a plena luz, acompañados por cantos ininteligibles y mareantes.

Me incorporé de un salto, dejando caer sobre la hierba a las teutonas, que apenas se dieron cuenta, dedicadas como estaban a satisfacerse mutuamente.

-¿Pero qué coño? -dije al ver lo que tenía delante.

Cogí a Max del brazo y me puse en pie.

El vino, o lo que hubieran puesto en él, flotaba en marañas densas dentro de mi cabeza. Me costaba convencerme de que lo que estaba viendo no era un delirio. Sentí náuseas al ver esas carnes fláccidas temblando en trance, bocas sin dientes gimiendo ahogadamente, ojos sin brillo cargados de grasa y patas de gallo vueltos de frenesí, muslos blancos, descolgados, abultados vientres ya estériles… Observar aquel espectáculo me produjo un sentimiento de inconfesable vergüenza, no por mí, sino porque en cierto modo me sentía responsable de Max.

-Anda, larguémonos de aquí. Esto es demasiado incluso para mí. Es mejor que nos mantengamos al margen.

Cogí una manta y se la eché por los hombros. Mi chaqueta estaba debajo del cuerpo de una teutona, que se retorcía como un pez fuera del agua mientras gemía suavemente, como si la agonía de la asfixia fuera a la vez un placer.

-Vamos -cogí a Max por los hombros.

Me volví para buscar a Bezel y la encontré sobre la hierba, rodeada por un grupo de ancianos que observaban cómo era montada por el viejo que comía uvas en la puerta de hierro. Su cara tenía las facciones desencajadas, como si estuviera en trance. Sus pechos se batían como campanas que repicaban histéricas un enlace o una señal de fuego. Nos largamos de allí a toda prisa. Atravesamos el bosque sin mirar atrás, sorteando las ramas y raíces. Max tiritaba, no sé si de frío o de miedo, y no dejaba de repetir: Perdurabo, Perdurabo.

Cuando estuvimos suficientemente lejos para no escuchar el jaleo y los gemidos, me paré frente a él y traté de calmarle:

-Max, tranquilízate. Ya estamos solos. Cuéntame. ¿Qué te dijo?

-Drake me llamó Perdurabo y no entendí qué quería decir. Pero al salir del pueblo y ver esa frase recordé que me dijiste que él seguía a Crowley desde hacía muchos años.

-Déjame ver esa libreta.

-El cree que yo soy Crowley -dijo con una sonrisa de angustia.

Leí rápidamente las últimas anotaciones de Max y en la críptica conversación con Drake descubrí que sus suposiciones no estaban erradas. Por alguna razón, Drake relacionaba a Max con Crowley. Le llamaba Perdurabo, que era el sobrenombre del mago al entrar como neófito en la

Golden Dawn. Hablaba a Max como si éste fuera un adulto, como si tuviera delante al propio Crowley. Trataba de hacerle recordar un pasado que no existía, porque Max era sólo un niño y Crowley un fantasma.

-¡Dios mío! -dije conteniendo el aliento-. Drake está aún más loco que todos esos.

En lo que Max había escrito, Drake hablaba sobre el pueblo y les llamaba leprosos. Si los recuerdos de Max eran ciertos, entonces éste era su sanatorio particular. El pueblo entero era un manicomio, un laboratorio donde Drake estudiaba a sus queridos y admirados locos y sacaba provecho de sus delirios. Ahora comenzaba a entender el aislamiento del pueblo. El porqué del comportamiento de sus habitantes y el sentido de esas frases recordatorio diseminadas por todas partes. Siempre había creído que Drake era un tipo extravagante pero ahora estaba seguro de que estaba tan enfermo como el más loco de sus pacientes. Su obsesión por descubrir un rayo de divinidad perdida o acaso robada era lo que conducía su vida.

Entonces me enfrenté con la realidad. Estaba atrapado en las garras de Drake. Me había atraído hasta aquí, dejándome creer que había descubierto su juego, sus secretos, cuando en realidad era él quien me tenía preso. Yo sabía de sus rituales, de sus manipulaciones, de sus prácticas y de los asesinatos que quería hacer pasar por suicidios pero poco importaba. Desde aquí saber todo eso era como no saber nada.

Max me miraba con los ojos velados por el miedo. De pronto sentí compasión por él. Aparte de haber sufrido las extravagancias de su madre, de cuya cordura también empezaba a dudar, había tenido que soportar por parte de Drake quién sabe cuántos absurdos análisis y pruebas que demostraran lo que él quería comprobar: que era Crowley revivido.

-Creo que Drake quiere convertirte en un objeto de adoración, que trata de inventarte un pasado para que acabes creyendo que eres otro.

-¿Cómo se puede inventar un pasado?

-Si él te conoce desde que eras niño, puede que lleve controlándote toda la vida sin que lo sepas.

-Pero eso es ridículo. Yo no puedo ser nada más que yo -dijo-. Nadie puede reinventarnos.

-Claro que no se puede hacer pero Drake está loco y cree que sí.

-¡Loco! Pero ¿qué es para ti estar loco? Él estará chiflado, eso no lo pongo en duda, pero lo que tú me estás diciendo es que está reinventando mi pasado, mi personalidad, como si yo no fuera más que un muñeco. Soy una persona. A la gente no se la moldea de esa forma.

-No, pero sí se la puede manipular. Se le puede hacer creer algo que no ha ocurrido.

-No puede ser.

-¿Entonces, cómo explicas que estés teniendo esos recuerdos de los que no sabías nada? ¿Recordabas todo esto? -dije sacudiendo la libreta-. ¿Y cómo vas a saber que este lugar es algo más que un simple pueblo? Tú mismo lo has escrito -dije mostrándole su libreta-. Este sitio es un manicomio y todos los que viven aquí son pacientes de Drake. ¿Crees que la gente normal organiza orgías a la luz del día?, ¿que después de tomar un pastel de carne se dedica a masturbar a su vecino debajo de una manta en un claro de bosque?

-Eso no demuestra que lo que yo estoy recordando sea real -repitió.

-Pero sí que Drake te conoce mejor que tú mismo, porque seguro que él recordaba eso y muchas cosas más que aún no sabes. Por eso estás aquí.

-¿Qué quieres decir? -preguntó, escudriñándome.

No contesté.

-¿Has insinuado que yo también estoy loco? -preguntó Max.

-No.

-Sí que lo has hecho. ¡Lo que ahora me está ocurriendo es... debido a la tensión por la muerte de mi madre! -gritó furioso-. Estoy seguro. Es sólo eso.

-No trataba de decir eso, tranquilízate.

-Sí que lo has hecho. Pero te aseguro que me da igual lo que pienses. Yo sé por qué estoy aquí y eso es lo único que importa. No deseo que me comprendas, no sé por qué lo he permitido siquiera.

-¿Por qué has permitido qué?

-Dejar que sacaras tus propias conclusiones sobre mí.

-Yo no he sacado ninguna conclusión, sólo trataba de dar una explicación a todo esto.

-Todo esto soy yo.

-No, Max, todo esto, es esto -dije señalando el entorno-. Ni tú ni yo pertenecemos a este lugar, estamos de paso.

-Yo siempre estoy de paso. ¿Y tú?

-¿Qué quieres decir?

-¿Qué haces aquí?

-Ya lo sabes. Quiero encontrar pruebas que demuestren que Drake tuvo que ver con la muerte de mi hermana -repetí tranquilamente.

-¿Estás seguro?

-¿Cómo que si estoy seguro? Pues claro que estoy seguro. Max, tranquilízate. Estás nervioso y es normal pero piensa que peleando no conseguiremos nada. Tenemos que averiguar qué está ocurriendo. Aquí hay muchas cosas que no son normales. Yo voy a ayudarte, no te preocupes.

Me miró con recelo y se pasó las manos por el pelo:

-No sé lo que me pasa, Simón. Te aseguro que no lo sé.

-Es Drake quien está detrás de todo.

-¿Pero dónde? ¿Dónde está?

-Vendrá dentro de poco y podremos hablar con él. No te preocupes.

Max me miró sin atreverse a expresar sus temores pero me di cuenta de cuáles eran. Yo también tuve un leve chispazo, un escalofrío en la espalda. Adiviné cuál era su pregunta:

-¿Cómo va a venir? ¿Verdad? Tienes razón -dije sentándome en la hierba-. El puente continúa roto y nadie se molesta en arreglarlo.

-A lo mejor están esperando a que baje el agua -dijo Max, sin querer admitir sus temores.

-¿El agua? Estamos en el siglo xx, ese río es un escupitajo, por amor de Dios, si quisieran podrían haber construido un puente que no se destrozara con un poco de agua, un puente permanente…

-¿Crees que…?

-Lo suficiente para que pudiéramos cruzarlo, para que entráramos. Este pueblo está aislado. No hay otra forma de entrar ni salir. Es un manicomio y de los manicomios no se puede salir así como así.

Hasta oírme a mí mismo decir aquello no fui consciente de lo terrible de nuestra situación, de que estábamos aislados, encerrados. Era un hecho con realidad propia. Entonces sentí angustia, una claustrofobia que traté de apartar para poder pensar con claridad. Todo aparentaba ser normal pero el aire fresco, las casas, las tiendas, el espacio abierto y las montañas engañaban. Era un reducto de vida perfectamente delimitado y con una finalidad precisa. La apariencia hacía pensar que estábamos libres, que era posible marcharse de allí cuando quisiéramos, pero no era cierto.

-Ahora más que nunca estoy seguro de que Drake tiene que ver con la muerte de mi hermana. Si no fuera así, yo no estaría en esta situación -dije mirando a Max con decepción.

-No pueden retenernos por la fuerza.

-¿Tú crees? -sonreí-. ¿Cuántas personas saben que estás aquí?

-Ninguna.

-¿Lo ves? Tampoco nadie sabe que estoy aquí. Pueden hacer con nosotros lo que quieran. Para cuando alguien nos eche de menos podemos estar enterrados bajo alguno de estos árboles.

-De todas formas, yo no quiero irme. Tengo que hablar con Drake.

-¿Quieres quedarte aquí?

-Quiero saber quién soy. Él sabe muchas cosas sobre mí.

-Si te quedas aquí, acabarás por olvidarte de ti mismo. Te convertirás en un paciente de Drake y te ocurrirá como a todos esos: acabarás haciéndole pajas a tu vecino.

-No tengo a nadie más que a él. Él sabe de mí más que yo. Sé que suena terrible pero es así. Yo ya no puedo ir a ningún sitio -dijo como si hubiera pronunciado sus últimas palabras.

-Me parece que no te das cuenta. Van a tragarnos, nos convertirán en objeto de sus estudios. Dentro de poco pasearás con una camisa de fuerza por el pueblo, follarás con Bezel delante de todos cuando haya *picnic* y creerás que éste es el mejor sitio del mundo…

-¡Eh! ¿Qué hacen ahí?

Nos giramos y vimos a un hombre de unos cuarenta años que se acercaba con paso rápido. Era fornido y moreno. Iba vestido con ropa de campo, con un pantalón de pana y una chaqueta de cuadros de lana.

-¿No están en el *picnic*? -preguntó en un inglés cargado de acento.

-No.

-Ustedes son nuevos, ¿verdad? Nunca les había visto por aquí.

-¿Nuevos?

-Huéspedes, visitantes -aclaró-. No recibimos muchas visitas.

-Ya me imagino. ¿Y usted? ¿Quién es?

-¿Yo? Nadie.

-Ya.

-¿Y usted? -preguntó a Max

-Yo tampoco soy nadie -dijo Max molesto.

-Sí, usted debe ser Max -dijo, sonriéndole con malicia.

Max se puso pálido.

-¿Cómo lo sabe?

-Me han hablado de usted.

-¿Quién?

-El señor Drake, desde luego. Nos dijo que vendría esta

semana. Claro que sólo lo sabemos unos cuantos. Yo pertenezco a la élite…

-¡Miente! -gritó Max.

-¿Por qué iba a hacerlo?

-Porque nadie sabía que yo iba a venir. Ni siquiera yo estaba seguro de que lo haría.

-Parece ser que el señor Drake sí lo sabía.

-Aunque no sea usted nadie tendrá un nombre ¿O tampoco? -pregunté.

-Sí. Soy Ávila. José Ávila, soy español.

-¿Y qué hace aquí, señor Ávila?

Sonrió con cierta malicia y respondió con confidencialidad:

-Trabajo aquí.

-¿En qué?

-Soy vigilante.

-¿Vigilante? ¿Qué clase de cargo es ése?

-Uno como otro cualquiera.

-¿Qué vigila? -pregunté.

-El pueblo.

-¿Qué hay que vigilar? -tanteé.

-Que todo vaya bien -dijo, levantando los hombros con simpleza.

-Oiga, ¿y sabe cuándo arreglarán el puente? -pregunté.

-¿Qué puente?

-¿Qué puente? -dijo Max irritado-. El puente que crucé hace tres días. Continúa roto y tal vez quiera marcharme pronto.

José Ávila se cruzó de brazos y nos miró con sonrisa cínica.

-No sé nada de ese puente, lo siento.

-Nadie sabe nada sobre el puente. Estoy empezando a pensar que no existe -dije.

-¿Usted cree? -preguntó Ávila-. ¿Y entonces, por dónde vino usted, señor?

Max me miró, José Ávila me miró y yo traté de recordar. Había llegado hacía siete días, llegué por la tarde y…

-¿Cómo viniste, Simón? No he visto tu coche en el hotel.

De pronto me di cuenta de que no recordaba cómo había llegado. Simplemente, no lo recordaba. Sabía a qué había venido, cuándo había llegado pero no la forma. Max me miró con un gesto de sorpresa y retrocedió dos pasos.

-¿Qué pasa? -pregunté.

-¿Quién eres? -interrogó Max.

-¿Cómo que quién soy? ¡Soy yo, Simón! -reí.

Ávila nos observaba con los brazos cruzados sobre su espléndido pecho y sonreía. Parecía estar divirtiéndose.

-Ahora mismo no recuerdo -dije agobiado-. ¡Dios, esto es ridículo! Debe ser Drake. Sabes que lo está haciendo contigo.

-Ya no sé nada -dijo apartándose de mí-. No sé quién eres. Te he dejado leer mis libretas y no sé quién eres -dijo, señalándome con el dedo.

-Max, escúchame. ¡Y usted deje de sonreír! -grité a Ávila.

El hombre me mostró sus palmas en señal de disculpa y se tapó la boca con una mano.

-Max, no puedes creer que soy uno de ellos. Tienes que darte cuenta de que, por alguna razón, están jugando con nosotros, con los dos.

-No lo sé.

-¿Dónde está Drake? -pregunté enfurecido a Ávila.

-No se excite, señor -dijo despacio.

-No me hable así. No sea estúpido. Tengo que ver a Drake.

-¿Por qué no regresan al bosque y se divierten un rato? -dijo Ávila.

-Porque en ese bosque todos están participando de una asquerosa orgía. Si es el vigilante, tal vez debería ir a poner orden.

-No puedo prohibirles que se diviertan. Toda esa gente está muy loca -dijo acercándose y modulando la voz como si temiera que le oyeran-. Tienen que descargar sus energías, si no podrían emplearlas de alguna otra forma. Aquí no llega nadie por casualidad, señor, debe considerar eso -me miró fijamente y asintió suavemente sin dejar de sonreír.

-Yo sé qué vine a hacer aquí, y Drake también lo sabe, por eso me quiere aquí, porque conozco sus sucios secretos y los de sus amigos. Sé demasiado sobre él. Pretenden hacer creer a Max que es otro y ahora quieren hacerme creer que estoy loco pero no se saldrán con la suya.

-Vamos, no se ponga nervioso -dijo Ávila, forzadamente.

-No estoy nervioso -dije pausadamente-. Es Drake quien debería estarlo. ¡Max, vamos!

Dudó pero mi seguridad debió de convencerle de que estaría mejor conmigo y al final se acercó y se colocó a mi lado.

-No pueden salir -dijo Ávila jugando con su tono de voz-. Es mejor que no se cansen. Este lugar está aislado, es imposible traspasar las montañas. Se acabarán acostumbrando, ya lo verán.

-¡Cállese! -grité.

-Ni siquiera voy a impedirles que vayan a fisgonear. Ande, vayan, se convencerán de que no hay salida. Ustedes están aquí por alguna razón que ahora no comprenden pero les aseguro que necesitan la ayuda del señor Drake, todo el mundo aquí la necesita.

-¡Ávila! -dijo otro hombre detrás de nosotros-. ¿Qué haces aquí? Deberías estar en la sala, te están buscando. Hoy te toca revisión.

Miramos a Ávila sorprendidos y éste sonrió con vergüenza. Un hombre de unos cincuenta años, corpulento y canoso, salía del bosque con paso cansado.

-Maldito seas, Ávila -dijo acercándose-. Llevo buscándote más de media hora. Sabes que hoy tenías revisión. Se van a enfadar contigo.

-Estaba vigilando -dijo, disculpándose.

-Puedes vigilar cuanto quieras pero las citas no debes saltártelas. Ya lo sabes.

-No se enfade, Howard. Mire. He encontrado a unos desertores. Querían escapar.

-No, no -dijo acercándose-. No se puede escapar, ya lo

saben. Regresen al campo.

-Exijo ver al señor Drake -dije.

-Me temo que eso no va a ser posible. El señor Drake les verá cuando les llegue su turno. Mientras tanto pueden disfrutar del paisaje, del campo, del *picnic*...

-¿Quién es usted? -pregunté.

-Howard Harris, soy uno de los enfermeros de Shimts.

-¡Dios mío! -suspiró Max retrocedió espantado. Comprendiendo que en realidad estábamos en un manicomio, que sus anotaciones no eran un delirio de su mente. Vaciló mareado y estuvo a punto de caer al tropezar con una piedra.

-No se asuste, señor Sinclair -dijo el enfermero dispuesto a socorrerle. Ávila también actuó como si fuera el enfermero y Howard le reprendió con la mirada-. No tiene de qué preocuparse. Aquí estará como en su casa.

-¡No! ¡No! -negó Max asustado-. Quiero marcharme de aquí. ¡No! -recapacitó-. Tengo que hablar con Drake. Esto no puede estar ocurriendo, nada de esto es real. ¿No es cierto?

-Tranquilícese -le pidió Howard-. Respire hondo. Todo está bien.

-¡No! Nada está bien. Yo también quiero ver a Drake. ¡Ahora! -dijo casi como una súplica.

-Ahora es imposible. El señor Drake no puede verle todavía. Es demasiado pronto.

-¿Pronto para qué? -pregunté, cogiéndole de la manga.

-No se excite, señor Bughin, tranquilícense los dos, por favor.

-¿Cómo sabe mi nombre? ¿Quién se lo ha dicho? -dije.

Ávila se llevó las manos a la boca para ocultar una carcajada.

-Ya se lo he dicho. Yo trabajo aquí. Sé quién es cada cual - se llevó la mano a la cintura y cogió un intercomunicador. Se apartó de nosotros y murmuró algo de forma seca y concisa.

Ávila se había sentado en la hierba e imitaba los movimientos de Howard mientras hablaba por el aparato. Cuando acabó hizo un gesto como si guardara algo invisible en su cintura y se volvió a mirarnos.

-Si desean regresar al hotel, pueden hacerlo -dijo Howard-. Pueden hacer lo que quieran.

-Menos marcharnos -añadí.

-Eso no lo puedo decidir yo. El señor Drake les informará de todo cuando les vea.

-El señor Drake no nos dejará salir nunca de aquí-dije.

-Entonces será que no tienen que salir.

Alguien habló al otro lado del intercomunicador y Howard se lo acercó a la oreja. Ávila hizo lo mismo con su mano vacía.

-De acuerdo -asintió-. ¡Ávila, acompáñame! Te están esperando. Ya me has hecho perder demasiado tiempo esta mañana.

El otro se levantó de la hierba y sacudió sus pantalones.

-Ya se lo he advertido -dijo Ávila imitando la voz de Howard y se echó a reír.

-¿Y qué se supone que debemos hacer? -pregunté a Howard-. ¿Volver al claro del bosque y reunimos con esa pandilla de locos?

-No -aclaró Ávila-. No son locos. No se les puede llamar locos. No diremos que le hemos oído pero no lo vuelva a repetir.

-¡Calla, Ávila! -dijo Howard. Hoy no hay más actividades -dijo, dirigiéndose a nosotros-. Lo siento. Todo está cerrado con motivo del *picnic*.

-Hoy sólo toca orgía -dijo Ávila riendo-. Sólo orgía. Están con ellos o están con nosotros. Orgía o revisión. Revisión u orgía -repitió nervioso.

-¡Ávila! -le reprendió Howard-. ¿Quieres mantener tu puesto de vigilante? Pues cállate. Y ustedes no tienen de qué preocuparse. Todo está bien, traten de divertirse. Vamos, Ávila -dijo, cogiéndole del brazo.

-¿Que tratemos de divertirnos? -repetí, impidiéndoles que se marcharan-. Mire, Howard. Ni yo ni el señor Sinclair deberíamos estar aquí. Los dos hemos llegado hasta aquí por razones diferentes pero no porque estemos locos. Ambos tenemos necesidad de hablar con Drake. Es muy importante para nosotros. Tiene que ayudarnos.

Howard nos miró con disgusto y negó con la cabeza dos veces.

-No se acuerdan de nada, ¿verdad?

-¿De qué tendríamos que acordarnos? -pregunté.

-Cuando llegue el momento se les dedicará atención exclusiva pero hasta entonces me temo que deberán hacer vida normal, como el resto de los huéspedes.

-¿Huéspedes?

-Están en el mejor sanatorio del mundo -dijo Howard-. Este lugar es lo que ustedes necesitan. Aquí sus acciones no tendrán consecuencias en el mundo exterior. Son más libres de lo que lo han sido nunca. ¿Es que no se dan cuenta?

Max y yo nos quedamos en silencio. Howard cogió a Ávila del brazo y se alejó por el bosque como si estuvieran dando un paseo dominical.

-No saldremos nunca de aquí -aseguró Max con voz átona.

-Nadie nos ha obligado a venir. Estamos aquí por una razón muy clara. Yo por mi hermana y tú por la carta -dije.

-¿Y qué?

-Pues que nuestras voluntades están por encima de los deseos de Drake.

-Simón, hasta hace seis días no me decidí a venir y, sin embargo, él sabía que lo haría. Ya has oído a Howard. Puede controlar mis decisiones. Sabe lo que haré antes que yo mismo.

-Estupideces. No lo permitiremos.

-¿Y qué piensas hacer?

-Por lo pronto -dije, cogiéndole del brazo-, seguir a Howard y Ávila. Tal vez nos lleven hasta él.

Seguimos la dirección que habían tomado y caminamos entre los árboles hasta descubrir un fino sendero que se perdía en el bosque. Al principio, el camino era tan sólo una estrecha hilera de hierbas y hojas pisoteadas pero más tarde se convirtió en un sendero marcado, mucho más ancho, en el que se notaba un cuidado periódico que lo libraba de ramas de árboles y arbustos.

Lo seguimos en silencio, sumidos en unos pensamientos que no nos atrevíamos a revelar por miedo a descubrir que alguien los había pensado antes. Hasta ahora, había creído que era sólo Max quien debía cuidarse de la manipulación de Drake, que yo estaba libre de su influjo. Pero después de lo que nos había dicho Howard me había convencido de que yo también debía estar alerta y preparado para cualquier sorpresa. No era una locura pensar que ya me tenía preparado un lugar en su manicomio, que mis investigaciones le habían molestado hasta tal punto que estaba decidido a recluirme de por vida en este agujero. Me había dejado actuar durante ocho años, permitiendo que sacara mis propias conclusiones, que me acercara a él. Podía haber acabado conmigo de cualquier otra forma pero tenía la impresión de que ésta era la que más satisfacción le daba. Por supuesto, ahora no podría jurarle que olvidaría todo cuanto sabía si me dejaba salir, que olvidaría más de ocho años de investigaciones si me permitía abandonar este lugar. Era demasiado tarde para dar marcha atrás. Tan sólo podía confiar en que hubiera alguna salida, que alguna persona se apiadara y me permitiera escapar. Esa persona no existía, lo sabía muy bien, pero estaba dispuesto a emplear la fuerza si llegaba el momento. Miré hacia atrás y vi a Max que andaba rápido, con las manos metidas en los bolsillos de su chaqueta y un gesto de resignación suprema en su rostro. Supe que no se marcharía sin las respuestas que había venido a buscar. Ahora, además, existían muchas preguntas que antes no se había planteado. Cada vez tenía menos razones para marcharse y más para permanecer aquí. Drake se había introducido en su interior, actuando como una droga de la que cada vez tenía más necesidad. Estaba anulando su voluntad sin que apenas se diera cuenta. Estaba convencido de que Drake respondería sus dudas y borraría de él todo el dolor y la inseguridad. Me di cuenta de que no le veía ya como un enemigo sino como su salvación, como alguien que podía recomponer su vida. Tal y como le veían todos aquí, como el gran salvador, el que sabe escuchar, el que los valora... Max había olvidado que su actual situación, esas dudas y miedos, eran consecuencia de la actuación de Drake en su vida. Sólo yo parecía darme cuenta de todo.

El camino se diluyó en un rellano. Frente a nosotros, un muro de arbustos se extendía a izquierda y derecha impidiéndonos ver lo que escondía detrás. En el centro, a modo de entrada, la hilera de árboles dejaba una abertura por la que continuaba el sendero. Los arbustos se perdían en una curva cerrada. Le hice a Max una seña para que no hiciera ruido y avanzamos despacio. Al otro lado de los arbustos escuchamos el murmullo del agua y alguna voz lejana, quizás la de Howard. Nos pegamos a un lado y asomamos la cabeza. Max soltó una exclamación corta y yo apenas pude reaccionar al observar lo que teníamos delante.

XIII

La tierra que habitamos es un error, una
incompetente parodia. Los espejos y la paternidad
son abominables porque la multiplican y afirman.

JORGE LUIS BORGES,
El tintorero enmascarado Hákim de Merv

Avanzamos unos pasos y salimos de entre los arbustos hasta
quedar en el umbral de una inmensa explanada, recorrida por
caminos de piedra y praderas de césped que se perdían en
todas direcciones. Junto a la entrada había una fuente de tres
niveles con un ángel que se sostenía en un sólo pie y
derramaba agua desde un cuerno de la abundancia. Al final de
uno de los caminos, a nuestra izquierda, se levantaba un
edificio de cuatro pisos con estructura cúbica, que reflejaba en
su superficie de espejo el bosque que lo rodeaba. Era un
enorme cubo de cristal. Un gigantesco espejo de cuatro caras
que se camuflaba con el paisaje y se mimetizaba con él.
Pretendía formar parte de la naturaleza. Pero sólo era una
trampa porque el edificio seguía conservando su fría dureza,
su perfecta y estudiada simetría.

En su superficie se duplicaban los árboles, el verdor del
césped y la fuente como si todo fuera una ilusión óptica. Sentí
un escalofrío al ver aquello. Fue algo tan sutil que apenas
logré ubicarlo en mi interior. El edificio y lo que representaba
se servía de la naturaleza, siempre hermosa y sana, para
esconder unos perfiles terriblemente afilados, de los que, sin
embargo, era completamente consciente y de los que estaba
orgulloso. Tan sólo se escuchaba el sonido del agua cayendo y

los pájaros cantando indiferentes en los árboles. Detrás de ese primer edificio, se perdían otros tantos de menor tamaño que nos devolvían diminuto nuestro propio reflejo. Eran cubos de distintos tamaños. Todos reflejaban de forma invariable un paisaje hermoso, que a fuerza de repetirse en su superficie perdía belleza y se hacía mecánico y estudiado. Múltiples senderos rodeados de césped, árboles y arbustos se alejaban hasta confundirse entre sus dobles. Alejando la vista, uno no distinguía lo que era reflejo y lo que era naturaleza. Decenas de reflejos de árboles que no existían y curvas que no llegaban a ningún sitio.

A la derecha, detrás de los árboles, se vislumbraba una explanada limpia de vegetación. Nos acercamos despacio. Atravesamos la maleza y salimos a un claro de proporciones siniestras con una plataforma de cemento en el centro. Al fondo, había dos helicópteros pequeños y al lado un hangar metálico cuyo interior permanecía a oscuras.

-¿Qué es esto? -susurró Max asombrado.

-Ahí tienes la única forma de salir.

-Yo no quiero salir.

Max se volvió y yo le seguí en silencio. Tomamos el camino que llevaba al edificio más cercano, el más grande. Avanzamos con la sensación de estar penetrando en un mundo inexistente, en un lugar donde era más fácil que en ningún sitio confundir lo real con lo que sólo era un reflejo. Max se paró a medio camino. Tenía los ojos dilatados. Nuestro reflejo sobre el edificio era aterrador. Éramos dos figuras minúsculas, insignificantes. Sobre aquella superficie nuestro reflejo parecía tener vida propia. Yo no quise mirar.

-Max, vamos -dije, cogiéndole del brazo.

Continuamos andando sin saber si desde dentro alguien estaría vigilándonos. Alcanzamos la puerta y fue entonces cuando tuve que hacer un esfuerzo para no salir corriendo. Allí estábamos Max y yo. Tuve la sensación de que traspasar aquel espejo suponía penetrar en lo más profundo de nosotros mismos.

-Tenemos que entrar -dije, hablándole al reflejo de Max. Éste asintió. Vi que en sus ojos chispeaba un miedo atroz. No tuve valor para hablar sobre ello pero supuse que, al igual que yo, había visto algo en su reflejo, o tal vez en el mío, que le había hecho temblar. Empujé la puerta y cedió sin resistencia.

El interior era tan aséptico como el exterior. Las paredes, blancas y frías, se elevaban en un recibidor desierto. Nos giramos. A través de los cristales, el exterior quedaba matizado por una niebla verdosa. No se oían los pájaros, ni el roce de las ramas. La naturaleza quedaba expuesta como en un cuadro, como si lo falso fuera ahora esa imagen muda y perpetua que ofrecía el jardín, con sus verdes apósitos y sus movimientos repetitivos. Cogí a Max del brazo y empujamos una segunda puerta que conducía a un recibidor.

Entramos en una galería de paredes blancas, casi muertas. Alrededor había puertas, docenas de puertas metálicas. Todas cerradas. Junto a nosotros, a la derecha, una escalera descendía cuatro pisos bajo tierra. Nos asomamos y en el fondo vimos gente que iba y venía con tranquilidad, con papeles o carpetas en las manos. A la izquierda, la escalera subía otros cuatro pisos. La fisonomía no cambiaba: puertas metálicas y paredes lisas, sin relieve. El techo era una superficie acristalada con forma piramidal de cuatro caras que inundaba de luz el interior. Del piso inferior, llegaban voces que subían rebotando sobre las áridas paredes. Traté de abrir una puerta a mi derecha. Estaba cerrada con llave.

-Abajo -dije.

Descendí los cuatro pisos seguido por Max. Al llegar al fondo, la luz natural se debilitaba y era suplida por fluorescentes. El suelo, de mármol blanco, brillaba con destellos de hielo. Anchos corredores se perdían en todas direcciones. Miramos hacia arriba y vimos ocho pisos de galerías con barandillas metálicas, rodeadas por un incontable número de puertas idénticas. Arriba, el cielo se había despejado y el sol iluminaba oblicuamente un lado de la galería. Un hombre con una tablilla en las manos se nos acercó por detrás. Vestía una bata blanca, inmaculada. Sus zapatos negros contrastaban con la blancura del suelo. Llevaba gafas de montura fina y su aspecto era agradable, muy cuidado.

-¿Se han perdido? -dijo amablemente.

-Sí -respondió Max nervioso.

-¿Están en revisión?

-No.

-¿No tienen ficha?

-No -respondí.

-Acaban de llegar -afirmó como si hubiera comprendido.

Asentimos.

-No se preocupen. No pasa nada. En realidad, no deberían estar aquí. Todavía no. Pero no tienen de qué preocuparse.

-Queremos ver al señor Drake -aproveché a decir.

-Lo supongo. Todo el mundo quiere verle. Pero él sólo tiene un cuerpo y el mismo número de horas al día que todos nosotros.

-Soy Max -dijo como si fuera una ventaja.

-Sé quiénes son -anunció correcto-. Pero aun así, no deberían estar aquí.

Ambos sentimos cierta decepción. Todo el mundo parecía saber quiénes éramos y qué hacíamos, como si nuestras acciones no tomaran a nadie por sorpresa.

-Vimos a Howard -se disculpó Max-, y le seguimos.

-¿Ya saben por qué están aquí? -preguntó con naturalidad.

Max y yo guardamos silencio. Yo estuve a punto de decir que sí, que lo sabía, que había venido a acusar a Drake de un asesinato pero no me pareció el momento.

-Entiendo -articuló el hombre-. No pueden estar aquí.

-¿Por qué? -pregunté.

-Ustedes deberían estar en el *picnic,* si no me equivoco.

-Pero es que nosotros no tenemos nada que ver con esa gente. Sólo necesitamos hablar con Drake. Eso es todo.

-El señor Drake tiene el mismo interés en hablar con ustedes pero deben comprender que cada cosa debe hacerse a su tiempo.

-¿Y a qué espera? ¿A que nos volvamos locos de verdad? -pregunté elevando la voz.

El hombre sonrió con elegancia e hizo un gesto para que le acompañáramos. Le seguimos en silencio mientras cruzábamos un ancho pasillo. A través de algunas puertas que estaban abiertas pudimos ver amplias salas de reuniones con mesas pulidas y larguísimas, rodeadas de sillas con respaldos simétricos. Lo que parecían aulas de universidad, con un aire sofisticado y aséptico, y relucientes y aseadas habitaciones con sofás semicirculares de piel negra.

-Ya estamos -dijo el hombre.

Pulsó un botón y la puerta de un ascensor se abrió. Entró y colocó una pequeña ficha negra delante de un panel. Pulsó otro botón y salió del ascensor. Se colocó ante la puerta y nos invitó a entrar.

-Es mejor que suban. Créanme. Por mucho que se esfuercen, las cosas no irán más aprisa de lo que deben ir. Deben tener paciencia. Sé que tienen cientos de preguntas. Que no se sienten seguros pero si tienen calma, verán recompensado su esfuerzo. Suban.

Entramos en el ascensor. El hombre se apartó de la puerta y ésta se cerró sin hacer ruido. Escuchamos un suave «tilt» y comenzamos a subir. No dijimos nada. Era como si la amabilidad del hombre, sus sinceras palabras, nos hubieran anulado, o tal vez era sólo miedo. Sonó otro «tilt» y la puerta se abrió. Estábamos de nuevo en la superficie. Nos rodeaba una cristalera ahumada. Al otro lado estaban la fuente y el camino de setos por el que habíamos llegado. La puerta quedó abierta pero ninguno de los dos nos decidíamos a salir.

-¿Qué hacemos? -preguntó Max por fin.

-¿Sabes pilotar un helicóptero?

-No.

-Pues hay que volver a entrar -dije casi sin pensar mis palabras.

-¿Y por qué hemos dejado que nos echara?

-No lo sé.

Apretamos el botón de bajada pero el ascensor no se movió. Salimos y volvimos a encontrarnos en el jardín. Dimos la vuelta y entramos en el camino que habíamos recorrido hacía unos minutos. Nuestras imágenes volvieron a temblar frente al reflejo según nos acercábamos a la entrada y entonces tuve la impresión de que aquel nuevo intento por atravesar la puerta, por tratar de encontrar respuestas, era un error y que habíamos tenido suerte al salir intactos de allí. Sentí que estábamos desafiando nuestra suerte. Que había sido un regalo del destino, uno de esos regalos invisibles que se nos hacen sin aparente motivo, como cuando perdemos un avión que va a estrellarse o pasamos segundos antes o después bajo una cornisa que se desploma. Cuando eso ocurre no somos conscientes porque todo sucede de acuerdo con esa suerte que ignoramos. Ahora regresábamos dispuestos a tomar casi por la fuerza el destino, ese que nuestro interior creía merecer, o quizás algún otro que ni siquiera nos atrevíamos a sospechar.

XIV

Esto es, a esta persona se le ha llegado a atribuir una
conducta y una experiencia que no son simplemente
humanas, sino que son el resultado de algún proceso
o de algunos procesos patológicos, mentales o bien
físicos, de naturaleza y origen desconocidos.

RONALD D. LAING, AARON ESTERSON,
Cordura, Locura y Familia

Nuestro reflejo nos causó menor impresión esta vez, como si
la repetición de la repetición debilitara el sentimiento de
peligro y aumentara al mismo tiempo el de irrealidad. Creo
que los dos pensábamos que nada era peor que quedar
atrapados allí y que lo más importante era salir, liberarse de la
presión que aquel lugar ejercía sobre nosotros y también de la
incertidumbre. No pudimos sospechar que a veces las dudas
son las que nos hacen seguir adelante, que una verdad
definitiva paraliza, petrifica o disuelve nuestra conciencia.
Muchas veces esa verdad que con tanto empeño buscamos no
es necesaria, ni siquiera conveniente. Creímos también que
nuestro tesón tendría un premio, que alguien se molestaría en
ayudarnos al darse cuenta de que aquello era importante para
nosotros. Pero como siempre, resultó que la importancia era
relativa, y nuestras preocupaciones diferían mucho de lo que
allí se consideraba como relevante y, por supuesto, como
ayuda. De cualquier modo, creo que ninguno de los dos
éramos tipos con suerte y ambos lo sabíamos. Ni siquiera
nosotros esperábamos tener éxito, salirnos con la nuestra y
regresar triunfantes con la verdad ondeando a nuestro lado.

Aun así, avanzamos con seguridad porque sabíamos que, antes o después, acabarían por darnos una respuesta.

A Max ya no le importaba estar allí, lo que necesitaba era que alguien le indicara por dónde debía proseguir. Con su madre muerta, él era un niño perdido, sin capacidad de discernir qué era lo conveniente, lo correcto. Su madre se había llevado su conciencia, su voz. Tuve la sensación de que no era más que un zombi, un ser con movimientos y vida aparente que por dentro había perdido la identidad que le definía. Aunque Drake seguía sin aparecer, cada vez estaba más presente en nuestras vidas. Se había convertido en el motor que nos impulsaba a seguir adelante, en motivo de nuestro presente y misterio de nuestro pasado.

Cruzamos la puerta y entramos en el recibidor. El sol había quedado oculto tras unos nubarrones oscuros que presagiaban una nueva tormenta. Descendimos en silencio hasta el último piso y allí aguardamos unos minutos sin saber dónde dirigirnos. Los pasillos se alejaban en direcciones opuestas, como si los diferentes destinos que nos aguardaban estuvieran al fondo de aquellos mudos corredores. Ninguno lograba convencernos de cuál sería el correcto. Era imposible saberlo. Lo único que podíamos hacer era escoger uno y esperar. Cogí a Max del brazo y nos internamos por un pasillo atestado de puertas con letreros. No nos cruzamos con nadie hasta llegar a la esquina de un pequeño recibidor circular. Detrás de nosotros un hombre ensimismado con una probeta llena de algo rosado y amorfo salió de una habitación. Nos dio la espalda sin vernos y con paso equilibrado se perdió en un pasillo que torcía con obstinación. Continuamos hasta llegar al final, donde se bifurcaban otros dos pasillos más estrechos y también mucho más cortos. A nuestra izquierda, una hilera de puertas de cristal permitían ver el interior de las habitaciones. Nos agazapamos junto a la primera que tenía la puerta entornada. Un hombre de aspecto pulcro y rostro afable tomaba notas mientras otro tumbado en un diván hablaba moviendo las manos y los ojos como si estuviera apartando moscas. Entre ambos se levantaba una mampara de cristal pero la voz del hombre del diván sonaba como si estuviera amplificada y tenía un ligero matiz metálico. Max y yo permanecimos en cuclillas tratando de entender algo de esa conversación. Sólo pudimos captar frases sueltas, aparentemente sin sentido:

-... Cuando me fui apagando comprendí que la costra que tenía a mí alrededor se endurecería hasta aislarme completamente... Mi padre me golpeó pero no me hizo daño porque la coraza era demasiado dura... No sé si lo recuerda pero fue «el otro» quien tuvo que matarla... apenas logré recoger algo de esperma pero sí lo suficiente para enterrarlo bajo tierra... No, no creo que mi mujer lo supiera. A June la enterró en el jardín, justo encima de mi esperma... Será un hijo maravilloso...

Max se estremeció. Estaba pálido. Me di cuenta de que le faltaba el aire. Le llevé a un sofá en el pasillo anterior. Respiró hondo y se restregó la cara con fuerza, como queriendo espantar un mal pensamiento.

-Tengo miedo -dijo sin mirarme.

-¿De qué?

-De convertirme en uno de ellos.

-No te preocupes por eso. La gente no se vuelve loca así como así. Hay todo un proceso, un montón de causas y motivos hasta que un individuo se convierte en esquizoide y tiene que ocurrir algo verdaderamente importante o reiterado para llegar a una psicosis -dije sentándome junto a él-. Ese tipo está verdaderamente loco, es un caso perdido. Es él quien mató a esa mujer pero no lo sabe. Ha creado otro yo, un falso yo para convencerse de que nada tiene que ver con él. La escisión no es tan sencilla como...

-¿La qué? -me interrumpió Max.

-...La escisión -contesté inseguro.

-¿Por qué sabes tanto sobre ese tipo si apenas hemos podido oír nada?

No contesté.

-¿Qué es eso de la escisión? ¿Por qué sabes lo que le ocurre?

-Puede que lo haya leído en algún sitio. Pero estaba muy claro, son los síntomas de un sistema de falso yo creados por una mente dividida. ¡Dios! ¿Pero qué digo? -dije levantándome bruscamente.

-¿Qué te pasa?

-No lo sé -dije angustiado-. Creo que me voy a echar un rato, me ha venido un terrible dolor de cabeza.

-Pero ¿no hemos venido a hablar con Drake?

-Sí, tienes razón -aseguré confuso.

-¿Están esperando a alguien? -dijo una mujer detrás de nosotros.

Los dos nos volvimos sorprendidos.

-Sí -afirmé-. A Drake.

-El señor Drake no está... -se acercó-. ¡Ah, son ustedes! ¿Les han llamado ya? Pensé que aún no...

-¿Qué?

-¿Qué hacen aquí?

-Ya se lo hemos dicho, queremos ver a Drake.

-Pero si Drake no está aquí -dijo dudando.

-Miente -aseguré-. Está aquí, nos está esperando.

-Puede que a usted sí pero Max aún no debe hablar con él.

-¡Sí, yo tengo que...! -dijo Max, levantándose.

Le sujeté del brazo y le hice una seña.

-Está bien. Lléveme ante Drake. Max, es mejor que te marches -dije guiñándole un ojo.

Max no entendió qué me proponía porque ni siquiera yo sospechaba cuáles eran mis planes pero sentí que ésa era mi oportunidad para verle, por fin había encontrado a alguien que podía llevarme hasta él.

-¿Pueden seguirme? -dijo la mujer.

Recorrimos los pasillos hasta llegar de nuevo al ascensor.

-Venga, Max, sube -le dije con firmeza.

-Pero... -protestó débilmente.

-¡Max! -le grité-. Sube al jodido ascensor y vete a dar una

vuelta por el pueblo.

Me miró sorprendido y añadió:

-Dijiste que me ayudarías, que iríamos juntos a hablar con Drake.

Le cogí del cuello y le empujé con fuerza dentro del ascensor.

-Usted. Pulse el botón -ordené a la mujer. Ésta obedeció.

-¡Simón! -dijo Max implorante.

-Vete a la mierda, Max.

La puerta se cerró y en el último momento pude ver sus ojos mirándome perplejos. Sin pararme a pensar comencé a andar con decisión. La mujer me seguía en silencio. Oía sus tacones detrás de mí. Atravesé dos amplios distribuidores, giré a la izquierda, luego a la derecha y entré en una pequeña sala de paredes azules. Detrás de una mesa había sentada una secretaria, que se sobresaltó al verme.

-¡Señor! -articuló la muchacha.

La mujer le hizo un gesto para que me dejara entrar. Abrí la puerta y me encontré en el despacho de Drake.

-Tú solito -dijo desde su mesa-. ¡Felicidades, Gerald!

Me quedé parado, como si aquel nombre me resultara conocido, como si la cara bronceada y satisfecha de Drake me recordara algo terriblemente lejano. Me di cuenta de que había recorrido el camino yo solo, a eso se refería. ¿Cómo era posible si jamás había estado allí? Drake me miraba desde su sillón burdeos con una sonrisa malévola en el rostro. Sus ojos indescriptiblemente azules estaban fijos en mí. Me pareció más odioso que nunca y por un momento olvidé la razón que me había llevado hasta allí y una sensación confusa se desató en mi pecho.

Dos hombres vestidos con trajes blancos entraron en el despacho y se colocaron junto a él, uno a cada lado. A Drake le encantaba dar teatralidad a sus movimientos, hacer sentir a quien le observaba que lo tenía todo bajo control, que nada se le escapaba.

Miré alrededor con ansiedad. En la pared, detrás de él,

había colgado un cuadro de vivos colores. De un cielo amarillo pendía un sonriente sol azul; un dragón verde con dientes de cepillo volaba sobre un lago de aguas blancas. Sobre una isla con forma de mano que mostraba sólo cuatro dedos largos y macilentos, un hombre con aura alrededor de su cabeza sostenía una antorcha de color rojo. Más allá, otro hombre santo había pescado un pez naranja que no parecía tener interés en sacar del agua. A la derecha, un hombre de rasgos orientales remaba en una pequeña embarcación. En un extremo del cuadro, un rostro que reconocí en seguida miraba la escena con satisfacción.

-Te mataré -dije muy bajo.

Avancé a grandes zancadas hacia la mesa de Drake y sus hombres se me echaron encima. Ordené que me soltaran pero por supuesto no lo hicieron.

-Gerald, no puedes continuar odiándome -dijo con voz suave, relajada-. Ríndete de una vez. No podrás conmigo. Ahora yo soy quien manda.

-Te mataré -susurré aquello como si fuera la única razón de vivir que tenía.

El odio surgió desde el centro del pecho con una fuerza que me asustó. No entendía por qué me llamaba Gerald pero tampoco me preocupaba. Sólo sabía que tenía que acabar con aquel hombre, que debía matarle con mis propias manos.

-¿No creerías que iba a ser tan fácil? -sonrió-. Soy tu médico. ¿Recuerdas? Sé absolutamente todo sobre ti.

-No lograrás convencerme de que estoy loco. Sé quién soy. No me confundirás. He venido a hacerte pagar el asesinato de mi hermana y no me iré sin conseguirlo.

-¡Vamos, Gerald! Sabes perfectamente que tu hermana está tan viva como tú y yo. ¿Hasta cuándo vas a seguir fingiendo?

-Sabía que esto iba a ocurrir. Ya lo tenía previsto. Sabía que tratarías de convencer a todos de que estoy loco pero la realidad es que tú eres el loco. Él -dije mirando a los enfermeros-, él es quien debe estar en un manicomio. Es un asesino. Ha torturado niños y mujeres y les ha utilizado para sus rituales.

-Gerald, ése eres tú -dijo tranquilo desde su sofá-. Tú eres quien ha hecho todo eso. ¿No recuerdas nuestra última conversación? Te dije que jamás podrías librarte del castigo que merecías porque aunque estás enfermo, tienes demasiada conciencia y eso, tú mejor que nadie deberías saberlo, es un gran problema.

-Nunca hemos hablado.

-Claro que sí. La última vez fue en Boston. Salimos a navegar en tu velero. Te habían dejado salir bajo vigilancia y tú la fastidiaste asesinando a esos dos turistas.

-Nada de eso es cierto. Yo no tengo ningún velero. Soy pobre -afirmé.

-¿Eso te gustaría, verdad? Ser pobre y terriblemente honrado. Tener la conciencia tan limpia como esos bebés que te gustaba torturar. Sabes que no estás bien. Tú lo sabes tan bien como yo porque también eres doctor. Eres uno de los mejores psiquiatras que existen.

-No lograrás hacerme dudar. ¿Qué es lo que quieres? ¿Crees que te saldrás con la tuya como siempre? ¿Que no contaré todo lo que sé?

-¿Y qué sabes?

-Que durante años has estado comprando niños para tus estúpidos rituales de magia negra. Que has utilizado a mujeres vírgenes para engendrar hijos y convertirlos en dementes que pudieran responder a tus extravagantes preguntas. Seguro que ahí fuera hay mucha gente que no está loca y, sin embargo, los tienes encerrados simplemente para estudiarlos, para observar cómo va degenerando su mente, como a Max y a mí.

Drake se echó hacia delante y lanzó una carcajada forzada, como si con su actitud pausada tratara de dar a entender que todo aquello eran delirios de un demente.

-Pobre Gerald -musitó, fingiendo compasión-. Te empeñas en creer tus propias mentiras. ¿Por qué no tratas de recordar lo que aprendiste en la universidad sobre la esquizofrenia? ¿Ya no te acuerdas cuando estudiábamos juntos? Cuando éramos jóvenes, tú ya estabas enfermo, Gerald. Y, sin embargo, siempre fuiste mi mejor amigo. Yo te admiraba ¿sabes? Admiraba tu locura, tu fuerza. Cuando querías conseguir algo nada podía detenerte. Sólo yo te conozco, Gerald, por eso quieres matarme. Igual que querías matar a tu hermana cuando descubrió cómo eras.

-¡Tú la mataste! -grité con voz ronca.

Sabía que toda esa historia la tenía preparada desde hacía tiempo, que estaba disfrutando de tenerme por fin ante él, incapaz de defenderme. Estaba haciendo ante mí un alarde de su poder, de lo que podría hacer de mí si se lo proponía. Si él quería, podía encerrarme de por vida. Con una palabra suya yo no volvería a salir de allí. Pensé que lo mejor era tranquilizarme y no dejar que mis nervios ayudaran a convencer a todos de mi estado.

-Está bien -dije calmado-. Debí suponer que no sería tan fácil.

-¿El qué?

-Demostrar que mataste a mi hermana.

-¿Y cómo pensabas demostrarlo?

-Tenía un plan -dudé-. Cuando despedí a Max en el ascensor hace un rato pensé que tenía uno pero…

-¿Max?

-Sabes perfectamente quién es. Da pena ver a ese muchacho.

-Es curioso que digas eso -dijo entrecerrando sus ojos azules-. Estaba seguro de que acabarías por sucumbir ante su encanto, su inocencia. Sabía que dejaros juntos unos días era la mejor idea. ¿Ya no te acuerdas de su madre? ¿Ya no recuerdas que estuviste enamorado de ella? Los dos lo estuvimos. Era tan hermosa, tan dulce…

-No sé de qué estás hablando.

-Sí que lo sabes. Dime una cosa: ¿Te gusta el cuadro? -dijo señalando sobre su cabeza-. Te he visto mirarlo con interés.

-No. Es espantoso.

-Lo compraste tú. Hace más de treinta años. Es de

Crowley, *La isla de los magos*. Recuerdo que cuando lo vimos la primera vez ambos quedamos fascinados. Tú más que yo. Gastamos mucho dinero en él. Dijiste que algún día tú también tendrías una isla de magos, un reducto donde todos fueran santos, visionarios o… locos. Siempre admiré tus ideas, tu locura. No puedes imaginar cuántas veces detesté permanecer cuerdo, mientras tú te divertías con aquellas extravagantes fiestas, viéndote disfrutar con tus dislocados planes, con esos delirios de grandeza que te azotaban de cuando en cuando. Gracias a ellos, a ti, hoy soy quien soy. Perdónate, Aldo, no necesitas arrepentirte de nada. Estás en tu isla soñada y si quieres, puedes compartirla conmigo, soy tu amigo.

-No me llames amigo.

Estaba mirando el cuadro mientras Drake hablaba. Era un paisaje de pesadilla, un absurdo conjunto de rostros, de colores imposibles, algo así como un mal sueño producido por una pésima digestión. Sin embargo, algo en aquel paisaje me era familiar. Puede que lo hubiera visto en alguna ilustración, en algún libro de los que había leído sobre Crowley.

-Ese cuadro no me dice nada. Lo habré visto en algún libro -afirmé.

-No. Lo tenías colocado en tu casa de Boston, junto a la chimenea. ¿No lo recuerdas? Luego, cuando tuviste que ingresar en el hospital, yo me lo llevé de allí. Supuse que te gustaría verlo. Crowley puede estar vivo, Gerald, tú lo sabes tan bien como yo. Tú y yo nos encargamos de que así fuera.

-¿Le están oyendo? -dije complacido a los dos hombres y la mujer que estaban con nosotros-. Ahí tienen la prueba. Él cree que ese chico es Crowley, le está volviendo loco igual que a mí. Ustedes saben que eso es imposible. Háganme caso, por favor. Este hombre es un asesino, está chiflado. Yo puedo asegurarlo, le conozco desde hace tiem…

Guardé silencio. A mi cabeza llegó una imagen borrosa. Drake y yo estábamos en Nueva York, entrando en un edificio de cristal, un rascacielos en la Quinta Avenida. Ambos vestíamos traje negro y ambos sonreíamos. Pero no, no podía ser. Sabía que todo era un espejismo, un juego de falsos reflejos que él proyectaba en mi mente. Nada era real. Se trataba de pura manipulación, mis pensamientos no eran mis pensamientos. Las imágenes que se representaban en mi cerebro eran falsos recuerdos. Yo jamás había vivido nada de eso. De alguna forma había logrado entrar en mi mente, quizás mediante drogas. Tal vez Bezel había estado poniendo algo en las comidas sin darme cuenta, algo para hacerme vulnerable, para anularme como ahora estaba ocurriendo.

-No es tan fácil hacer creer a uno que está loco -dije convencido.

-¿Pero qué has inventado ahora? ¿Crees que tengo poder para hacer ese tipo de cosas? ¡Cómo te gustan esos trucos! No te voy a negar que me gustaría poder hacerlo, me ahorraría mucho tiempo y dinero pero siento decepcionarte. Pensé que enfrentándote con la verdad reaccionarías. ¡Es una pena! Antes o después tendrás que dejar de fingir y el *shock* te hará estallar. La violencia te convertirá en lo que de verdad eres. Lo siento por el que esté cerca de ti -dijo riendo con satisfacción-. ¿Cuánto tiempo ibas a decir que hace que nos conocemos? -preguntó-. No te he traído aquí para que discutamos. Yo te libré de la cárcel, Gerald. Si no fuera por mí, estarías encerrado de por vida. Soy tu amigo, te acepto como eres. Aquí todos te aceptan, incluso puedes volver a ejercer si quieres. Nadie se enterará. Todos estamos de tu parte, entiéndelo. Una isla de los magos, Gerald, para nosotros dos; un lugar donde vivir sin leyes, un lugar donde poder encontrar la verdad y Max con nosotros, Gerald. Él es nuestra creación. Creí que recordarías al verle, al leer sus notas, pero ahora me doy cuenta de que estás peor de lo que pensaba. Aun así, sé que volverás a recordar, sé que acabarás por aceptarte. Eres así y no pasa nada. Pero hasta que no aceptes tu pasado no volverás a ser tú mismo. Yo te quiero, Gerald -dijo rodeando la mesa. En su rostro había una expresión sincera, casi afligida-. Sabes que jamás dejaré que te ocurra nada. Ya no debes preocuparte, estás a salvo. Créeme.

-¿A salvo? Nunca estaré a salvo, tú mataste a mi hermana. Nadie puede cambiar eso.

-Tu hermana está viva, Gerald. Por mucho que lo desees no está muerta. Tú la mataste en tu mente cuando descubrió quién eras, cómo eras. Esa historia melodramática que inventaste sobre las sectas, sobre sus pecados, su arrepentimiento y el supuesto suicidio es falsa. Ella nunca tuvo nada que ver con eso. Es tu historia y fue ella quien descubrió todo lo que habías hecho, por eso trataste de matarla, porque no podías soportar que ella te conociera. Y a mí me quieres matar porque soy el único que te conoce. Todo es una farsa, Gerald. Estás encerrado en tus fantasías, preso de tus delirios. Pero todo eso pasará cuando te perdones, cuando te aceptes. Todo lo inventaste hace más de veintiún años para convencerte de que eras un buen hombre. Tú no eres pobre, no vives en un cuartucho en París. Eres rico, Gerald, inmensamente rico. Todo esto ha sido construido gracias a tu dinero y al mío. Es nuestro. Y si te unes a mí, podremos mantenerlo.

La historia que le contaste a Max sobre ti es una invención. Te has dividido hasta el punto de que ya no distingues la verdad de la mentira. Vives de un puzzle hecho de retazos de otras vidas, unas reales y otras falsas, que te hubiera gustado vivir. Os he estado observando desde que llegasteis. La historia del hombre al que seguiste hasta encontrarme, ese que decías que trabajaba conmigo y que luego murió desangrado cuando se amputó el pene. ¿Lo recuerdas? Pues es una combinación de recuerdos. Aquel hombre era un don nadie, un secretario que trabajaba en un bufete de abogados de París. Nadie le expulsó de ninguna secta, fue a ti a quien expulsaron y fuiste tú quien le cortó el pene, quien le asesinó. Después tomaste su nombre: Simón Bughin, así se llamaba. No podías soportar tus propios crímenes. Lo que crees tu vida es sólo un montaje que has creado en tu cabeza para protegerte de ti mismo. Tú eras quien bebía sangre, quien asesinó al hijo de Sophie. Eres tú quien engendró a Max. Tú eres su padre, Aldo.

-¿Cómo sabes lo que hablé con Max?

-Tengo cámaras por todo el pueblo, Gerald. Aunque esté camuflado es un hospital, ya lo sabes. Os llevo observando desde que llegasteis. ¿Por qué crees que no recuerdas cómo viniste? Porque yo te traje sedado desde Nueva York. Porque sabía que Max iba a venir y deseaba que estuvieras para recibirlo. Ya vez, preparé todo para que os conocierais como es debido, para que descubrieras poco a poco quién era. Él es nuestra creación. Nuestro muchacho. ¿No lo recuerdas? ¿Por qué tratas de hacer como si no me hubieras escuchado? ¿Has oído lo que he dicho sobre Max? Tú eres su padre.

-No, no es posible -dije mareado.

Por un instante, mi mente cortó el hilo conductor que nos traduce el mundo exterior y no pude distinguir qué era cierto y qué no. Algo en mí se estaba desintegrando, algo que me hacía verdadero daño. De nuevo volvía a dolerme la cabeza y era imposible escapar de allí, de sus palabras, quería maldecirle a gritos pero apenas tenía fuerzas. Supe que acabaría siendo lo que él quisiera, que podría convertirme en lo que deseara, en un asesino, en un loco. No tenía fuerza para luchar, para revelarme.

-Si no me crees, puedo hacer que tu hermana venga a verte mañana mismo -dijo Drake.

-¡No! -grité-. No lo harás. Ella está muerta.

-¿Entonces recuerdas?

-Nada. No hay nada que recordar. La existencia de un lugar como éste me ayuda a saber que no estoy loco. Hay cosas que nunca suceden por mucho que nos empeñemos.

-Tal vez. Pero no se puede evitar lo que tiene que ocurrir. Verás, hace muchos años, meses después de que fueses internado la primera vez, encontré a Max y a su madre en Biarritz... Pero eso ya lo sabes, ¿no? Lo has visto en las libretas de Max. Nunca te dije nada porque ella te tenía miedo, siempre supo que estabas loco. Sé que debí habértelo dicho pero… -dijo fatigado-. Yo la amaba, siempre la quise. Ahora no sé si hice bien. De haberla traído con nosotros, ella estaría viva.

-No sé qué me pasa -dije, sintiendo náuseas-. Necesito pensar y ahora no puedo. No sé qué tengo. Me duele la cabeza.

-No te preocupes. Margaret te dará algo para que estés más tranquilo. Todo saldrá bien, ya lo verás -dijo satisfecho. Se arrellanó en su sofá e hizo una seña a los enfermeros.

XV

Por tanto, propongo que la cordura o la psicosis se prueban conforme el grado de conjunción o de disyunción entre dos personas, cuando una de ella es cuerda por consenso universal.

RONALD D. LAING,
El yo dividido

Salí con la cabeza dándome vueltas, incapaz de decir algo coherente. Ni siquiera podía pensar con claridad. Apenas recuerdo qué sucedió después de que Margaret me diera un par de pastillas verdes. Sé que me acomodaron en un sofá junto al despacho de Drake y allí debí de quedarme dormido. Cuando desperté, en una pequeña habitación sin ventanas, el dolor de cabeza había desaparecido, en su lugar, un enjambre con oscuras informaciones y recuerdos borrosos estaba apostado en mi cerebro. Nunca había sentido nada parecido. Me resultaba difícil relacionar la información que me llegaba con lo que yo creía que era mi vida, mi vida real. En la fangosa maraña de mi cabeza sólo brillaba clara una idea: tenía que librarme de Drake. Era un peligro para mí y también para Max. Ese hombre iba a acabar conmigo, ahora lo sabía. Miré al techo y vi una pequeña cámara observándome con su diminuto ojo de insecto.

No podía permitirme otra conversación con Drake, eso sería mi ruina. No sabía cómo pero tenía que acabar con su vida. Su existencia significaba la renuncia de muchas otras personas a llevar una vida normal, a conservar un pasado que les pertenecía. No sería fácil llegar hasta él, pero nada lo era.

Cuando le tuviera de nuevo delante le rompería el cuello, o tal vez pudiera clavarle algo en la garganta, un bolígrafo quizás. Me di cuenta de que no sentía impaciencia, no tenía prisa. Sabía que eso era lo único que me quedaba por hacer y ni siquiera me iba a arrepentir por ello. La ansiedad había desaparecido después de nuestra conversación, o tal vez después de las pastillas. Sentí rabia por mi estupidez. ¿Qué es lo que había pensado? ¿Que iba a llegar a acusar a Drake («señor, es usted un asesino, acompáñeme a la policía», «desde luego, cómo no») y regresar a París con la conciencia satisfecha? No recordaba cuáles eran mis planes. Era como si se hubieran borrado de mi mente. ¿Qué había planeado? Llevaba esperando encontrarme con él desde que llegué al pueblo y cuando por fin lo había tenido delante, en mi mente no surgió más que la idea de asesinarle. Se manifestó con rabia, con ansiedad, casi me ahogaba la desesperación de tenerle vivo ante mí. Nunca pensé que le odiara tanto. Me repugnaba su rostro satisfecho, sus ojos azules y orgullosos, esa suficiencia con la que se dirigía a mí. Me estremecí al pensar en la vida que me había planeado. Había creado un pasado a la medida de su retorcida imaginación. Lo que más temía era que acabara creyéndolo yo mismo. Ahora sólo dudaba pero dentro de unos días podía estar echando espuma por la boca en una celda acolchada, mientras Drake me observaba desde su sofá burdeos.

La puerta de la habitación se abrió y apareció Margaret. Tenía los ojos claros y el pelo rubio. Lo llevaba cuidadosamente atado en una corta coleta y de no haber sido por ese aire de superioridad, de frialdad, supongo que me habría parecido una mujer atractiva.

-¿Cómo se encuentra? -preguntó sin el mínimo interés por mi respuesta.

-En la gloria.

-Me refiero a su cabeza.

-Aquí sigue, pero si de veras la quieren…

-Puede marcharse.

-¿Marcharme?

-Drake me ha dicho que se lo comunicara. Vuelva al pueblo.

-¿Dónde está Drake?

-Eso no debe importarle. Cuando usted haya tomado una decisión le hará venir.

-¿Decisión? ¿Qué decisión debo tomar?

-Sobre usted mismo. Ya lo sabe. Puede ser médico o paciente. Usted decide. Nadie más que usted tiene derecho a elegir su futuro pero comprenda que su elección le llevará por caminos muy distintos.

-¿Elegir ser quien no soy? ¿Cree usted que es tan sencillo? Hoy soy yo y mañana quien Drake decida…

-Mejor eso que no ser nadie. ¿No le parece?

-Y usted, ¿también tuvo que elegir?

La mujer no contestó. Abrió la puerta y se apartó, invitándome a salir.

-¿Qué se supone que debo hacer en el pueblo?

-Puede hacer lo que quiera.

-Y ustedes estarán observándome, ¿no es cierto?

-Nadie quiere hacer nada en su contra. Cuando se restablezca verá las cosas de otra manera. El señor Drake sólo quiere ayudarle, ¿es que no se da cuenta? Usted estaría pudriéndose en una cárcel si no fuera por él.

-No, no, no -la interrumpí-. No me haga escuchar ese discurso otra vez. Sé que lo han ensayado mil veces y que harán que acabe creyéndolo pero ahora no, por favor.

Salí del cuarto tambaleándome. Sentí un ligero escalofrío al darme cuenta de que había estado en una de las habitaciones de la galería. Me asomé desde la barandilla y observé los ocho pisos de puertas metálicas y la amplia escalera de caracol que descendía y subía sin ningún detalle que diferenciara un piso de otro. Estábamos en la cuarta planta y arriba, a través de los cristales del tejado piramidal, las nubes se agolpaban oscuras. Aún era de día. Junto a la escalera esperaban pacientes dos enfermeros. Seguí a Margaret y descendimos hasta el vestíbulo. Al llegar al ascensor, hizo un gesto y subí sin oponer resistencia.

-Hasta pronto, Gerald -dijo sonriendo.

-Adiós -contesté.

La puerta del ascensor se cerró y quedé paralizado. Sentí como si me hubieran cogido en una gran mentira. Traté de detener la puerta pero era demasiado tarde. ¿Por qué había contestado a ese nombre? ¿Quién era Gerald? Algo me estaba invadiendo, algo como un virus crecía dentro de forma silenciosa pero implacable. ¿Era la locura? ¿Cómo había podido sucumbir a la manipulación de Drake con tanta facilidad? ¿Quién era yo? ¿Ni siquiera podía defender mis recuerdos de un extraño? Si todo esto podía suceder, si un hombre era capaz de controlar la voluntad de otro, de acabar con él, con sus pensamientos, y convertirle en otra persona, ¿qué nos quedaba como propio? ¿A qué quedábamos reducidos? Al igual que Max estaba teniendo recuerdos que no relacionaba con mi pasado, que no creía propios. ¿Es que era tan fácil entonces crear un pasado? ¿Cuántas personas con pasados falsos estarían en este pueblo? ¿Cuántas vivirían con recuerdos que no les pertenecían, con vidas que un grupo de psiquiatras excéntricos había diseñado para ellos? Sabía de la enfermiza obsesión de Drake por descubrir secretos dentro de las mentes trastornadas. Sabía que su desaforado interés por descifrar y descubrir el funcionamiento del cerebro le había llevado a conseguir locos por medio de métodos crueles e inhumanos; a convertir a personas normales y corrientes en dementes sólo para estudiarlas. Ahora, yo era uno de esos fenómenos. El cazador había sido cazado. Mi realidad era que yo le perseguía, que yo era el sabueso, pero a mis espaldas, esa realidad se había convertido, sin darme cuenta, en otra mentira. Lo que hacía era dirigirme hasta su guarida; hasta su laboratorio. Había caído en la trampa sin necesidad de que me empujaran, como él mismo había dicho al verme entrar en su despacho: «Tú solito».

XVI

La libertad ha de ser su propio pasado, y este pasado
es irremediable; parece incluso, de primera intención,
que no podrá modificarlo en modo alguno: el pasado
es lo que está fuera del alcance, lo que a distancia nos
infesta sin que podamos siquiera volvernos frente a
él para considerarlo. [...]
... sin pasado, no puedo concebirme; es más, ni
siquiera podría pensar nada acerca de mí mismo,
puesto que pienso acerca de lo que soy, y soy en
pasado; pero, por otra parte, soy el ser por el cual el
pasado viene a sí mismo y al mundo.

JEAN PAUL SARTRE,
El ser y la nada

Salí del ascensor y atravesé el jardín con paso lento. La
jaqueca había regresado sin darme cuenta. Ahora, además,
había algo en la parte trasera de mi cabeza. Sentí un pequeño
bulto que no recordaba que existiera. Tenía un tacto duro y
rugoso, como si hubieran introducido una bola de papel
detrás de mi oreja izquierda. Lo noté palpitando. Aparté la
mano, aterrado ante la idea de que hubieran introducido algo.
Pero sabía que eso no era posible. Estaba yendo demasiado
lejos con mis miedos. Sería sólo un chichón, un golpe sufrido
mientras me llevaban del despacho de Drake a la habitación,
sólo eso.

Atravesé el bosque esperando encontrar a alguien pero
todo estaba desierto. La pradera donde se había celebrado el
picnic estaba arrasada. La hierba aparecía aplastada. Había
latas, botellas vacías y papel de aluminio esparcido por todas
partes. Tomé el camino que llevaba al pueblo con paso

vacilante, como si temiera encontrar allí algo peor de lo que había dejado atrás. Hice acopio de valor y me aseguré a mí mismo que nada iba a ocurrirme, que el miedo que sentía era sólo producto de mi conversación con Drake. Lo sensato era permanecer tranquilo pero preparado para un nuevo ataque de acusaciones, de informaciones confusas. Podrían decirme cualquier cosa y no me inmutaría, porque yo sabía quién era. No dejaría que me volvieran a confundir. Estaría alerta, ahora ya sabía qué esperar…

Sin embargo, había algo que no podía apartar de mi mente. No eran las acusaciones de Drake, o las increíbles historias que había inventado sobre mí, ni siquiera permanecer encerrado en esta inconcebible farsa lo que me angustiaba. Peor que todo eso era no recordar cómo había llegado. En mi mente existía una grieta, un lapso de tiempo, oscuro y confuso, que no podía llenar con ninguna imagen o recuerdo. Por un segundo, pensé lo terrible que sería no poder contar con uno mismo, no poder confiar en los propios pensamientos, no ser capaz de discernir si lo que sabemos, y todo lo que reconocemos como nuestro, es verdad. No la única, sino sólo la nuestra. Sin esa certeza, la seguridad que nos impulsa a elegirnos y elegir entre diferentes opciones se desvanece y de nosotros apenas queda un autómata con un ligero recuerdo de lo que fue su conciencia. Tal vez era eso lo que quería decir Howard, el vigilante, cuando nos recomendó disfrutar de Shimts; de la ventaja que suponía encontrarse en un lugar donde los actos no son medidos ni juzgados, sino sólo observados. Los habitantes de Shimts eran como una colonia de monos salvajes que vivía con la ilusión de pertenecer al mundo y, sin embargo, su vida se desarrollaba dentro de un escenario perfectamente disimulado donde interpretaban sus papeles llenos de significado para gente como Drake. Él y sus médicos eran los espectadores, los que daban sentido a la representación, quienes señalizaban los caminos y daban nombre a las calles. Ellos quienes decidían que no había reglas. Y entre toda esa locura me encontraba yo, mitad hombre, mitad autómata, con el temor de ser engullido por cientos de ojos, ávidos de información.

Miré hacia los árboles y entre unas ramas descubrí una diminuta cámara girando sobre sí misma como el cuello de una lechuza. Al acecho. Aquella cámara registraba conversaciones, orgías, delirios, angustias, cientos de actos que deberían perderse en el tiempo, convertirse en un recuerdo vago u olvidarse por completo. Pero ellos capturarían todo aquello y lo estudiarían hasta la saciedad. Lo convertirían en presente, en maldición, como el hígado de Prometeo. Un acto que se regeneraría con sólo apretar un botón. Jamás nos dejarían olvidar lo peor de nosotros.

XVII

Me creo en el infierno, luego estoy en él.

ARTHUR RIMBAUD,
Noche del infierno

Había llegado al pueblo y avanzaba hacia la calle principal. Los últimos pasos, antes de salir del bosque, los había dado sin darme cuenta. Eran pasos perdidos en la memoria, en la mía, pero sabía que jamás se borrarían. Miré hacia atrás instintivamente y me vi repitiendo aquel trayecto miles de veces. Un artilugio sin conciencia tenía como misión dejar constancia de que yo había pasado por allí.

El pedestal con el nombre del pueblo y la frase de Crowley me dio una fría bienvenida. Ahora entendía la invitación. No la del mago, sino la de Drake. Éste la había manipulado, como hacía con todo. La frase original invitaba a un yo superior, algo así como una supra conciencia sabia y aplicada a actuar, tal y como ese *thou*, un «tú» sacramental y elevado, lo haría. Pero Drake sabía demasiado bien que no todos entenderían el significado oculto del mensaje. Para unos sería la oportunidad de dar rienda suelta a sus más oscuros deseos; para otros, una justificación a su locura. ¿Cómo podía pedir a aquella gente un acto de voluntad, si allí nadie poseía una conciencia de sí lo suficientemente clara? ¿Creía que invocando a la verdad acabaría por obtener respuestas? ¡Estúpido loco! Él sí se merecía andar por estas calles polvorientas, respirar el aire de este claustrofóbico pueblo disfrazado, vivir observado como un insecto.

El bulto en mi cabeza palpitaba con ritmo lento, como si

estuviera nutriéndose de mis pensamientos, que tal vez ya no eran del todo míos. ¡Pero qué importaba! No sabía cómo revelarme, cómo huir. Todo lo que podía hacer era esperar y aprovechar el mejor momento para acabar con Drake. Ésa sería mi única satisfacción, mi único triunfo. Mientras, me dejaría escrutar como una hormiga en su hormiguero de cristal.

Al pasar delante del bar de Hausen, escuché una voz desafinada que me llamaba. Me volví. Era Max.

-¡Simón! -dijo con voz apagada-. Te creía dentro de un tubo de ensayo.

-Tal vez vivas lo suficiente para verlo.

Me dio la espalda y se metió de nuevo en el bar. Le seguí sorprendido y me senté junto a él en la barra.

-Creía que no bebías -le dije.

-Hasta esta mañana -contestó.

Al mirarle a los ojos me di cuenta de que había en ellos un resplandor inusual. Estaba completamente borracho.

-Oye -dije en tono de disculpa-. Lo de antes en el ascensor. Fue sólo para ahorrarte un mal rato.

-¿Dejarme solo y mandarme a la mierda es ahorrarme un mal rato? -dijo sonriendo, con amargura-. La próxima vez no seas tan considerado.

-No habrá próxima vez. No te preocupes.

-¿Qué va a tomar? -dijo Hausen saliendo de detrás de la cortina.

-Whisky, por supuesto.

-Por supuesto -respondió Hausen.

-¿Y bien? -preguntó Max sin dejar de mirar dentro de su vaso.

-Nada. Drake, tal y como yo pensaba, pretende que nos quedemos aquí; nos guste o no.

-Sí, eso ya lo sabíamos. Pero ¿qué te ha dicho?

-Trata de convencerme de que estoy loco; de que él y yo nos conocíamos... y -dije escudriñando a Max-de un montón de locuras más.

No pude decirle que Drake también había tratado de convencerme de que él era mi hijo. Él se sentía ahora muy vulnerable y cualquier afirmación podía confundirle aún más.

-Nada interesante, por lo que veo -sentenció Max.

-No, nada. ¿Y tú?

-¿Yo? -soltó una carcajada histérica-. Yo sigo soñando. Sigo mi camino marcha atrás. ¿Sabes que cuando mi madre se enfadaba -dijo girando la silla-siempre me decía: «Vas para atrás, como los cangrejos»? Pues eso es lo que hago.

-¿Has recordado algo nuevo?

-¿Crees que bebo esta mierda por gusto? El whisky es lo más asqueroso que existe -gruñó, golpeando el vaso sobre la barra.

El ruido me sobresaltó y di un respingo en la silla. Max se echó a reír sin ganas.

-Bueno ¿y qué? -pregunté.

-Todo parece tomar sentido, Simón. Un par de tragos más y ni siquiera el sentido tendrá importancia.

-Vamos, Max -dije-. ¿Qué es lo que has recordado? Puedes contármelo.

Bebió el contenido del vaso con un gesto de asco y lo dejó sin fuerza en la barra. No me miraba. Entrelazó las manos en el pelo y suspiró hondo, luego se tapó los ojos y negó con la cabeza, como si se negara a aceptar algo que ya había sucedido.

-Max -dije, tocándole con suavidad en el hombro.

Hausen me miró y se escabulló detrás de la cortina.

-Todo es mentira, Simón. Todo -dijo con desesperación.

-¿Qué quieres decir?

No contestó. Le oí respirar con dificultad bajo las manos. No podía verle la cara.

-Conseguisteis lo que queríais -dijo muy bajo.

-¿Quiénes?

-¡Mi madre! -gritó.

Se giró con violencia y al descubrirse la cara, vi sus ojos enrojecidos por el alcohol y las lágrimas.

-¡Mi madre y Drake! ¡Y tú, maldito embustero!

-¿Qué?

-¿Qué? -dijo forzando la voz-. Sabes perfectamente qué.

-No, no lo sé.

-Todos estos años creyendo que no había nadie más, sólo ella y yo. Tú y tus estúpidas conclusiones.

-Max, no entiendo lo que quieres decir.

-Y nunca lo harás, porque estás como una puta cabra -dijo, señalándome con la cara hinchada por el alcohol-. Yo había confiado en ti y no eres más que un sádico chiflado, un demente. La clase de figura paterna a quien todo el mundo le gustaría apalear.

-Pero ¿quién te ha dicho eso?

-No creo que eso importe.

-Claro que importa. Te han engañado.

-¿Crees que no soy suficientemente listo?

-Creo que alguien se está divirtiendo mucho a nuestra costa.

-Te equivocas. Aquí nadie se atrevería a meterse contigo. Ahora lo sé. Aunque no entiendo qué importa la opinión de alguien que está ¡loco! -me gritó en la cara.

-¡Bueno, ya está bien!

Le cogí del cuello y tuve ganas de golpearle pero algo me detuvo.

-Claro que… -dijo Max, tambaleándose hacia atrás, hasta las mesas. Tropezó con una silla y estuvo a punto de caer-, yo también lo soy.

-¿Qué quieres decir?

-Ya se sabe: de tal palo, tal astilla… -dijo, dejándose caer en una silla.

-Max, ¿qué te han contado? Por favor, tienes que decírmelo.

-Lo mismo que a ti, supongo.

-¿Y lo has creído?

-La verdad es que sí, ¿por qué no iba a hacerlo?

-Porque sólo quieren volvernos locos. ¿Pero es que no te

das cuenta?

-Pues no.

-No puedes creer lo que esta gente diga, Max, porque aquí todo el mundo está loco.

-No, Simón. Aquí hay gente que no está loca -dijo excitado, concentrado en sus propios pensamientos-. Ahora ya sé quién soy. Aunque reconozco que el precio que he pagado es demasiado alto.

-¿No vas a contarme qué te ha sucedido?

-No me disgusta, no debe disgustarme -dijo con cierto cansancio. A punto de desplomarse-. Aquí no se está tan mal. Al fin y al cabo, es el lugar que merecemos, ¿no crees?

-No, no lo creo. Te están confundiendo, Max. ¿No te das cuenta? Cuando llegaste no eras así. Están haciendo algo horrible contigo.

-¿Y qué? -gritó-. ¡Hausen! Ponme otra.

El hombre salió de detrás de la cortina y sirvió un vaso de whisky.

-Mira al pobre Hausen -dijo riendo-. Ahí le tienes. Todo el día colocando botellas en la trastienda. Resulta que es un compulsivo o algo así. ¿Sabes qué significa eso? Seguro que sí, tú eres psiquiatra y de los buenos. Repite las cosas una y mil veces. Las comprueba y las vuelve a comprobar, porque también está como una cabra. ¿Nunca te has fijado en que siempre está colocando botellas ahí detrás? Pero antes no era así. Antes tenía una mujer bonita que murió en un accidente. El también estuvo a punto de morir pero aquí le tienes, colocando botellas por «toooooda» la eternidad...

-No bebas más.

-¿Por qué?

-Porque te hará daño.

-Tú no tienes idea de lo que me hace daño -dijo con desprecio.

Supe entonces que algo horrible le había sucedido, que sus últimos recuerdos escondían algo tan terrible como para hacerle enloquecer de verdad. No podía creer que esa mirada le perteneciera. Por lo que sabía de él, era un chico tímido; una persona educada y tranquila. El que tenía delante no era Max.

-Quiero ayudarte, Max-dije, sinceramente-. Hablando con Drake me he dado cuenta de que ya no puedo hacer nada por mi hermana, está muerta y nada lo cambiara. Pero ella es sólo una más en toda esta locura y... tú, tú estás vivo. Aún tienes una oportunidad.

-Y quién va a dármela, ¿tú?

-Yo puedo ayudarte.

-¿A qué?

-A descubrir si todo lo que recuerdas es cierto. A superar todo esto.

-¿Otra vez, todo esto? ¿No te enteras de que «todo esto» soy yo? ¿Vas a ayudarme a superarme a mí mismo? ¿Vas a hacerme cambiar? ¿Puedes cambiar el pasado? ¿Quién te crees, Dios?

-¿Qué te ha ocurrido? Dímelo. Háblame, Max.

-Es imposible -continuó, pensando en voz alta, sin prestarme atención-. No se puede cambiar el pasado. A veces nos gustaría, daríamos la vida por ello pero... ¿qué vida? ¿Quién puede querer una vida como la mía?

Bebió un trago y sonrió penosamente.

-Sólo saldremos de ésta si estamos unidos. Si dejamos que nos enfrenten con sus invenciones, moriremos con una camisa de fuerza.

Estaba medio tumbado sobre la barra y me pareció distinto, como si las pocas horas que habíamos estado separados hubieran sido años para él. Parecía tremendamente viejo y apagado.

-Déjame la libreta -ordené con firmeza.

-Ni lo sueñes. Ya cometí mis errores, no pienso repetirlos.

-Max, dame la libreta -extendí la mano, impaciente.

Levantó la cabeza y me miró directamente a los ojos. Entonces, vi en ellos algo que me resultó tremendamente familiar y al mismo tiempo terrible. Aparté la vista, suspirando con desidia para que no notara que trataba de esconder temor.

-Max, necesito saber algo -confesé-. Quiero hacer algo por ti o por mí, por quien sea. Ya no lo sé. Me siento inútil, impotente ante la idea de pasar el resto de mis días en este agujero, sin poder hacer nada para evitarlo.

-Te equivocas, puedes hacer lo que quieras.

Le miré sin entender qué trataba de decirme. Había algo que trataba de contarme y ocultarme al mismo tiempo.

-Verás. Estamos locos -aclaró, tratando de incorporarse-. Y los locos podemos hacer lo que queramos porque las reglas que rigen nuestro caótico mundo son diferentes y no seremos juzgados por ello, por nada. Piénsalo bien. En el mundo, ahí fuera, la gente es juzgada todos los días por sus acciones, viven presos del qué dirán, de reprimir sus instintos y no salirse de las reglas, y todo parece normal, ¿no? Pero ¿qué pasaría si se estudiara, uno por uno, a todos los hombres y mujeres? Se descubriría que lo que llaman esquizofrenia vive unido de forma irremediable a la vida moderna, a todas sus manifestaciones. ¿Y qué pasaría entonces? -dijo fuera de sí-. ¡Qué el mundo se revelaría como un gigantesco manicomio! Nada muy diferente a lo que ya es. Sin embargo -dijo, haciendo una pausa-, nosotros aquí no tenemos que disimular. Tenemos la oportunidad de actuar, de experimentar este entorno como mejor nos parezca. Drake es benévolo con eso, tú debes saberlo, le conoces mejor que yo. Él no discrimina, no reduce a un simple estudio clínico a sus «invitados», les deja vivir, ser... ¿Conoces una forma mejor de envejecer? Aquí tengo la oportunidad de asentarme, de sentirme parte de algo. Siempre he estado corriendo hacia ningún sitio, perdido. Ahora tengo un hogar, alguien que me comprende. Todo es estupendo. Ya sólo necesito comprenderme a mí mismo -dijo con aire derrotado, hundiendo la cara en el vaso.

-¿Quién te ha metido todas esas ideas en la cabeza? ¿Qué hay que comprender?

-Universos, montones de universos desconocidos que se esconden dentro de uno. No somos lo que parecemos -señaló asustado-. Nadie lo es. No lo era mi madre, ni Drake, ni siquiera tú, Simón. Un buen día te despiertas y ¡zas! Eres otra persona.

-Eso no es tan sencillo.

-Yo también lo pensaba. Creía que yo era yo, al menos hasta que murió mi madre. Ahora sé que me engañaron, ella y Drake me engañaron.

-¿Por qué te engañaron?

-¿No lo sabes? Drake y mi madre fueron amantes durante años. Nadie, ni siquiera yo, lo sabía. La muy embustera -dijo con resentimiento-. Ya ves, he estado engañado toda la vida -dijo con voz melosa, burlona-. El niño bueno de mamá. ¡El pequeño monstruo de mamá! -gritó fuera de sí.

-Déjame ver la libreta.

-No sólo me habéis robado el pasado, ya no me queda ni una sola posibilidad de regresar -me acusó-. ¿Y sabes por qué? Porque no tengo dónde ir. Ni siquiera poseo una identidad con la que convivir en paz. Soy un bastardo, un producto de mentes enfermas. Pero... -añadió, tratando de parecer satisfecho, de convencerse-quería respuestas y ya las tengo. Aunque, es curioso, pensé que saber quién era me haría sentir mejor. Lo cierto es que cuanto más recuerdo, más deseo estar loco.

No podía soportarlo más y le cogí del cuello de la camisa. Trató de defenderse pero estaba demasiado borracho y sólo pudo dar un par de manotazos torpes en el aire. Metí la mano en el bolsillo de su chaqueta y saqué la libreta. No necesité golpearle, cayó en la silla y se desplomó sobre el suelo. Hausen asomó la cabeza por la cortina.

-Dormirá durante un rato. No le vendrá mal -dije tajante.

El hombre se secó las manos en un trapo mientras me escrutaba y por fin renunció a acercarse. Se encogió de hombros y regresó a la trastienda a colocar botellas.

Me senté junto a la chimenea y comencé a leer la libreta de

Max. Su madre y él abandonaban Biarritz un lluvioso día de verano. De nuevo dejaban atrás un pasado que debían olvidar, un recuerdo que sólo ella conservaría.

-Recuerdo que naciste muy limpio -dijo su madre, mirándole de reojo mientras conducía-. Eras un bebé hermoso, con unos ojos grandes y oscuros.

Irene estaba al volante y Max fingía dormir en el asiento trasero, tapado con una toalla. Ella hablaba como una sonámbula, con tono monótono y pausado. Max se veía a sí mismo descansando, arrebujado bajo la toalla, inmóvil. Ella sollozó mientras se secaba las lágrimas con el borde de la blusa, sin perder de vista la carretera. Max permanecía tumbado, con una mejilla amoratada. Tres días atrás había ocurrido algo irreparable.

Max había salido a jugar con sus amigos después de su visita de siete días a Drake. Habían llevado sus bicicletas a la pradera blanca, un lugar donde les gustaba jugar a pesar de la prohibición de sus padres. El terreno era peligroso pero permanecía oculto bajo una manta de hierba blanca que, en algunas zonas, sobrepasaba sus cabezas. La pradera estaba sembrada de pozos que en su tiempo habían sido cubiertos con tierra y piedras. La erosión del agua había pronunciado los huecos y apelmazado la tierra colocada allí artificialmente, convirtiendo los parches en estrechas y pastosas ciénagas, capaces de tragar un cuerpo pequeño. A pesar de la prohibición, Max y sus amigos pasaban tardes enteras jugando al escondite entre polvo, tierra y barro, dejando que en sus cabezas anidaran insectos y sus zapatillas y calcetines se llenaran de espigas doradas. Ese día, Max se sentía muy bien, como si hubiera recibido un juguete nuevo. Había regresado a casa después de su visita a Drake y se sentía fuerte como una roca. En realidad, Drake tenía razón y no recordaba cuál era la causa de esa alegría, de ese sentimiento exultante que lo henchía. Dejaron las bicis a la entrada de la pradera, escondidas como siempre detrás de unos arbustos para que otros chicos no se las robaran, y se adentraron en la espesa selva de hierba.

-¡Aquíííííí! -gritó André-. ¡Uno grandeeeee!

Todos corrieron hacia el hormiguero. Las hormigas trabajaban a destajo bajo un sol que estaba en su cénit. Salían y entraban cargando menudencias en sus mandíbulas y se preparaban para hacer frente a un futuro del que, a pesar de ser sistemáticas e insignificantes, tenían clara conciencia.

-Mira ésa qué gorda -señaló Louis-. Se parece a tu hermana Claire -rió.

Claire le empujó, sonriendo, sin dejar de mirar el hormiguero y apartó sus pies con pasos cortos para que no treparan por sus piernas.

-La reina está dentro. Es la más grande de todas. Es casi así -dijo Max, colocando sus dedos índice en paralelo.

-Eso es imposible -dijo André-. No existen hormigas tan grandes.

-Sí que existen. Y en África, existen unas aún más gigantes. Se comen a la gente.

Todos rieron con cierta aprensión.

-Las hormigas son como las tribus que aún existen en algunos lugares. No tienen conciencia de sí, son gregarias, sin sentido de la individualidad -dijo Max de corrido.

Los otros le miraron con el ceño fruncido sin entender qué había dicho.

-¿Qué? -dijo Max, extrañado por ese silencio-. ¿Qué pasa?

-Que pareces un padre -dijo Claire, riendo.

-Bueno, ¿qué? ¿Lo destrozamos o no? -preguntó Louis levantando el pie.

-¡No! -gritó Max-. Déjalas.

-¿Por qué? -preguntó Louis-. ¿No hemos venido a eso?

-Sí, pero no tiene sentido acabar con su casa. Nunca sabrán la razón de su desgracia -recapacitó Max, absorto en el hormiguero.

-¿Pero qué dices? -preguntó Louis.

-Que para qué vamos a destrozarlo -contestó Max muy serio-. Llevan trabajando todo el verano, con este calor.

Buscan su comida y la almacenan para que en un momento, vengamos nosotros y ¡zas!, las dejemos sin casa.

Todos miraron el hormiguero con otros ojos, con remordimiento. Louis bajó el pie con cuidado y se acercó para ver más de cerca a esas infatigables y diminutas criaturas.

-No se puede hacer daño a alguien sin que esa persona sepa que eres tú quien le causa el dolor. No tiene sentido -continuó Max sin apenas parpadear, dejando que sus palabras fluyeran-. Cuando se hiere a alguien hay que asegurarse de que esa persona sufre sabiendo que fuiste tú -dijo mirando a Louis con vehemencia.

-¿Estás loco? -dijo Louis sin entender aquel retorcido planteamiento.

-No, tú estás loco -dijo Max exaltado de pronto-. Tú eres el loco si crees que vas a poder salir con Claire. Ella es mía -dijo, agarrándola del brazo.

La niña estaba absorta en el hormiguero, ajena a la conversación y se asustó al notar el tirón de Max.

-¿Qué? -dijo sorprendida.

-Claire prefiere salir conmigo, boniato -dijo Louis con chulería.

-Eso no es cierto -gritó Max-. Puedo hacer lo que quiera y ella es mía -añadió invadido por un sentimiento de rabia.

-Es mi novia, ¿verdad Claire?

La niña asintió.

-Ya no -aseguró Max-. Ahora es mi novia -dijo, tirando del brazo hacia él.

-¡Auhhh! -chilló Claire.

-Que la dejes -le amenazó Louis.

-Si te acercas, te mato -aseveró Max muy serio.

Louis fue hacia él pero notó algo en los ojos de Max, un brillo que el niño no supo descifrar pero que le dejó mudo, inmóvil.

-¿Me dejas? -pidió Claire.

-No, no te dejo -dijo Max, sujetándola con más fuerza.

-Oye, Max -intervino André-. Que le estás haciendo daño.

-Esto es para que sepas quien es el jefe -dijo y le soltó un puñetazo en la nariz a Louis.

El niño cayó al suelo y en seguida comenzó a brotarle sangre de la nariz. Claire dio un grito y fue a socorrerle asustada.

-Estás loco, Max -dijo llorando-. Nunca seré tu novia.

Max vio a Louis llorando en el suelo, con la camiseta manchada de un rojo intenso. Decenas de hormigas le trepaban por el pantalón y se colaban en sus zapatillas. André le miraba asustado; Claire con odio. Entonces, sintió náuseas en la boca del estómago y un calor doloroso en las orejas. Se agarró la camiseta a la altura del pecho y apretó el puño junto al cuello. Respiró entrecortadamente, abrió mucho los ojos y se desmayó, golpeándose la cara con la punta del hormiguero. Cuando volvió en sí estaba en la cama. Su madre, sentada en el borde, le miraba con preocupación.

-¿Qué te ha pasado, Max? -dijo con voz temblorosa.

-Nada. ¿Por qué?

Max temió que ella adivinara sus pensamientos. Los dos sentían muchas veces lo que el otro pensaba y se divertían con ello. Pero esta vez, le resultaba molesto.

-Pegaste a Louis y él es tu amigo -le recordó.

-Tenía hormigas subiéndole por el pantalón -dijo, entornando los ojos-. Muchas.

-Max, ¿qué te ocurrió? -preguntó con un nudo en la garganta-. Tú nunca has sido un chico violento, nunca has pegado a nadie.

-¿No lo he hecho?

-Claro que no, hijo. Tú eres un buen chico. Siempre lo has sido.

-No sé lo que pasó. Tenía sangre, le caía por la cara.

-Porque tú le pegaste. ¿Es que no lo recuerdas?

-Creo que no -dijo Max, restregándose la cara y el pelo.

-¿Por qué lo hiciste?

-No sé.

-Inténtalo, cariño, no hace más de una hora. Por favor,

intenta recordar -dijo, tratando de simular tranquilidad.

Max no entendió por qué aquello tenía tanta importancia para ella, pero si ella se lo pedía, haría lo imposible.

-Creo que… yo quería a Claire -dijo con vergüenza-. Y él dijo que… que era su novia.

-¿Sólo por eso le pegaste?

-Sí -dijo-. Claire tiene que ser mi novia.

-Claire será novia de quien ella quiera. A las personas no se las puede obligar a amar.

-Ella será mi novia -repitió con obstinación.

-No, Max -objetó con visible nerviosismo-. No puedes obligar a la gente. Max, mírame. Eres un buen chico. Irás a casa de Louis y le pedirás perdón, es tu amigo. A los amigos hay que quererlos, que respetarlos. Él te tiene mucho aprecio y ahora está desilusionado. Hazme caso, trata siempre de…

-… de sacar lo mejor de mí -repitió Max sin ganas-. Sí, ya lo sé.

-Max -dijo ella con dificultad-. No quiero que vuelva a ocurrir algo así, nunca más. Cuando sientas ganas de pelear con alguien cuenta hasta diez y trata de pensar que hay otras formas de solucionar las cosas. ¿De acuerdo?

-A mí también me pegaron una vez. No creas que soy el único culpable.

-De eso hace mucho tiempo -dijo nerviosa.

-Sí, pero yo me acuerdo.

-Pues debes olvidarlo. Las cosas malas hay que olvidarlas -sentenció ella, mirándole fijamente a los ojos. A Max le invadió una profunda curiosidad.

-¿Por qué?

-Porque… No es bueno.

-Pero ese niño me hizo daño. Me echaron la culpa a mí y yo sólo me defendí.

-Quiero que olvides eso. Fue hace mucho.

-Pero…

-¡Max! -gritó llena de aprensión-. ¡Te ordené que te olvidaras de eso!

-Ya, pero es que a veces me acuerdo sin querer. No puedo evitarlo. No sé cómo hacer para que se me olvide.

Ella se ablandó y le estrechó entre sus brazos.

-Tienes razón, cariño. No es fácil olvidar. Pero hay veces que no queda otro remedio, si no, no podríamos seguir viviendo. Aquello fue... bueno, tú no fuiste un buen chico, no te portaste bien, igual que hoy. Pero lo mejor es dejarlo y seguir. Tú sólo te defendiste.

-Como ha ocurrido hoy con Louis -aprovechó a decir.

-Sí, igual que hoy.

-El fue quien me obligó.

Su madre le miró suplicante.

-No, Max, a eso no nos obliga nadie. Cuando vuelva a ocurrirte algo así, prométeme que tratarás de pensar, que irás a un sitio tranquilo y recapacitarás. No se puede ir por el mundo amenazando a la gente. Te harás odioso.

-Sí.

-Prométeme que irás esta tarde a pedirle disculpas a Louis.

-Te lo prometo.

Sonó el timbre y su madre le arropó con las sábanas.

-Así me gusta. Quédate aquí y descansa un rato.

Le lanzó un beso desde la puerta y cerró con cuidado. Max se levantó y trató de escuchar. Hoy sentía ganas de saberlo todo.

-Creí que ya no vendrías -oyó decir a su madre con voz cansada.

-Tenía cosas que hacer -aclaró Drake-. ¿Cómo está?

-No lo sé. Primero dice que no recuerda, luego que le obligaron. Aún recuerda el incidente de hace cuatro años. Lo tiene borroso.

-¿Qué te ha dicho?

-Que a él también le pegaron. No recuerda con claridad.

-¿No recuerda cómo... golpeó al otro muchacho?

-No, no sé -contestó con desesperación en la voz-. Debe olvidarlo.

-Ya te he contado mis sesiones con él. Está muy enfermo.

Antes o después saldrá lo que lleva dentro. No es tan sencillo como parece, Irene. No puedes ocultarle -dijo Drake con cariño-. Deberías dejar que viniera conmigo.

-¡No! -gritó ella-. Ni se te ocurra pensar que vas a llevarte a mi hijo.

-Irene, necesita ayuda. Puede empeorar, ahora es un niño pero crecerá... No sabemos qué puede pasar. No está bien.

-No creo nada de lo que me has contado. Es un niño normal.

-No, no lo es. Es igual que su padre y lo sabes.

-Su padre es un asesino -masculló-. ¡Dios! No puedo creer que esto esté ocurriendo.

-Tranquilízate, querida, todo saldrá bien.

-¿Cómo pudimos ser tan irresponsables?

-No lo fuimos, sólo tratamos de...

-¿De qué? -dijo exaltada-. De revivir a un monstruo por medio de otro. Todas esas malditas ideas, todas esas absurdas creencias -se quejó con rabia-. Fuimos unos estúpidos por seguirle, por hacerle caso. Él está loco, debimos darnos cuenta antes. Y ahora Max puede cargar con esa herencia toda su vida.

-Ya no podemos hacer nada, sólo observarle para saber si tuvimos éxito. Piensa que tal vez no fue sólo la locura de tres adolescentes extravagantes...

Ella le miró con desprecio.

-Sólo hay dos posibilidades y las dos son tan fascinantes... -dijo Drake iluminado.

Irene sacudió la cabeza, como si quisiera apartar de ella un fantasma.

-Si el ritual tuvo éxito... -insistió Drake-y él es Crowley.

-¿Y tú pretendes curar a alguien? Estás lleno de absurdas ideas. No puedo creer que pienses en ello como algo real.

-No sabemos nada sobre la mente ni sobre el alma o lo que sea que permanece tras la muerte, si es que algo lo hace.

-En eso tienes razón. No sabemos nada.

-¿Y si creemos que fue un juego de adolescentes y en

realidad tuvo un efecto real?

-Entonces, que Dios nos perdone por resucitar a un demonio como ése.

-Antes no pensabas así.

-Antes era una cría fascinada por dos muchachos excéntricos, por fantásticas ideas sobre magia, poderes sobrehumanos e inmortalidad. Habría hecho lo que me pidierais. De hecho, lo hice -dijo casi sin fuerza-. No puedo creer que aún tengas confianza en esas ideas.

-Sé que acabaré por encontrar algo. No sé dónde, ni cómo pero lo haré.

-¿Y cuántas vidas destruirás para conseguirlo?

-No lo sé -dijo Drake pensativo.

-A veces me recuerdas a Aldo. No os detenéis ante nada. Creéis que sólo vosotros tenéis derecho a la vida. Creí que ya no estabas de su lado.

-No lo estoy. Ahora estoy solo. Aldo está demasiado enfermo. No me gusta ese término pero... he de reconocer que cada vez está peor, aunque nadie lo sabe -confesó.

-También tú acabarás en la cárcel por encubrir sus locuras.

-Olvídate de él. Max necesita ayuda -dijo Drake-. Yo tengo mis propios sanatorios, no le faltaría de nada.

-Ya sabes lo que pienso de eso.

-No podrás esconderle para siempre. Algún día tendremos un disgusto.

-¡Cállate, te va a oír! -dijo ella de pronto-. Mira, será mejor que te marches. No me encuentro bien.

-Como quieras, querida. Pero no digas que no te he advertido.

Hubo un silencio y después escuchó abrirse la puerta.

-Llámame si necesitas algo, lo que sea.

-Sabes que lo haré -dijo ella más tranquila.

Max regresó a la cama cuando oyó los pasos de su madre por el pasillo. Ella abrió la puerta despacio, por si dormía. Sonrió y él le devolvió la sonrisa.

-¿Tienes hambre?

Comieron muy temprano y luego los dos se echaron sobre una tumbona en el porche, a dormir la siesta. Hacía una tarde pegajosa y estancada. Cuando despertaron, ambos tenían el pelo pegado a la frente y sudaban copiosamente.

-Pareces un pollito -dijo, apartándole el pelo.

Ella le dio un beso en la coronilla, allí donde el pelo hacía un remolino, y él se restregó los ojos, aturdido por el calor.

-Tienes que darte una ducha. Luego irás a casa de Louis -le recordó.

Max asintió mecánicamente.

Eran las cinco y diez cuando Max salió de la casa montado en su bicicleta. Pedaleó calle abajo hasta llegar al camino de tierra que llevaba a casa de Louis pero se detuvo antes de torcer. A lo lejos, vio Villa Belza iluminada por el sol. Entrecerró los ojos. El mar despedía brillos intermitentes, como si tratara de enviarle un mensaje cifrado que debía traducir. De pronto se sintió de un humor excelente, lleno de una energía que sobrepasaba su infantil entendimiento. Giró el manillar y condujo lleno de decisión hacia la casa de Louis. Unos metros antes de llegar, bajó de la bicicleta y se acercó despacio hasta la tapia que rodeaba el jardín. Se puso de puntillas y vio a Louis tumbado bajo un árbol. Estaba leyendo un cómic. De su nariz sobresalía un algodón teñido de rojo.

-Pssch... Louis -susurró muy bajo.

El muchacho levantó la vista y vio a Max entre los arbustos.

-¡Eh! Louis -repitió-. Ven, acércate.

Louis se tocó el algodón. Lo introdujo aún más en su nariz para recordarle que estaba herido y se puso en pie con desgana.

-¿Qué quieres? -dijo desde el otro lado de la tapia.

-Quería disculparme por lo de esta mañana.

-Ya -contestó secamente.

-Lo siento mucho, Louis. No quise hacerlo. Eres mi mejor amigo -dijo, bajando la cabeza.

-Bueno, ya no me duele demasiado -dijo sin rencor.

Max continuó en silencio, como si su arrepentimiento le impidiera decir una palabra.

-¿Has visto el nuevo número de *Héroes de otros tiempos*? -dijo Louis, mostrándole el cómic, incapaz de hacerle sentir culpable durante más tiempo-. Me lo han comprado esta mañana. Es lo bueno de las cosas malas, siempre me compran algo.

Max levantó la cabeza y miró interesado la portada.

-¿Por qué no damos una vuelta? Vamos a leerlo a algún sitio -dijo Max.

-Voy por la bici.

Louis desapareció un momento y luego atravesó la puerta del jardín llevando la bici del manillar.

-Mis padres están durmiendo la siesta -dijo en voz baja-. Tendré que volver antes de que despierten.

Ambos montaron en las bicicletas y tomaron el camino que llevaba a la pradera blanca. El calor era insoportable. Sólo se escuchaba el relajante sonido de las chicharras y el ladrido lejano de algún perro. Las persianas permanecían bajadas para impedir que el bochorno penetrase en las casas. El pueblo entero parecía sumido en un «toque de queda» voluntario; atrincherado en el interior de las frescas casas de piedra mientras esperaba, pacientemente, que el calor pasara de largo. Dejaron las bicis apoyadas en una encina y se adentraron en la dorada pradera. Max iba delante y Louis le seguía, con el cómic enrollado bajo el brazo.

-¿Dónde vamos? -preguntó Louis sudoroso.

-Quiero enseñarte una cosa -dijo Max sin volverse.

Se detuvieron junto a un pozo maloliente. Tendría unos nueve metros de profundidad y una anchura de metro y medio. Era el único rodeado por una inútil y raquítica cerca de metal espinoso que pretendía evitar accidentes.

-El otro día vi algo dentro -dijo Max.

-¿Qué? -preguntó Louis curioso.

-No lo sé. Algo dorado. Creo que era una moneda de oro.

-No puede ser.

Traspasaron la cerca y se asomaron con el cuello muy estirado. A diferencia de los otros agujeros, cuyo interior era cenagoso y apelmazado, éste conservaba algo de agua en el fondo. Eran apenas varios centímetros de agua turbia, un caldo apestoso que humedecía las rocas y olía a podredumbre.

-Yo no veo nada -dijo Louis, entornando los ojos.

Max ya no miraba dentro del pozo. Contemplaba a Louis atentamente, con condescendencia. Sabía lo que quería hacer, lo había sabido desde que vio el mar parpadeando a lo lejos. Pero ¿por qué iba a hacer aquello? Louis era su amigo, le tenía verdadero cariño. Pensó que eso no tenía nada que ver, también quería a Philipe cuando se peleó con él hacía más de cuatro años. También había sentido entonces unas ganas terribles de hacer algo con ese amor. Ya no recordaba por qué le había clavado el rotulador en el paladar, pero no podía olvidar la sangre resbalando por la comisura de sus labios; manchando los azulejos del baño del colegio. Observó de nuevo a Louis y sintió que en realidad le quería. Era divertido y amable, incluso comprendía que Claire le prefiriera a él. Louis siempre les hacía reír y compartía sus chucherías, mientras los demás guardaban las preferidas para ellos mismos. Se acercó por detrás y puso una mano sobre su cabeza y otra en la cintura.

-¿Qué? -tuvo tiempo de preguntar Louis, despistado.

-Nada -dijo Max, empujándole.

Al chocar con las piedras resbaladizas y mohosas del fondo, la cabeza hizo un ruido seco, espeluznante. Luego hubo un chapoteo nervioso, como si tratara de nadar en aquel charco sucio. Después de unos segundos, las piernas cesaron de patalear y todo quedó en silencio. Max miró dentro con indiferencia y vio la enrevesada postura del cuerpo de Louis. Había caído de cabeza y los brazos sobresalían detrás del cuerpo, como dos remos quebrados. Se le había salido una zapatilla y una pierna estaba retorcida, como si tratara de empujarse hacia delante para hacer el pino.

-Louis -susurró Max muy bajo-. Louis, ¿me oyes?

No hubo respuesta.

-Tengo que irme. Prometí a mamá que vendría a disculparme y regresaría en seguida.

Se volvió y recogió el cómic del suelo. Lo sacudió en el aire y después lo enrolló. Salió de la pradera y montó en su bicicleta. Antes de marcharse, dudó si debía dejar el cómic en la bandeja de la bici de Louis pero pensó que él no lo necesitaría. Además, estaba seguro de que él se lo dejaba. Nadie le acusaría de haberlo robado. Comenzó a pedalear despacio, hacía demasiado calor para ir más aprisa. Se desvió del camino para pasar por encima de unos montículos de arena que simulaban un circuito de *motocross* y al pasar sobre ellos se puso de pie sobre los pedales, tal y como había visto hacer en los *rallys*. Se dirigió de nuevo a casa de Louis. Dejó la bici apoyada fuera y entró hasta el porche tratando de hacer ruido. Todo estaba en silencio, como si el mundo entero se hubiera detenido y los seres humanos, excepto él, se hubieran derretido por el calor. Aunque la puerta estaba abierta, llamó al timbre y esperó. Al poco rato, apareció la madre de Louis, algo despeinada y somnolienta.

-Hola, Max -dijo en voz baja.

-¿Quién es, Bárbara? -preguntó una voz desde el interior.

-Es Max, cariño -dijo, elevando la voz-. Bueno, Max -dijo, juntando las manos, esperando una explicación por lo de aquella mañana-. ¿Qué os ha pasado?

-Nada, señora Jacob, fue todo mi culpa -dijo apesadumbrado.

-No me gusta que os peguéis, sois buenos amigos.

-¿Qué es lo que quieres, muchacho? -preguntó el padre, visiblemente molesto de ver allí a Max.

-Pierre, por favor-le recriminó la mujer-. No son más que niños, todos los niños se pelean alguna vez.

-Que sea la última vez -amenazó con el dedo.

-Pierre. Cállate. Haz el favor. Max, entra -dijo, acariciándole el pelo-. Louis debe de estar en su cuarto. Anda, pasa y haced las paces. Os prepararé una limonada.

Max entró mirando alrededor, como si de veras fuera a encontrar a Louis sentado, jugando con sus coches de miniatura. En su cuarto, vio sus juguetes, sus zapatillas de tenis, un par de calcetines hechos una pelota y su colección de insectos. La ventana estaba abierta y Max sintió que entraba algo de aire, «por fin se levanta algo de fresco», pensó. Cerró la puerta y fue a la cocina.

-Señora Jacob.

-¿Sí?

-Louis no está en su cuarto.

-Vaya, cuánto lo siento, Max. Debe de haber salido a jugar con David. Creo que habían quedado en verse. Pero no te preocupes, cuando regrese, le diré que has venido a hacer las paces.

Max asintió con una sonrisa.

-Toma -dijo, extendiéndole un vaso de limonada-. Hoy hace un calor espantoso.

Max se bebió el vaso mientras la señora Jacob preparaba café para ella y su marido. Cuando terminó su limonada, dio las gracias y se despidió educadamente. El señor Jacob levantó la vista de su libro cuando Max pasó junto a él en el porche.

-Buenas tardes, señor Jacob -dijo Max, sonriendo.

El señor Jacob no contestó. Volvió a su lectura sin mover un músculo. Mientras Max atravesaba la cancela, oyó a la señora Jacob reprendiendo a su marido: «Eres aún más chiquillo que ellos…». Max llegó donde estaba la bici y vio el cómic en la cesta. Instintivamente, lo cogió y comenzó a hojearlo. No había duda de que *Héroes de otros tiempos* era la mejor revista que existía. Sus historias eran fascinantes, sus héroes los más valientes y sus mujeres las más hermosas de todas las que se dibujaban en cualquier publicación. Estuvo un rato ojeándolo y luego lo dejó de nuevo en la cesta. A él también le gustaba dibujar. Según su madre, no lo hacía mal del todo. Hoy se quedaría en casa leyendo el cómic, tratando de copiar sus personajes. «Tal vez algún día llegue a poder pintarlos tal y como son en realidad», pensó.

Su madre estaba fregando los platos cuando él apareció en la cocina.

-¿Hablaste con Louis? -preguntó, apartándose un mechón de pelo con el antebrazo.

-No. No estaba en casa.

-Vaya.

-Voy un rato a mi cuarto -dijo con voz despreocupada.

Ella no dijo nada. Se limitó a mirar su pequeña figura, que dentro de poco comenzaría a ser desgarbada, que perdería la tibia redondez de la niñez y pasaría a llenarse de aristas difíciles de comprender. Cuando Max se metió en su cuarto, ella se sentó junto a la ventana a escribir su diario. El mismo diario que Max ojeaba en secreto cuando ella no le veía y gracias al cual yo pude saber lo que Irene pensaba en aquellos decisivos momentos. Irene creía que Max era un niño dulce pero con carácter y eso le gustaba. Quizás se comportaba a veces de forma extraña pero todos los niños lo hacían. Max era inteligente, mucho más que el resto de los muchachos de su edad. Los comentarios de Drake no poseían ningún valor para ella. Era un niño normal. No, era especial. Pero ser diferente no era un pecado. Ella se ocuparía de que todo fuera bien y Drake tendría que comerse sus expertos diagnósticos. Le demostraría a él y a todo el mundo que era un muchacho normal y bueno. Sus errores de juventud no repercutirían en él. A diferencia de Drake, ella había madurado; y a diferencia de Aldo, no estaba loca. Sabía lo que tenía que hacer. Era su hijo y nadie le conocía mejor. Haría de él un hombre íntegro.

Con una insuperable aversión, recordó en sus hojas sus años de juventud, cuando, deslumbrada por la personalidad de Aldo y de Drake, se había dejado conducir hacia un terreno dudoso y fascinante que prometía increíbles facultades y poderes. Ahora despreciaba todo eso y se despreciaba a sí misma por haber incluido en esa locura a una tercera persona, inocente e indefensa. Max había sido concebido con un propósito macabro. Y sólo tiempo después, cuando ya era demasiado tarde, se había dado cuenta de la magnitud de su disparate. Cuando pasó la fascinación, se impuso la realidad. Entonces descubrió que lo que había tomado por originalidad era, en realidad, locura y lo que creía audacia era tan sólo inmadurez. Aldo la había utilizado para llevar a cabo sus turbios planes y Drake, tan fascinado entonces como ella, había sucumbido a la incipiente demencia del otro, sin pensar en las consecuencias. Aunque sabía que Drake la amaba, Aldo representaba para él la culminación de sus más profundos desvelos. Se dio cuenta de que Drake sentía una fascinación casi irracional por los dementes, y la excéntrica personalidad de Aldo, lejos de decepcionarle, acabó por unirle aún más a él.

Aldo se había convertido en un megalómano decidido a llevar a cabo todas las perversas ideas que se le ocurrían y Drake, que en un principio había actuado como la voz de su conciencia, abandonó su labor de Pepito Grillo y se dedicó a observarle sin apenas parpadear, seguro de haber encontrado en Aldo el oráculo que siempre había soñado. Pero no fue sólo él quien sucumbió a sus descabellados proyectos. Cuando Irene se dio cuenta de que su hijo nacería entre visionarios, esquizofrénicos y desesperados que harían de él un monstruo de feria, una representación de sus envilecidas conciencias, decidió huir, abandonarles y tener a su hijo sola. No sabía si era la casualidad o el destino quien la había unido de nuevo a Drake y aunque sabía que no diría nada, porque aún la amaba, ella desconfiaba de la huella que Aldo había dejado en él. Siempre existiría ese fantasma. Por más que Drake jurara y perjurara que ya había superado lo de Aldo, ella sabía que aún sentía un secreto deleite en la observación, que Drake deseaba averiguar, más que nada en el mundo, si Max era una copia de Aldo. Si sus genes marcados con la locura habían pasado a su hijo o si, por el contrario, sus pueriles deseos de revivir al último gran mago de occidente habían tenido éxito y se encontraban ante un misterio. Más allá de lo explicable.

Había tenido que ceder ante Drake y tendría que seguir haciéndolo. No había podido negarse a dejarle a Max unos días. Si él se enfadaba, ella y Max tendrían mucho que perder. Drake era el único que podía esconderla de Aldo y tal vez ayudarla con Max. Podía conseguir, si se lo proponía, que Drake hiciera lo que ella quisiera. No sólo porque la amaba, sino porque representaban algo importante para él, porque él era un hombre marcado por profundas obsesiones y fetiches y sabía que los hombres así son más fáciles de dominar. Él callaría y les protegería de cualquier peligro a cambio de que no rompieran sus relaciones, con tal de poder observar a Max, aunque fuera de lejos. Callaría sólo por tenerla a ella, la madre de Max, su más viva obsesión y la mujer del hombre al que siempre había admirado profundamente. En un sentido que le costaba reconocer, ella también sentía alga por Drake. Pero era más una mezcla de necesidad y confianza lo que le unía a él que un amor apasionado y sincero. Era muy duro vivir con miedo, a la espera de que cualquier día apareciera Aldo y le obligara a compartir a su hijo. Sin embargo, ahora Drake le tenía «controlado» en alguno de sus sanatorios y eso significaba que tal vez podían establecerse durante algún tiempo, comenzar una nueva vida. Dejaría que Drake estudiara a Max de lejos y, de ese modo, todos estarían contentos. Todos menos ella. Pero ella había asumido que debía pagar su error y ya sólo le importaba que Max creciera como un muchacho normal, que tuviera la oportunidad de asentarse y entablar amistades positivas y duraderas. Puede que las cosas no fueran mal del todo a partir de ahora.

Se quitó el delantal, dejó su diario sobre la mesa de café y fue a preguntar a Max si le apetecía un helado o algo fresco. Se había levantado una ligera brisa y aprovechó para abrir las ventanas del salón.

-¡Max! -dijo, irrumpiendo en su cuarto-. ¿Te apetece un helado?

Max estaba sentado en su pupitre. Al verla entrar, dio un ligero salto en la silla y escondió algo bajo su bloc de dibujo.

Ella no prestó demasiada atención a ese gesto, lo que le llamó la atención fue el brillo de sus ojos. La había mirado como si lo que quisiera esconder fuera algo más que una revista para adultos.

-¿Qué escondes ahí? -preguntó, sonriendo.

-Nada.

-¿Nada? ¿Por eso has saltado hasta el techo al verme?

Max trató de sonreír pero sólo consiguió una mueca forzada.

-¡Vamos! ¿Qué escondes? ¿No te habrán dejado una revista... ya sabes?

-No.

-¿Pues qué es?

-Nada. Déjame en paz.

Max contestó en un tono que no hizo sino preocuparla aún más.

-Max, vamos. Soy yo. No voy a regañarte pero si es una revista, dámela. Sabes que no me gusta que mires esas guarradas. Eres un crío. Hay cosas mucho más interesantes para tu edad... aunque no te lo parezca.

Max no se movió. Estaba rígido en su silla, esperando a que ella se fuera. Pero ella no tenía ninguna intención de abandonar la habitación sin descubrir qué escondía.

-Max, no me hagas enfadar -dijo por fin, en un tono que para ambos significaba que ya no estaba bromeando.

Max sacó de debajo del bloc el número treinta y siete de *Héroes de otros tiempos* y se lo enseñó a su madre.

-¿Por qué lo escondías? -preguntó riendo-. Eres bobo. Sabes que no me molesta que leas esto. No me gusta gastar el dinero en algo así pero si te lo han prestado, no te lo voy a quitar.

Max no respondió. Sabía que era cuestión de tiempo que ella averiguara la verdad, pero existía la posibilidad de que nadie se enterara. Podía suceder que creyeran que Louis había huido a otro país. A veces la gente huía, como su padre. Y jamás volvías a verla. Ella hojeó el cómic y miró de nuevo a

Max. Entonces supo que había algo más. El trataba de evitar su mirada y había en su postura algo vergonzoso, una especie de miedo que ella jamás le había inspirado.

-Max, ¿qué pasa? ¿Crees que voy a regañarte? ¿Cuándo te he dado motivos para tener miedo?

No contestó.

-Max, mírame. -Se arrodilló junto a él y dijo-: No tienes que tener miedo, a no ser... -dijo-. ¿No lo habrás robado?

-¡No! -contestó ofendido.

-¿Seguro? ¿Entonces, por qué estás tan tenso?

-No lo estoy.

-Max, dime la verdad. Lo has robado. Si no, no te comportarías así.

-No, te prometo que no lo he robado. Sólo lo tomé prestado.

-¿Prestado? ¿De quién?

-De Louis -contestó, rápidamente.

-Dijiste que no le habías visto.

Max giró la silla y apoyó los codos en el pupitre, dándole la espalda a su madre.

-Max, mírame. Dijiste que no habías podido hablar con él.

-Me duele la cabeza, mamita -dijo con tristeza.

Ella se incorporó y suspiró hondo. Estaba segura de que lo había robado pero hoy estaba siendo un día complicado. Hoy Max parecía diferente, ausente. Tal vez era mejor no forzar las cosas, dejarle a su aire y hablarle cuando estuviera más tranquilo. A fin de cuentas, no era más que un cómic. Fue al salón, cogió un libro y se sentó en el porche a leer. Pasó la tarde en silencio, levantando la cabeza de vez en cuando, interrumpiéndose a cada momento con pensamientos inseguros y contradictorios que iba anotando en su diario, en lo único que la libraba de su mortal soledad y desesperación. Su único confidente. Algo preocupaba a Max. Tal vez era la presencia de Drake lo que le molestaba. No tenía de qué preocuparse, si él lo deseaba, prohibiría a Drake que les visitara. Haría cualquier cosa para tenerle contento. Pero recapacitó. ¿Por qué debía preocuparse tanto por la opinión de un niño de nueve años? ¿No era más normal que ella impusiera sus deseos y él se esforzara por complacerla? ¿No sería que tenía miedo de enfadarle? Dejó el libro con intranquilidad sobre la mesita de mimbre, segura de que no podría volver a recuperar el interés por la lectura y trató de no pensar en nada. El sol estaba ya muy bajo, casi rozaba el agua. Max no había salido de su cuarto en toda la tarde, ni siquiera había encendido la luz, ahora que ya no se veía bien dentro. Se levantó precipitadamente, como si un resorte la hubiera empujado. Atravesó el salón y abrió la puerta del cuarto de Max con el aliento entrecortado por una incipiente ansiedad.

Max estaba allí, sentado en su pupitre. Tal y como le había dejado hacía más de tres horas. Al verla entrar, Max no se sobresaltó. Soltó el lápiz color azul ultramar y la miró con sorpresa.

-¿Qué... qué haces? -acertó a decir ella.

-Dibujar -contestó él con simpleza.

-Ya, bueno... -dijo, tratando de contenerse.

Se le había pasado algo horrible por la cabeza, algo aterrador. Le había imaginado tendido sobre la cama, sin vida... Había sido sólo un escalofrío. Una visión de muerte. Si había robado ese cómic, era culpa suya, si pegaba a Louis, era culpa suya. No podía culpar a Max de nada, toda la culpa la tenía ella. Se fue hacia él, quería abrazarle.

-Ven -dijo con un nudo en la garganta.

Max bajó de la silla y la abrazó vacilante.

-No te preocupes por nada, cariño -dijo, llenándole los ojos, la boca y los carrillos con besos desordenados-. ¿Te preocupa algo?

-No -contestó secamente.

-¿Te molesta que Drake venga a visitarnos?

No contestó.

-No tienes de qué preocuparte. Si tú quieres, no volverá. Esta noche iremos al paseo marítimo a tomar un helado -dijo ella-. ¿Te apetece?

Max asintió.

-¿Me enseñas los dibujos?

Él se acercó a la mesa y ordenó con diligencia las hojas arrancadas del bloc. Se las mostró como lo haría un soldado raso ante un general en una inspección.

-Es precioso -dijo sorprendida-. Max, esto es…

Sonó el teléfono y acudió a cogerlo sin dejar de mirar los dibujos. Max supo quién era antes de que descolgara. Era la madre de Louis.

-¿Sí?… ¡Ah! Sí, señora Jacob. ¿Cómo está? -preguntó amablemente. Hubo un silencio-. ¡Ah! Entiendo.

Su voz cambió bruscamente. Ya no era amable, sino triste. Se giró hacia la habitación de Max y le vio descalzo, apoyado en la puerta, con el pelo revuelto. Los dedos de los pies presionaban el suelo, encogidos. Ella soltó los dibujos, que cayeron sin hacer ruido, y se llevó la mano a la boca.

-¡Ah! -dijo casi sin fuerza, conteniendo la respiración-. Pues no. Ha estado aquí toda la tarde -afirmó tratando de disimular el sofoco-. Sí, sí, desde luego, no se preocupe… Bien, adiós, señora Jacob.

Colgó el teléfono y se sentó de espaldas a Max. Era incapaz de volverse. Él la miraba desde la puerta, mordiéndose los labios. La oía sollozar. Irene se reclino sobre la mesa, las piernas le temblaban y había comenzado a sudar. No podía volverse. Sentía un fuerte dolor en el pecho, un dolor que la ahogaba. «Ya lo sabe, ella siempre lo sabe todo, igual que yo», pensó Max.

-¿Mamita? -susurró.

-Max -contestó ella.

Las lágrimas estaban saladas, las secó con el antebrazo y se restregó la cara. Dio media vuelta y le observó. Le pareció muy pequeño, como si le estuviera viendo con varios años menos. Antes de que empezara a crecer, a perder esa tibia redondez que tanto le gustaba.

-¿Qué has hecho, Max?

-Nada.

-¿Dónde está Louis?

-No lo sé.

-¿Cuándo te dio el cómic?

-Esta tarde.

-¿Dónde?

Max no contestó.

-¿Dónde? -gritó, golpeando la mesa con la mano.

-En su casa.

-¿Por qué me has mentido? ¿Por qué me dijiste que no le habías visto? Max no contestó.

-Tú sabes dónde está Louis ¿verdad? -dijo sin dejar de llorar.

-Sí.

Se tapó la boca con la mano y se dio cuenta de que siempre había sabido que algo así ocurriría. Lo había presentido desde siempre. Ése era el miedo que la acosaba secretamente, día y noche. Entre ella y Max existía una comunicación que a veces superaba las palabras. Y esa voz silenciosa había estado tratando de decirle que algo no marchaba bien, que prestara atención. La débil voz de su hijo llevaba años gritando desde su parte más confusa que necesitaba ayuda, que allí, en el fondo de su joven alma, todo estaba muy oscuro. Cuatro años atrás le había dado una pequeña pista, que ella se negó a aceptar. Sabía que él presentía sus pensamientos, al igual que ella podía sentir los suyos, y sin embargo, los había ignorado. Había ignorado los mensajes, haciéndole creer que era un niño normal, y ella misma se había convencido de ello. Pero ¿qué podía hacer? ¿Permitir que le encerraran en un sanatorio de por vida? ¿Abandonarle en una celda de fríos azulejos, en un reducto carente de calor humano? Él la necesitaba más que cualquier tratamiento, más que cualquier terapia.

-¿Qué le has hecho? -preguntó.

-Si te lo digo, ya no me querrás. Sé que me enviarás a un lugar.

-¿Qué lugar?

Sintió entonces la culpa creciendo dentro de su pecho. Él

podía escuchar sus pensamientos con claridad, con tanta claridad como ella había oído sus súplicas.

-Nada de lo que hayas hecho hará que deje de quererte. Nada.

-Yo no quiero ir a ningún sitio. Quiero quedarme contigo, mamita.

-Te quedarás pero tienes que decirme dónde está Louis.

-En un pozo -dijo muy bajo.

Ella se tapó la cara con las manos. Sintió como si la cabeza le fuera a estallar en pedazos. Esto no podía estar ocurriendo. Era demasiado horrible.

-¿Tú le...? -dijo, sollozando.

Max sintió que le sudaban las palmas de las manos y la parte trasera del cuello. Estaba asustado. No sabía qué le daba más miedo, si la postura de Louis en el fondo del pozo, la angustia que sentía su madre o la constante amenaza de ser enviado a un sanatorio.

-¿Por qué siempre piensas en un lugar de azulejos blancos?

-¿Qué, qué lugar? -sollozó ella.

Le costaba respirar. Era como si alguien la estuviera estrangulando. Sentía que los ojos le ardían, le quemaban los párpados y apenas podía verle con claridad junto a la puerta. Estaba borroso, desdibujado.

-No te llevarán a ningún sitio. Te quedarás conmigo -gritó como si discutiera con alguien-. Tienes que olvidarlo todo, cariño. No dejaré que se lleven a mi pequeño -dijo avanzando con prisa.

Se arrodilló junto a él y le abrazó.

-No tienes de qué preocuparte. Mamá no dirá nada.

-Yo te quiero mucho.

-Lo sé. No nos separarán, no te preocupes. Todo es mi culpa, cariño, tú eres un buen chico.

-¿Y qué le pasará a Louis? Tengo miedo por él. El pozo está muy oscuro y pronto será de noche.

-Nada. No le pasará nada. No pienses más en ello -dijo, sujetándose el pelo con un pasador.

Miró alrededor y temió que alguien les hubiera escuchado. Corrió a cerrar las ventanas. Ya casi había anochecido y, a lo lejos, el cielo se iluminaba con relámpagos intermitentes, aún silenciosos.

-Nadie debe saber que viste a Louis -dijo sentando a Max en una silla-. Diremos que estuviste aquí toda la tarde.

-Hablé con la señora Jacob.

-¿Cómo que hablaste con ella? ¿Cuándo?

-Después…

-¿Fuiste a su casa después? ¡Oh, Dios mío! -se dejó caer sobre el sofá.

El estómago era una espiral. No podía dejar de llorar. Pensó que jamás podría parar. De pronto, todo había cambiado. Ya no eran sus miedos o las suposiciones de Drake. Algo real había ocurrido. Si alguien lo descubría, estarían perdidos. Les encerrarían a los dos y no volverían a verse. Pasarían la vida rodeados de locos y asesinos, lo que siempre había temido. Todos sus esfuerzos por llevar una vida normal se habían esfumado… Sin embargo, si podían continuar juntos, donde fuera, estarían bien. De pronto, pensó en la señora Jacob y le sobrevino una arcada. Trató de correr hacia la cocina o el baño pero no pudo contenerse y vomitó en el suelo del salón.

-¡Mamá! -gritó Max asustado-. Mamita, ¿qué tienes?

-Nada, no es nada. Ya estoy bien. No. Apártate, lo limpiaré.

Max comenzó a llorar en silencio. Ella sabía que no lloraba por Louis o por el castigo. Era por ella, por verla en ese estado, y pensó que si no se controlaba, todo quedaría grabado traumáticamente en la mente de Max y sería aún más difícil que olvidara el incidente.

-Ya estoy bien -dijo sonriendo-. Debe haberme sentado mal tanto calor.

Max la miraba con ojos suplicantes, tratando de descubrir en sus gestos alguna señal de dolor.

-¿Ya? -preguntó impaciente.

-Sí, cariño, ya.

Se sentó junto a ella en el sofá y se abrazaron. Permanecieron en silencio, con los ojos fijos en ningún sitio hasta que la noche lo envolvió todo y la casa quedó a oscuras. Sólo la luz de los relámpagos y el ruido de la tormenta, que ya estaba encima, los despertó. Se habían quedado dormidos, exhaustos ante una realidad demasiado fantástica. Entre la confusión del estruendo, Max no supo dónde estaba, ni qué hora era. Ella miró alrededor y recordó. Vio a Max abrazado junto a ella y le besó la cabeza.

-Nos hemos quedado dormidos -dijo bajito-. Debe de ser tarde.

Se levantó y encendió la luz. Max parpadeó deslumbrado y se restregó los ojos. Llovía con fuerza, como si el calor hubiera condensado toda el agua del mar y ahora la estuviera devolviendo de nuevo a su sitio. Max miró por la ventana del salón y sintió un escalofrío.

-Es más de la una. ¿Tienes hambre? -Max negó con la cabeza-. No, yo tampoco. Vamos a la cama.

Max se acostó con su madre. Tenía un miedo atroz a la soledad de su cuarto, al húmedo agujero donde yacía el cuerpo de Louis pero, sobre todo, temía la tormenta.

Esa misma noche, mientras dormían, se inició la búsqueda de Louis. Habían mandado ayuda desde Bayona, lanchas y personal de rescate. Esperaban encontrarle en el mar. Esa tarde, las olas habían sido estupendas para hacer surf y a los muchachos les encantaba aprovechar el oleaje y adentrarse irrespetuosamente más allá del límite de seguridad. Todos los veranos se ahogaba alguien. El mar siempre devolvía lo que tomaba prestado sin un motivo aparente. Pero esta vez no fue el mar. Esa madrugada hallaron una bicicleta tirada junto a un árbol y, unos metros más allá, a un muchacho de diez años cubierto de barro y hojas en el fondo de un pozo.

El timbre de la puerta sonó muy temprano. Irene se incorporó, llena de aprensión. Esperó unos segundos, atontada por el sueño, pero el timbre volvió a sonar con más insistencia. Arropó a Max con cuidado y se deslizó hasta la puerta. Era Drake.

-Irene, ábreme -ordenó.

Pensó en volver a la cama. No quería verle pero sabía que no se marcharía. Ya debía de saber que Louis había desaparecido. Por eso estaba allí. Max se despertó y se arrastró hasta la puerta con el pelo revuelto y el estómago encogido.

Drake llevaba el periódico bajo el brazo, cerró la puerta nervioso y la miró, escrutándole el rostro.

-Ha sido Max, ¿verdad?

-¿A qué te refieres?

-Al niño que han encontrado muerto en un pozo. A eso me refiero.

Ella le hizo una seña para que bajara la voz y se dirigió a la cocina para prepararse un café.

-Te dije que antes o después ocurriría y no me creíste. ¿Piensas que soy estúpido? ¿Que no sé cuándo alguien necesita ayuda?

-Está bien -dijo cansada-. Tú tenías razón ¿y qué?

-¿Y qué? Tengo que recordarte que ha muerto un niño de diez años y su madre está ahora atiborrada de pastillas porque anoche, cuando encontraron el cuerpo, casi se vuelve loca...

-¡No! -gritó Irene-. ¡Por favor! Soltó la taza y se dejó caer en el suelo. -No puedo quitarme de la cabeza a la señora Jacob -sollozó Irene-. ¡Dios! No hay nada más horrible, nada.

Drake se agachó y le ofreció un pañuelo.

-¿Qué vas a hacer?

-¿A qué te refieres? -preguntó ella desconcertada.

-¿Sabe alguien... algo?

-No. Nadie les vio. La señora Jacob llamó ayer por la noche. Max... -suspiró para poder seguir hablando-. Max fue a preguntar por Louis después de...

-¿Pero qué te ha dicho?

-No he querido preguntarle. Si le hago pensar en ello, no lo olvidará.

-No puedes hacer eso -negó Drake-. No puedes hacer como si nada hubiera pasado, porque volverá a ocurrir. Ahora ya lo sabemos.

-No volverá a ocurrir -aseguró.

-¿Y cómo piensas impedirlo? ¿Le vas a encerrar de por vida?

-No lo sé -contestó nerviosa-. Pero no dejaré que se lo lleven.

-Necesita ayuda. Es peligroso. Ya lo has visto. ¿Cuántas «señoras Jacob» necesitas para darte cuenta?

-Tienes que ayudarme. No es más que un niño.

-Nunca dejarás de engañarte. Aunque lo vieras con tus propios ojos.

-¡Es mi hijo! -dijo, golpeándose el pecho-. Es lo único que tengo.

-También es hijo de Aldo -le recordó.

-¡Maldito seas, Drake! No te lo llevarás, no dejaré que nadie lo haga. Puede que la mitad de los genes sean de Aldo pero la otra mitad es mía y haré lo imposible para que sea un chico normal.

-¿Normal? ¿Como quién? ¿Como tú? Mírate. Estás tratando de esconder a un asesino de nueve años que lleva la locura marcada con fuego en el alma.

-¡Mi hijo no es un asesino! -gritó-. Sólo necesita que alguien le aclare lo que está bien y lo que está mal. Es demasiado pequeño para comprenderlo.

-También Louis lo era.

Le miró con desesperación y volvió a encogerse en el suelo. Irene sabía que ella no era quien más había perdido. La señora Jacob estaba en casa con las persianas echadas, respirando un silencio ensordecedor, un vacío inmenso que ya nada volvería a llenar.

-Si me quitas a Max, será como si hubiera muerto con Louis. Necesito que me ayudes. Tienes que hacer que lo olvide.

-La locura no se puede ocultar, antes o después recordará

quién es.

-Tú puedes hacerlo. Sé que puedes. Te dejaré que le estudies, que le observes de lejos, eso es lo que siempre has querido, ¿no? -suplicó.

-¿Y si descubren que no fue un accidente? ¿No has contado con eso?

-La lluvia habrá borrado todas las huellas. La pradera es un lugar peligroso. Lo raro es que no haya ocurrido antes un accidente.

Drake se pasó la mano por el pelo, pensativo.

-¿No me digas que tienes reparos? -le recriminó Irene-. ¿Ponías alguno cuando ocultabas las «aficiones» de Aldo?

-Aldo está en un sanatorio.

-Ahora sí pero durante mucho tiempo tú te encargaste de ocultar su locura.

-Hasta que me di cuenta de que eso era lo único que podía salvarle de la cárcel.

-Por favor, Drake -suplicó.

-Primero tenemos que estar seguros de que nadie les vio, de que no hay ninguna prueba que relacione lo ocurrido con Max.

-No la hay, seguro -afirmó.

-Habrá que preguntarle a Max y esperar a ver qué pasa.

-No. No quiero que le dé más vueltas al asunto.

-¿Al asunto?

-Cuanto más lo racionalice, más difícil será que lo olvide, tú mismo lo dices.

-Si quieres que os ayude, lo haremos a mi manera. Lo primero de todo es enteraros de qué piensa la policía. Id a ver a la señora Jacob. Dadle el pésame y preguntad.

-¿Nos ayudarás?

-Claro que lo haré. De todas formas, ya estoy demasiado unido a vuestra… familia.

-No somos una familia, ni se te ocurra incluir a Aldo en nuestras vidas.

-Sí, querida, por mucho que te pese estás

irremediablemente unida a él y Max también. Él fue tú pareja y es padre de Max. Eso nadie podrá cambiarlo jamás.

XVIII

No te espante el rigor de mis pecados.

LOPE DE VEGA

El sol brillaba en un cielo despejado. Caía sobre Irene y Max sin compasión. Seguía sus pasos como un dedo acusador del que no podían escapar. Irene y Max salieron de casa a media mañana. Ella le daba las últimas instrucciones sobre cómo debía comportarse cuando estuvieran en casa de los Jacob. Sabía que no le fallaría porque Max era un muchacho listo y siempre entendía a la primera. Le había prometido que irían a la playa después de su visita y Max iba cargado con su bolsa llena de moldes para la arena, el cubo, la pala y el rastrillo. Irene tiraba de él mientras murmuraba frases hechas, frases que llegado el momento, cuando estuviera ante la señora Jacob, no le costara decir. Sabía que tenía que vigilar a Max, sus palabras, sus gestos. Los niños, incluso los más inteligentes, a veces confunden la realidad con la ficción y cualquier comentario de Max podía ser tomado, en un momento así, como algo relevante. Estaba segura de que le harían preguntas, el señor Jacob especialmente...

-¿Recuerdas todo lo que te he dicho?

-Sí, mamá.

-Mírame, ¿estás bien?

-Sí, mamá.

-Si crees que no puedes hacerlo, finge que te sientes mal. Ellos lo entenderán, a fin de cuentas... -se interrumpió.

Quiso explicarle que Louis había sido su amigo y ellos

entenderían su tristeza pero se dio cuenta de que tal vez no era buena idea.

-¿Podemos ir después a tomar un helado? -preguntó Max, mirando el paseo marítimo a lo lejos.

-Sí, luego. Ahora procura concentrarte en lo que te he dicho, si no, ya sabes lo que nos ocurrirá.

-Sí, mamá.

Entraron en el jardín de los Jacob. Había varios coches aparcados fuera, pegados a la tapia. Max miró la piscina y vio que estaba llena de hojas y briznas de césped. Nadie la había limpiado después de la tormenta. Normalmente, los Jacob mantenían el agua tan limpia que podías ver una horquilla hundida sin necesidad de usar gafas de buceo. Pero hoy el agua estaba turbia, ennegrecida, incluso había pequeños montoncitos de tierra asentados en el fondo. Max pensó que no se metería en esa agua sucia por nada del mundo, le recordaba a la del pozo...

Les abrió la puerta una de las tías de Louis. Una mujer de rostro seco y expresión compungida. Tenía cierto parecido con la madre de Louis pero sus ojos eran más grises y su figura menos juvenil, más enteca.

-Buenas tardes, somos Irene y Max Sinclair...

-Pasen, pasen -dijo con resignación, como si en realidad no importara quiénes fueran.

La casa tenía un aspecto desarreglado. Se respiraba un aire disfrazado, turbio. Max lo notó nada más entrar. Era el mismo aire que había anoche en su casa. Faltaba algo. Como si en lo invisible se hubiera abierto un agujero que nadie podía ver y, sin embargo, al respirar, todos notaban. En el salón, dos hombres paseaban mirando el suelo; parecían buscar en los dibujos de la madera una respuesta a lo ocurrido. En un sofá, tres mujeres hablaban en voz baja y un tercer hombre, que les daba la espalda, miraba hacia el jardín con las manos en los bolsillos de sus pantalones. Levantaron las cabezas y les miraron con complicidad, asintiendo levemente. Después, continuaron con lo suyo.

-Bárbara está en la habitación con nuestra madre -dijo la mujer que les había abierto-. Pasen.

Irene se sintió incómoda. Apretó la mano de Max y le miró con intensidad. La luz del cuarto de los Jacob era tal y como ella había imaginado. Las persianas estaban bajadas pero la luz del sol luchaba por colarse entre las rendijas con impertinencia. Su triunfante claridad parecía indiferente a las desgracias ocurridas, brillaba alegre e insolente. La señora Jacob, Bárbara, no deseaba ver cómo la vida continuaba fuera, Irene lo sabía. No quería oír los gritos de los niños jugando en la playa, los chillidos de las gaviotas sobre sus cabezas. A esas horas, la playa estaba llena de gente que disfrutaba del verano, que continuaba sus vacaciones tan ajena a su sufrimiento como el propio sol. Junto a ella había una mujer mayor con semblante abatido. Sujetaba la mano de su hija, floja y acabada, con las suyas. La agarraba con fuerza, como si temiera que Bárbara resbalara dentro de un abismo que sólo ellas dos veían. Irene se dio cuenta de que también podía verlo. Estaba allí.

Max miró a la madre de Louis y le pareció que había cambiado. Ahora se parecía más a la mujer que les había abierto la puerta. Tenía los ojos hinchados y la cara enrojecida. Al ver a Max estiró una mano y rompió a llorar histéricamente. Max soltó la bolsa en el suelo, cogió su mano y se dejó abrazar. Tuvo la sensación de que ese abrazo no se lo daba a él. Que ella quería sentir un cuerpo pequeño, parecido al de Louis, a quien ya nunca podría abrazar. Max estaba laxo, tenía un nudo en la garganta pero pudo decir muy bajo, casi al oído de la señora Jacob: -Lo siento.

Ella le soltó. Le arregló el pelo y le limpió la cara que estaba llena de sus propias lágrimas con un pañuelo húmedo que sabía a sal.

-Gracias por haber venido -dijo.

-Esta es mi madre -dijo Max.

Irene se acercó a la cama. Le temblaban las piernas. Sentía que de un momento a otro rompería a llorar y confesaría que

238

toda la culpa la tenía ella. Que su hijo sólo había sido el brazo ejecutor pero que detrás de todo estaba ella.

-Lo siento mucho, Bárbara. No puedes imaginar cómo lo siento -dijo, en vez de eso.

Lo dijo de verdad. Sentía mucho la muerte de Louis. Era lo más horrible que jamás le había ocurrido. Porque en cierta forma, aquello también le había ocurrido a ella. Por mucho que viviera no podría olvidar su muerte. Tendría que vivir con ello toda su vida, al igual que Bárbara tendría que hacerlo sin Louis. Pero no podía dejar que Max pagara por algo que era culpa suya. De nada serviría reconocerlo, decir la verdad. Louis no regresaría.

-Me alegra que hayáis venido -dijo-. ¿Conocéis a mi madre?

Les presentó con desinterés, como si aquellos trámites le resultaran absurdos.

-Si hay algo que pueda hacer… -dijo Irene, haciendo un esfuerzo por no parecer demasiado afectada.

-Gracias, nada. Pero me alegro de ver a Max. Él y Louis eran buenos amigos, ¿verdad? -dijo, esbozando una sonrisa indecisa-. Siento que no llegarais a hacer las paces.

-No queremos molestarte. Te dejamos tranquila -dijo Irene, incapaz de soportar la situación.

-¿Puedo ir un momento a la habitación de Louis? -preguntó Max de repente.

-¿Para qué quieres ir? —preguntó Irene, mirándole con reprobación.

-Nada, sólo quería verla.

-Claro que puedes ir -afirmó Bárbara.

Max cogió su bolsa de playa y se dirigió al cuarto de Louis con diligencia. Abrió la puerta y aspiró el aire. Olía diferente. Miró detrás de él. Nadie le veía pero, por si acaso, cerró la puerta. Se arrodilló en el suelo, junto a la cama, y del fondo de su bolsa de playa sacó el cómic de Louis. Lo estiró, le sacudió la arena y lo tiró debajo de la cama. Cerró la bolsa y echó un último vistazo a la habitación. Estaba demasiado silenciosa. También allí faltaba algo. Le dolía devolver el cómic. Era uno de los mejores que había leído pero sabía que alguien podía acusarle de habérselo robado a Louis, cuando en realidad sólo lo había tomado prestado. No sabía si donde estaba ahora Louis iba a necesitarlo pero, por si acaso, ya era suyo de nuevo. Abrió la puerta y se despidió de la habitación. Jamás volvería a poner los pies allí y lo sabía. Cerró la puerta y regresó donde estaba su madre. Irene estaba en el pasillo, hablando con la abuela de Louis.

-¿Saben ya cómo ocurrió? -preguntaba.

-Creen que se metió a jugar en la pradera y cayó al pozo. Más de cien veces le prohibí que fuera a jugar a ese lugar. Está lleno de pozos y nadie se preocupa de vallar todo aquello en condiciones. Como no hagan algo no será el último accidente. Espero que después de esto se decidan pero... bueno. Ya nada nos devolverá a Louis -concluía la anciana.

-Deberíamos hacer algo al respecto -asentía Irene mientras observaba acercarse a Max-. Exigir que cierren esa zona -se oyó decir.

Estaba preocupada por Max. Apenas prestaba atención a la conversación. Ya había averiguado lo importante y contestaba mecánicamente mientras trataba de captar la mirada de su hijo. Ahora sabía que nadie sospechaba de un asesinato. Todos le echaban la culpa al Ayuntamiento y eso la dejaba más tranquila. Pero en cualquier momento, Max podía decir algo...

-¡Max! Vamos a despedirnos de Bárbara ¿eh? -dijo cogiéndole con fuerza de la mano para que supiera que estaba enfadada.

Dijeron adiós y reiteraron su condolencia. El señor Jacob estaba resolviendo unos asuntos en el hospital pero ella les aseguró que también les agradecía su visita.

-Ven a vernos cuando quieras -repitió Bárbara dos veces.

Max asintió, aunque sabía que no volvería a esa casa nunca más. Cuando salieron por la puerta del jardín, Irene tiraba con fuerza de Max. No dijo nada. Esperó a estar suficientemente lejos para hablarle.

-¿Qué es lo que hacías? ¿No te dije que no te movieras de mi lado?

-Sí, pero…

-¿Tenías que ponerme nerviosa, verdad? Marcharte y dejarme allí sola.

-Es que… -trató de decir.

-Es que ¿qué?

-Nada.

-¿Ahora nada? ¿Qué fuiste a hacer a su cuarto?

-Tenía que devolverle el cómic a Louis -dijo en voz baja.

-¿Qué? -dijo perpleja.

-Sólo me lo prestó.

-Pero… ¿Sabes lo que has hecho? ¿Cómo se te ocurre hacer algo así sin consultarme? ¿Y si tenía alguna señal tuya?

-Creí que no me dejarías…

-Claro que no te habría dejado. Nadie se acuerda ya de ese cómic pero cuando limpien su habitación, si hay algo dentro, algo tuyo… ¡oh, Dios!

-No había nada, mamita. Nada.

-¡Te dije que me hicieras caso! -gritó fuera de sí.

-Te aseguro que no había nada, lo sacudí y miré en casa todas las páginas -dijo para tranquilizarla.

-Que sea la última vez, Max, la última. Si vuelve a ocurrir algo como lo de Louis, dejaré que nos separen. Te lo juro.

Max rompió a llorar en silencio. Ella no estaba bromeando. Irene comenzó a andar rápido y él la siguió a cierta distancia, sin dejar de llorar, suplicando que le perdonara. Pasaron el día en la playa, entre gente normal que disfrutaba de su tiempo y de sus familias de forma normal. Irene estuvo arisca y distante con Max y él se pasó el día con un nudo en el estómago, pendiente de cada movimiento que ella hacía. Colocó la toalla junto a la suya y se encogió sin dejar de mirarla. Buscaba su sonrisa, le traía conchas, puso crema en su espalda y no levantó una pizca de arena a su alrededor. Pero aun así, ella continuaba enfadada.

Una pareja de ancianos, sentada cerca de ellos, llevaba

observando a Max todo el día. La mujer, una anciana de cabellos rubios y cuidados, con la piel uniformemente bronceada, se levantó de su hamaca e hizo un guiño a Max. Éste se acercó con desgana, sin ocultar su tristeza. La anciana le ofreció un helado de fresa junto con una espléndida sonrisa y Max lo aceptó porque llevaba todo el día pidiendo aquel helado sin que su madre le contestara. Lamió el helado bajo la satisfecha mirada de los dos ancianos y cuando terminó le dio un beso a la mujer. Sabía que a las señoras mayores les encantaban los besos. Después regresó a su toalla y entonces oyó decir a la anciana que no entendía por qué alguna gente se empeñaba en tener hijos, cuando estaba claro que no los deseaba, y que Dios daba pan a quien, sin duda, no tenía dientes.

Max continuó el resto del día mirando a su madre en silencio. No podía soportar aquella situación. Era capaz de aguantar cualquier cosa menos eso. Pasó por su cabeza que tal vez ella planeaba llevarle a un sanatorio, como había sugerido Drake, que ya no le quería y que estaría mejor sin él. Se sintió enfermo, sin ganas de jugar, algo había ocurrido entre ellos dos. Pensó que la había decepcionado, que nada volvería a ser como antes. Pero aquella tarde, Drake fue a visitarles a casa. Estuvo un rato hablando con su madre. Hablaron sobre dinero, Drake se ofreció a darles una cantidad al mes a condición de poder estar en contacto con ellos. Supo que seguirían viajando, no porque tuvieran que huir de Aldo, sino porque Drake había descubierto que Max no sabía amar. Por la noche, los dos le explicaron muy despacio que iban a jugar todos a un juego muy entretenido. Max sospechó que detrás de ese juego se escondía algo importante porque su madre estaba muy seria y preocupada, y Drake, demasiado simpático. Le sentaron en el sofá, pusieron una música alegre de Bing Crosby y Drake comenzó a hablar lentamente, con voz grave y monótona. No recordaba a qué habían jugado pero desde ese día, su madre volvió a estar cariñosa con él y dos días después abandonaron Biarritz. No regresaron nunca más.

XIX

The key premises in this argument is the claim that
my actions can be truly mine only if they are caused
by mi character or something else about me.

Bergson's account of decision making as we actually
experience it from the inside enables him to refute
this premise, for it shows that there is only one way
in which actions can be truly mine, and that is when
they are not caused by my thoughts, but belong with
then in the total flow of my life history. In that

context, they can be understood after the event, but
they cannot be causally explained or strictly predicted
beforehand. [2]

ERIC MATTHEWS,
«Vida y obras de Henry Bergson» en Filosofía francesa del Siglo XX

Max continuaba tendido sobre la descolorida tarima del bar.
Me agaché para observarle y dejé la libreta junto a su mano.
Con el sueño, su rostro se había relajado pero sabía que bajo
su acompasada respiración, cada fibra de su ser libraba una
batalla, una lucha entre quien creía ser y en quien se estaba
convirtiendo. Pensé con tristeza que ya no importaba quién
fuera el vencedor. Después de los últimos recuerdos, ya nada

---

[2]Las premisas clave en este argumento declaran que mis acciones sólo pueden ser mías si
son causadas por mi carácter o algo más mío. Las consideraciones de Bergson acerca de
la toma de decisiones, tal y como las experimentamos desde el interior, le capacita para
refutar estas premisas, ya que se demuestra que hay sólo una manera por la que mis
acciones pueden llamarse mías, y ésa es cuando no son causadas por mis pensamientos,
sino por corriente global de mi historia personal. En ese contexto mis acciones pueden
ser comprendidas después de que yo he actuado, y no pretender explicarlas como una
relación causal o predecible.

sería igual para él. Sus puntos cardinales internos, aquellos por los que se guiaba y avanzaba, habían dejado de ser constantes inamovibles. A simple vista, mirando su cara abandonada, se podía creer que ningún pensamiento siniestro ocupaba su mente, que en su vida todo fluía en una dirección concreta, predeterminada por sus propios deseos. No me atrevía a despertarle y ser el causante de su regreso al infierno de la consciencia.

Cada vez me resultaba más difícil encontrar un razonamiento que me confirmara que esos recuerdos eran invención de Drake. Yo mismo había podido comprobar que muchas de las cosas que había anotado en su libreta (como que este lugar era un manicomio, que Drake estaba obsesionado con Crowley o que Yaroslav era el lugar de nacimiento de Drake) coincidían con la realidad, y eso significaba que no podía ignorar el resto de la información. La memoria dañada de Max volvió a sorprenderme por su capacidad para captar los detalles, por su minuciosidad y por su inteligente habilidad para ordenar los acontecimientos. Pero aceptar que sus recuerdos eran ciertos suponía dudar de mis propias certezas. Me resultaba siniestro pensar que ese pasado había convivido con Max durante más de veinte años sin que él lo sospechara. Si ese doble fondo existía en él, bien podía existir en cualquier otro. Nadie estaba libre de poseer un pasado accidentado. Tras una vida que emanaba transparencia, que se mostraba plana y reconocible, ¿podía ocultarse una naturaleza que sólo necesitaba de una palabra o señal para resucitar? ¿Y si era verdad que Max escondía un monstruoso parásito dentro de sí? ¿Y si su madre y Drake habían ocultado sus instintos más elementales en un lugar donde ni siquiera el mismo Max podía llegar? Tal vez, secretamente, Max siempre había sabido que dentro de él dormía un ser cuya naturaleza nada tenía que ver con aquello que mostraba a su madre y a los demás.

Max se retorció en el suelo con una mueca amarga. Estaba despertando. Sentí una náusea en el fondo del estómago.

¿Qué iba a decirle? ¿Cómo iba a defenderme de sus acusaciones? Él me relacionaba con la figura oscura de su padre. Yo, en su nueva visión de la vida, era alguien despreciable. Pertenecía a un pasado que sólo le causaba horror. En ese pasado, yo había sido la causa de los sufrimientos de su madre, de su naturaleza enferma, de su vida nómada, sin raíces. Sin haber movido un dedo, me había transformado ante sus ojos. Sentí que su despertar encerraba nuevos códigos e informaciones sobre el mundo que tenía delante. Sin poder evitarlo, me sentía culpable de mi nueva imagen. Yo no tenía qué temer y, sin embargo, temía. Cuando él abriera los ojos, yo ya no sería yo, sino una imagen moldeada por los retorcidos deseos de Drake. Fue entonces cuando pude sentir el alcance de su manipulación. Sobre mí se cernía un reflejo que no reconocía pero que, al igual que Max, comenzaba a resultarme imposible ignorar. Pensé: «Así es como Drake fabrica sus locos, creando en la subjetividad de una mente imágenes cuyo reflejo acaba suplantando al original».

Cómo había conseguido que Max recordara y por qué justo en ese momento era algo que aún no podía entender. ¿Es que dentro de la enrevesada cronología de los recuerdos podía capturarse el instante donde el pasado se dividió y dejó de pertenecernos? Si Max había alcanzado ese umbral era porque Drake así lo había querido. En las notas que acababa de leer, la madre de Max había suplicado a Drake que le hiciera olvidar esa parte enferma. Sólo Drake tenía la llave que abría la puerta a esa dimensión paralela. Él ordenaba y dirigía la mente de Max como un cómitre gobierna desde el fondo de un barco cada movimiento a través del océano. Estaba dosificando la información que llegaba hasta Max de forma astuta y controlada. Le tenía para él solo. Por fin podía estudiar su mente y saber si sus ridículos experimentos de juventud habían tenido éxito. Porque Drake y la gente que trabajaba con él creían que Crowley podía estar vivo dentro de Max.

Drake era capaz de sostener en su interior el equilibrio necesario para convivir con su mente científica y sus delirios de fanático místico y no dudar de la validez de ninguna de las dos teorías. Era esa parte mística y cruel la que más me desconcertaba. Podía destrozar el equilibrio de un ser humano, dividir el yo hasta sus últimas y más terribles consecuencias, tratar a los hombres como conejos de indias y, sin embargo, seguir creyendo que dentro de cada ser habitaba un espíritu único y sublime que, al mismo tiempo, podía ser tan permutable como un traje de domingo. En él, esas creencias cohabitaban pacíficamente. No hacía falta más que observarle para comprobar que estaba convencido de su verdad, que creía en sus propias teorías sin remordimientos, sin dudas. A los ojos de una persona sana, él estaba loco. Pero en su interior no existía conflicto y era eso lo que le separaba del resto de sus pacientes.

Creía con toda su alma que sus estudios y descubrimientos aportarían a la psiquiatría datos que permitirían avanzar en el conocimiento del cerebro humano. La fuerza con la que argumentaba sus teorías era tan sólida que, en vez de tratarle de loco, le creían un genio. Es cierto que la locura y el genio siempre han estado muy unidos pero hasta ese momento no me di cuenta de cuál era el hilo que los separaba. Su inteligencia unida a una imaginación sin límites y una inmensa confianza en sí mismo le convertían en alguien admirado, escuchado. Drake tenía algo que decir. Había convertido sus obsesiones personales en argumentos científicos. Los misterios que le fascinaban en su niñez eran ahora el motor de su trabajo y era evidente que esa fuerza que poseía no era sólo algo creado en su mente, sabía trasmitirla, contagiar su locura. Era curioso. Él se esforzaba por descubrir el gen de la locura sin darse cuenta de que la locura era una enfermedad contagiosa.

Max parpadeó con esfuerzo. Parecía deslumbrado por la tenue luz que iluminaba el café. Tenía los ojos hinchados, inyectados en sangre. Miró alrededor apoyándose en un codo y se desplomó de nuevo en el suelo, como si le hubieran disparado una bala invisible. Cuando volviera de su inconsciencia y la borrachera pasara, recordaría el asesinato de Louis. Me senté junto a él y bebí un trago de whisky. Max tenía razón, el whisky era una de las bebidas más desagradables que existían pero tenía fuerza y fuego y, sobre todo, ayudaba a olvidar. Pero ¿por qué estaba bebiendo? Yo no tenía necesidad de olvidar, al contrario. Lo que necesitaba era recordar cómo había llegado. Entonces todo volvería a estar en su sitio. A mi mente llegaba la imagen de la habitación del hotel, mis cosas esparcidas por todas partes, mi ropa, los libros. ¿Sería sólo el principio? Quizás dentro de una semana comenzaría a olvidar el sentido de mi viaje, al mes podía haber olvidado lo que sabía sobre la vida secreta de mi hermana y tal vez dentro de un año ni siquiera recordaría que alguna vez tuve una hermana. En el despacho de Drake había tenido la sensación de que algo se desmenuzaba dentro de mi cabeza. Me había sobrevenido un terror indescriptible hacia algo que notaba demasiado cerca. Quería huir, abandonar este manicomio y regresar a mi casa, a mi vida, aburrida y monótona pero mía a fin de cuentas. Si no hacía nada, si me dejaba conducir por Drake, permanecería allí para siempre.

Si quería jugar, jugaríamos. No tenía otra elección. Eso o enloquecer lentamente en este agujero. Pensé que tal vez sería posible hacer creer a Drake que recordaba, que poco a poco iba recuperando esa vida que me atribuía y de esa forma podría conseguir su confianza y mi libertad. Del tal Gerald sabía lo suficiente como para poder interpretar su papel. Sabía que era un psiquiatra brillante con gustos extravagantes. Por ahora no necesitaba esforzarme en aparentar que recordaba, podía fingir que algo en mí estaba resucitando después de nuestra conversación, de leer las notas de Max.

Pero ¿no sería ésa su trampa? ¿Hacerme creer que mi única opción era convencerle de que era quien me había asignado para que poco a poco yo mismo me fuera acostumbrando a ser ese otro? Tal vez Drake ya había contado con que trataría de asumir ese papel y lo que fuera a hacer o decir sólo serviría para enredarme aún más en la tela de araña en la que había caído. De nuevo tuve la sensación de que incluso mis pensamientos estaban siendo observados, dirigidos, que nada de lo que pudiera hacer, por muy espontáneo que me pareciese, les pillaría por sorpresa. En su laboratorio tenían ante sí las opciones que estaban a mi alcance y ellos ya las habían permutado de manera que cualquier movimiento estuviera registrado de antemano.

En algún lugar del bar había una cámara escondida que vigilaba nuestras conversaciones y gestos. Estaba claro que en algún lugar del pueblo existía un centro desde donde controlaban toda esa monstruosa red de espías y que allí estarían almacenadas todas mis conversaciones con Bezel, nuestros encuentros sexuales, mis conversaciones con Max e incluso mi llegada al pueblo. Sí, en algún lugar estaba grabada esa información que yo necesitaba más que nada en el mundo para asegurarme de que estaba siendo manipulado, de que de alguna forma también me estaban contagiando.

De pronto me sobrevino una idea que hasta ese momento había tratado de apartar de mi mente. ¿Y si descubría que Drake tenía razón? ¿Y si al estar frente al monitor descubría que me habían traído sedado? Mi coche no estaba en el hotel y ésa era la única forma en que podía haber llegado. Traté de tranquilizarme. Sentí una opresión que me atenazaba la garganta. Pensé: «Eso es lo que quieren, que dude, que acabe por rendirme. El coche pueden habérselo llevado y este estado de confusión es producto de su manipulación. No sabes si te están dando drogas, si mientras dormías te han hipnotizado y por eso supiste llegar hasta el despacho de Drake tú solito».

Comencé a sudar. Sentí un hormigueo en las manos. ¿Y después? Después aún no existía. Si fuera verdad que me habían traído sedado, el mismo Drake me habría enseñado la grabación. Aunque quizás su plan era más cruel que todo eso y lo que quería era que fuera perdiendo el juicio poco a poco.

Era la comida, estaba seguro. Y el sueño. Sabía que durante el sueño se pueden introducir en la mente de una persona ideas que luego no recuerda hasta que escucha una palabra clave. Igual que ocurría con la hipnosis, era igual.

Si querían que actuara como un loco, lo haría. Si querían que fuera otro, lo sería. Pero sólo hasta que Drake pusiera su confianza en mí y me dejara obrar libremente. Si no olvidaba quién era, nada podía ocurrirme. No debía asustarme si en mi mente aparecía una imagen desconocida porque sólo sería parte de su «tratamiento». Podían grabar mis gestos pero no podían leerme el pensamiento. Eso al menos era mío. Si regresaba esa sensación que había sentido en el despacho de Drake, sólo tendría que recordar que todo eran espejos. Sentí de nuevo un escalofrío en la espalda. No estaba seguro de que todo fuera a salir como planeaba pero no tenía más remedio que lanzarme al agua y luchar contra las olas yo solo.

Era probable que acabara ahogándome, sin embargo, no lo haría sin oponerme.

Me vi sentado en un banco en los jardines de Luxemburgo, mirando a los turistas jóvenes y llenos de vida y recordé cuando mis días eran sólo eso, observar a los demás. Cuando pensaba que tendría una vejez aburrida y pacífica, llena de tardes en los parques y paseos por el Sena. Y eso sí que me resultó lejano.

XX

La relación entre el criminal y la víctima es más compleja de lo que la ley está dispuesta a admitir.

DAVID ABRAHAMSEN,
La mente del asesino

Zarandeé a Max con suavidad. Estaba hecho un ovillo en el suelo.

-Max -susurré-. Max, despierta. Vamos, necesitas una ducha.

-Déjame -gruñó.

-Max, estás en el suelo. Despabila.

Abrió los ojos y frunció el ceño, recriminándome mi insistencia.

-¿Qué quieres? -dijo malhumorado.

-Que te levantes. No puedes pasarte la vida ahí tirado.

-¿Es que hay algo más importante que hacer? -dijo, rascándose la cara.

Se incorporó con movimientos fatigados y quedó sentado con la cara embotada y el pelo revuelto.

-¿Qué pretendes? ¿Pasar el resto de tus días borracho?

-No es mala idea. ¡Hausen! -gritó con voz de borracho-. Tráeme otro vaso de esa porquería de whisky.

-No, no le traiga nada, Hausen. Nos vamos. Le cogí por debajo de los brazos y le puse en pie. -Apóyate en mí. Vamos, camina.

Salimos del bar. Max andaba con dificultad. Aún estaba perdido en las brumas del sueño y la inconsciencia. Aún no había despertado del todo. Tenía el rostro desencajado.

Alrededor de sus ojos habían aparecido unas sombras oscuras que envejecían su mirada. Mientras caminábamos, observaba todo con una sonrisa bobalicona, como si fuera la primera vez que lo veía. Atravesamos la calle principal bajo la atenta mirada de los transeúntes que en ese momento paseaban entre las tiendas y alcanzamos la estrecha callejuela que subía al hotel con pasos indecisos. Max pesaba demasiado. En la cuesta que llevaba al castillo tropezó varias veces. Apenas podía sostenerse en pie y en uno de los traspiés me arrastró con él. Caí de bruces sobre un charco de fango que me pringó hasta las cejas y Max se echó a reír con una risa histérica, desagradable. Él también estaba pringado, absolutamente empapado. Tenía un aspecto desastroso. Era como un instrumento desafinado, falto de armonía y plagado de disonancias.

-¡Mierda de lluvia! -protesté, poniéndome en pie-. Vamos, levanta. Ya no tienes excusa para darte una ducha.

-Ni tú -dijo, apoyando las manos dentro del fango.

Entramos en el hotel. Cuando cruzábamos el recibidor, Bezel salió de la cocina.

-¿Pero qué les ha pasado? Parece que vinieran de la guerra. ¿Por qué se han camuflado de esa manera? -dijo sonriendo.

-Muy graciosa, Bezel. Ayúdame con Max.

-¿Qué le ocurre?

-Está como una cuba.

-¿Nuestro Max borracho? -dijo con exageración.

-Necesita una ducha. ¿No te importa ayudarle mientras yo tomo otra, verdad?

-¿Bromeas?

Bezel me miró con el rostro encendido. Desde luego que no le importaba. Había estado esperando este momento desde que Max había llegado. No había que ser muy listo para darse cuenta.

-No te preocupes de nada. Le dejaré limpio como un bebé. Tú vete a tomar un baño caliente.

Le dejé apoyado en el marco de la puerta de su baño.

Estaba lo suficientemente borracho como para que no le importara que Bezel se ocupara de él. Esperé a que Bezel abriera los grifos, la ayudé a desvestirle y después me dirigí a mi habitación. Necesitaba relajarme un rato, pensar serenamente qué iba a hacer. La borrachera de Max podía durar todavía unas horas y Bezel estaría entretenida con él. Tenía un rato para mí solo, para encerrarme en mí cuarto y poner en orden las ideas. Abrí el agua caliente, cerré la puerta del baño y esperé sentado en el borde de la bañera. Con una toalla húmeda me fui quitando la mugre que tenía pegada en las manos y el cuello.

En la habitación de Max, Bezel terminó de quitarle la ropa. Max no opuso resistencia, se dejo desnudar y luego acompañó mansamente a Bezel hasta la bañera, que ya estaba casi llena.

-Vamos, métase en el agua. Está hecho un asco.

Max sonrió tímidamente, sin decir una palabra. Entró en la bañera con paso torpe y al meter el segundo pie resbaló con estrépito. Trató de agarrarse a Bezel o a la pared pero estaba demasiado ebrio y sólo pudo aletear con los brazos, como si tratara de volar o recuperar altura. Cayó sentado y una cortina de agua empapó a Bezel hasta los huesos. Max se echó a reír histéricamente. Bezel tenía el pelo pegado a la cara y el agua le chorreaba la ropa hasta los pies. De pronto, Max dejó de reír y se puso muy serio. La miraba fijamente, sin pestañear, con los ojos agrandados por la sorpresa.

-¿Max? -dijo ella.

Bezel se miró la camisa. A través de la seda se transparentaban sus pechos. La camisa se había quedado pegada a su cuerpo y Max no podía apartar los ojos. Ella sonrió con picardía pero Max no se dio cuenta.

-Un momento -dijo ella, saliendo del baño.

Fue hasta la puerta, sacó un manojo de llaves de su bolsillo, echó el cerrojo y volvió a guardar las llaves. Ésta era su oportunidad y no iba a dejarla pasar. No iba a dejar que nadie la molestara. Le tenía para ella sola. Max continuaba concentrado en el mismo punto, como si Bezel no se hubiera marchado y él continuara viendo sus pechos delante de él.

-Deme su mano -dijo con suavidad.

Metió la mano en la bañera y cogió la mano de Max. Éste no parpadeó. Bezel acercó la mano a sus pechos y la restregó con delicadeza. La mano de Max estaba caliente y ella se estremeció.

-Vamos, tóqueme. Sé que está deseándolo. Hágalo, Max.

Bezel soltó su mano y Max continuó tocándola. Sus dedos apretaron un pecho duro y terso, a punto de explotar dentro de aquella ceñida camisa. Bezel se desabrochó un botón y luego otro. Los ojos de Max se abrieron aún más. Sacó la otra mano y comenzó a apretar los dos pechos como si tratara de sacar algo de ellos.

-Espere, espere -dijo ella al borde del éxtasis.

Estaba segura de que Drake estaba mirando y probablemente eso la excitó aún más. Se puso en pie y se bajó la cremallera de su falda. Después, sus dedos jugaron durante unos segundos con las finas tiras de sus bragas. Deslizó las manos hacia abajo y quedó desnuda ante Max. Se pasó los dedos por el pubis, entrelazó los dedos en el pelo hirsuto de su sexo y le tendió la mano a Max. Éste estiró los dedos como si ella estuviera muy lejos y rozó con miedo aquel misterioso triángulo. A Bezel se le escapó un gemido y Max la atrajo hacia sí con violencia. Se metió en la bañera y se tumbó sobre él. Sus pechos se aplastaron contra el torso de Max. Él soltó un suspiro corto y apartó su mano.

-Bueno, no pasa nada -dijo Bezel, con media sonrisa-. Para ser la primera vez no ha estado tan mal.

Max pareció despertar del trance y su rostro enrojeció de vergüenza. Se llevó las manos entre las piernas y sollozó amargamente.

-Pero no se lo tome así -dijo ella con cariño-. Es algo normal. La próxima vez será mejor, ya lo verá.

-No, no habrá próxima vez -gimoteó.

-¡Qué cosas tiene! Claro que habrá otra vez. Todas las que usted quiera -dijo.

Max la miró con asco y la empujó con suavidad hasta tenerla a cierta distancia. La miró muy serio y vio sus pechos tibios, humeantes, con un peso redondo y firme. Se cubrió entre las piernas y su rostro se encendió de nuevo.

-Es usted una puta -dijo sin elevar la voz-. Zorra, ramera, sucia y pervertida.

-¿Le excita insultarme? Pues adelante, por mí no se preocupe -sonrió con malicia-. Yo tolero cualquier cosa, pequeño mío -dijo adelantando los labios.

-¡Cállese! -gritó Max. Se tapó los oídos con ambas manos y comenzó a sollozar.

-No sea chiquillo. No ha pasado nada malo.

-Quítese de encima. Fuera de aquí.

-¿Pero qué le pasa, Max? -dijo levantándose.

Se quedo de pie ante él, con el cuerpo terso y humeante y Max sintió que le venía una arcada. Había bebido demasiado y no estaba acostumbrado. Trató de aguantarse pero no pudo resistirlo y vomitó a través de sus manos. Bezel soltó una exclamación y trató de salir de la bañera pero con una rapidez asombrosa, Max la cogió del pelo y la tiro dentro del agua.

-¡Max! -gritó al ver que iba a caer en el agua sucia.

-¿Quiere porquerías?

Le hundió la cabeza en el agua sucia. Bezel chapoteó con fuerza. La sacó del agua y ella trató de coger aire.

-¡Max! -gritó sin fuerza.

-Usted quería que lo hiciera -dijo Max con los ojos hinchados. Las venas del cuello estaban gruesas, sus músculos tensos, agarrotados. Bezel estaba pálida. Puede que fuera en ese momento cuando se dio cuenta de que estaba en peligro. La cara de Max tenía un desagradable color morado. Había perdido toda la dulzura y sus ojos parecían mirar sin verla realmente. Como si él creyera que había otra persona delante. Apretaba los dientes, los hacía chirriar con un ruido que le helaba la sangre.

-No, Max, no -gimió Bezel.

La cogió con fuerza del pelo. Enredó su mano como si se

asegurara a una soga que podía salvarle la vida y le golpeó la cabeza contra el borde de la bañera. Max estaba de rodillas y Bezel era incapaz de recuperar el equilibrio. Él tenía demasiada fuerza. La zarandeaba como si fuera un muñeco de trapo sin peso.

-¡Puta! -dijo, golpeándola con fuerza.

El golpe le partió la ceja y comenzó a sangrar. El agua se tiñó de rojo y Bezel, atontada por el golpe, relajó su cuerpo y cayó como un fardo dentro del agua sucia. Tenía la cara cubierta de sangre. Entornó los ojos y sintió que algo se desvanecía.

-¿No lo habías pensado? ¿No habías pensado, maldita puta, que tal vez yo no quería tocarte? ¿Que no sirve de nada?

Max la soltó. Salió de la bañera y fue hacia su chaqueta. Bezel trató de incorporarse pero la sangre le nublaba la vista. Veía a Max teñido de rojo a través del pelo pegado en gruesos manojos delante de su cara. Max salió del baño y ella trató de incorporarse, de llegar hasta la puerta y cerrar el cerrojo, pero apenas podía moverse. Si se ponía en pie y estiraba la mano, lograría alcanzar el cerrojo. Cuando trató de orientarse dentro de la bañera vio que Max ya regresaba con su libreta y el bolígrafo. Max entró en el baño y echó el cerrojo. Bezel le miró horrorizada. Entonces alzó los ojos hacia el techo y miró directamente a la cámara que había escondida en las rejillas del aire. Después miró a su izquierda, donde se encontraba la otra cámara.

-Por favor -dijo mirando de nuevo el techo, buscando ese ojo invisible que les observaba-. Por favor, no me dejéis morir así.

-¿Con quién hablas? -preguntó Max.

Pero no le dejó tiempo para contestar. Con una decisión mecánica quitó la capucha del bolígrafo, tiró la libreta al suelo y la cogió por el pelo. La levantó en el aire y clavó el bolígrafo en el cuello. Bezel soltó un gemido sordo y miró hacia el techo con sorpresa, como si pensara que todo aquello no estaba en el guión, que no podía ocurrir. Y entonces, en el último segundo, supongo que comprendió. Supo que Drake la había utilizado para provocar a Max, para llevarle hasta ese estado de locura en el que estaba y comprobar si sus teorías en cuanto a él eran ciertas. Ella había sido un anzuelo, una pieza que llenaba el hueco a una pregunta que Drake no podía contestar por sí solo. Ella estaba destinada a eso desde el principio. Drake sabía que ése sería su final porque conocía a Max y quería verle actuar. Alguien la estaba viendo desangrarse desde alguna sala pintada de blanco. Tomarían notas y después revisarían las cintas una y otra vez, al igual que yo hice después.

Bezel miró a Max y le vio con los ojos fijos en el techo. Tal vez él se preguntaba por qué miraba con tanta insistencia hacia el techo, o tal vez estaba pensando que debería clavarle de nuevo el bolígrafo porque aún no estaba muerta. Bezel se apoyó en la pared y vio su sangre tiñendo el agua. Se llevó la mano al cuello y notó que la sangre salía con menos fuerza. Vio a Max ir al lavabo y limpiar el bolígrafo con la minuciosidad de un cirujano. Se enjuagaba las manos con lentitud, como si tratara de averiguar por qué estaban sucias.

-¿Max? -susurró-. Yo no lo sabía.

Max se volvió y la miró extrañado.

-Pobre Max -dijo-. Pobre…

Entonces, una música alegre comenzó a sonar alta desde alguna parte del castillo. Era Bing Crosby. Su voz risueña y sedosa se mezclaba con la mala calidad de la grabación. Era uno de esos discos antiguos que aturdía con el siseo de la aguja rayando su superficie. Max abrió los ojos y tensó el cuerpo. Como si estuviera respondiendo a una llamada se abalanzó sobre Bezel y comenzó a golpearle con fuerza la cabeza. Alzó el brazo con decisión y le clavó el bolígrafo de nuevo. Le atravesó la mejilla, el ojo izquierdo y el labio inferior pero Bezel no lo sintió porque ya estaba muerta. Max la golpeaba con rabia. Lloraba y gritaba con desesperación.

Cuando la música comenzó a sonar alta y estridente me espabilé dando un respingo. Me había quedado adormilado en la bañera. Salí al pasillo con una toalla en la cintura a ver qué pasaba. A través de la música oí los golpes y los gritos de Max. El corazón comenzó a saltarme en el pecho. Me puse el albornoz y corrí por el pasillo. La puerta de la habitación de Max estaba cerrada con llave. Desde fuera le oía gritar. Eran gritos de dolor, alaridos llenos de desesperación. En ese momento no sabía nada y pensé que Bezel le estaba haciendo daño. Grité con fuerza y golpeé la puerta. No conseguí derribarla. Esas puertas que se tumban con un empujón sólo existen en las películas. Yo estaba en un castillo del siglo XV y habrían hecho falta más de diez hombres para derribarla. Corrí escaleras abajo. Sabía que Bezel guardaba en la cocina un juego de llaves. Volqué varios frascos de barro, abrí los cajones y revolví los armarios. Finalmente, las encontré sobre la chimenea. Subí rápidamente y probé una por una las llaves. Los gritos desde dentro eran escalofriantes. Max aullaba como si le estuvieran despellejando. Gritaba frases inconexas, mezcladas con sollozos que se ahogaban con su respiración entrecortada. Por fin, una llave giró en la cerradura. Atravesé la habitación mientras buscaba la llave que abría el cerrojo del baño. No tardé en encontrarla. Era una llave redonda sin dientes. Abrí la puerta del baño y el espectáculo me dejó paralizado.

Bezel estaba desnuda dentro de la bañera con la cara desfigurada bajo una capa de sangre. La pared estaba llena de salpicaduras y el agua de la bañera tenía un color escarlata. La poca espuma que quedaba estaba teñida de un rosa apagado y fúnebre. Max estaba sentado en el suelo con expresión opaca. Sujetaba el bolígrafo con fuerza, mientras miraba los dibujos inconexos que la sangre había dibujado en el suelo. Las baldosas estaban resbaladizas. Levantó la vista y me miró con gesto perdido. En su cara había una expresión desconocida, casi inhumana. Tenía las manos pegajosas y el bolígrafo goteaba con pesadez algo pringoso.

-He sido yo -dijo casi preguntando.

-¡Max!

Me acerqué y le quité el bolígrafo.

-Nunca me dejó ser yo mismo -dijo con los ojos cerrados.

Las lágrimas le resbalaron por la cara y su respiración comenzó a entrecortarse de nuevo. Su cuerpo empezó a temblar de arriba abajo como si alguien lo estuviera sacudiendo. Hizo rechinar los dientes con fuerza y la mandíbula adquirió una rigidez espasmódica.

-Vamos fuera, Max -dije, cogiéndole del brazo.

-¿Qué quiere decir? -dijo, mirando el suelo con desesperación-. No puedo entenderlo.

-¿Qué quiere decir qué?

No sabía a qué se refería. Miré los borrones de sangre extendidos en las baldosas. Había manchas oscuras y espesas y otras diluidas en el agua que pintaban retorcidas figuras sin significado.

-No es nada. Sólo son manchas -contesté.

Me acompañó caminando con dificultad. El cuerpo era una agitada masa de carne y huesos, sin ninguna consistencia.

-Túmbate.

La música cesó de pronto y entonces recordé que nos estaban observando. Probablemente querían escuchar lo que decíamos pero yo no sabía qué decir. Estaba mudo, aterrorizado. Lo habían observado todo. Habían podido impedirlo y, sin embargo, nadie había movido un dedo para salvar la vida de Bezel. Miré hacia el baño y la vi apoyada contra la pared de azulejos.

-¿Es que no va a venir nadie? -grité por fin al techo, lleno de rabia.

Max temblaba con movimientos espasmódicos mientras miraba con obstinación las manchas que la sangre dejaba sobre las sábanas. No sé cuánto tiempo pasé en silencio, observando hipnotizado su cara perdida. Estaba sumido en su propio abismo. Desde allí debía de estar observando el otro lado del espejo. Había comenzado a anochecer y la habitación estaba desdibujándose. El silencio y la oscuridad parecían avanzar contra nosotros, como si quisieran engullirnos. Yo permanecía alerta, rígido. Trataba de aislar el zumbido del silencio y encontrar el eco de unos pasos acercándose. Pero me di cuenta de que nadie vendría a socorrernos.

Miré hacia el baño y vi a Bezel. La sangre de su cara se había vuelto negra. Max no dejaba de analizar las sábanas con interrogación. Me sobrevino una sensación de pánico. ¿Qué hacía allí sentado? ¿Por qué estaba velando los delirios de un asesino y el cadáver ensangrentado de Bezel? ¿Qué es lo que esperaba?

Me levanté y me acerqué a Max.

-Max, voy a salir un momento -dije-. ¿Max, oyes lo que digo?

Levantó la vista y pude ver sus ojos. Eran ojos de demente, aniquilados por el dolor. Tenía la expresión más espantosa que había visto jamás. No pude soportarla y tuve que mirar hacia otro lado. En sus ojos había una mezcla de desesperación y amenaza, de odio y amor…

-¿Papá? -musitó desorientado.

Sentí una punzada en el pecho. La sangre me subió de golpe a la cabeza y tuve ganas de salir corriendo. Sabía que era la primera vez en su vida que pronunciaba esa palabra delante de alguien, que la dirigía a alguien. Como sus recuerdos, había estado dormida, inutilizada. ¿Tanto necesitaba de alguien que era capaz de borrar el dolor y el horror que esa figura paterna había producido en su vida? Era capaz de aferrarse a cualquier cosa con tal de no estar solo, con tal de tener un punto de referencia, un asidero. Pero yo no era su padre. No podía cargarme con esa pesada responsabilidad. Sentí pánico, un miedo atroz a no sabía qué.

Salí de la habitación con una sensación confusa y cerré la puerta con llave. El pasillo estaba a oscuras y tropecé con una alfombra. Llegué jadeando al borde de las escaleras. Me apoyé en la barandilla y traté de recuperar la respiración. Expulsé el aire con fuerza, como queriendo barrer de mí esa palabra que todavía resonaba temblorosa. No podía dejarle en aquel estado. ¿En qué lo habían convertido? ¿En qué estaban convirtiéndonos a todos? Sabía que estaban observándonos, que lo habían visto todo. Sentí compasión por Bezel. Drake la había utilizado como cebo. Le había dado las instrucciones precisas para conducir a Max hasta ese estado en el que sabía que la vida de ella estaría en peligro y, con su actuación de seductora, Bezel había ido construyendo su propio asesinato. Cada día estaba más cerca y Drake debía saberlo. Sólo era cuestión de tiempo. Me sentí terriblemente culpable. Pensé que de no haberme ido a dar un baño, de haberme quedado allí con ella y con Max, estaría viva. Que estuviera muerta dependía de algo tan insignificante como un tropezón, una caída desafortunada en el barro. Miré al techo aterrado, ¿a qué clase de conclusiones habrían llegado después de que Max se abalanzara sobre ella? ¿Qué anotaciones habrían hecho y cuántos espectadores habrían observado el incidente escudados tras sus inmaculadas batas blancas?

Me dejé caer en las escaleras. No lo entendían. Esto era la vida real, no era un teatro ni una representación hecha por actores para que ellos perfeccionaran sus conocimientos prácticos sobre el funcionamiento del cerebro. Era mi vida. La de Bezel, la de Max y la de toda la gente que estaba aquí secuestrada. Una ola de ira me atenazó la garganta. Tenía ganas de gritar, pero eso no devolvería la vida a Bezel, ni libraría a Max del futuro que le esperaba, ni a mí de estar encerrado y a punto de derrumbarme. ¿Qué me esperaba después de esto? ¿No habría nadie en este maldito lugar que se comportara como un ser humano normal? Recordé al personaje con el que había hablado la noche anterior en el bosque. Me había citado a media tarde en la biblioteca. Miré el reloj. Quizás aún podía encontrarle. Era probable que no fuera más que otro chiflado, alguien que como Ávila se creía poseedor de un privilegio. Aun así, mis posibilidades no eran tan numerosas como para pasar por alto un ofrecimiento de ayuda, por muy incierto que fuera. Miré hacia la habitación de Max y sentí un escalofrío al escuchar el silencio. Él continuaría sobre la cama, descifrando las manchas de sangre, y la piel de Bezel estaría cada vez más blanca, como lo estuvo una vez la de mi hermana.

Fui a vestirme y abandoné el hotel a toda prisa. El corazón me latía con violencia. Tenía un desagradable sentimiento de culpa por lo que había sucedido. Yo era el único que podía haber evitado el asesinato de Bezel, el único que había podido ayudar a Max con sus pesadillas. Había leído su libreta y sabía que algo se iba cerniendo sobre él, que cada vez estaba más confundido y asustado. Max ya no era Max. Ahora era peligroso. Si la furia que había empleado con Bezel regresaba, podía despedazar a cualquiera. ¿Y si me atacaba a mí? ¿Qué iba a hacer? ¿Defenderme? ¿Golpearle? No podría. Sentía por ese muchacho una compasión, por qué no decirlo, casi paternal. En cierta forma, me sentía responsable de él. Yo era lo único que tenía. Si le abandonaba a su suerte, a lo que le esperaba, acabaría convirtiéndose en un asesino. Sólo en eso. Y nadie era sólo eso, nadie merecía que convirtieran una parte de sí en un todo, en un simple objeto de estudio. Ni en mis peores conjeturas imaginé que Drake estuviera dispuesto a llegar a tales extremos, que su crueldad fuera tan monstruosa e inhumana. Se creía por encima de los avatares humanos y actuaba como un dios, que sólo justifica sus intervenciones cuando lo cree necesario. Sólo se permitía entrometerse para llevar hasta el límite la situación que deseaba crear y después, cuando la tragedia acontecía, ponía distancia entre él y los humanos y se escudaba en la falsa libertad que les había otorgado.

¿Qué tendría preparado para mí? ¿Un final como el de Bezel? No sólo estaba a merced de Drake, sino también de las mentes enfermas que llenaban el pueblo. ¿Y si alguien enloquecía como Max lo había hecho y decidía acabar conmigo? Nadie lo impediría. Al contrario, se reunirían alrededor del monitor y tomarían notas, harían apuestas y corregirían sus previsiones. Aquí no había una policía que vigilara por el orden común, ni siquiera existía una moral, unos códigos de conducta. Todo estaba permitido. El pueblo entero podía enloquecer de forma violenta y comenzar a matarse unos a otros y a nadie le importaría lo más mínimo. Tenía que tranquilizarme. Antes que nada necesitaba, saber cómo había llegado, por qué dentro de mí se revolvía un gusano que estaba devorando mi certeza. Drake no era Dios. Era sólo un manipulador que jugaba a ser demiurgo, que sembraba el caos y el desastre. Pero a pesar de eso, yo podía estar equivocado.

XXI

Liber LXXVII

«the law of
the strong:
this is our law
and the joy
of the world»
                -AL. II.21.

«Do what thou wilt shall be the whole of the law» -AL. I. 40.

«Thou hast no right but to do thy will. Do that, and no other shall say nay» -AL. I. 42_3.

«Every man and every woman is a star» -AL. I. 3.

There is no god but man.

1. Man has the right to live by his own law -
        to do live in the way that he loves to do:
        to work as he will: to lay as he will:
        to rest as he will:
        to die when and how he will.

2. Man has the right to eat what he will:
        to drink what he will:
        to dwell where he will:
        to move as he will
        on the face of the earth.

3. Man has the right to think what he will:
        to speak what he will:
        to write what he will:
        to draw, paint, carve, etch, mould, build as he will:
        to dress as he will.

4. Man has the right to love as he will:
        «take your fill and will of love as ye will,
        when, where, and with whom ye will» -AL. I. 51.

5. Man has the right to kill those who would thwart these rights.

«the slaves shall serve» -AL. II. 58.
«Love is the law, love under will» -AL. I. 57. [3]

ALEISTER CROWLEY,
«Resumen de la doctrina thelemita. Liber LXXVII: Oz»,
publicado en forma de tarjeta postal hacia 1943

No sabía dónde estaba el edificio de la biblioteca y me dirigí al bar de Hausen. Al llegar al bar empujé la puerta. Estaba cerrada. Las luces estaban apagadas pero detrás de la barra, en la trastienda, había un pequeño resplandor. Llamé con insistencia y a los pocos minutos vi que algo se movía tras los visillos. Una figura se acercó con paso lento. Descorrió la cortinilla y luego giró el cerrojo.

-Ya está cerrado. Estaba a punto de marcharme.

-Sólo necesito que me diga dónde está la biblioteca -dije fatigado.

-Estará cerrada.

-No importa. Dígame dónde está.

-Si sube por la calle Leila Waddell y deja a la derecha la de Oz, llegará a una plaza rectangular. El edificio más grande es la biblioteca. No tiene pérdida.

-¿Leila Waddell? -pregunté cuando ya me marchaba.

---

[3] «Libro LXXVII. La ley del fuerte: ésa es nuestra ley y la alegría del mundo» Al. 1.21. «Haz lo que quieras es toda la ley» Al. I. 40 «No tienes otro derecho más que tus deseos. Hazlo y nadie dirá no» Al. I. 42_3 «Cada hombre y cada mujer es una estrella» Al. I. 3 «No existe otro dios más que el hombre.

El hombre tiene derecho a vivir según su propia ley. A vivir de la forma que desee: trabajar en lo que desee. A morir cuando y como desee.

El hombre tiene derecho a comer lo que desee. A beber lo que desee. A vivir donde desee. A moverse por donde quiera en la Tierra.

El hombre tiene derecho a pensar lo que quiera. Hablar sobre lo que quiera. A escribir sobre lo que desee. A dibujar, pintar, esculpir, grabar, moldear, construir lo que desee. A vestir como quiera.

El hombre tiene derecho a amar como desee. Conducid vuestro deseo y voluntad de amor como queráis, cuando, donde y con quien queráis».

El hombre tiene derecho a matar a aquellos que contraríen estos derechos. Los esclavos servirán». Al. II. 58. «El amor es la ley, amor bajo voluntad» Al. I. 57.

-Así se llama la calle.

-Ese nombre… -dije confundido.

-Fue la mujer de Crowley -dijo sin darle importancia.

-¡Dios! -dije restregándome la frente-. Hay que estar verdaderamente chiflado para poner ese nombre a una calle.

-Es un nombre como otro cualquiera. ¿Qué tiene de malo?

-Un nombre de diabólica, ¿no es suficiente?

Hausen se encogió de hombros.

-Supongo que lo hacen para que no olvidemos la ley -dijo.

-¿Qué ley?

-*El Libro de la Ley*. Ésa es la única ley -dijo, sonriendo como si fuera algo que le habían hecho aprender cantando, como a los niños en la escuela.

-*Do what thou wilt.*

-Sí, eso es -dijo, señalándome.

-Por si no estaban suficientemente chiflados, ¿verdad? -dije sin tacto.

Hausen no dijo nada. Se limitó a mirarme con el ceño fruncido. Le dejé junto a la puerta y comencé a andar hacia la biblioteca. Subí, por la calle Leila Waddell, entre una hilera de casas estrechas que desembocaban en una plaza rectangular. La biblioteca era un edificio majestuoso que destacaba entre los demás por su tamaño y elegancia. Dos columnas gruesas como torres flanqueaban una ancha escalinata, que terminaba en un rellano junto a la puerta. La alcancé casi corriendo y cuando llegué a los pies del edificio miré hacia arriba y vi las nubes que corrían apresuradas, como si algo las persiguiera. Empujé la puerta. El ruido denso que se produjo al cerrar rebotó sobre las paredes de forma grave. El aire frío y húmedo que flotaba suspendido en la bóveda se desplazó lacónico. El lugar apenas estaba iluminado por la luz morada y desvaída del crepúsculo.

Me detuve un momento. El silencio era interrumpido por un sonido metálico, parecido al tictac de un reloj de pared. Avancé por un ancho corredor rodeado de librerías. Miles de libros se apilaban inaccesibles hasta lo más alto. Las escalerillas apenas llegaban a los cinco primeros estantes y dejaban inalcanzables los pisos superiores. En el centro de una sala ovalada, había un mueble de madera circular del que colgaba un añejo letrero en el que apenas podía leerse la palabra «información». No sabía por dónde empezar a buscar, ni siquiera conocía el nombre del individuo. Me di cuenta de que el ruido de reloj se hacía más lento. Al entrar, la cadencia era continuada pero ahora el tictac parecía cansado, como si la cuerda estuviera a punto de ceder, de marcar sus últimos segundos.

Avancé despacio y traté de localizar de dónde provenía el ruido. Mis pasos me llevaron hasta una puerta de cristal que permitía la entrada a una oficina oscura y desarreglada. Detrás de una mesa de despacho desordenada, unos pies golpeaban una mecedora que chirriaba perezosa. El respaldo de la mecedora empujaba a su vez, y ya casi sin fuerza, el cuerpo sin vida del hombre que había visto en el bosque la noche pasada. Estaba colgado de una lámpara de brazos dorados que ya habían cedido al paso de los años y la suciedad. Su cuerpo tenía el morado cárdeno y congestionado de los recién ahorcados, de los que acaban de ceder sus fuerzas a la asfixia y se columpian exhaustos después del forcejeo inútil. Por un momento no supe si lo que estaba viendo era cierto o no. De forma fugaz, casi imperceptible, sentí un mareo. Perdí la visión y al instante volví a recuperarla. Me apoyé en la mesa para no caerme al suelo.

-Un nuevo suicidio -apuntó detrás de mí una mujer.

Me giré sobresaltado y sin querer lancé un quejido. Una mujer de aspecto seco y antipático estaba apoyada en el marco de la puerta. Llevaba un pañuelo atado alrededor de la cabeza y un delantal sobre el vestido. Dio un paso hacia delante. Me miró con condescendencia y después, sus ojos volvieron a buscar los ojos agrandados y teñidos de blanco del ahorcado, que en la oscuridad del despacho resaltaban con obstinada vigilia. Después de unos segundos, el hombre dejó de zarandearse. El tictac, junto con el chirrido de la mecedora, desapareció. La biblioteca quedó sumida en un silencio hueco.

-¿Quién es usted? -pregunté asustado a la mujer. Me di cuenta de que sentía un fuerte dolor en el pecho.

-Vahlemkamp.

-¿Qué ha pasado? -pregunté desconcertado.

Sentí la frente empapada de sudor. Las piernas se me aflojaron, como si me hubieran sacado los huesos y tuviera que sostenerme sólo con los músculos.

-¿Quién sabe? -dijo, encogiéndose de hombros.

-¿Quién era?

-El bibliotecario.

-¿Por qué cree que lo ha hecho? -dije con el estómago revuelto.

-Pues no lo sé. Yo sólo había venido a devolver un libro -dijo, mostrando tranquilamente su mano izquierda, en la que sujetaba un libro pequeño, de tapas oscuras-. Pero no entiendo qué puede haber pasado. -Se acercó y le miró con calma, como si al mirar más cerca su cara fuera a descubrir sus razones, y dijo-: No, no tengo ni idea. ¿Y usted? ¿Sabe qué puede haberle pasado?

-No -expliqué nervioso-. Ni siquiera sabía quién era.

-¿También venía a devolver un libro? -dijo mirando mis manos.

-No, yo… -dudé-. Le había visto ayer por la noche y quería hablar con él.

-Creí que había dicho que no le conocía.

-Y así es. Le vi apenas dos minutos. Se acercó a hablarme y cruzamos unas palabras.

-Eso sí que es curioso -dijo despacio.

-¿Qué quiere decir?

-Pues que Emons no era un tipo de muchas palabras. A decir verdad, desde hace casi diez años no recuerdo haberle oído más que monosílabos. Eso cuando decía algo.

No supe qué contestar.

-Bueno, supongo que tendré que volver otro día -dijo, saliendo por la puerta.

-¡Pero! -la seguí-. ¿Vamos a dejarle aquí?

-¿Y qué quiere que hagamos? Ya se ocuparan de él. Usted no se preocupe.

Cuando se marchaba, giró sobre sus pasos y, como si fuera un comentario sin importancia, dijo:

-Por cierto, ¿no le gustaría ver alguna película?

-¿Película?

-Hay algunas verdaderamente interesantes.

-¿Dónde?

-En el hospital, claro. Sólo tiene que pedirlas.

Ellos sabían lo que buscaba. Sabían que había hablado con Emons la otra noche, que vendría a la biblioteca. Lo sabían todo.

-¿Quién la ha mandado a decirme esto? ¿Es usted quien ha asesinado al bibliotecario?

-¿Yo? No.

-¿Por qué me dice lo de las películas?

-Porque todo el mundo, antes o después, necesita ver esas películas. No es usted el único que necesita respuestas y en ellas está la única verdad. No tenga miedo de pedirlas. Están a disposición de cualquiera.

-¿Dónde?

-En el primer edificio del hospital. Pregunte por Schneider.

La mujer dio media vuelta y se perdió en el pasillo. Oí sus pasos alejarse y luego un golpe sordo. Era la puerta de la biblioteca al cerrarse. Me volví y vi la desagradable mueca del bibliotecario. Su cuerpo parecía pesar toneladas, como si le estuvieran estirando de los pies hacia abajo. De pronto me sentí terriblemente cansado, indiferente. «Nunca saldré de aquí, haga lo que haga, ellos ya lo habrán previsto y se adelantarán. Me dirigirán hacia donde deseen. Se esfuerzan para que todo parezca natural. Quieren hacerme creer que esa mujer venía realmente a devolver un libro, que el bibliotecario está colgado de manera casual, como si fuera algo que le gustara hacer todos los días después del trabajo. Pero lo han asesinado porque iba a ayudarme. Ese hombre sabía algo, algo que yo debo saber».

Abandoné la biblioteca con un agujero en el estómago. Fuera, la calle estaba desierta y había comenzado a llover. Era una lluvia fina y ligera, apenas mojaba. Me paré en medio de la plaza vacía y por un segundo tuve la sensación de que nada estaba ocurriendo de veras, que todo era una farsa y en ese momento yo no estaba allí. Pero si no me encontraba allí, ¿dónde estaba? ¿Estaba realmente en algún sitio? Sentí un dolor intenso en la parte izquierda de la cabeza. Era la lluvia. Siempre me había producido dolor de cabeza. Eso es, me dije, nada de esto es real. Es sólo una pesadilla, un mal sueño. ¿Cómo va a existir un lugar como éste? ¿Cómo va a existir gente como Drake, como sus ayudantes? Sentí cierto alivio al llegar a esa conclusión pero inmediatamente me sobrevino la idea de que me engañaba. Los sueños no eran así. No invadían la conciencia ni anulaban la razón hasta esos límites. Su brevedad no nos dejaba perdidos en el tiempo y el espacio hasta hacer que nos olvidáramos de nosotros mismos… ¿Por qué no podía quitarme a Max de la cabeza? ¿Por qué no podía dejar de pensar en esa palabra que había murmurado sin apenas convicción? No era más que una simple unión de vocales, pronunciadas por alguien que había perdido la razón. ¿Por qué todo se estaba oscureciendo a mí alrededor? No era sólo la noche. La luz de la esperanza también se estaba debilitando dentro de mí. De pronto me di cuenta de que estaba solo, verdaderamente solo. Ya ni siquiera podía contar con mi propia certeza. Así era la verdadera soledad. Mi situación no era muy diferente a la de Max. Ambos estábamos perdidos en nuestro propio interior, aterrados ante la idea de permanecer ajenos a nosotros mismos. Necesitaba ver esas cintas. Saber cómo había llegado.

Atravesé el pueblo bajo la lluvia y continué hasta el hospital a través del bosque. Al llegar a la explanada donde se extendían los edificios de cristal tuve la misma sensación de pánico que había experimentado la primera vez. Era casi de noche y la superficie de espejos sólo reflejaba manchas oscuras, indefinidas. Los caminos de tierra estaban señalados por pequeños focos enterrados en el césped. Las luces daban al conjunto la apariencia de un club de campo o de una urbanización moderna. Los edificios de cristal permitían ver, cuando la luz estaba encendida, el interior de cada habitación. Por el día reflejaban el sol y el bosque, pero la noche y las luces artificiales ponían al descubierto todo su interior, su verdadero organismo. Dentro de cada rectángulo iluminado se podían observar, como en un escaparate, los movimientos de los que estaban dentro. Las escuetas habitaciones del primer edificio, que eran parte del hospital, contrastaban con el alegre colorido de los rectángulos iluminados en los edificios que había más allá. Cada habitación tenía un color diferente. Di unos pasos hacia el camino que se internaba entre los edificios. La gente entraba y salía de las habitaciones con naturalidad. El movimiento era sosegado, como el que se alcanza cuando lo cotidiano se convierte en invisible. Simplemente se vivía. En una de las habitaciones había varias personas reunidas que charlaban animadamente, sentadas sobre las camas; en otra, de un piso superior, una pareja hacia el amor de forma convulsiva contra el cristal. Podía ver sus siluetas sacudiéndose violentamente. Más abajo, en una especie de aula con pupitres individuales, otro grupo escuchaba atento la explicación de un hombre con bata blanca. Todos rieron a la vez por algo que había dicho el hombre de la bata y, seguidamente, tomaron apuntes en sus cuadernos. A la derecha, en el piso inferior, había un comedor. Unos hombres charlaban enérgicamente alrededor de una mesa. Sobre ésta había platos vacíos y tazas humeantes. Mientras discutían chupaban con entusiasmo unos puros. Sus exhalaciones convertían el aire en una humareda densa, como de club nocturno. Me alejé de allí retrocediendo de espaldas. ¿Cómo era posible que esa gente viviera tan cómoda y despreocupada cuando detrás del bosque, en el pueblo, habían ocurrido dos asesinatos no hacía más que unos minutos? ¿No sabían que los próximos podían ser ellos? ¿Por qué sonreían? ¿Por qué parecían disfrutar de sus vidas? ¿Es que no querían marcharse de allí?

Me dirigí al hospital, horrorizado. Parecía gente corriente, gente satisfecha de sus vidas, gente integrada en el mundo, con opinión propia. Al verles, nada hacía suponer que estaban en el anexo de un hospital psiquiátrico, aislados en un pueblo, lejos de cualquier sitio. Era su aspecto satisfecho lo que me producía terror. No parecían preocupados, ni siquiera enfermos mentales. Actuaban como lo haría cualquier grupo de hombres y mujeres alojados en un hotel en vacaciones.

-¿Eh? Señor Bughin -dijo alguien detrás de mí. Me volví y vi a Hausen, que se acercaba con su paso torpe.

-¿Ya le han dado habitación?

-No -contesté secamente.

-¿Le ocurre algo?

-Me ocurre todo -contesté angustiado.

-¿Pero qué tiene? -preguntó extrañado.

-¿Qué viene a hacer aquí? -dije, mirándole con recelo.

-Vengo a dormir.

-¿Cómo a dormir?

-Pues que nadie duerme en el pueblo, excepto Bezel, el doctor y Vahlenkamp. Cada noche tenemos que regresar aquí. El pueblo es sólo un lugar para vivir.

-¿Entonces, esas procesiones en medio de la noche? -dije, recordando lo que había pensado al seguir las lamparillas a través del bosque.

-Rezagados que los guardas tienen que ir recogiendo después del recuento.

-Dígame, Hausen: ¿no tiene ganas de marcharse de aquí?

-¿Marcharme? ¿Y adónde?

-¿Cómo adónde? Al mundo exterior.

-Pero si ya estoy en el mundo exterior -dijo, aspirando el aire fresco de la montaña-. ¿Le parece poco exterior este lugar?

-No estoy hablando del aire, Hausen.

-El aire es igual en todas partes. Mire -dijo señalando las

nubes-. Ve, es lo mismo que en cualquier lugar del mundo. El cielo es el mismo, la luna, las nubes, los árboles, el suelo. Todo.

-No, no es igual.

-¿Ah, no? ¿Y qué tiene de diferente?

Me giré hacia el edificio y vi las pequeñas siluetas de la gente moviéndose a contraluz. Allí dentro, ellos continuaban con sus vidas; cada uno dedicado a sus cosas, ocupado en sus conversaciones, en sus relaciones. Hacían lo mismo que cualquier persona en cualquier lugar. Era cierto. Yo mismo acababa de pensar en lo natural que resultaba todo aquello.

-No pueden marcharse de aquí. Ésa es la diferencia -dije entonces.

-¿Y quién le ha dicho a usted eso? -dijo riendo con franqueza-. Podemos irnos cuando queramos.

-Miente.

-¿Y por qué iba a hacerlo? -dijo ofendido.

-Porque quieren que me quede sin protestar, que me amolde a su salvaje vida.

-¿Por qué salvaje?

-Claro -sonreí-. Usted no lo sabe. No sabe que Bezel ha sido brutalmente asesinada, que han colgado al bibliotecario de una lámpara.

-¿Asesinada? -dijo impresionado.

-Sí. Ha sido Max. ¿Le sorprende?

-La verdad es que no.

-Está desangrada dentro de la bañera y el bibliotecario continúa colgado de la lámpara. ¿Es eso normal?

-No, no lo es. Pero -preguntó dudando-, ¿Trata de decirme que eso no ocurre fuera de aquí?

Guardé silencio. No supe qué contestar.

-Para que vea si este sitio es normal, que hasta en eso se parece al resto de los lugares -dijo despreocupado-. Aquí pasan cosas como en cualquier otro sitio. Todo el mundo muere -dijo, como si le estuviera explicando el secreto de la vida a un niño.

-Desde luego que sí, pero ¿dónde ha visto usted que la gente observe un asesinato sin mover un dedo? ¿Que sepan que se va a asesinar brutalmente a alguien y no hagan nada más que observar desde detrás de una cámara? -dije crispado.

-Pues en todas partes -contestó, encogiéndose de hombros-. ¿No ve usted la televisión? Ayer mismo, en Los Ángeles, la cámara de un turista grabó a unos policías apaleando a un negro en medio de una autopista. En Bosnia y en Palestina muere gente todos los días, yo lo he visto y nadie hace nada. No sé por qué se extraña.

Sentí un gran vacío en el estómago, una desgana tan profunda que apenas tuve fuerza para mantenerme en pie. Me dejé caer en el suelo de rodillas sin poder decir una palabra. Hausen se agachó a mi lado.

-¿Pero por qué llora, hombre? ¿Qué le ocurre?

-Las cosas no son así. No lo son -dije agotado.

-¿Qué cosas?

-No se puede engañar a la gente de esta manera. Ustedes viven engañados.

-Sinceramente, no lo creo. Yo sé que este lugar me conviene. Podría marcharme, sí, pero ¿para qué? ¿Para pasar el resto de mis días sedado en un manicomio? Yo elegí venir aquí, Drake me dio la oportunidad hace años y yo la aproveché. ¿Qué tiene eso de malo?

-¿Por qué está aquí, Hausen?

-Traté de asesinar a dos médicos -dijo con tristeza-. Enloquecí, así de sencillo. Mi mujer y yo tuvimos un accidente de coche cuando íbamos de viaje de novios y por una negligencia médica, ella murió. Yo quedé paralizado de medio cuerpo -dijo señalando su pie muerto-. Estuve internado durante años antes de que Drake me ayudara. El me sacó del asqueroso agujero en el que me encontraba y me dio una nueva vida.

-Lo siento.

-Hace mucho de eso -dijo, tratando de no parecer afectado.

-Puede que usted esté aquí por voluntad propia. Pero yo estoy secuestrado. No quiero permanecer aquí.

-¿Y dónde desea ir?

-A mi casa. Quiero regresar a mi vida.

-A lo mejor no es tan sencillo.

-¿Qué quiere decir?

-Que tal vez aún no recuerda cosas. A mí me pasó. Tuve amnesia durante semanas. Ni siquiera recordaba que había tratado de asesinar a esos dos médicos. Cuando recuperé la memoria pensé que todo era mentira, que mi esposa no había muerto, que trataban de engañarme. Yo la veía, hablaba con ella. Pensaba que los locos eran los otros, que no podían verla. Tardé tiempo en reconocerlo. Pero de todo aquello me quedó algo bueno. Después del accidente me di cuenta de que podía comunicarme con los muertos. Sí -dijo cogiéndome del brazo-. No sonría, es cierto. Bueno -dijo tímidamente-. En realidad, no estoy seguro de que sean los muertos pero lo que sí es cierto es que hay alguien que me habla y me cuenta cosas muy interesantes.

-A eso es a lo que me refiero. Ese «alguien que me habla». ¿Ve lo que quiero decir?

-No.

-Pues que los muertos no hablan con nadie.

-¿Y usted qué sabe?

-Tiene razón, no lo sé todo pero ni siquiera está usted seguro de que sean los muertos.

-¿Qué más da quién hable? Yo escucho y lo que oigo me parece razonable. Más que eso, me parece cierto.

-A mí ya nada me parece cierto.

-Eso pasa cuando empezamos a comprender a los demás. No distinguimos quién tiene la razón porque, en realidad, todos tienen su lado de verdad. ¿No es cierto?

-Tengo miedo, Hausen. Soy viejo y tengo miedo de mí, de lo que pueda ser. ¿Sabe que vengo a ver unas cintas?

-Eso está bien. Las cintas no mienten. Cuando sepa la verdad se quedará más tranquilo. Lo peor de todo esto es la incertidumbre. Una vez resueltas las dudas, todo cambia de color.

-No estoy tan seguro. Mire a Max, usted le ha visto en su bar. Estaba como loco, no era él. Y después lo de Bezel. No puede imaginar cómo la ha dejado -dije, restregándome la frente-. Para él ya nada será igual, lo sé. Algo me dice que no ha tenido oportunidad de elegir, que lo han manipulado.

-Usted le tiene cariño ¿verdad?

-¿Por qué dice eso? -dije, poniéndome a la defensiva.

-Por nada. Me he dado cuenta viéndoles en el bar. El también siente algo por usted.

Miré a Hausen con recelo. De pronto, sus palabras me habían sonado aprendidas y de nuevo tuve la sensación de que también él trataba de decirme algo, de que toda esta conversación había sido preparada. Trataba de hacerme creer que todo era estupendo, que se había dado cuenta de que entre Max y yo había algo.

-¿Qué es lo que pretende? -dije enfurecido.

-¿Con qué?

-¿Por qué se ha acercado a hablarme?

-Le he visto y me he acercado. Eso es todo.

-No, usted miente, igual que la mujer de la biblioteca. Ella no estaba allí casualmente, fue a decirme que podía ver las películas, que no había necesidad de fingir, de hacerles creer que era otro. Porque ellos saben lo que pienso.

-Ahora es usted el que habla como un loco.

-Sí, puede que suene a locura pero lo que le digo es cierto.

-Lo que yo le digo también lo es. Usted me cuenta su experiencia y yo le cuento la mía.

Me miró con compasión y me dio un golpecito en el hombro, tal y como lo haría un viejo amigo. Su mirada me tranquilizó.

-¿Sabe, Hausen? Hay veces que no parece que esté usted loco.

-Pues lo estoy. Se lo aseguro, de atar.

-Si le viera -dije mientras me levantaba con esfuerzo-por

una calle cualquiera, en un café, en una oficina, no diría que está más loco que el resto.

-Si le sirve de algo, le diré que usted tampoco lo parece.

-¡Es que yo no estoy loco! -dije ofendido-. Eso es lo que no acaba de entender nadie.

-Sólo sé que hasta este lugar no se llega por casualidad. ¿Ha visto usted la entrada?

Miré a Hausen y sonreí con desgana. No, no había visto la entrada o al menos no la recordaba. Pero recordaba las notas de Max.

-¿Qué le pasa a la entrada? -pregunté.

-Que no hay entrada. Eso es lo que le pasa.

-Sí que la hay. Max llegó por el puente que ahora está roto.

-Ese puente es falso.

-¿Cómo falso?

-Que no es tal puente. Es sólo un apaño.

-¿Pero es? -dije dudando de lo que había leído en las notas de Max.

-Sí, será -dijo indiferente-. Pero lo ponen y lo quitan. Ya me entiende.

-Sí, ya le entiendo.

-¿Por qué no va a ver esas cintas? Puede que se sienta mejor después.

-Si le digo la verdad, cada vez tengo más miedo de lo que pueda encontrar en ellas.

-No le voy a decir que no sea traumático. Yo mismo me pasé varios meses como un vegetal. Pero se sale. Aquí se sale de eso y de todo lo demás.

-¿Pero no tiene usted la sensación de que han inventado su vida?

-¿Cómo van a inventarla? -sonrió.

-Yo qué sé. ¿Pero nunca ha sentido que ésta no debería ser su vida, que su pasado no fue el que recuerda?

-Antes, ya se lo he dicho, no recordaba nada. Pero cuando asumí la realidad, todo cambió. Fue así de sencillo. Claro que también Drake me ayudó bastante. Su terapia no se puede encontrar en ningún lugar del mundo.

-¿Y qué me dice de Crowley?

-¿Qué hay que decir?

-No le parece monstruoso seguir las ideas de un demente como ése.

-Bueno, no sé a qué llama usted demente. A mí, el *Libro de la Ley* me ayudó bastante. Es muy hermoso. ¿Lo ha leído?

-No, sólo algún párrafo suelto. Es ridículo que le tengan ustedes por un gurú.

-Aquí nadie le tiene por un gurú. Entiende usted las cosas de una forma muy extraña. Simplemente, compartimos algunas de sus ideas.

-¿No sabe que Drake cree que Max es la reencarnación de Crowley?

-No sé -dijo encogiéndose de hombros.

-¿Qué quiere decir no sé? -pregunté, molesto por su indiferencia.

-Pues que algo he oído pero no sabría decirle.

-No sabe o no quiere.

-Simplemente, no tengo por qué responder a sus preguntas.

-Sí, tiene que hacerlo. Le han mandado para eso ¿no?

-No me han mandado para nada. Me dirigía a mi habitación y le he encontrado. Eso es todo.

-Pues entonces, ¿por qué no se va? ¿Por qué no se va y me deja en paz? ¿Por qué no se larga y deja de hacer propaganda de este sitio? -dije, seguro de que no abandonaría su misión.

-Hágase un favor. Vaya a ver esas cintas.

Se dio media vuelta y me dejó plantado con una sonrisa estúpida en la cara. Una sonrisa que decía: «He descubierto tu juego. ¿Qué me dices ahora?». Hausen se alejó despacio por el sendero y tuve ganas de llamarle para que regresara, para que volviera a convencerme de lo bien que se vivía en este lugar. No tenía valor para ver esas cintas. ¿Y si estaba loco de veras? ¿Cómo iba a reaccionar ante eso? No podía continuar sin verlas y tal vez después de hacerlo no tendría ganas de seguir viviendo.

Entré en el edificio y bajé sin hacer ruido las escaleras. Cuando llegué al último piso esperé durante unos minutos en el distribuidor vacío hasta que una joven que cruzaba el pasillo se acercó.

-¿Puedo ayudarle?

-Estoy buscando a Schneider.

-¿Quiere ver alguna cinta?

-Sí -dije con decisión.

-Sígame, por favor.

Me condujo hasta una sala blanca con una gran pantalla de televisión y un cómodo sofá color burdeos.

-Siéntese un momento. Voy a avisarle.

Me acomodé nervioso en el sofá. Al sentarme, mis manos rozaron algo que colgaba a ambos lados de los antebrazos. Había correas para sujetar las muñecas, cubiertas de terciopelo, disimuladas. Me agaché y vi que las patas delanteras también tenían correas. La gran pantalla de televisión resplandecía negra y brillante ante mí. Me vi reflejado en ella y comencé a sudar. Ya estaba ahí. No podía echarme atrás. La puerta se abrió y apareció un hombre de unos cuarenta años, con el pelo negro y gafas de alambre.

-¿Es usted...? -dudó-. ¿Es usted? ¿Simón?

-Sí -dije sin mucha convicción. También yo dudaba.

-¿Qué es lo que desea ver?

-Necesito saber cómo llegué hasta aquí.

-Entiendo. Espere aquí, en seguida vuelvo.

Cuando salía de la habitación le detuve:

-Dígame, Schneider ¿Saben lo de Bezel y el bibliotecario?

-Sí, claro.

-Hace más de media hora que dejé a Max encerrado en su cuarto. ¿Han hecho algo?

-No.

-¿Y a qué esperan? -dije disgustado.

-A que usted vea las cintas -contestó.

De nuevo, la angustia se apoderó de mí.

-Está bien -afirmé-. Tráigalas -dije, apartándome.

-En seguida.

Schneider se marchó y al rato regresó con una caja con el nombre Gerald pegado en un lado. Un enfermero de casi dos metros se quedó apostado junto a la puerta como un perro entrenado.

-Esto es una locura -sonreí nervioso.

-No se angustie. ¿Quiere que le den un calmante? Tal vez sea mejor que tome algo. En su caso, la reacción es difícil de prever pero es muy probable que al enfrentarse con la realidad surja una personalidad violenta que trate de dañarle.

-¿Personalidad violenta? -repetí asustado.

Aquel hombre hablaba como si temiera la posibilidad de que un monstruoso alienígena surgiera de mi pecho.

-No soy quién para darle lecciones, doctor Gerald -dijo tímidamente-, pero teniendo en cuenta su estado, creo que es mejor recordarle lo que ocurre cuando se han estado reprimiendo los recuerdos por medio de otras personalidades. Cuando por fin se enfrente con la realidad… -dijo mientras me ataba con las correas-es muy probable que reaccione de forma violenta. Usted ha bloqueado su verdadera personalidad con otra con la que se siente mucho más cómodo y seguro, y la parte encargada de defenderlo de su pasado dañado hará cuanto pueda para que usted no llegue a conocer la verdad.

-No sé de qué me está hablando. ¿Es necesario todo esto?

-Sí. No sabemos cómo puede reaccionar. ¿Usted lo sabe?

Guardé silencio porque en realidad no sabía nada. Miré hacia el techo y vi en una esquina una pequeña cámara que me apuntaba.

-¿También van a grabar esto?

-Todo. Es una información muy valiosa.

-Cuando quiera.

Schneider sacó una cinta de su caja y la introdujo en el aparato de vídeo. La pantalla se puso azul, después negra de nuevo. Un título con letras blancas apareció unos segundos:

Traslado de Gerald.

-¡Un momento! -dije con el corazón saltándome en la garganta.

Schneider paró la cinta.

-¿Qué me sucederá?

-Nada. No le sucederá nada. ¿Quiere un calmante?

-No -dije-. Adelante.

La pantalla cambió de color. Era de noche y hacía viento. En la esquina derecha del televisor parpadeó una fecha. Al principio no distinguí nada pero luego me di cuenta de que era el helipuerto escondido tras los árboles. La potente luz de un helicóptero que descendía iluminó la pantalla y la dejó en blanco por unos segundos. Alguien bajó del helicóptero y abrió la puerta trasera. Dos enfermeros sacaron una camilla con alguien tumbado sobre ella. Drake apareció por el lado derecho de la pantalla, se acercó a los hombres y les ordenó que parasen un momento. Movió la sábana que cubría el cuerpo y vi una cabeza de pelo oscuro, con algunas canas difuminadas entre el cabello. Drake se agachó y acarició la frente del hombre que estaba tumbado. Volvió a cubrirle hasta el cuello y dejó paso a los enfermeros. Al pasar cerca de la cámara pude verme tumbado. Tenía los ojos cerrados y la cabeza ladeada, apoyada contra la almohada.

-¡Pare un momento! -ordené a Schneider.

Mi cara llenaba la pantalla. Traté de recordar algo pero no lo conseguí. Sin duda era yo pero la imagen no me afectaba lo más mínimo.

-¿Qué significa esto? -pregunté.

-¿Qué significa qué?

-¿Creen que soy estúpido? Pueden haberme sedado cualquier noche de las que he estado aquí y haber representado esa farsa.

-La fecha es de hace varios días; del día que llegó.

-¿La fecha? No sea ridículo. ¿Pensaban que iba a tragarme este cuento? ¿Que por verme descender sedado de un helicóptero iba a transformarme en Míster Hyde? Haga el favor de quitarme estas correas.

La sensación de pánico se desvaneció por completo y sentí una inmensa tranquilidad. Desde hacía días no sentía esa plácida sensación de seguridad. Me relajé en el sofá y respiré hondo. Aún no recordaba cómo había llegado pero desde luego esa imagen no me convencía de que fuera otra persona, de que algo monstruoso se escondiera dentro de mí.

-Estaba tan asustado -dije en voz baja.

Schneider me miró con desconfianza y se acercó pero en vez de desatarme dijo:

-Tal vez sea mejor que hable con Drake antes de ver otra cinta.

-¿Qué otra cinta?

-Esta cinta -dijo, sosteniendo una caja en las manos.

-¿De hoy? -pregunté sorprendido viendo la fecha-. No entiendo qué puede haber en esa cinta que sea interesante. Desde que llegué aquí recuerdo todo perfectamente.

-Esperaremos un momento hasta que Drake le llame.

Alguien llamó a la puerta. Schneider fue a abrir y un hombre de pelo blanco y rasgos jóvenes dijo con cierto apremió:

-Que suba, ahora mismo.

-Vamos -dijo Schneider. Me desataron a toda prisa y salimos de la habitación.

-¿Dónde?

-No hay tiempo. Subamos. Ahora lo verá.

Subimos un pequeño tramo de escaleras y atravesamos una puerta de doble hoja que era la entrada a una enorme sala invadida de monitores. Grupos de médicos observaban desde diferentes rincones las imágenes que aparecían en los monitores con atención imperturbable.

-Por aquí -dijo Schneider.

Cruzamos hasta el otro extremo de la sala y llegamos a una parte acristalada, más recogida. En un sillón estaba Drake y, acomodados a su lado, había dos filas de hombres y mujeres vestidos con batas blancas, entre los que distinguí a Margaret.

Al verme, Drake se levantó y vino hacia mí.

-Esto es importante.

Hizo un gesto al hombre que estaba sentado a su lado y éste me dejó su asiento. Traté de hacer un comentario sobre mi situación, dije algo así como que no estaba dispuesto a dejarme manejar, que iba a luchar hasta el final pero nadie me prestó atención. Todos miraban atentos los monitores que tenían delante. Ni siquiera Drake, que parecía nervioso, se molestó en mirarme. Fue entonces cuando vi a Max en un monitor y también yo quedé hipnotizado mirando las pantallas.

-Acaba de despertar -dijo Drake sin apartar los ojos de Max.

En un panel perpendicular había nueve monitores pero sólo cuatro de ellos estaban encendidos. Desde otro panel horizontal, lleno de botones, un hombre controlaba las imágenes y el sonido. En una de las pantallas de la línea central se veía la habitación de paredes blancas y el sillón burdeos del que yo acababa de ser liberado. Otros dos monitores mostraban la habitación de Max desde dos ángulos opuestos y un cuarto aparato enfocaba el cuarto de baño. Bezel continuaba apoyada contra los azulejos. Sus ojos estaban muy blancos, contrastaban con el color rojo oscuro, casi negro, de su cara. El agua de la bañera tenía un color indefinido. En el dormitorio, Max estaba sentado sobre la cama con el gesto perdido. Continuaba mirando las manchas de sangre con interrogación y aquel gesto obstinado e irracional me produjo una inmensa tristeza. Se levantó y comenzó a pasear como un sonámbulo por el cuarto. Estaba desnudo y su cuerpo parecía muy pequeño y frágil, como un resto de vida que alguien hubiera abandonado en una cuneta. Se acercó al baño tambaleándose despacio y asomó la cabeza por la puerta. Al ver a Bezel soltó un grito y se tapó la boca con las manos. Retrocedió hasta la cama y se dejó caer en ella de nuevo.

-¡Ahora! -dijo Drake.

Un hombre joven apretó un botón en el cuadro de mandos y en la habitación de Max irrumpió la voz sedosa de Bing Crosby. Max miró al techo aterrorizado y lanzó un grito mientras negaba convulsivamente con la cabeza. Se tapó los oídos con la almohada y se echó temblando sobre la cama. Se le oía gritar y gemir a través de la música. Se convulsionaba como un poseso.

-Está bien -dijo Drake-. Pare la música un momento.

La música cesó y Max pareció tranquilizarse. Levantó la cabeza despacio, temiendo que el sonido comenzara de nuevo, y se secó los ojos con el brazo. Tenía la cara enrojecida y respiraba con dificultad, como si en la habitación no hubiera suficiente aire o estuviera envenenado. Su fibroso cuerpo presentaba un aspecto seco y desvalido. Tenía el pecho hundido y los hombros caían en picado a ambos lados del cuello. De pronto se levantó y buscó con ansiedad algo entre las sábanas. Las revolvió y agitó con sacudidas desordenadas. Hizo lo mismo con su ropa. Después se dirigió al baño con paso indeciso. Encontró su libreta en un rincón en el suelo. La recogió con la punta de dos dedos, por un extremo. Sacudió las hojas que estaban mojadas y salpicadas de sangre y trató de limpiarla con una toalla, pero las manchas no desaparecían. Sus gestos eran espasmódicos, como si la conmoción le impidiera articular movimientos controlados. Se sonó los mocos con la toalla, salió del baño y cerró la puerta con llave. Tal vez temía que Bezel se levantara. Buscó su bolígrafo pero no lo encontró. Sacó uno nuevo de la maleta y lo miró durante un rato con aire perdido, como si fuera alguien a quien creía conocer. Quitó la capucha y comenzó a escribir con la cabeza torcida sobre la libreta. Se enroscó hasta adoptar una postura enrevesada y tensa. Uno de sus hombros casi tocaba su oreja. Su cuerpo estaba contorsionado, como si quisiera escurrir hasta la última gota de lo que tenía dentro. Mientras escribía comenzó a llorar. Era un llanto silencioso, como el de un cachorro con hambre. Sentí un nudo en el estómago.

-¿Qué le están haciendo? -pregunté.

Todos me miraron con reprobación. Drake fue el único que hizo un gesto amable. Se puso un dedo sobre los labios y me invitó a seguir mirando. Max escribía en su libreta y su llanto era cada vez más sonoro y desesperado. Se secaba los mocos y las lágrimas con el antebrazo mientras dibujaba con obstinación.

-Otra vez -dijo Drake.

La música volvió a sonar en la habitación. Max dio un respingo sobre la cama y soltó la libreta. Comenzó a gritar, a recorrer el cuarto de un lado a otro. Se dirigió hacia la puerta pero no pudo abrirla. La golpeó con los puños, con el cuerpo entero, mientras gritaba. Tenía la cara desencajada. Parecía querer escapar de algo invisible que estaba a punto de alcanzarlo.

-¡Hagan algo! -grité-. ¿No ven que está sufriendo?

-Ssshhh -me reprendió Drake-. ¡Cállate! ¡Es inevitable!

Max corría desesperado por la habitación, miraba las paredes y el techo como si tuvieran vida, como si viera algo que nosotros no podíamos siquiera sospechar. Se dirigió hacia la ventana y trató de abrirla.

-¡Cuidado! -dijo Drake nervioso-. Que baje alguien inmediatamente.

Un hombre dio unas órdenes por teléfono y después colgó.

-¿Paramos la música? -preguntó el que estaba en el cuadro de mandos.

-No, todavía no -dijo Drake visiblemente inquieto-. ¿Pero cuánto tardan en bajar?

Max estaba cogiendo una silla y se dirigía con ella hacia el ventanal. Sentí que el pulso se me aceleraba. Miré a Drake y vi que una gota de sudor le resbalaba por la frente. Ambos mirábamos a Max con el aliento suspendido. La silla golpeó la cristalera pero sólo rompió una pequeña parte del vidrio.

-¡Va a saltar! -grité-. ¡Hagan algo!

-¿Pero dónde están? -dijo Drake, malhumorado, mirando al hombre del teléfono. Éste se excusó con un movimiento de hombros casi imperceptible. Inmediatamente después, dos hombres entraron en la habitación y le quitaron a Max la silla. Éste miró sorprendido a los individuos y luego trató de correr hacia la ventana, que ya tenía un hueco lo suficientemente grande. Forcejeó pero no sirvió de nada. Estaba demasiado débil y ellos no tuvieron que hacer mucho esfuerzo para sujetarle. Por fin se rindió y continuó llorando en silencio. Los hombres miraron hacia la cámara. Drake respiró hondo y dijo:

-Que lo traigan.

El hombre del cuadro de mandos repitió la orden y los dos hombres desaparecieron de la habitación con Max.

-Bueno, ya está -dijo Drake, respirando satisfecho.

Se volvió a mirarme y me sonrió interrogante. Yo tenía aún el corazón acelerado por la tensión. Durante unos segundos pensé que Max tendría tiempo de saltar y la desesperación se había apoderado de mí. No sabía qué decir, estaba confundido y nervioso.

-¿Por qué querías que viera esto? -pregunté.

Se acomodó en su sillón, como si esperara mi pregunta y respondió:

-Porque Max ya ha recordado todo lo que tenía que recordar. Ya sabe quién es y quería que estuvieses delante para observarlo. Es un momento único. Todo su pasado puedes verlo en las cintas pero esto es el presente. Ahora comenzará a ser él mismo por primera vez en su vida. Nadie le hará olvidar nunca más lo que es. Te voy a proponer algo -dijo con cautela-. Antes de ver la cinta de hoy, la que Schneider tenía en las manos, deberías analizar a fondo toda la información sobre Max. Tenemos una sala con todas sus libretas, con todo lo que se ha grabado desde que llegó, con todos los documentos que he reunido durante años. Hay informes resumidos, desde luego. Antes de saber quién eres tú, deberías saber quién es Max. Tal vez te ayude a tomar las decisiones adecuadas. Deberías analizar su vida para comprenderle.

-¿Como hiciste tú?

-Sí, como yo hice por su bien. Ya está roto el hechizo. No

más música de Bing Crosby para Max.

-Bing Crosby -dije sonriendo sin ganas.

Drake se encogió de hombros.

-Max es muy sensible a la música -dijo.

-¿Por qué quería tirarse por la ventana? ¿De qué quería huir? -pregunté, mirando la habitación vacía.

-Ya te lo he dicho. Ha recordado todo.

-¿Qué es lo que le quedaba por recordar? -pregunté, examinando su rostro.

-Lo más importante.

Guardé silencio. Drake también me contemplaba con interés, con sus limpios ojos azules. Estaba seguro de que iba a decírmelo, que lo estaba deseando.

-Bueno, sé que en cierta forma tú ya lo sabes pero... -vaciló-. Él mató a su madre.

Sentí que algo se derrumbaba dentro de mí.

-¿Te extraña? -preguntó inmediatamente-. Ya has visto lo que hizo con Bezel.

-No puede ser.

-No sabes escuchar, Gerald. Has perdido práctica, oído. ¿No oíste lo que dijo Max cuando entraste en el cuarto de baño? Dijo: «Nunca me dejó ser yo mismo». No se refería a Bezel, desde luego.

-En esos momentos estaba demasiado nervioso para oír nada.

-El la mató. Y tengo pruebas de ello -añadió, mirándome con cierto rubor-. Tal vez te parezca macabro pero... lo tengo grabado. También puedes verlo si quieres. Soy psiquiatra y debo utilizar todos los medios que estén a mi alcance -dijo casi disculpándose-. Él es mi caso más importante, el que más me interesa. Pero ya sabes que no es sólo una cuestión científica. Yo jamás les abandoné. Siempre estuve a su lado. Tal vez las cosas podrían haber sido de otra manera pero por desgracia nunca lo sabremos. Tenemos que conformarnos con los hechos. La relación entre Max y su madre es una de las más complicadas que he visto en mi vida.

No podía entender el tono con que Drake se dirigía a mí. Parecía como si quisiera disculparse, como si mi opinión le importara y tuviera interés en que conociera sus razones. No dije una palabra, le dejé hablar.

-Lo que Max sentía por su madre era más que amor. Dependía absolutamente de su persona, de su mirada y aprobación. Para él, ella era más real que él mismo. A decir verdad, él nunca se sintió más que un apéndice, un objeto que le pertenecía a ella.

-Y, sin embargo, tuvo valor para matarla.

-¿No te das cuenta? A quien quería matar era a sí mismo. Pero incluso eso le resultaba complicado porque sabía lo que él significaba para su madre. Matarse él era casi peor que matarla a ella. Él sólo era un reflejo, una proyección. Pensó que si esos ojos desaparecían también desaparecería él. En realidad, no cometió un asesinato sino suicidio. A los ojos del mundo puede ser un asesino pero en el fondo no es más que un suicida.

Tuve una sensación extraña al darme cuenta de que yo había llegado a las mismas conclusiones que Drake. Tal vez nuestra mente no funcionaba de forma tan diferente como pensaba y eso me produjo escalofríos.

-¿Y Bezel? Tú sabías que él acabaría matándola. Me di cuenta cuando ya era demasiado tarde. La utilizaste para excitar a Max. Sólo era un cebo.

-Todos lo somos. ¿Crees que Bezel es menos inocente que Max? Te equivocas. Muchas veces la víctima es más culpable de su muerte que el propio asesino. Ser víctima no significa ser inocente. A veces significa convertirse en una astuta y manipuladora figura que va moldeando su propio asesinato con un ritual largo y elaborado del que, él o ella, resultan ser el sacrificio. El destino de Bezel era acabar así.

-Por lo que veo, eres tú quien decide cuál es el destino que corresponde a cada uno de nosotros.

-Te equivocas. Yo sólo soy quien pone las cosas en marcha pero no tengo control sobre lo que pueda ocurrir después.

Alguien tiene que hacer que las cosas sucedan.

-Pero si Max no es un asesino, ¿qué es?

-Un enigma. Para él y para el resto del mundo. Yo trato de comprenderle, de utilizar los conocimientos que he adquirido en los libros, en los análisis, en las observaciones, pero Max será siempre un misterio, algo imposible de descifrar, una extraña combinación de circunstancias, genes, casualidades y manipulaciones. Lo que somos todos nosotros.

De nuevo sentí una extraña comunión con los pensamientos de Drake, aunque me resistía a reconocerlo. No quería tener nada que ver con él, ni siquiera en lo invisible.

-En el caso de Max, esa serie de «impersonales» circunstancias tiene nombre propio. En su vida no ha habido lugar para la casualidad. Tú y su madre os ocupasteis de que así fuera.

-¿Y tú, Aldo? -preguntó sonriente-. ¿Con qué derecho te excluyes del trío?

-Con el derecho del olvido, tal vez -dije vagamente-. Ya no puedo estar seguro de nada. Quizás después de ver las cintas llegue a alguna conclusión pero ahora estoy excluido por mi propia realidad.

-Max te necesita. Le oí llamarte padre y... sentí un escalofrío. Él sabe que eres su padre, puede sentirlo. Él siente cosas que a los demás se nos escapan. ¿No te ha sorprendido leer sus libretas? Tiene memoria fotográfica. Igual que tú. Su cerebro es tan eficaz como estas cámaras de vídeo. Hay algo en él que se escapa a lo racional.

-No es posible que creas aún que en él hay algo de Crowley. Tú eres el psiquiatra. ¿No entiendes que esa idea es absurda?

-¿Absurda? No existen ideas absurdas sino mentes carentes de imaginación. Lo que para ti es absurdo, para otra persona puede ser su más consistente realidad. Los límites los ponemos nosotros, querido Gerald. Cada pensamiento que nace se convierte en una parte de nuestra realidad. Por muy descabellado que sea siempre surge en nuestro interior. Su origen está ligado de forma irremediable a nuestra propia historia. Es el fruto y a la vez el árbol de nuestros deseos, de nuestras obsesiones, de todas nuestras experiencias y sueños. No puedes ir por la vida censurando los pensamientos de los demás y los tuyos propios. Pero -dijo, señalándome con desprecio-¿qué se puede esperar de alguien que renuncia a su propia vida?

-Si todos los pensamientos son válidos, ¿por qué tratas de convencerme para que acepte otros que no reconozco?

-Porque incluso en el caos existen leyes. Porque no es honesto renunciar a tus pensamientos a cambio de la aceptación social. Eso es lo que tú has hecho. Renunciar a ti mismo para poder formar parte del resto. Aquí sólo queremos que nuestros pacientes renuncien a la parte que trata de destruirlos. No es mi deseo convertirlos en ciudadanos modelo, en ovejas de un mismo rebaño. Aquí tienen la oportunidad de vivir en un entorno que no los censura. Fuera, estarían sedados, sometidos a una continua presión. Tú los has visto. Aquí nadie interfiere en sus decisiones.

-¿Pero qué crees que has estado haciendo toda la vida con Max sino eso? ¿A quién tratas de engañar?

-Max ha sido observado, no manipulado. He tratado de que sufriera lo menos posible pero antes o después debemos traspasar esa opacidad que nos impide completarnos. -Se acercó, me miró fijamente y dijo-: Métete en el agua, Gerald, aunque esté fría, aunque esté oscura. Sumérgete y comprenderás. Sólo te pido una semana. Estudia el caso de Max, compréndelo, analízalo. Todo el material está a tu disposición. Si después de estudiarlo y ver tu cinta de hoy decides quedarte, serás bien recibido. Si no…

Sentí un fuerte dolor en la cabeza. Aparté la mirada y me recosté en el sillón. Algo en mí se disolvía con sus palabras. Le entendía más de lo que deseaba. Comprendía su punto de vista demasiado bien y eso me horrorizaba. No quería comprenderle. Sabía lo que esa comunión significaba.

-Max ha perdido toda esperanza y tú lo sabes… -recalqué

lleno de rabia.

-Yo no le engendré. No fui yo quien le di mis genes, quien le obligó a nacer marcado. Yo sólo me preocupé de él, de ti y de tu mujer -dijo-. Es lo único que he hecho toda mi vida. Os la he dedicado por entero. Ni siquiera he formado mi propia familia. Vosotros tres habéis sido mis familiares. Tú, tu hijo e Irene. He sido yo quien os ha sacado de todos los problemas, de todos vuestros errores -dijo golpeándose el pecho con el dedo índice-. ¿Quién ha tenido que cuidar de que no os matéis unos a otros? ¿Crees que me gusta verte así? Eres un extraño, un invento de tu propia mente. Yo sólo trato de hacerte recordar, de devolverte a la realidad. Ya no puedes seguir fingiendo por más tiempo, Gerald. Tienes que darte cuenta de que todo esto es una farsa. Puedes curarte si dejas de censurarte. Cualquier mente enferma puede hacerlo por sí misma, lo sabes. Son las presiones exteriores, la moral, la sociedad la que nos hace traicionarnos. Líbrate de todo eso. Aquí no lo necesitas.

-Este sitio es monstruoso. No permanecería aquí por nada del mundo.

-Ni siquiera por tu hijo.

-No sigas con eso -le amenacé.

-Él te necesita y lo sabes, maldito farsante. Deja de jugar a ser otro, asume tus errores como un hombre. Tus juegos con lo prohibido han terminado porque lo prohibido no existe en este lugar. Ahora no estás solo. Yo y Max te necesitamos. ¿Prefieres pasarte el resto de tu vida en una institución para enfermos mentales?

-Eso es lo que has planeado para mí, ¿no es cierto?

-Ahora no me creerás si te digo que jamás planeé lo tuyo pero así es. A Max sólo traté de protegerle de sí mismo y a Irene de ti.

-A Max le has convertido en un demente.

-Max nació marcado, Gerald. Y su madre contribuyó a acentuar esa tara. Ella fue quien dominó toda su vida y para Max incluso vivir en su torre de cristal era difícil, porque ella decía una cosa y, sin embargo, sus sentimientos eran otros. Max podía sentir sus pensamientos. ¿Es que no has leído sus notas? Ahí tienes la verdad sobre Irene. A Max no le podía engañar del todo. Él sabía que su madre tenía miedo de él, de que algún día fuera como tú. Vivió con eso toda su vida. Ella no dejaba de repetirle que era un buen chico, mientras por dentro siempre temió lo que al final acabó sucediendo. Si alguien tiene la culpa es ella. Siempre le dije que no podía esconder a Max, que sus imposiciones tendrían terribles consecuencias. En ese tipo de relaciones simbióticas, los pensamientos son más peligrosos que las palabras. Max sintió siempre que era un monstruo pero que debía esconderlo de su madre, a la que le oía decir que era un buen chico, un ángel, lo mejor que le había pasado. Todo eso le acabó confundiendo, acabó convirtiéndolo en un ser inseguro ontológicamente, amenazado por un terror inconsciente de defraudarla. Ese sentido deformado de su propia realidad es lo que le incapacitaba para amar y al mismo tiempo para sentirse amado. Pensaba que no lo merecía. Mató a Louis porque había comenzado a quererle, porque le admiraba y temía que descubriera cómo era en realidad. Por otro lado, se sentía culpable de querer a otra persona que no fuera su madre. Así es como funcionamos. Puede parecer complicado pero esta traducción en palabras y lo que podemos observar es lo más sencillo. La verdad es todavía mucho más increíble.

-¿La verdad? -repetí.

-Tal vez exista una verdad o tal vez la única verdad es la que cada uno tiene, porque jamás podremos ser otro más que nosotros mismos. Jamás podremos ver el mundo más que a través de nuestros ojos, de nuestras propias experiencias. Incluso el psiquiatra lo ve todo a través de su propia retina, coloreada con su intransferible y único color. Somos un misterio. ¿No dijo alguien que el hombre es un misterio para el hombre? -preguntó, inmerso en su disertación.

-No -contesté-. Creo que era un lobo. El hombre es un lobo para el hombre.

-Es igual -dijo fatigado-. Incluso yo moriré sin saber el verdadero sentido de mi obsesión por vosotros tres. Moriré sin saber si Max lleva dentro un retazo del alma de Crowley. Tal vez tengas razón en eso y yo sea un chiflado que sólo trata de encontrar una chispa divina en el interior de los que apenas se reconocen a sí mismos. Ya ves que ni siquiera yo estoy seguro de eso pero continuaré dedicando mi vida a mis obsesiones. Ellas son las que nos hacen avanzar, las que cambian el mundo. Cada una de ellas es un motor invisible. Quién sabe si incluso el universo es tan sólo la secreta obsesión de un ser que tampoco conoce su significado.

Me miró con ojos desarmados, vulnerables, y sentí una brusca sacudida en mi interior, como un latigazo de corriente que me atravesaba de arriba abajo. Porque sentí que ese hombre me quería, que en realidad era quien decía y yo no era más que un loco que se resistía a ser él mismo.

-No podemos perder más tiempo, Gerald. ¿Lo sabes, verdad? Tienes que recordar y ocuparte de Max. Se lo debemos, los dos.

El miedo se apoderó de mí. Sentí vértigo y una náusea que crecía en el estómago, que me hacía ver las cosas como si estuvieran bajo el agua.

-¿Y si tienes razón? -dije presa del pánico-. ¿Qué será de mí? ¿Y si descubro que fui quien dices, que dentro de mí, igual que Max, se esconde un asesino?

-Tendrás que aceptarte porque no todo está perdido.

-Pero -dije, recordando la sensación que había tenido al ver a la mujer en la biblioteca y a Hausen en el jardín-.¿Quién me dice que no debería resistirme? Acabar con lo que representas.

-¿Pero tanto represento?

-Todo tiene tanta fuerza últimamente. Lo vivo de una forma tan intensa que incluso he llegado a dudar que fuera real.

-Lo es. Es real para ti. ¿Existe algo más auténtico que eso? Tu fantasía es más real que cualquiera de mis realidades porque yo estoy fuera de ti y tú jamás saldrás de tu interior.

Tu mundo, tu universo, está en tu mente.

Sentí que todo aquello no era más que una repetición. ¿No había tenido yo mismo esos pensamientos hacía un rato? ¿Qué estaba haciendo? ¿Demostrando que podía leerme la mente?

-¿Por qué no dejarlo entonces como está? ¿Por qué esforzarse en desvelar una realidad que quiere permanecer oculta? -pregunté asustado-. ¿Quién dice que la realidad tiene que prevalecer ante la fantasía, que debe tomar su puesto?

-El mutuo entendimiento. La locura es un exceso de subjetividad o, como se designaba en la antigüedad, un exceso de humores. Lo que hoy es locura antes era melancolía. Aristóteles creía que su causa era una concentración de bilis negra. Pero él no se refería a cualquier clase de locura, sino sólo a esa que pertenece a la propia naturaleza, esa que nace y muere con uno. Algo así como un sello invisible que nos condena a ser incomprendidos por el hombre común.

-Puedo comprenderte, puedo comprender a Max...

-Pero nosotros no podemos comprenderte a ti y tú continúas haciendo daño.

-¿A quién?

-Estudia el caso de Max y dentro de una semana o unos días, después del tiempo que necesites, ve la cinta de hoy. Lo que yo pueda decirte seguirá sonándote a farsa. Sólo hay una forma de acabar con todo esto.

-¿Qué hay en esa cinta?

-La prueba irrefutable de quién eres.

-Tengo tanto miedo que podría enloquecer sin verla.

Se acercó y me cogió las manos. Su contacto me produjo una sensación de seguridad que no logré justificar. No hacía más que unas horas estaba pensando en acabar con él, en escapar. Ahora me estaba cogiendo las manos y me daba ánimos para enfrentarme a un pasado incierto del que cada vez era más dependiente.

-Recuerda que el miedo es el que te conduce a actuar como un loco. Los límites de cada cual están fijados por el miedo.

Sé que represento para ti todo lo que debe ser destruido, que en mí has personificado la justificación de esa personalidad que has tomado prestada pero cuando todo esto acabe, ese yo que has inventado dejará de existir. Yo ya no puedo hacer más por ti. Ahora todo depende de ti mismo. Si te aceptas, podremos encontrar una solución, si no, no podrás permanecer aquí. Aquí sólo se quedan los que se aceptan. Ya has pasado demasiado tiempo encerrado entre cuatro paredes y me costó mucho traerte hasta aquí. Pero no dejaré que hagas daño a Max. No te preocupes porque nadie sabrá nada sobre lo que ha ocurrido aquí. Mi gente no dirá nada. Así es que no tienes que preocuparte.

-¿De qué estás hablando?

-De confianza. Afrontarlo es la única solución, la única cura. Después, el tiempo y la terapia te ayudarán a superarlo.

Hizo una seña a un hombre que permanecía junto a la puerta y éste me invitó a seguirle. Me levanté. De nuevo, la inseguridad se había apoderado de mí. Salí de la sala sumido en un silencio interior que no me atrevía a romper. El diálogo conmigo mismo me resultaba inútil en esos momentos. ¿Qué podía pensar que tuviera sentido? ¿Qué hacer frente a una realidad que parecía contener la respuesta definitiva? Cualquier pensamiento estaba de más, cualquier intento por convencerme de que todo era una farsa quedaba anulado ante la inminente realidad que me esperaba en la pantalla. Si de verdad había algo que ver, algo que fuera irrefutable en sí mismo, de nada me iban a servir ya los pensamientos. Entramos en una sala llena de carpetas ordenadas por fechas, las libretas de Max estaban apiladas en una caja, al lado había una torre de cintas de vídeo y enfrente, un televisor apagado. Schneider y el hombre de los dos metros aparecieron al momento.

-Max está en observación -dijo Schneider con amabilidad.

-¿Cómo se encuentra? -pregunté.

Se acercó y tuve la sensación de que iba a decirme algo terrible. Le miré con una desesperada interrogación.

-Está en estado de *shock*. Los recuerdos le han bloqueado y ha entrado en un estado catatónico.

Supe que aquella información no era gratuita. Con ello quería decirme que Max me necesitaba, que tenía que luchar, además de por mí mismo, por él. Que al ver lo que fuera a ver, tuviera en cuenta que alguien esperaba mis reacciones, que mi comportamiento no sólo me incumbía a mí.

-Aquí tiene todo lo necesario. Esa puerta -dijo señalando a mi izquierda-conduce a una habitación y un cuarto de baño para su uso. Si necesita cualquier cosa, sólo tiene que apretar este botón -dijo señalando un teléfono que había sobre la mesa-. Le traerán la comida y lo que pida. Si necesita salir, puede hacerlo pero tal vez sería mejor que permaneciera aquí hasta que haya tomado una decisión. Hasta que esté preparado para ver su cinta, la de hoy.

Schneider salió de la sala y yo me quedé con la vida de Max frente a mí. Allí estaban sus pensamientos y sentimientos, días que había olvidado y otros que acababa de recordar. Pude ver su transformación desde la noche en que llegó a Shimts, ajeno a su propia identidad, hasta el brutal asesinato de Bezel. Fue horrible. Las cámaras no se perdían una mirada, un suspiro, una mueca de desesperanza, ni un estremecimiento. Junto a las libretas de Max estaban, además, los diarios de Irene ordenados por fechas. Incluso la cinta que contenía su asesinato. No tuve valor para verla. Solamente la etiqueta que la cubría causaba escalofríos: Max. Asesinato de Irene. Me conformé con leer las libretas de Max cuando aún ignoraba que había sido él y analizar los comentarios que habían hecho al respecto Drake y su equipo. Durante cuatro días leí, vi y escuché todo lo necesario para saber sobre él más de lo que incluso él mismo sabía. Era terrorífico observar lo poco que ocupaba una vida vista desde fuera.

Al quinto día decidí que estaba listo para ver esa cinta. La última y definitiva.

Schneider me condujo a la sala donde días antes había visto mi supuesta llegada en helicóptero. El hombre de los dos metros se acercó con una correa ancha que ató alrededor de mi cintura e introdujo en dos enganches disimulados en el respaldo del sofá. Sentí que mis piernas temblaban convulsivamente y traté de dominarme. «No pensar», me dije. «No pensar hasta ver la cinta.» Le hice una seña a Schneider y éste pulsó el botón. La pantalla se puso negra y entonces apareció un pequeño cuarto que no reconocí. Había una mesa rodeada de estantes con carpetas y detrás, una mecedora cubierta a medias por una chaqueta de color gris oscuro. El sonido de unas voces que se acercaban me puso alerta. Vi que en la habitación entraban dos hombres. Uno de ellos rodeó la mesa, cogió la chaqueta y se la puso. Entonces pude verle la cara. Era el bibliotecario.

Súbitamente tuve ganas de vomitar. Sentí un tirón en el cuello y el cuerpo se tensó como si fuera de piedra. Todo surgió muy rápido, como si los actos y las palabras no se sucedieran en el tiempo sino en un mismo instante, sin un antes y un después. Me vi de espaldas frente a la mesa, sentado cómodamente, pero en realidad estaba saltando por encima de ella...

Oí un grito desgarrado, palabras que hacían daño, nombres que creía conocer y lugares que había visitado. En mi mente se abrió de golpe una puerta descomunal que dejó paso a una avalancha de imágenes y voces, de días y noches, de hombres y mujeres que se amontonaban sobre mi cabeza. Alrededor de ella. Me empujaban con su presencia, me acosaban con sus gritos y súplicas. Una línea recta comenzó a sangrar y se convirtió en un vientre rasgado. Los ojos del bibliotecario se abrieron hasta salirse de las órbitas mientras mis manos lo estrangulaban con fuerza. Ese hombre sabía algo sobre mí que incluso yo desconocía y sus palabras se clavaban en mi alma como puñales. Pronunció nombres sepultados, enterrados bajo capas de firme decisión. *El llanto de un bebé me atravesó los oídos. Era un grito de dolor, marcado por una terrible incomprensión y desesperanza. Una carcajada penetró por mi oído izquierdo y se perdió cuando una procesión de hombres con trajes excéntricos me dio la bienvenida en una sala que parecía una iglesia iluminada por velas. El rostro de una mujer me hizo saltar del sofá pero apenas podía moverme. Grité tratando de librarme de su cara, la cara de Irene, que me miraba con recelo, que negaba con la cabeza y me acusaba con la mirada. Drake estaba limpio de arrugas, con treinta años menos, y yo sentí una fuerza dentro de mí que me asustó por su incontrolada crueldad.*

Paredes blancas, cientos de paredes blancas relucientes que se teñían de sangre. Manos y correas y camisas de colores, y ansia, un ansia por conseguir algo que me hacía perder el sentido. El cuadro de Crowley y la imagen de un sol azul que sonreía con benevolencia. La persecución nunca acababa porque yo siempre quería más. Risas sin fin, sin pausa, carcajadas sin eco que aparentaban ser sentidas pero que observadas desde el otro lado eran solitarias y estridentes. Un escote cálido y apretado, y la luna como único testigo. Un lugar sin esquinas, rodeado de verdes praderas y unos brazos pidiendo socorro. La luna, único testigo. Una voz dulce casi celestial que se acerca, me rodea con su brazo y grita aterrorizada. Es mi hermana. Trato de retenerla, de besarla, le arranco la ropa y debajo encuentro un hombre que le está haciendo el amor. Levanto un cuchillo en el aire pero la luna ya no está sola, me observan. Ya saben quién soy. Huyo calle abajo y dentro de los coches conducidos por bebés, un enorme pene vestido de traje hace las veces de copiloto y dirige los brazos del bebé, que se niega a seguir conduciendo. Un baile lleno de caras rojas. Los ojos relucen blancos tras la pintura y me miran. El bibliotecario me sujeta los brazos sin fuerza. Le arranco el cinturón cuando se desvanece y mi voz produce un temblor en la superficie de mi piel. Su cuerpo se eleva pesado y golpea contra el respaldo de la mecedora. Su cara se amorata y yo desaparezco de la pantalla. *Mi hermana llora desnuda frente a mí, suplica al mismo tiempo que yo. Estoy a sus pies, arrodillado, pero no entiende, sólo gime y tengo que cortarle el cuello. Una mujer que ha perdido su hijo me golpea el pecho, la escupo en la cara y le devuelvo a su hijo desnudo envuelto en una sábana. El muchacho es Max y me mira sonriendo con cariño, sin una sombra de rencor. Me abraza y siento que algo me quema el pecho. Hay un agujero de barro en el centro que arde como si fuera de cera. La luz se apaga y una biblioteca arde con intensidad mientras me arrastro fuera de la cama donde yacía con mi hermana. Me vuelvo y en sus venas hay dos coágulos negros que se mueven como gusanos, tratando de alcanzarme. Drake me sostiene en pie, me habla al oído pero no le escucho. Le ordeno que se arrodille ante mí y me haga una felación. Asiente y en lugar de eso me corta el pene y lo guarda en un bolso de mujer. La luna se ha ocultado y está lloviendo. Estoy empapado y tengo frío.* Vuelvo a aparecer en la oficina del bibliotecario, el hombre se balancea y yo me siento mareado. Vahlemkamp me habla desde detrás mientras sujeta un libro en sus manos. La cabeza me va a estallar. *Max acaba de morir y yo tiro estiércol en su tumba. Una prostituta que lleva la ropa de Bezel me llama desde el fondo de la tierra pero sólo puedo prestar atención a Max, que llora en silencio desde dentro del ataúd. Escarbo en la tierra y mis uñas sangran. Max grita desde algún lugar profundo. Es él, lo sé. Suplica desde el fondo pero yo tengo cosas que hacer. No tengo niñez, no la recuerdo. Pasan los años y nada ocurre, todo está borroso mientras crezco. Es allí donde se esconde el secreto. Alrededor, la luna se ha hecho grande y escupe una sustancia blanca que me produce asco, entonces vomito. Después, todo se vuelve negro. Puedo oír el silencio. A mi alrededor, la nada ha vencido.*

XXII

UN DÍA CUALQUIERA

Si esta mañana y este encuentro son sueños, cada uno de los dos tiene que pensar que el soñador es él. Tal vez dejemos de soñar tal vez no. Nuestra evidente obligación, mientras tanto, es aceptar el sueño, como hemos aceptado el universo y haber sido engendrados y mirar con los ojos y respirar.

JORGE LUIS BORGES,
El otro

La luz comienza a aparecer poco a poco. La siento a través de mis párpados. Dentro de mi cabeza algo pesado y tirante bombea con fuerza. Siento un dolor intenso en el lado izquierdo, justo detrás de la oreja. Trato de moverme pero no puedo. Me pesan los brazos. Casi no puedo respirar. Todo se vuelve oscuro de nuevo.

No sé cuánto tiempo ha pasado. La luz es fuerte, mucho más que yo. Abro los ojos y distingo un techo blanco hecho de paneles cuadrados. Puedo sentir los brazos y las piernas pero la cabeza sigue siendo un peso muerto.

Alguien entra en la habitación. Un hombre negro con una bata blanca.

-¿Cómo se encuentra hoy? -pregunta.

Me toca los ojos, la muñeca, palpa mi cuello y sonríe.

-Dentro de unos días podrá caminar y tendrá fuerzas para comer por sí mismo. Todo ha salido estupendamente.

Se marcha. Estoy cansado. Cierro los ojos y pierdo el sentido. Cuando despierto es de noche. Trato de mover la cabeza y siento una punzada detrás de la oreja. Tengo una venda alrededor y me han afeitado el pelo. A través de una fría cortina de niebla veo cientos de luces parpadeando al otro lado de los cristales de mi habitación. ¿Llueve? No lo puedo asegurar. Me duele el cuello. Cientos de edificios se pierden y amontonan tras los cristales. Edificios de vidrio y metal con amplios ventanales, a través de los cuales se ven oficinas vacías. Me incorporo ligeramente y a lo lejos veo dos torres simétricas. Una de ellas, no podría decir cuál, es el reflejo de la otra. Las torres me resultan familiares. Sé dónde estoy. Son las torres gemelas. Estoy en Nueva York. Comienzo a llorar. Siento que algo ha salido mal. Yo no debería estar aquí. Cierro los ojos y me dejo ir.

Una voz de hombre entra en mi pensamiento. Abro los ojos. El hombre de la bata blanca me analiza de nuevo. Una mujer pone una venda limpia alrededor de la cabeza.

-¿Dónde estoy? -pregunto.

-En su habitación -contesta el hombre-. La operación ha sido un éxito.

-¿Qué operación?

-Tenía un tumor en la parte posterior de su cabeza y se lo hemos extirpado.

-¿Dónde está Max?

La enfermera aprieta un botón y el respaldo de la cama se incorpora. Ambos sonríen.

-¿Dónde está Max? -repito.

-¿Quién es Max?

-Es… -dudo, me cuesta decirlo-. Es mi hijo -trato de decir sin llorar.

-No sabíamos que tuviera un hijo. Su hermana no nos dijo nada.

-¿Entonces? Ella está viva -digo, recapacitando. Empiezo a recordar.

-Pues sí -dice el hombre perplejo.

-¿Y Drake?

-El señor Drake no se encuentra en el hospital, ha tenido

que salir de viaje.

-¿Cuándo me han traído aquí?

-Lleva aquí varias semanas.

-Necesito saber qué ha sido de Max.

-No conocemos a nadie con ese nombre.

-Está catatónico y necesito verle. Necesita mi ayuda. Díganle a Drake que estoy dispuesto a aceptar mis errores. He visto todas las cintas y sé que yo maté al bibliotecario. He recordado todo. Tienen que dejarme ver a Max. Dijo que si me aceptaba, podría quedarme en Shimts.

-¿Shimts? -repite la enfermera.

El médico frunce el ceño y se acerca. Me toca, me palpa, me mira vacilante.

-Debe descansar.

-¿Por qué me han operado? ¿Con qué derecho?

-Tenemos su autorización y la de su hermana.

-De no haberlo hecho, podría haber muerto -me explica la enfermera como si estuviera hablando con un niño.

-¡Quiero ver a Drake!

-Ya le he dicho que no está en la ciudad pero en cuanto regrese podrá verle. Ahora descanse. Ya se ha gastado bastante.

-Usted no lo entiende. He dejado a Max en Shimts y me necesita. Soy su padre.

-Señor Verhaghe. No tenemos noticia de ningún pariente suyo con ese nombre pero telefonearé a su hermana... Vive muy lejos, en París. ¿No lo recuerda?

-¿Cómo me ha llamado?

La enfermera mira al médico y luego sonríe tratando de parecer contenta.

-Gerald Verhaghe.

-Gerald. Sí. Ése soy yo.

El dolor de cabeza es insoportable. Me desvanezco. Me dan analgésicos pero en seguida regresa y no puedo pensar con claridad.

Sé que he visto en esas cintas cuanto necesitaba para

comprender. Ahora sé quién soy, quién es Max, Drake, Irene. Drake tenía razón, estoy loco. Durante años he estado interpretando un papel que no me correspondía. Sé que mi mente está enferma, soy psiquiatra y sé que necesito ayuda. En las cintas estaba la respuesta. Ahora no puedo pensar claramente pero recuerdo haber visto mi alma y el alma de Max en ellas. Lo tengo todo en la cabeza, amontonado. Necesito tiempo para asimilarlo, para ordenarlo. Estoy saturado de información, de sensaciones.

No sé qué es lo que hago aquí. Debería estar en Shimts. Tal vez Drake se dio cuenta de que estaba enfermo y me ha traído para que me operen. Recuerdo un dolor en la parte posterior de la cabeza el día que salí del hospital de Shimts, después de hablar con Drake la primera vez. Pero no recuerdo haber llegado hasta aquí, ni tampoco haber firmado ningún papel.

La luz cambia y los días pasan. Estoy recuperando las fuerzas y ya puedo comer solo. Cada mañana al despertar pregunto por Drake pero siempre me contestan que está fuera de la ciudad. No quieren decirme dónde. Pregunto si se encuentra en Shimts pero nadie parece conocer ese nombre. Al menos eso dicen. Les pido que me digan cómo está Max y nadie responde. Insisten en que no tengo ningún hijo y he comenzado a tener miedo. No sé qué es lo que pretenden.

Esta mañana ha venido a verme el equipo de médicos que me operó. Me han hecho preguntas sobre mi estado, sobre cómo me encuentro. Les he dicho que estoy perfectamente pero que necesito ir inmediatamente a Shimts porque mi hijo se encuentra catatónico y me necesita. No parecen entender lo que digo. Una enfermera les explica que no tengo ningún hijo pero que desde que desperté insisto en ver a alguien llamado Max y en ir a un lugar llamado Shimts.

Ahora vienen a visitarme todos los días y me hacen preguntas sobre mi vida. Las contesto con paciencia, esperando que de ese modo comprendan y me dejen marchar. Pero ellos han traído otra historia que dicen es mi verdadera vida, de la que yo no reconozco una sola palabra. Por alguna razón, tratan de hacerme olvidar quién soy realmente. No pueden entender cuánto me ha costado recuperar la razón, aceptar mis errores y enfrentarme a mi interior.

Ahora lo tengo todo claro. Sé que ellos no saben nada sobre Max, sobre mi vida y mi relación con Drake. Tal vez sea mejor no contarles nada que pueda comprometernos.

Regresan cada día para ver cómo me encuentro. Me miran, me observan como a un insecto en un frasco. Una psiquiatra se ha hecho cargo de mí y trata con incompetencia de descubrir qué es lo que trato de esconder con mi historia. Le digo que sé quién soy, que estoy loco o al menos lo estaba, pero que ahora por fin estoy dispuesto a curarme. Ella dice que es ahora cuando estoy enfermo, que antes de la operación era una persona normal y que los recuerdos que tengo son producto de algún trauma de la niñez. La he insultado, casi la he echado de la habitación a empujones. No sé por qué Drake me está haciendo esto. No lo sé. Quiero marcharme de aquí.

Ahora mandan a dos hombres. La psiquiatra no quiere atenderme. Creo que me tiene miedo. He comenzado a escribir mis recuerdos en un cuaderno. Todo lo que viví en Shimts, lo que sé sobre Max y su madre, sobre mí y Drake. Puedo recordarlo todo con una claridad asombrosa. Drake existe y pronto regresará. Ya no sé si no debería hablar sobre Shimts pero necesito demostrarles que todo es cierto. Trato de poner en orden lo vivido, de dar todos los detalles posibles para que vean que sé de lo que estoy hablando. Este cuaderno es ahora mi vida. Los recuerdos lo son. He descrito a Max, a su madre, a Drake e incluso a mí mismo tan profundamente como he sido capaz. Lo he hecho desde el principio, desde el momento en que mi conciencia comenzó a crecer y una inconsciente necesidad de cambio se apoderó de mi vida. Entonces yo creía ser otro. Un abogado de París. Lo creía como ustedes creen en sus vidas, con la misma certeza. Es curioso. Ahora sé mucho más sobre la locura que antes de saberme enfermo.

Todos los días, todas las semanas, lo mismo. Los médicos me hacen preguntas y más preguntas. Dicen que mi caso es muy extraño. Me han explicado que tal vez la operación ha tocado alguna parte de mi cerebro y que por eso tengo estos delirios. Pero yo les grito que no es un delirio, que es mi vida. Estoy empezando a desanimarme. Nadie quiere escuchar lo que tengo que decir.

Esta mañana al despertar he buscado mi carpeta. Mis cuadernos han desaparecido. Se los han llevado y ahora los estarán analizando.

Después de varios días sin noticias ha venido un grupo de médicos del hospital acompañado por especialistas de otros Estados. Me han hecho preguntas sobre lo que he escrito. Uno de ellos ha comentado en tono convencido a los demás que «quizás esto puede ocurrir». No sé a qué se refiere, qué es lo que puede ocurrir.

-Todo lo que ha escrito en este cuaderno -dice un médico de pelo cano y piel bronceada-, ¿cuándo lo imaginó?

-No lo imaginé, ya se lo he dicho. Todo ha ocurrido realmente, pregúntenle a Drake.

Uno de ellos se adelanta y dice con voz firme:

-Hemos hablado con Drake y no tiene noticia de que nada de esto haya tenido lugar, ni en un pasado lejano ni, como usted dice, hace poco. Dígame, Gerald, usted como psiquiatra, ¿es capaz de reconocer que todo lo que ha escrito en estas hojas es demasiado increíble para ser cierto? Es muy interesante pero me temo que nada ha ocurrido realmente. Su relación con esas sectas -dice sonriendo a medias-y la participación del doctor Drake... Ese lugar del que habla... ¿Es capaz de reconocer el absurdo de su invención? ¿Puede hacerlo? ¿Sigue creyendo que algo tan horrible como el asesinato de esa mujer... Bezel -afirma mirando unos apuntes-estaba siendo observado por un equipo de psiquiatras? Usted describe su muerte como si la hubiera presenciado, o casi como si la hubiera vivido usted mismo.

-Ya les he dicho mil veces cómo funcionaban las cosas allí.

Todo estaba grabado en cintas. Tuve acceso a la información sobre Max y sobre el resto porque las cintas eran algo a lo que todo el mundo tenía acceso. En ese lugar, nadie tenía vida privada, incluso los sentimientos estaban al descubierto. Soy psiquiatra y no me ha sido difícil completar los huecos vacíos. Hay veces que no hace falta ser un genio para ver que una persona está sufriendo o que tiene miedo. Ustedes son psiquiatras. Se supone que pueden entender eso. Incluso una persona corriente tiene esa capacidad. ¿Acaso cuando alguien va al cine no sabe lo que está pensando el protagonista con sólo ver su rostro? Es lo mismo.

-En el caso de que hubiera visto todo eso en cintas podría entenderse... -dice el doctor más joven mirando al resto. El médico de rostro bronceado le lanza una mirada de reprobación y añade:

-¿No comprende que lo que nos cuenta carece de lógica?

-¿Lógica? -repito.

-Como historia es interesante pero querer creer que todo es cierto, pretender convertir un delirio en su propia vida... Desconocemos el motivo último por el que se ha originado este caos dentro de su cabeza, pero cuanto antes comience a aceptar que sus pensamientos son irreales antes se curará.

-¿Qué quiere decir con que son irreales? No sea estúpido. ¿Cómo puede un pensamiento ser irreal?

-Esto que usted ha asimilado como su verdad -dice otro médico-es sólo un sueño, un mal sueño sin sentido que no puede ni debe afectar a su visión de la realidad.

-¿Cuál es, según usted, mi realidad? Tratan de imponerme una realidad que desconozco. ¿Qué intentan hacer conmigo sino confundirme? -pregunto exaltado.

Todos me miran en silencio.

-Puedo decirles dónde está Shimts en el mapa. Les repito que esas notas son ciertas. Lo que está escrito es mi vida, son mis experiencias. Por muy extrañas que les parezcan.

-Señor Verhaghe -dice un médico que parece el más veterano-, cuando esté usted recuperado vamos a administrarle amitol sódico. Como sabe, es una droga que llamamos de la verdad. Eso le hará derribar todas las barreras que obstruyen su visión del pasado real…

-No necesito ninguna droga. En un pueblo de Escocia, mi hijo me espera. Está enfermo y sólo yo puedo ayudarle. Lo que siento por él no es causa de un fallo en su operación, ni un mal sueño. ¡Por amor de Dios! Háganme caso. Me ha costado demasiado convencerme de quién soy realmente.

-Hemos hablado con su hermana y no sabe nada sobre que usted tenga un hijo -dice una doctora.

-Ya se lo he dicho, yo tampoco lo sabía. Me enteré de quién era Max hace unos días en Shimts. Drake se lo puede decir.

-El señor Drake niega conocer a nadie llamado Max.

-¡Pues miente! -grito fuera de mí-. Me ha traicionado. El me dijo que si me aceptaba, podría quedarme en Shimts. Fue él quien me llevó sedado hasta allí, pregúntenle. Yo no lo recordaba porque había creado en mi mente otra personalidad. Estoy loco. ¿No pueden entender eso? Necesito una terapia para recuperarme totalmente. Aún hay partes de mi vida que no puedo recordar. Pero sé que yo traté de violar a mi hermana y después quise matarla. ¿No les ha contado ella eso? ¡Necesito ir a Shimts!

Grito con todas mis fuerzas pero nadie parece escucharme. Los médicos se miran unos a otros y abandonan la habitación en silencio. No sé si comprenden lo que trato de decirles. Drake me ha traicionado. Si él hablara, si dijera la verdad, todo se solucionaría. Ellos creen que estoy loco y, sin embargo, es ahora cuando estoy recuperando el juicio. Ahora soy capaz de aceptar mis errores. Sé que merezco estar encerrado. No me importa pero quiero ir a Shimts, donde está Max. Mi pequeño Max.

Me han administrado amitol sódico. Después de la sesión, un médico me ha dicho que les he contado la misma historia pero que nada de lo que creo haber vivido es cierto, que debo empezar a aceptar eso. Sin embargo, yo recuerdo todo con una claridad que jamás había experimentado. Puedo recordar y recrear la suavidad de la piel de Bezel, el olor a tierra mojada y humo de chimenea que flotaba en Shimts. Si cierro los ojos, veo el pie torcido de Hausen y su bar en la calle principal, el rostro amoratado del bibliotecario y los azulejos manchados con la sangre de Bezel en el baño. Puedo recordar el cuerpo delgado de Max el día que me llamó padre por primera y última vez, y los hermosos dibujos de sus libretas. ¿Cómo puede no existir todo eso? Sé que una vez estuve loco, que fui un enrevesado mosaico de personalidades, un hombre dividido, hecho de retales. Pero por fin he logrado librarme de la maldición. Me he perdonado. Drake tenía razón, era tan sencillo como eso.

Nadie me dice la verdad. Todos mienten. No me dejan hablar con Drake y cada día insisten con más fuerza en que lo que ha ocurrido es inexplicable. Ya puedo pensar con claridad y estoy empezando a sospechar que nada ha cambiado, que sigo preso de Drake. Tal vez esto forma parte del plan de Drake y aún me sigue observando. Quizás su idea era ésta: hacerme creer que soy Gerald cuando en realidad soy Simón y, de esa forma, ver hasta qué punto es posible manipular una mente y cuántas veces se puede desdoblar una vida. Tal vez es ahora cuando han comenzado a observarme de veras. Miro hacia el techo y veo una pequeña cámara que me apunta.

No me dejan salir del hospital. Los médicos dicen que dentro de poco me trasladarán a un hospital de Texas que es experto en casos de personalidad múltiple. Mi hermana no viene a visitarme. Las enfermeras me dicen que va a tener un hijo y no puede viajar en avión. Me han dicho que se ha casado y que vive en París. He preguntado por qué no telefonea pero nadie parece saberlo. Tampoco quieren darme su número. Ella debe haberles pedido que no me lo den. Yo sé que no desea verme. Me odia.

Esta noche he soñado con Max. Le he visto tumbado sobre una cama, en una habitación de paredes blancas, como las mías. Estaba muy quieto. Desde el fondo de su alma me llamaba a gritos y me he despertado llorando. Una enfermera vino a darme un calmante y estuvo escuchando mi sueño. Ella también tiene hijos. Me ha dicho que lo que yo siento tiene que ser real, que el amor que siento por Max no puede ser sólo un desarreglo en mi cerebro pero que no puede hacer nada por ayudarme.

Me han trasladado a Texas. Dicen que harán lo posible para ayudarme, que estoy en manos de los mejores especialistas pero que debo colaborar. Sin embargo, mi paciencia se ha acabado. Les grito todo el tiempo que debo ir cuanto antes a Escocia y ellos no hacen más que darme calmantes. Cuanto más grito, más loco creen que estoy. Ahora echo de menos la terapia de Drake, la libertad que se respiraba en Shimts, las montañas, el aire. Hausen tenía razón.

Hay días que no recuerdo nada. Cuando estoy consciente grito a todo el mundo que me dejen salir, que quiero hablar con Drake pero nadie hace caso de lo que dice un loco. He atacado a un médico. Ya no recuerdo cómo. Salgo a pasear por las tardes al jardín con otros pacientes. Gente que arrastra los pies, que habla con la mirada fija en un punto invisible, que grita como yo, con la misma fuerza. En nada me diferencio de ellos.

Ya no tengo energía para imponerme. Es inútil. Lo único que consigo es una inyección que me deja aletargado. He comenzado a perder la esperanza. Ha pasado demasiado tiempo. Hace calor. Ya no sé si Max estará aún con vida, ni qué habrá sido de él. Sigo soñando con su cara. Sé que me necesita. Los meses pasan y me siento agotado.

Estoy empezando a pensar seriamente que tal vez es ahora cuando estoy loco porque el mundo entero no puede ser cómplice de Drake. Un médico insiste en que, a pesar de la minuciosidad con que he creado mi mundo, mi historia sobre Shimts es producto de mi imaginación. Sin embargo… yo no soy ese que ellos dicen, aunque tampoco estoy seguro de ser quien creo ser. Tengo miedo. No puedo confiar en nadie, estoy solo. Mis recuerdos sobre Max son lo único hermoso que me queda. Por la noche, cuando apagan las luces, trato de imaginarle cuando era niño y pienso en todos esos años que desaproveché. Cuando me miro en el espejo veo cuánto se parece a mí. No entiendo cómo no me di cuenta antes.

¿Tal vez los médicos tienen razón y lo he inventado todo? Es difícil de aceptar porque el amor y la tristeza que siento son más reales que cualquier otra cosa en mi vida. Sin embargo, ellos dicen tener pruebas de que todo es fruto de mi imaginación. Tal vez Drake esté riendo satisfecho desde su sillón burdeos.

Los días son cada vez más largos, en nada se diferencian unos de otros y ya han pasado más de cuatro años. Sólo dentro de mi cabeza la vida sigue su curso pero ya no les cuento nada porque no sé qué es lo que quieren oír. Estoy perdiendo fuerza. No puedo aceptar que lo que sentimos y pensamos sea falso, a pesar de lo que diga el resto del mundo. No dejo de hacerme las mismas preguntas: ¿fue cierta mi relación con aquellas sectas satánicas de las que Drake tenía que protegerme? ¿Alguna vez hicimos un ritual para recuperar el alma de Crowley? ¿Realmente Max mató a Louis cuando era niño? ¿Qué trataba de averiguar mirando esos borrones de sangre? ¿Puede existir un lugar como Shimts, donde los locos conviven libres de sus conciencias? ¿Por qué nadie sabe dónde está Shimts en el mapa? ¿Es posible crear en la mente un mundo tan real como el que yo he vivido? Si nada de lo que recuerdo es cierto, ¿de dónde han surgido todas esas personas a las que conozco con más detalle que a todas las demás con las que se supone que he compartido mi vida? ¿Qué hay dentro de mi mente? ¿Cuántos mundos sería capaz de inventar si no creyera que al hacerlo iban a llamarme loco? ¿A cuántas personas estaría dispuesto a amar si creyera que el amor es tan sólo un sentimiento que surge con nuestra voluntad? ¿Por qué puedo sentir con tanta fuerza el grito desesperado de Max si ellos dicen que no existe? ¿Hay algo más real que los propios sentimientos?

El mundo se derrumba a mí alrededor. Este hospital, esta

gente con la que ahora comparto mi vida; los enfermos que me acompañan todos los días, ¿están sufriendo el mismo martirio que yo? En sus frases incoherentes, ¿se esconderán hijos, esposas o hermanos que, como a mí, les esperan en algún lugar del mundo? Sus gritos desesperados ¿son como los míos? ¿Una súplica para ser escuchados? Esos ojos perdidos hacia dentro ¿estarán inventando lugares y personas que jamás existieron y que sólo permanecerán en sus mentes? ¿Morirán esos universos con ellos o permanecerán en algún lugar con los miles de millones de pensamientos que se generan todos los días? ¿Estaré todavía soñando, tal y como pensé aquel día al salir de la biblioteca en Shimts? ¿Es esto lo que la gente llama estar loco?

Si los médicos tienen razón y nunca tuve un hijo, ¿cómo puedo querer con toda mi alma a alguien que jamás ha existido? ¿Es falso el amor que siento? ¿Es falso el amor? ¿Cómo podemos estar seguros de que poseemos un pasado si lo único que nos queda de él es su recuerdo?

Ahora sé que moriré sin tener contestación a todas estas preguntas porque los mayores secretos del universo se esconden dentro de nosotros y nosotros somos perecederos, mortales. Podemos alejarnos de la tierra y, sin embargo, la impalpable sustancia que gobierna nuestros cuerpos es aún una tierra incógnita. Porque ¿cuál es el verdadero significado de todas nuestras obsesiones?

A veces se me ocurre pensar que Drake me odia pero no logro imaginar por qué. No logro averiguar cuál es la verdadera relación entre nosotros. Qué siente él por mí. Él es la única prueba de que algo en mi vida es real, pero sigue sin aparecer. No sé por qué no puedo olvidar una frase suya:

«Alguien tiene que hacer que las cosas sucedan». Él me ha convertido en lo que soy: un enigma. La interrogación se extiende a lo largo del mundo. Sin embargo, también me ha devuelto a Max y el amor que siento por él me ayuda a seguir adelante.

Hoy saldremos a pasear de nuevo. Hace sol y sé que en algún lugar, muy lejos de donde me encuentro, de donde se encuentra mi mente ahora, Max continúa inmóvil sobre su cama, en silencio. Esperando.

Fin

Samantha Devin

Londres, 22 de diciembre de 1998

OBRAS DE SAMANTHA DEVIN EN ARISTEIA PRESS

ARCADIA, UNA TRAGEDIA MODERNA
www.samantha-devin.com/arcadia

"Cuando un dios irrumpe en nuestras vidas y nos inunda con el deseo de penetrar y ser penetrados por lo inefable, vivir se convierte en una aventura. Ante la conquista ineludible de la muerte, los dioses nos ofrecen un pacto de mutua fascinación. Sólo los héroes sienten sobre sí el poder de su lúcida mirada".

Julia, una escritora de mediana edad, queda seducida por la irresistible personalidad de Daniel, un jovencísimo actor y cantante seguidor de Dioniso, dios griego del éxtasis, la música y la muerte.

Un asesinato y una llamada de teléfono la despiertan del letargo espiritual y emocional en que está sumida y la colocan en un escenario de dimensiones mitológicas dominado por el deseo, el poder de la tragedia y el vivificante impulso de lo heroico. Daniel le descubre que sólo aquellos que están dispuestos a librarse de los límites y traspasar con los dioses el territorio de lo prohibido son capaces de vencer a la muerte.

HEROICA

www.samantha-devin.com/heroica

Andrea ha crecido apartada de los convencionalismos de la vida moderna, de sus necesidades y expectativas. Abandonada al nacer por sus padres en el convento de clausura de Santa Fe, en Rossalino, un diminuto pueblo de Sicilia, Andrea ha sido educada por las monjas Clarisas y un indio Apache. Su devoción por el silencio, por lo sagrado y el firme compromiso con sus ideales son rasgos inconfundibles de su carácter. Pero el misterio de su origen es para ella motivo de búsqueda constante. Por eso, cuando descubre la novela de Francesco Visconti, un escritor célebre por sus trabajos y teorías sobre lo heroico, Andrea decide dejar el convento y salir al mundo para aprender todo lo relacionado sobre un tema que le concierne personalmente.

Andrea es invitada al Palazzo que Visconti posee en La Villa, una decadente y fastuosa población vacacional que la nobleza europea utilizaba hace años para pasar sus veranos. La presencia de Andrea en casa de Los Visconti va a transformar a todos los presentes. Los Visconti se verán enfrentados sin remedio a su propio carácter y a las consecuencias que un innombrable secreto familiar ejerce sobre toda la familia y sus relaciones.

Pero a Andrea sólo le interesa saber quién es. Ni los Visconti, ni la policía pueden hacer nada ante la contundencia de sus certezas. Andrea está por encima del juicio de los hombres. Ha descubierto hasta qué punto los héroes se escogen a sí mismos para habitar un espacio que de otra forma permanecería desolado. Ha comprendido la importancia que tiene el "daimon" en el destino y el carácter del hombre. Pero sobretodo ha descubierto que a los verdaderos héroes no les está permitido abandonar su posición y que los santos no pueden cerrar sus ojos a las visiones. Antes o después tienen que regresar al deshabitado espacio que han abandonado. Allí son pocos y el hueco que deja uno de ellos al marcharse marca la diferencia entre la vida y la muerte, la paz y la guerra, el ser y la nada.

CONTACTA CON SAMANTHA DEVIN

Facebook: facebook.com/samantha.devin

REVISTA LA CONQUISTA DE ARISTEIA

www.la-conquista-de-aristeia.com